KB179416

중일전쟁의 참상을 알리다 사라진

종군기자
팡따쩡(方大曾)의
인생과 역정

중일전쟁의 참상을 알리다 사라진

종군기자
팡따쩡(方大曾)의
인생과 역정

초판 1쇄　인쇄 2019년 7월 22일
초판 1쇄　발행 2019년 7월 25일

지 은 이　　펑쉐쑹(馮雪松)
옮 긴 이　　김승일, 윤선미, 김미란
감　　수　　송재준(宋在俊)

발 행 인　　김승일(金勝一)
펴 낸 곳　　경지출판사
출판등록　　제2015-000026호

판매 및 공급처　도서출판 징검다리
주소 경기도 파주시 산남로 85-8
Tel : 031-957-3890~1 Fax : 031-957-3889 e-mail : zinggumdari@hanmail.net

ISBN 979 - 11 - 90159 - 13 - 5 (03820)

중일전쟁의 참상을 알리다 사라진

종군기자 팡따쩡(方大曾)의 인생과 역정

펑쉐쏭(馮雪松) 지음·송재준(宋在俊) 감수

김승일·윤선미·김미란 옮김

경지출판사 Korea Wisdom China | 新世界出版社 NEW WORLD PRESS

루꺼우차오 사변을 처음 세상에 알린 종군기자 팡따쩡(方大曾)의

행적을 추적한 한 다큐멘터리 감독의 긴 여정

- 펑쉐쏭(馮雪松)

- 머리말 -

펑쉐쏭이 쓴 『팡따쩡의 소실과 재현』은 80여 년 동안 감춰져 있던 걸출한 저널리스트이며 사진기자인 팡따쩡을 역사의 무대 위에 올려놓아 독자들이 그의 이름을 널리 알게 되는 계기가 되게 하였다. 이 책은 또한 중국 저널리즘 역사의 인물 연구와 중국의 전쟁을 보도하는 촬영의 역사를 연구하는데 큰 공헌을 하였다.

루꺼우차오사변(盧溝橋事變)과 항일군사 활동에 관한 팡따쩡의 많은 뉴스 사진은 항일전쟁에 대한 위대한 참 기록이다. 사진은 중국인민들이 일본의 침략과 억압을 막아내고, 한마음 한뜻으로 적에 대항하는 민족정신을 구현하였고, 사기와 투지를 북돋워 주었으며, 동시에 귀중한 현장의 화면을 많이 보존해 놓음으로써 역사적 문헌 가치가 매우 높은 중요한 자료이다. 우리는 역사적으로 이처럼 걸출한 사진기자가 있었다는 사실에 가슴이 뿌듯해지는 자긍심을 갖게 된다. 그는 앞으로도 우리의 마음속에 영원히 살아 있게 될 것이다.

팡따쩡과 판창장(範長江)은 마치 우뚝 서 있는 두 산봉우리처럼, 갈라져 흐르는 두 갈래의 물줄기처럼, 한 사람은 글에 능하고, 다른 한 사람은 촬영에 능했다. 그들은 중국 신문역사의 두 봉우리로써 세상에서, 역사 속에서, 책 속에서 공존하고 있다.

팡한치(方漢奇)

중국신문사학회 창립 회장

중국인민대학 1급 명예 교수

그는 중국의 로버트 카파이다.

"당신의 사진이 만족스럽지 않다면, 그것은 충분히 다가서지 않았기 때문이다."

- 로버트 카파01

이 말은 많은 사람들이 잘 알고 있다. 1937년 루꺼우차오 사변 이후 팡따쩡은 상하이 『대공보』(大公報)로부터 파견되어, 종군기자라는 신분으로 화뻬이(華北)의 항일전선으로 나가 두어 달 사이에 '샤오팡(小方)'이라는 필명으로 여러 편의 전쟁 관련 보도를 연이어 발표하였다. 그러나 얼마 지나지 않아 그는 겨우 25세 나이로 전선에서 영원히 실종되었다. 샤오팡, 그는 항일전쟁 중 전선에서 희생된 첫 종군기자였다. 그의 희생 의미는 '그때 당시'에만 그치지 않았다. 2015년은 중국인민항일전쟁 승리 70주년이었다. 이를 기념하여 팡따쩡이 남겨놓은 800여 장의 사진 필름이 중국 국가박물관에 영구적으로 보관되는 귀중한 항일전쟁 자료로 지정되었다. 이것이 바로 그의 참다운 희생을 평가해주는 증거라고 할 수 있다.

필자가 2013년 상하이에 와서 옛 친구 장종위(張仲煜) 선생을 만났는데, 그때 당시 그는 계속 출판사의 업무를 주관하고 있었다. 그와 대담을 하는 중에 팡따쩡에 대해 이야기를 했더니 그는 즉시 출판사의 원고로 선

---

01) 로버트 카파(Robert Capa, 1913~1954) : 20세기에 활동했던 헝가리 출신의 유대계 사진작가. 스페인 내전, 제2차 세계대전, 제1차 중동 전쟁, 제1차 인도차이나 전쟁, 중일전쟁, 베트남전쟁 등의 현장을 누비며 종군 사진기자로 명성을 얻었다. 청년기에 헝가리의 독재 체제를 피해 독일로 망명해, 독일에서 보도 사진을 처음 접한 뒤 전쟁 보도 사진을 촬영하기 시작했다. 1947년 앙리 카르티에 브레송, 데이비드 세이무어와 함께 매그넘 포토스를 설립했다. 1954년 베트남에서 지뢰를 밟아 사망한 후 카파의 취재 정신을 기리기 위한 로버트 카파상이 제정되었고, 전 세계에서 카파의 사진전이 개최되고 있다.

정하겠다고 말했다. 참으로 직업정신은 속일 수가 없다는 그의 말을 듣는 순간 필자는 고무됨과 동시에 그가 마지막 직무까지 충실히 수행하려는 프로 정신에 감동하였다. 말 한마디에 우리의 뜻이 합치되고 나니 바로 중앙텔레비전방송국의 펑쉐쏭 감독이 떠올랐다. 그는 십여 년 전 중앙텔레비전방송국에서 촬영한 『팡따쩡을 찾다』라는 다큐멘터리의 감독을 맡은 적이 있었기 때문이었다. 그는 필력이 좋을 뿐만 아니라, 과거 샤오팡 이야기를 취재하면서 엄청난 열정과 시간을 쏟아 부었던 사실을 알고 있던 필자는 이 책의 저술을 그에게 부탁하는 것이 더없이 좋을 것 같다는 생각이 들었다.

20세기 중국 전쟁보도 촬영 역사에서 지극히 중요한 사람 두 명이 모두 상하이와 연관되어 있다. 그중 한 사람이 싸페이(沙飛)이다. 그는 루쉰(魯迅)의 숭배자일 뿐만 아니라 또한 루쉰에게 유상(遺像, 영정사진)을 찍어준 사람이다. 싸페이는 후에 팔로군에 가입하였으며 종군기자와 신문 출판인으로 활약했다. 다른 한 사람은 바로 팡따쩡이다. 팡따쩡은 항일전쟁 초기에 활약한 종군기자로, 칠칠사변(七七事變, 루꺼우차오사변) 이후 베이징의 집을 떠나 항일전선에 뛰어들었으며, 판창장의 소개로 상하이 『대공보(大公報)』의 종군기자로 취재활동을 하였다. 두 사진가는 모두 1912년생이고, 작품의 스타일 패턴과 창작 이념 또한 그때 당시 서방의 종군기자들과 어깨를 나란히 할 수 있는 수준급 기자였다. 그러나 무엇보다도 그들에게 큰 역사적 가치를 부여하는 이유는, 그들 모두가 항일전쟁의 전선에 투신한 열혈 청년이었다는 점이다. 싸페이는 산시(山西)에서 팔로군(八路軍)에 가입하였고, 카메라로 중국인민 혁명전쟁 승리의 경위를 증명하였으며, 팔로군부대·해방구와 관련되는 무게 있는 작품을 대량으로 남겨놓았다. 한편 팡따쩡도 1937년에 산시에 갔었지만 「핑한(平漢)철도[02]의 변화」라는 보도를 발표한 이후 소식이 끊겼다. 팡따쩡의 촬영한 작품은 항일전쟁 초기 투쟁 현장에 대한 보도에 역점을 두었다. 그는 중국 난세 시대에 지극히 우수한 종군기자였던 것이다.

팡따쩡의 전기적인 이야기는 수많은 사람들을 감동시켰다. 1980년경 필자가 『중국의 촬영 역사』라는 책의 편집 팀에 참가하였을 때, 판창장이 쓴 「샤오팡을 그리워하며」를 통해 샤오팡의 이름을 알게 되었다. 또 촬영 역사를 연구하는 선배이며 나의 좋은 스승과 절친한 친구였던 우췬(吳群) 선생이, 예전에 샤오팡을 연구하는 글을 쓴 적이 있다는 것도 알게 되었다. 그러나 그때 당시의 여건과 기회의 제한으로 그는 아쉽게도 샤오팡이 남겨놓은 모든 작품의 자료를 훑어보지를 못했다.

1980년대의 마지막 해에 나는 팡따쩡과 우연하게 인연을 맺게 되었다. 1989년 초겨울 팡가(方家)의 친구인 리훼이위안(李惠元)이 상하이에서 베이징으로 와 팡청민(方澄敏)을 방문하였는데, 그때 리훼이위안은 팡 씨 집안의 부탁으로 원래 상하이에서 혁명 지하공작을 해왔던 전우인 천창챈(陳昌謙) 선생을 찾아가게 되었다. 그때 당시 그는 중국 촬영가협회에서 업무를 주관하고 있었으며, 바로 나의 상사였다. 당시 나와 리 선생은 사무실에서 한번 만난 것이 전부였다. 그 이튿날 천창챈 선생이 나를 데리고 팡따쩡보다 3살 아래인 친여동생 팡청민 노인을 방문하였다. 그리고 나서 2, 3일이 지난 후 팡청민 노인이 나를 찾아왔다. 나의 근무처 접수실에서 그는 나무로 된 작은 상자를 꺼냈는데, 그 안에는 팡따쩡이

---

02) 핑한철도 : 베이핑(北平, 북경) - 한커우(漢口) 구간의 철도

찍은 800여 장의 필름이 들어있었다. 그는 이 필름을 주겠으니 가져가서 연구하는데 이용하라고 말했다. 그리고 "오늘 팡따쩡 촬영 필름 837장을 드립니다"라는 메모까지 첨부하여 주었다. 그러면서 확인증은 필요 없다고 고집하였다. 그날부터 나는 그 작은 상자에 있는 필름과 거의 십여 년간을 함께 했으며, 2000년 후에야 필름을 원주인에게 돌려줄 수 있었다. 필름을 가지고 온 그날처럼 그 후에도 노인이 근무처에 올 때마다 우리는 면회실에서 만났다. 노인은 다른 사람이 일하는데 영향을 미칠까 봐 늘 사양하면서 사무실로 가려고 하지 않았기 때문이었다.

팡따쩡이 집에 남겨놓은 대부분의 필름에는 그때 당시 작가 본인이 써놓은 번호가 있었다. 번호는 한 자리 숫자부터 시작해서 띄엄띄엄 이어져 있었으며 네 자리 수자인 1,200에서 끝났다. 필름을 시제품으로 프린트해보니 항일전쟁에 관한 작품이 가장 많았다. 그중에 「지동(冀東, 하북성 동쪽) 위정부(僞政府) 설립 1주년」과 「쑤이위안(綏遠) 항일전쟁」 두 개 특집 프로그램에 관한 보도가 포함되어 있는데, 그것은 팡따쩡이 중외신문사(中外新聞社)에 있을 때 발표한 보도와 서로 맞물렸다. 후에 나는 그중에서 충분히 가치가 있다고 인정되는 사진을 200여 점 골라 동창 우펑(吳鵬)이 정무를 주관하고 있는 베이징의 모 출판사 암실에서 두 세트를 확대 인화하였고, 그중 한 세트를 우펑에게 보관토록 부탁했다. 그 후에 나의 창작과 연구는 대부분 그 사진들을 중심으로 진행됐으며, 그 사진 또한 사람들이 점차 알게 된 팡따쩡의 작품들이다.

1993년 타이완의 촬영가인 롼이종(阮義忠)이 베이징에 왔다. 나는 그에게 필름 전체의 프린트 견본을 보여주었다. 암실 기술이 상당히 좋은 롼이종은 견본을 보고 나서 일부 필름을 빌려가 직접 사진으로 확대 제작하겠다고 말했다. 그때 당시 타이완에서 『촬영가』 잡지를 창간한 롼이종이 팡따쩡을 위해 사진 앨범을 출판하기를 원했기 때문이었다. 그리하여 필자는 그를 데리고 팡따쩡의 여동생 집으로 갔고, 그는 팡청민 노인의 동의를 거쳐 약 50점의 필름을 대만으로 가져가 확대 제작하였다. 롼이종이 타이뻬이로 돌아간 지 얼마 지나지 않아 팡따쩡의 앨범을 출판하였다. 바로 『촬영가』의 제17집이 그것이다.

1995년 때마침 항일전쟁 승리 50주년을 맞아 나는 특별히 팡청민 노인을 방문하여 녹음 취재를 하였다. 그것이 팡청민 노인의 유일한 육성 자료로써 남게 되었다. 몇 년이 지나 그의 남편인 차스밍(查士銘) 선생이 세상을 떠나고, 그녀도 병으로 반신불수가 되었으며, 언어 장애까지 왔기 때문이었다.

나와 펑쉐쏭이 알게 된 것도 팡따쩡으로 인연을 맺은 것이 계기가 되었다. 쉬에쏭은 지극히 재능이 있는 감독으로 과거에도 여러 차례 정부에서 시행한 다큐멘터리와 보도 부문의 상을 받은 바가 있었다. 그때 당시 그는 중앙텔레비전방송국의 다큐멘터리 감독으로 활약하고 있었다. 2000년 중앙텔레비전방송국 특집 프로그램 부서는 팡따쩡의 사례를 특집으로 정해 『팡따쩡을 찾다』라는 다큐멘터리를 촬영하였다. 쉬에쏭이 촬영팀과 함께 많은 어려움을 이겨내면서 팡따쩡이 걸었던 길을 따라 취재했고, 사람들을 만나 인터뷰했다. 예컨대 빠오띵(保定), 스자좡(石家莊)의 촬영 노선은 판창장이 「샤오팡을 그리워하며」에서 쓴 그 노선을 전적으로 따라갔던 것이다. 그 후 펑쉐쏭은 마카오에 파견되어 상주했으며, 중앙텔레비전방송국 마카오 사무소에서 수석 기자로 일했다.

내가 귀중한 필름을 팡 씨 집안에 돌려준 뒤, 팡따쩡의 조카이며 『쓰촨일보(四川日報)』의 사진기자인 장자이쉬안(張在璇) 선생이 보관하기로 했다. 여동생 팡청민이 연세가 많고 또 몸 상태가 갈수록 나빠지고 있었기 때문이었다. 2002년 내가 공무로 쓰촨에 가면서 당시 쓰촨성 촬영가 협회의 부주석인 류광샤오(劉光孝)를 찾아갔다. 그의 소개로 축구 명장인 마밍위(馬明宇) 선생이 후원하였고, 또 그때 당시 쓰촨 저널리즘 그룹의 큰 협조로 그해 7월 청두(成都) 쓰촨미술관의 큰 전시 홀에서 120점의 작품을 선정하여 전시회를 열게 되었다. 전시회는 중국촬영출판사와 쓰촨성 촬영가협회에서 주최하였다. 그제야 나는 팡따쩡 가족의 큰 기대를 저버리지 않았다는 느낌이 들게 되어 어깨가 가벼워지고 마음이 놓이는 것 같았다. 2006년 샤오팡의 가족들이 그의 필름을 중국국가박물관에 기증할 때에는 이미 존경스러운 팡청민 님이 저세상으로 떠난 뒤였다.

이 책의 작가인 펑쉐쑹은 1990년대에 역사를 구술하는 방식으로 대형 텔레비전 다큐멘터리인 『20세기 중국 여성사』를 제작하여 두각을 나타내기 시작했다. 『팡따쩡을 찾다』를 기획한 날부터 쉬에쑹은 샤오팡을 연구하기 시작했으며, 노력을 아끼지 않았다. 우리 사이도 이로 인해 절친한 친구로 되었으며, 이 또한 필자가 『팡따쩡의 소실과 재현』을 위해 머리글을 쓰게 된 또 하나의 이유라고 할 수 있다. 20년이 지난 뒤 이 책이 팡따쩡에 대한 학술연구의 승화로 이어지리라 믿어 의심치 않는다.

쉬에쑹이 새 책을 곧 마무리할 무렵 필자가 베이징광사(北京光社, 중국 촬영 역사상 첫 촬영 단체 – 역자 주) 자료를 검색하면서 한 편의 문헌에서 샤오팡 부친의 학력에 관한 기록을 뜻밖에 발견하였다. 타이완 원하이출판사(文海出版社)에서 간행한 『징스역학관교우록(京師譯學館校友錄)』 5급(학년) 동학(동창) 성명록에 이렇게 기록되어 있었다. "팡주바오(方祖寶), 별호

11

전동(振東), 장수 우시(江蘇無錫), 법문(法文. 프랑스어), 외교부 주사, 외교부 계원(係員)." 이 또한 이 책이 출판되기 전 문헌에 대한 재보충이라고 할 수 있다.

이 짧은 글에서 필자가 이 일과 관련되는 많은 사람의 이름과 일들을 번거롭게 여기지 않고 열거하였는데, 그 목적은 팡따쩡에 대한 그들의 관심과 열정을 알리기 위해서이다. 이 외에도 기록할 만한 이름을 미처 언급하지 못했을 수도 있겠지만, 『팡따쩡의 소실과 재현』이라는 이 책에서 완전하게 설명되리라 믿는다. 물론 네트워크 시대인 오늘날 정보가 엄청나게 발달하였지만, 이 책을 읽는 사람들은 누구나 감동하리라고 필자는 여전히 믿고 싶다. 얼마 전 미국 언론매체의 저술 작가인 하비 조딘(Harvey Dzodin)이 방문했을 때, 필자가 그에게 팡따쩡의 작품을 보여주었더니 즉석에서 "그는 중국의 카파다"라고 인정해 주었다.

천선(陳申, 중국촬영출판사 편심, 전 부사장, 촬영역사 학자)

2014년 5월 20일 베이징에서

차   례

1. 우연한 다큐멘터리 한 편

팡따쩡의 작품은 30년대에 남겨진 유언, 그 이후의 모든 시대에 주는 유언과 같다. 정교하고 아름다운 화면들은 오늘날의 우리에게 구식의 기차, 이미 사라진 부두와 공장, 밧줄로 꽉 찬 범선, 황량한 땅, 구시대의 전쟁터와 병기, 그리고 구시대의 생활과 풍습을 보여주고 있다. 사람들의 모습, 얼굴과 눈빛이 순식간에 화면에 고정되었지만, 오히려 끈기 있는 생명을 가지고 있었다.

– 위화(余華)의 『사라진 의의(消失的意義)』

1. 우연한 다큐멘터리 한 편

말레이시아 항공 MH307편이 실종(2014년 3월 8일)된 지 18일 후, 수색구역을 넓디넓은 호주 해역까지 확대했다. 그리고 얼마 지나지 않아 나기브 말레이시아 총리가 항공편 실종 관련 소식을 발표했다. 갑자기 닥쳐온 재난으로 사람들은 어찌할 바를 몰랐다. 239명의 생명이 순식간에 영원히 사라졌고, 목적지가 있었던 여행이 결국은 돌아오지 못하는 결과를 빚어냈다. 그러나 탄식만할 뿐 무엇을 할 수 있겠는가? 이미 몇 개월이 지났지만 찾는 일과 추측으로 온 세상이 시끄러웠고, 이쪽에서 찾다가 또 저쪽에서 찾고 이렇게 반복하기만 했다. 도대체 무슨 일이 일어났는가? 언젠가는 진상이 다 밝혀질 것이다. 또 어쩌면 영원히 답을 찾지 못할지도 모르는 일이다.

인생의 무상함을 느낄 수 있다. 다시 말해서 자신의 운명이 자신의 손에 달린 것이 아니라 단지 당신한테 잠시 보관된 것 같다. 언제 어디서 앗아갈지 사전에는 모른다. 그래서 한 사람의 삶의 의미는 얼마나 오래 사느냐에 있는 것이 아니라 당신이 살아서 어떤 일을 하는가에 있는 것이다.

팡따쩡이 바로 그런 사례이다. 요즘 사람들은 그가 누구인지 아는 사람이 극히 적다. 만약 내가 당신에게 그가 바로 루꺼우차오 사변 이후 가장 먼저 전선에 도착해 보도한 종군기자이고, 그가 바로 촬영가들에게 중국의 로버트 카파로 불리는 사람이며, 그가 저명한 작가 위화(중국 3세대 문학을 대표하는 작가), 저명한 종군기자 탕쓰쩡(唐師曾)이 숭배하는 사람이라고 알려준다면, 당신도 그에 대해 존경심이 생기지 않겠는가? 팡따쩡이 이 세계와 연락이 끊긴 시간은 1937년이다. 그때 당시 그는 25세였으며 신분은 상하이 『대공보』의 전쟁보도 특파원이었다. 다시 말해서 그가 실종된 지 이미 80년이 지났다. 만약 건재하다면 올해 105세일 것이다. 18년 전 내가 『팡따쩡을 찾다』라는 다큐멘터리를 제작하였는데 그 후 많은 사람이 그것을 통해 팡따쩡을 알게 되었다. 다큐멘터리 이야기가 나왔으니 말이지 지금 생각하면 그것은 우연한 기회였으며 또한 행운이었다고 할 수 있다.

팡따쩡은 어떤 사람이었을까? 그가 어떻게 루꺼우차오 사변을 가장 먼저 현장에서 보도한 종군기자로 되었을까? 그의 촬영 작품이 왜 오늘에 와서도 여전히 사람들의 사랑을 받을 수 있는 것일까? 종군기자의 역할이 정점에 이르렀을 때, 그는 신비스럽게 실종되었는데 그것은 전쟁 때문이었을까 아니면 다른 속사정이 있어서일까? 우리가 우연으로부터 시작하여 찾는 여정을 통해 그 의문을 천천히 살펴보자.

1999년 초에 나는 2년 7개월 동안 지속해온 대형 다큐멘터리 『20세기 중국 여성사』를 완성하고 총감독직을 내려놓으면서 중앙텔레비전방송국 사회교육센터 특별프로젝트인 『여성(半邊天)』 프로그램에서 『미술의 하늘』 프로그램으로 옮겼다. 같은 해 10월 나의 아버지가 베이징 해방군병원에서 식도암 진단을 받았으며, 병세가 위중한 상태였다. 그때 당시 나는 30세 미만이었다. 그런 내가 그렇게 갑작스러운 소식을 접하고, 또 일터에서 받은 스트레스와 잘 보이지 않는 미래로 갑자기 의지할 곳이 없는 막연함에 휩싸였다. 한편으론 가족들에게 아버지의 병세를 숨기면서

의사와 연락하여 수술과 후속 치료를 논의해야 했고 또 한편으론 누구와도 나눌 수 없는 어려움과 고민을 소화해야 했다. 그때의 상황을 표현한다면, 곤궁에 빠졌다거나 혹은 몸과 마음이 지칠 대로 지쳤다고 할 수 있을 것이다.

바로 그런 시기에 나는 무심결에 사무실의 신문 더미에서 팩스 하나를 발견했다. 그것은 오늘까지도 보관되어 있다. 다만 10여 년의 세월이 흘러 퇴색되고 글자가 희미하게 되어 거의 백지가 되다 시피 했다. 최초의 모습과 가까워진 것이다. 그 팩스는 그때 당시 중국 촬영출판사 부사장인 천선(陳申) 선생이 보낸 것으로 내용에는 팡따쩡이라는 낯선 이름이 언급되어 있었다. 요점을 정리하면 다음과 같다.

팡따쩡, 항일전쟁 초기 국내에서 활약해 왔던 전쟁보도 촬영기자이고, 또 구미(歐美)의 많은 간행물에 원고를 제공했던 사람이다. 민족의 항일전쟁이 기세등등하게 진행되고, 종군기자의 역할도 막 전개되어 가고 있을 무렵, 그는 신비스럽게 실종되었다. 이 촬영가는 짧으면서도 전기적인 일생을 살면서 거장으로서의 수준 높은 작품을 남겼지만, 반 세기동안 역사의 수레바퀴 속에 갇혀져서 완전히 잊혀 지고 있었다. 다만 그의 친여동생이 오빠가 남겨놓은 1,000여 장의 필름을 소중히 간직하고 있는 바람에 외로움 속에서 묵묵히 자신의 생명력을 지키고 있었다. 그녀는 오빠가 죽지 않았다고 믿고 있었으며, 언젠가는 오빠가 갑자기 나타나리라고 믿고 있었다. 출판사는 팡따쩡의 작품 및 그에 대한 사람들의 기억을 『팡따쩡의 이야기』라는 책으로 편찬하여 그를 추억할 생각이다.

여행 중인 젊은 팡따쩡

팩스 내용은 그 책을 협력하여 널리 보급해 줄 것을 희망하는 출판사의 기획 방안이었다. 사실, 그 종이는 나에게 전달하고자 보내온 것은 아니었다. 수신자가 없는 종이조각에 불과 했기에 그저 신문 더미와 같이 섞여져 있었다. 만약 내가 조금이라도 늦게 사무실에 갔거나 혹은 일정이 바빠 그날 신문을 펼쳐보지 않았더라면 팡따쩡이라는 이름을 알 수 없었을지도 모른다.

많은 일의 동기는 대부분 우연으로부터 시작된다. 물론 나는 그 팩스가 바로 "뉴턴의 떨어지는 사과"라는 것을 미처 알지 못했다. 다만 나는 눈에 들어오는 글자로 엮어진 내용에 마음이 끌렸고, 말로 형용할 수 없는 친근감을 느꼈다. 어쩌면 대부분의 인연이 그렇게 이루어졌을지도 모른다.

나의 직업 경험에서 볼 때 이것은 아주 매력적인 정보라는 것을 알 수 있었다. 그 매력은 사건 자체의 희소성과 신비감에서 비롯되었다. 다큐멘터리 제작자에 있어서 기획의도를 제외하면, 흥미를 일으키는 단서가 일을 하게 하는 큰 원동력이 된다. 그것은 역사 현장을 기록해야 하는 나의 의무일 뿐만 아니라, 나아가 미지의 세계를 탐구해야 하는 것에 대한 매력 때문이다. 천선이 보내온 글 중에서 '팡따쩡' '신비하게 실종' '1,000여 장의 필름을 남겨놓았다.' 등 키워드는 나를 흥분케 했다.

사실 작품에 대한 나의 관심은 이들 키워드에 대한 매력에서 비롯되었던 것이다. 예컨대 '세기의 여성', 이 단어를 위해 나와 나의 동료들은 꼬빡 2년 7개월 동안 시달리면서 결국 600여 분에 달하는 대형 다큐멘터리 『20세기 중국 여성사』를 역사구술 방식으로 제작해 냈다. 촬영 과정에서 비록 걸림돌이 예상보다 많았고, 탐구와 촬영을 병행하면서 애매하고 고독하며 막연하고 답답할 때도 있었지만, 그래도 나는 그 키워드를 위해 대가를 치르기를 원했다. 열정이 그러하니 노력할 수밖에 없었다. 왜냐하면 비바람을 거치지 않고서는 무지개를 볼 수 없다고 믿어왔기 때문이다.

살아가면서 꿈을 갖게 되는 기회가 때로는 우연히 찾아온다. 마음이 준비되었으면 쉽게 다가올 수도 있고, 적을 때는 『노인과 바다』에서 늙은 어부 산티아고와 같이 연속해서 84일 동안 물고기를 한 마리도 잡지 못하는 경우가 있다. 예전에 어느 프로듀서 선배가 군더더기 없이 한마디로 주제를 설명해주기를 요구해 왔다. 나는 꾸중을 듣지 않기 위해 키워드를 찾아내는 노력을 해왔는데, 이는 아마도 그의 영향이 컸던 것 같다. 그렇기 때문에 그때 당시 필자가 '팡따쩡'을 우연히 만나게 된 마음이 어떠했을지를 짐작할 수 있을 것이다. 그 후부터 상당히 긴 시간 동안 나는 실종될 때 겨우 25세인 젊은이로 인하여 고통을 잊고 투지를 되찾았으며 밝은 미래로 나아가는 힘을 얻었다.

　중국 촬영출판사에서 출판된 『중국 촬영 역사』(1,840~1,949부분)를 훑어보면 팡따쩡에 관한 묘사는 겨우 한두 마디 정도였고, 서로 관련되는 사건에서만 가끔 언급되었다. 후세에 이름을 남긴 그 시대의 촬영가들과 비교할 경우 그에 관해서는 자세한 글이 없고, 이어주는 맥락이 없으며, 정론과 맺음말도 없었다. 그는 다만 '샤오팡(小方)'이라고 불리는 젊은이였던 것이다. 그에 관한 소개는 단지 하나의 점에 불과했을 뿐 면이 되지 못하였기에, 점을 한 점 한 점 연계시켜서야 간단한 윤곽이라도 대략 알아볼 수가 있었다.

　1937년 '7.7'사변 이후 출판된 잡지 『미술생활』 제41호에는 촬영기자 팡따쩡(샤오팡으로 기명)이 찍은 「항전하여 살길을 찾다」와 「조국 보위전에 목숨 바쳐」 두 기사의 사진이 게재되었다. 앞에는 기자가 루꺼우차오에서 찍은 중국 최초의 전쟁 관련 사진 7점으로 두 장의 지면을 차지했으며, 영문 설명까지 특별히 달아 주었다. 뒤에는 베이핑(北平, 현재의 베이징) 각계에서 적과 싸우는 과정에 다친 장병들의 위문 상황을 반영하였다. (『중국촬영역사』 제1권 294쪽)

　1935년 우치한(吳奇寒), 저우미앤즈(周勉之)를 포함한 사람들이 톈진(天津)에서 '중외 신문동아리'(中外新聞学社)를 설립하고 신문학에 관한 연구와 창작을 통해 항일 구국활동을 하였다. 동아리는 사원들의 시평, 통신보도 창작을 조직하여 베이핑(北平), 톈진, 상하이 등 지역의 간행물에 투고하는 외에도 국내외 간행물에 시사 사진을 제공

팡따쩡이 세허골목 10번지에서 찍은 셀카

하였다. 촬영 취재 업무를 담당한 사람이 톈진기독교청년회 직원 팡따쩡이었다. 그는 업무에 깊이 파고들어 가고, 안목이 예민하여 중요한 시사 사진들을 많이 찍었다. 예컨대, '쑤이위안 항일전쟁(綏遠抗戰)', '12.9학생 운동', '루꺼우차오 사변' 등이 있다. 상하이의 『신보(申報)』, 『좋은 친구 화보(良友畫報)』, 『현대 화보(現代畫報)』, (영문) 주간인 『중국의 목소리(中國呼聲)』, 베이핑의 『북신화간(北晨畫刊)』 및 미국, 영국, 프랑스 등 국가의 일부 간행물도 그의 사진을 자주 사용하였다. 항일전쟁 전야와 초기에 팡따쩡은 북방에서 가장 활동적인 신문 촬영기자 중의 한 사람으로 손꼽혔다.

'루꺼우차오 사변' 이후인 1937년 9월 저우언라이의 지시에 따라 타이위안(太原)에 톈진의 '중외(中外)신문동아리'를 기반으로 한 '전민(全民)통신사'가 설립되었다. 전황의 변화로 같은 해 연말 전민 통신사는 우한(武漢)으로 이동했으며, 그 뒤 또 우한에서 충칭과 청두로 옮겼다. 전민통신사가 설립된 후 퉁푸루(同蒲路)에서 활동하고 있던 중외신문동아리의 사원인 팡따쩡이 전민통신사의 전쟁보도 사진기자가 되었다. 그래서 전민통신사가 우한(武漢)에 있을 때는 기사보도 외에 사진보도도 하였다. 그 뒤로 얼마 지나지 않아 팡따쩡과 연락이 끊기면서 전쟁보도 사진기사가 없어졌고, 그 업무도 없어지게 되었다. (『중국촬영역사』 제1권 336쪽)

'77' 항일전쟁이 일어난 후 베이핑과 톈진의 기자들이 가장 먼저 루꺼우차오에 도착하여 취재하였다. 중외신문동아리의 샤오팡(원명 팡따쩡)이라는 청년이 있었는데, 그는 「일본군이 루꺼우차오를 포격하다」, 「중일 대치상태의 완핑청(宛平城)」, 「용기를 내 적을 물리치는 29군」 등의 사진을 찍었다. 7월 29일 『신보의 사진특집(申報圖畵特刊)』은 중외신문동아리의 명목으로 「루꺼우차오사변 광경」이란 제목으로 집중보도 하였다. (『중국촬영역사』 제2권 103쪽)

그때 당시 화뻬이(華北)와 시뻬이(西北)에서 샤오팡·보어치더(柏氣德)·리인(李蔭)·스스(師石)·시위췬(席與群) 등이 촬영 보도를 하고 있었으며, 그들의 작품도 모두 상하이 화보에 게재되었다. (『중국촬영역사』 제2권 106쪽)

중파대학 학창시절의 팡따쩡

팡따쩡은 항일전쟁이 시작될 무렵에 핑진(平津, 베이핑과 톈진-역자
주)과 산시(山西) 일대에서 활동했는데, 그 후에 감감무소식이었다. 아
마 전선에서 희생되었을지도 모른다. (『중국촬영역사』 제2권 108쪽)

팡따쩡에 관해서 『중국촬영역사』에서 언급한 부분은 대략 이러했다.
그런 기록을 통해 나는 팡따쩡은 항일전쟁 초기에 활약했던 종군기자이
고, 여러 간행물의 투고자라는 첫인상을 받았다. 또 '샤오팡'이라는 호칭
으로 판단할 때, 그는 활력이 넘치는 젊은이였다. 한편 그때 당시 나는 대
형 다큐멘터리 『20세기 중국 여성사』를 촬영했던 경험으로 구술역사와
구시대의 자료 영상 및 잘 알려지지 않은 이야기를 탐구하는데 빠져 있었
기에, 팡따쩡의 출현으로 다시 한 번 역사 다큐멘터리에 대한 나의 관심
이 높아졌다. 그가 남겨놓은 약 천장의 필름에 무엇이 찍혀 있는지? 그는
어떤 사람이었는지? 실종된 후에 남아 있을 만한 실마리는 없는지? 누가
또 그와 가까이에서 생활했는지? 그리고 아직도 살아있는 후손이 있는
지 등 여러 가지 궁금한 점이 많았다. 의문은 비밀을 탐구할 수 있는 가장

큰 원동력이다. 하물며 내가 당면한 것은 도전성이 있는 과제였던 것이다.

천선 선생은 저명한 촬영가이고, 또 『중국촬영역사』 저자 중의 한 사람이다. 나는 팩스를 받고 얼마 지나지 않아 그 위에 적힌 연락처로 그와 전화 통화를 했다. 알고 보니 그가 팡따쩡이 남겨놓은 필름에 대해 이미 분류하고 기초적인 연구를 한 상황이었다. 나는 여러 가지 호기심을 가지고 그와 만났다. 진위골목(金魚胡同) 부근인 베이징 동단 홍싱 골목(東單紅星胡同) 61번지 중국촬영출판사 사무실에서 인사를 나눈 후, 우리는 담배 연기가 자욱한 방에서 샤오팡에 관해 이야기를 나누었다. 그때로부터 팡따쩡이 우리의 주인공이 되었으며, 오늘까지 그와의 우정은 이미 18년이나 계속되고 있다.

천선과의 대화를 통해 나는 팡따쩡이 1912년 7월 13일(음력 5월 29일) 베이징 동청구(東城區) 세허골목(協和胡同)에서 태어났으며, 쥐띠이고 별자리는 게자리라는 것을 알게 되었다. 그의 아버지 팡전동(方振東)의 요구는 징스역학관(京師譯學館)을 졸업하였고 프랑스문학(法文)을 전공했으며, 외교부에서 근무하면서 과원(科員), 주사(主事)를 담당했다. 팡따쩡은 초등학교 때부터 촬영을 좋아했다. 그때 당시 팡가는 베이징에 옛 주택이 있었고, 집안이 넉넉하고 생활이 꽤 부유했다. 그는 어머니가 준 7위안으로 카메라를 하나 샀는데, 그때 당시 1위안이면 여러 사람이 2주 동안 먹을 수 있는 식량을 살 수 있는 금액이었다. 한편 세계 촬영역사의 한 페이지를 장식한 팡따쩡보다 4살 위인 앙리 카르티에 브레송은 그때까지도 카메라와는 접촉이 없었던 때였다. 그가 촬영활동을 시작한 것은 1931년이었다. 다시 말해서 23세에 아프리카의 코트디부아르를 여행하면서 거기에서 카메라를 한 대 사서 촬영 연습을 시작했던 것이다. 그러나 1년이 지나 그가 귀국하려고 할 즈음에야 카메라의 렌즈에 습기가 차 곰팡이가 끼었다는 것을 발견했고, 촬영한 사진 전체가 못 쓰게 되었음을 알게 되었다.

1929년 17세에 팡따쩡은 중국 북방의 첫 소년촬영모임을 발기하고 조직했다. 1930년에 그는 중파(中法)대학 경제학부에 입학했다. 그 기간 그는 사상이 뚜렷하고 사회의 진보적인 활동에 석극적이었으며, 팡인(方殷) 시인과 『소년 선봉대』 잡지를 공동으로 책임 편집하였다. 1935년 중파대학을 졸업한 후, 그는 텐진기독교청년회에서 근무하였고, 후에는 베이핑기독교청년회 책임자가 되어 옮겨 졌다. 작품을 발표할 때면 늘 팡따쩡 혹은 샤오팡(小芳)이라는 이름을 사용하였으며, 후에는 샤오팡(小方)으로 고치고는 이를 쭉 써왔다. 그는 늘 집을 떠나 여행하였으며, 접이식 카메라를 들고 농촌과 도시를 다니면서 보고 들은 것을 기록하였다.

팡따쩡의 집이 있던 세허골목은 훙싱골목(紅星胡同)과 서로 인접해 있었는데, 샤오팡의 여동생 팡청민(方澄敏)이 거기에 살고 있었다. 1993년 670㎡ 되는 집이 수용되면서 전통가옥 하나로 주택 7채를 바꾸었고, 베이핑에서 백여 년간 함께 지내던 대가족이 뿔뿔이 흩어지게 되었다. 팡청민도 부득이하게 옛집을 떠나 가족들과 스훼이챠오(四惠橋) 부근의 아파트로 이사해야 했다. 여러 해 동안 그녀의 유일한 바람은 샤오팡이 남겨놓은 필름을 모아 출판하는 것이었다. 그런 방식으로 오빠의 '생명'을 이어가고 싶었다. 천선 선생의 옛 추억에 따르면 그와 샤오팡이 알게 된 것도 우연이라 할 수 있다.

보수한 후의 베이징 둥청구 셰허골목 10번지 정원 (촬영 펑쉬에쏭)

　처음에 내가 '샤오팡'이란 이름을 접하게 된 것은 일부 언론인들의
회고록과 그를 소개하는 한 두 편의 글을 통해서였다. 그때 당시 나
는 샤오팡의 본명이 팡따쩡이고, 항일전쟁 초기 혜성처럼 나타난 청
년 종군기자로, 사진을 제법 잘 찍었지만 아쉽게도 루꺼우차오 사변
후 얼마 지나지 않아 항일전쟁 취재 과정에서 순직하였다는 정도로만
알고 있었을 뿐 더 많은 것은 몰랐다. 그러나 샤오팡에 대한 기억이 점
점 옅어져 가고 있을 때, 나는 일 때문에, 그리고 우연치 않게 샤오팡
의 친여동생인 이미 칠순이 넘은 팡청민 여사를 알게 되었다. 그리하
여 60여 년 전 적과 싸우던 전쟁터에서 희생된 열혈청년을 위해 무언
가를 할 기회가 생기게 되었다.

　1980년대 말에서 90년대 초의 어느 날, 그때 당시 베이징은 이미 불
을 지펴 난방을 해야 하는 계절에 들어서 있었다. 그때 나의 직장 상사
인 어르신 한 분이 계셨는데, 과거 상하이의 지하당원이었고, 그때 당
시까지도 당을 위해 일 해온 동지였다. 그가 나를 팡따쩡의 집, 사실은

팡따쩡의 여동생 집으로 데리고 갔다. 그때 이미 퇴직한 팡청민 노인을 처음 만났다. 오래된 조용한 집은 베이징 동청(东城) 한 골목의 길 모퉁이에 있었으며, 주택 주소는 "세허골목 10번지"였다. 집은 베이징의 전형적인 전통가옥처럼 폐쇄적이고 정교하지는 않았지만, 아주 널찍하고 조용해 보였다.

팡청민 여사는 오빠보다 3살 아래로, 퇴직 전에는 은행계통에서 근무하였고, 지금은 이미 단란한 가정을 이루고 있었다. 퇴직한 후 10여 년간 그녀는 샤오팡이 항일전쟁시기에 발표한 사진과 취재한 글을 포함해 샤오팡의 자료를 줄곧 수집해 왔다. 그리고 오빠 생전에 교제해오던 친구들과도 연락하려고 애썼다. 루꺼우차오 사변이 일어난 지 3일째 되는 날, 즉 1937년 7월 10일 샤오팡이 집을 떠나 루꺼우차오 전선으로 취재를 갔고, 신문사에 사진과 기사를 보낸 후 직접 핑한철도(京漢鐵島: 베이징에서 우한)로 남하하여 빠오띵(保定)으로 갔다. 그 사이에 황급히 집에 한번 돌아와 필름과 간단한 옷을 챙겨서는 곧바로 다시 전선으로 돌아갔다. 그 뒤로 가족과 연락이 끊겼으며, 그 후의 상황은 샤오팡과 함께 항일전쟁 전선에 있었던 기자들의 회고 글에서나 조금 알아볼 수가 있다.

당시 『대공보(大公報)』 기자였던 판창장(范長江)은 팡따쩡과 쑤이위안(綏遠) 전선에서 함께 취재한 적이 있었는데, 이번에 또 루꺼우차오에서 다시 만나게 되었으니 익숙한 옛 친구라 할 수 있다. 그는 후에 「샤오팡을 그리워하며」라는 글에서 팡따쩡에게 상하이 『대공보』 일을 알선해 주었던 과정을 설명하였다.

샤오팡의 누나 팡수민(좌)과 여동생 팡청민 (촬영 장자이쉬안)

핑진(베이징과 톈진)이 함락된 후 나는 상하이로 돌아왔다. 후에 그 (샤오팡을 말함-필자 주)가 북방에서 보낸 편지를 받았다. 편지에서 그는 "우리 집이 있는 베이핑이 함락되었습니다! 아직도 촬영 기자재와 기구가 많이 있는데 가져올 수 없게 됐고, 지금은 오갈 데 없는 사람이 되었습니다! 신문사에서 종군기자로 뛰고 싶은데 나를 대신해 일자리를 찾아 달라고 부탁합니다."라고 말했다. 그때 당시 마침 상하이 『대공보』에서 일손이 필요했던 터라 그를 초청하여 핑한선(平漢線)의 업무를 맡겼다 …… 그리하여 그는 상하이 『대공보』를 위해 기사를 쓰기 시작했다.

핑한(平漢)지역(북경과 무한을 잇는 지역)의 전쟁국면이 악화되면서 빠오띵(保定)이 함락되었다. 그리고 그의 소식도 끊겼다 …… 송금할 때에도 어디로 부쳐야 할지 몰랐다. 그의 친척들에게 물어보니 샤오팡이 빠오띵에 도착했을 때가 마침 빠오띵이 함락될 무렵이어서 그가 부득불 빠오띵의 동남쪽에 있는 리현(蠡縣)으로 떠났다고 했다. 그러나 리현에서 편지를 한 통 부쳐온 뒤로는 아무 소식도 없었다고 한다 ……

여러 해 동안 팡가 자매인 팡청민과 팡수민(方淑敏)이 그 흑백 필름을 정성 들여 소장해 오다가 후에 팡수민이 남방으로 가면서 팡청민이 보관하게 되었다. 세월이 흘러가면서 비록 여러 차례의 역사적 혼란을 겪으면서 여러 번 잃어버리고 또 훼손되기도 했지만, 팡청민은 여전히 오빠가 남겨 놓은 필름을 보관하는 데 노력하였고, 시련이 밀려오는 순간에도 그는 여전히 현명하게 어려움을 극복해냈다. 그의 마음속에는 오빠가 생명을 불어넣은 필름들은 다른 하나의 생명이 존재하는 것과 마찬가지였다. 그것이 바로 샤오팡이 판창장에게 보낸 편지에서 언급한 베이핑의 집에서 미처 가져가지 못한 촬영 자료들이었다. 이렇게 수십 년이라는 세월 속에 필름은 평온과 혼란 가운데서도 온전히 보관되었으며 가치를 인정하고 또 인연 있는 사람을 기다리고 있었다.

나와 천선 선생은 팡청민 여사를 두 번 방문한 적이 있었다. 한번은 그로부터 샤오팡의 기본적인 상황을 이해하는데 그치는 상황이어서 가볍게 만나서 경의를 표한 것이 전부였다. 다른 한번은 촬영을 위해서였는데, 내 기억으로는 그때 그가 중풍을 맞아 이미 말을 제대로 못해 자신의 의견을 정확히 표현할 수 없게 되었다. 같은 점이라면 노인이 두 번 다 서러움에 겨워 하염없이 눈물을 흘렸다는 것이다. 그 모습을 보는 우리는 어떻게 해야 그녀를 도울 수 있을지 안타까운 마음뿐이었다.

베이징 스훼이(四惠)의 한 일반 아파트에서 85세의 팡청민 노인은 휠체어에 앉아 있었고, 깔끔한 옷차림에 피부는 새하얗고 금테 안경을 쓰고

31

초등학교 시기부터 팡따쩡은 촬영을 좋아했다.

있었다. 우리가 팡따쩡의 다큐멘터리 촬영을 위해 찾아왔다는 것을 알게
된 순간 그녀는 흥분한 듯이 보였으며 눈시울을 붉히고 있었다. 우리는 그
의 어눌한 발음을 비록 알아들을 수 없었지만, 우리의 방문으로 수년간
실종되었던 가족이 다시 한 번 그녀의 기억 속에 떠올랐다는 것을 여전
히 짐작할 수 있었다.

　다행히 일찍이 1995년 3월에 천선 선생이 팡청민을 취재하면서 녹음해
놓았기에 그에게 직접 듣지 못한 아쉬움을 달랠 수가 있었으며, 정리를 거
치면서 나 또한 팡따쩡과 보다 더 가까이 갈 수가 있었다.

　천선: 그토록 불안정한 시대에 당신 오빠처럼 재능이 있는 촬영가가
　나타날 수 있다는 것은 상상하기 힘든 일입니다. 그때 당시의 가정 배

경을 소개해 주세요.

팡청민: 우리의 본적은 장쑤(江蘇) 우시(無錫)이고, 증조부 때는 베이징에서 벼슬을 하였습니다. 우리의 조부는 고향인 우시에 있던 서당에서 글을 가르쳤고, '구어(过)' 씨 집안 데릴사위로 들어갔지요. '구어'는 황제가 내려준 성 씨로, 우시의 그집이 있는 거리에는 거의 모두 '구어' 씨가 살고 있었습니다. '당호'가 있었지만 잘 생각이 나지를 않네요. 저의 아버지 이름은 팡전동이고, 역학관을 졸업하였으며, 후에 외교부에 다녔는데, 민국시기에 외교부가 남으로 이주하면서 아버지는 베이징기록보관처에 남아 근무하게 되었지요. 어머니는 베이징 출신이고, 중의학을 알고 있어서 골목에서 누가 아프면 모두 어머니를 찾아오곤 했지요. 언제나 헌신적으로 환자를 치료해 주었습니다. 어머니는 평생 취직해본 적은 없지만, 글을 배운 아버지와 똑같이 개화된 분이었습니다.

천선: 그가 밖에서 촬영을 즐기는 것 외에도 친구와 가족들에게 사진을 자주 찍어주었었나요?

팡청민: 자주 찍어주지는 않았어요. 찍어 준 적이 아주 적었지요. 그와 아주 친한 친구들도 거절당할까 봐 그에게 부탁하지 않을 정도였어요. 그러나 일반 서민 즉 서로 상관없는 사람들에 대해서는 오히려 사진을 잘 찍어주었습니다. 손을 비비고 있는 노인의 사진을 본 적이 있지 않나요? 그는 인력거꾼이었지요. 우리 집 문 앞과 멀지 않는 곳이 바로 '차구'(車口, 인력거가 모여 있는 곳을 말함)인데 인력거를 거기에 대기시켜 놓고, 이 근처 사람들을 태워주는 일을 하였지요. 그러나 샤오팡은 끝까지 인력거를 타지 않았어요.

가난을 꿰매는 자

그에게는 자기 나름대로의 인간적인 면이 있었던 거지요. 샤오팡의 장점이 바로 누구나 그를 좋아한다는 것입니다. 우리 집안은 대가족 이었어요. 분가하기 전에 삼촌 세대·사촌 남동생과 여동생까지 포함 해서 10여 명이 모두 그를 좋아하고 존경했지요. 그의 인기는 아주 특 별할 정도로 좋았지요.

팡청민의 구술 기록을 통해 나는 팡따쩡에 대해 어느 정도 파악할 수 가 있었다. 그때 당시의 녹음 여건이 안 좋은데다가 음향 기기가 좋지를 않아 잡음 소리가 너무 컸다. 그래서 반복해서 들어야 겨우 무슨 소리인 지 대충 알 수 있었다.

그렇게 해서 그에 대해 종합해 본다면 다음과 같다.

지뻬이(冀北)의 겨울

하이허(淮河)의 뱃사공

베이징 위취앤산(玉泉山)의 위펑타(玉峰塔)

윈강(云冈)의 불상

탑림

탄저스(潭柘寺)

자오먀오(昭庙) 변두리에 있는 영탑

영원한 범음

왕부(王府, 왕족) 넷째 아들의 결혼식
(사진 모음 1)

왕부(王府, 왕족) 넷째 아들의 결혼식
(사진 모음 2)

왕부(王府, 왕족) 넷째 아들의 결혼식 (사진 모음 3)

왕부(王府, 왕족) 넷째 아들의 결혼식
(사진 모음 4)

왕부(王府, 왕족) 넷째 아들의 결혼식
(사진 모음 5)

왕부(王府, 왕족) 넷째 아들의 결혼식 (사진 모음 6)

도시 속의 짐꾼

1930년대의 베이징에 가정 형편이 풍족한 지식인 청년이 한 명 있었다. 그는 진보적이고 정의로우며 열정적이고 유망하였는데, 같은 시대의 대다수 열혈 청년과 마찬가지로 자신의 작은 생활에 만족한 것이 아니라 민족과 국가의 미래와 운명에 큰 관심을 가지고 있었다. 시대를 뛰어넘은 박애사상으로 인간의 기본적인 삶과 사회 환경의 변화에 깊은 애정을 갖고 몸과 마음을 다 바쳐 끊임없이 급변하는 큰 흐름에 융합해 가고자 했다.

샤오팡 작품을 확대 인화한 견본품 (촬영 루안이중)

그가 카메라로 시대를 기록한 것은 새로운 사조에 따른 허영심을 만족하기 위해서가 아니며, 나아가 좋은 경치나 찾아다니며 호사를 누리기 위해서도 아니었다. 그는 냉정한 관찰자이고 기록자이며, 또한 카메라를 무기로 사회의 정의와 진실을 지켜보는 비판자였다. 그는 과학적인 전수조사방식으로 일하면서 소중한 사진을 남겨놓았을 뿐만 아니라, 사진과 서로 어울리는 소중한 글도 많이 남겨놓았다.

팡따쩡의 작품을 보는 순간 (나는) 매우 놀랐다. 한 상자에 원본의 필름이 대략 800여 장 들어 있었다. 우선 그 필름 자체가 귀중한 자료였다. 대략 1935년부터 1937년 사이에 찍은 것이며, 전체 촬영 화면에서 형식으로만 보아도 그는 전적으로 아주 숙련된 촬영기법을 사용하였다. 또 필름의 내용으로 보아도 (그것은) 그때 당시의 중국이 어려움에 빠진 그 시대를 반영해주고 있었다. 내용이든, 촬영기법이든, 그 필름이 간직하고 있는 자체 가치든 어떤 것이나를 불문하고 나는 모두에게 팡따쩡이 매우 훌륭한 종군 기자일 뿐만 아니라, 또 아주 우수한 촬영가라는 사실을 알려줄 필요가 있다고 생각했다.

천선 선생이 수년 전에 얘기한 바와 같이 내가 팡따쩡이 남겨놓은 그 상자를 처음 보는 순간, 마음속에 성지를 순례하는 듯한 느낌이 들었다. 흑갈색의 크지 않은 상자 안에 분홍색을 띤 종이 봉지들이 정연하게 놓여져 있었고, 모든 종이봉투에는 덕지상행(德記商行)이라는 사진관 이름이 새겨져 있었다. 왕푸징 거리 뻬이커우루시(北口路西)에 있었던 그 가계가 지금은 이미 사라졌지만, 주소로 보아서는 샤오팡 집과 매우 가까웠

노동자의 뒷모습, 무엇을 생각하고 있을까?

음이 틀림없었다. 바로 그가 사진을 인화하기 위해 자주 찾아가던 곳이었을 것이다.

위화(余華) 작가는 『사라진 의의』에서 이렇게 개탄했다. "팡따쩡의 작품은 30년대에 남겨진 유언이지만, 그 이후의 모든 시대에 주는 유언과 같다. 순식간에 고정된 화면 중 사람들의 모습·얼굴·눈빛이 오히려 끈기 있는 생명을 지니고 있었다. 그들의 안색에서 보이는 기쁨· 마비·침착함·격동 등의 모습에서 어렵고 힘들며 피로함을 볼 수 있었고, 다급함

다큐멘터리 『팡따쩡을 찾다』의 촬영 현장, 펑쉐쏭(좌)과 팡청민(우) (촬영 천선)

과 여유 있는 모습 등 모든 것은 우리가 잘 알고 있는 모습이었으며, 오늘
날 사람들의 안색·모습과 모두 비슷했다. 30년대의 이미지와 오늘날의 이
미지가 미묘하게 일치했다. 바야흐로 반세기 전의 120장 필름에서 뚫고
나오고, 낡은 옷과 낡은 도시에서 뚫고 나와 오늘날의 사람들로 환생한
것만 같았다."

　깊은 잠이 든 사람을 놀라게 할까 봐 두렵기라도 하듯, 나는 종이봉투
에서 흑백필름을 조심스레 꺼냈다. 햇빛 아래 검은색과 흰색이 분명하게
나타나더니 명확한 영상이 순식간에 눈앞에 나타났다. 격세의 인물·사
라진 광경·오랫동안 잊혀 졌던 일들이 내 머릿속을 감돌면서 순식간에
팡따쩡과 은은하게 교류하고 있는 것만 같았다. 과거에 그가 눈빛으로 쓰
다듬어 주었던 사회와 손끝이 닿았던 시대가 갑자기 생기로 가득한 활기

다큐멘터리 『팡따쩡을 찾다』를 촬영한지 10여 년 만에 다시 팡따쩡의 옛집인 세허 골목 10번
지를 방문하였다. (촬영 펑쉐쏭)

차고 거절할 수 없는 유혹이 생겨났다. 바로 그 순간부터 나는 다큐멘터
리 형식으로 팡따쩡을 찾기로 결심하였던 것이다. 비록 종이 위의 글과
달리 영상 표현은 하나하나의 확실한 화면을 바탕으로 해야 한다는 것을
나도 알고 있었지만 말이다. 샤오팡이 개인사진 몇 장 외에 움직이는 영상
을 하나도 남기지 않아 영상 확보의 어려움도 예상할 수 있었다. 그러나
팩스를 우연히 받은 그 순간부터 내가 이미 일종의 새로운 업무에 진입하
였다는 것을 나는 느끼고 있었다. 당황스러우면서도 또 흥분된 상태로 그
런 느낌은 처음이었다.

나는 다큐멘터리를 촬영하면서 메모장에 이런 것을 적어두었다. "이 다큐멘터리의 촬영 목적은 단지 한 사람을 찾기 위한 것이 아니라, 찾는 과정을 통해 진실로 평화와 자유를 열망하는 하나의 생명을 오늘날 환원시키는 데 있다. 그가 자신의 눈빛으로 60여 년 전 국난이 눈앞에 닥친 중국의 대지를 쓰다듬어 주었고, 렌즈에 담은 그의 영상은 우리가 그때 당시의 중국 사회를 이해할 수 있는 생생한 사진첩이다. 그는 개인의 고상한 품격으로 우리에게 물질 이외의 정신적 경지를 수립해 주었다. 촬영 과정에서 우리는 그의 마지막 여정을 따라가면서 항일전쟁 초기 한 사람의 운명과 한 나라의 운명을 이해하려고 노력해 보았다."

　우리의 찾기는 조용하게 시작되었다. 세월이 70년 전으로 되돌아갔고, 사진 속의 영상이 움직이기 시작했다. 이미 사라진 부두와 공장이 보였고, 지금까지 살아 있는 노인들의 청춘 시절이 보였고, 1930년대의 사회 풍모와 생활 모습이 보였고, 팡따쩡이라는 젊은이가 카메라를 메고 다녀간 하나하나의 역사적의 순간들이 보였다.

　다큐멘터리 『팡따쩡을 찾다』라는 제목 선정에서부터 프로젝트 내부 운영에 이르기까지 어려움이 따랐다. 예산 부족으로 그 전에 구상했던 샤오팡의 마지막 발자취를 찾는 허뻬이(河北)부터 산시(山西)까지의 촬영 계획이 취소되었다. 그래서 2000년 7월 9일에 방송된 초판 내용과 관련된 장소는 거의 베이징 위주였다. 다큐멘터리가 방송된 후 며칠 뒤 내가 중앙텔레비전 IBC에서 아침 식사를 하면서 그때 당시 사회교육센터 주임을 맡고 있던 까오펑(高峰) 선생을 만났다. 마침 그도 그 다큐멘터리를 보았기에 대화가 자연적으로 팡따쩡을 둘러싸고 흘러갔다. 성사시키지 못한 외지 촬영으로 내가 아쉬워하자 베테랑 다큐멘터리 감독이었던 까오펑 주임이 그 주제의 가치를 잘 알고 있었기에 즉석에서 사회교육센터의 특별프로젝트로써 그 다큐멘터리를 계속 촬영할 수가 있다고 말했다. 솔직히 이 또한 우연이었다. 내가 쭉 일해 온 경험으로 보아도 다큐멘터리가 방송된 후에 또 재촬영한다는 것은 이제까지 없었던 일이었다. 이번의 우연한 만남으로, 같은 해 11월에 까오펑 선생이 직접 더빙한 2편의 『팡따쩡을 찾다』가 방영되었으며, 1년 후에 그 다큐멘터리가 제15회 전국 텔레비전문예성광상(全国电视文艺星光奖)에 선정되어 수상하였다.

2013년 8월 필자가 출판사의 요청을 받고 이 책을 쓰고 있을 즈음, 나의 아들 루이하오(瑞濠)가 베이징 동청구의 한 초등학교에 다니게 되었다. 우연하게도 학교와 그때 당시 팡따쩡의 집이 거리 하나를 사이에 두고 있었다. 지리적 위치가 그토록 가까우니 다큐멘터리 『팡따쩡을 찾다』를 촬영할 때의 생각이 갑자기 떠올라 나를 꽤 놀라게 하였다. 설마 "이번에도 우연일까?" 하는 생각이 들었다.

십여 년이 지난 뒤에 나는 다시 그 익숙한 골목에 들어섰다. 비록 번화가의 모퉁이에 있었지만, 남북방향의 세허골목은 큰 변화가 거의 없이 우리가 촬영을 끝마치고 떠날 때의 모습과 비슷했다. 내가 또다시 카메라로 사진을 찍을 때 10번지 집의 주인은 이미 바뀐 상태였다. 그도 텔레비전에서 대충 보아 어떤 사람이 과거에 여기에서 살았다고는 들었었는데 너무 오래되어 기억이 거의 없다고 했다. 가옥은 이미 다시 지었지만 샤오팡 집의 큰 회화나무만은 여전히 그대로 있었다. 회화나무가 몇 십 년 동안 흔들흔들하며 무엇을 보았는지 무엇을 들었는지는 모를 일이다. 그러나 "회화나무의 나이테에 샤오팡의 즐거움과 숨소리가 기록되어 있지 않았을까?" 하고 생각해 보았다.

2. 팡따쩡과 시대

    촬영 애호가인 팡따쩡에게 주어진 환경은 좋지 않았다. 수년 전에 중국의 '촬영가'들은 상하이·베이핑과 같은 도시에 모여 그들이 변경해 놓은 국화(国画) 혹은 패션 사진과 비슷한 촬영기술을 보여주는 데에 빠져 있었다. 그러나 양반 가문에서 태어난 팡따쩡은 소박한 서민 정신이 몸에 배어 있었기에 그런 고급 분위기와는 전혀 어울리지 않았다. 그의 젊은 얼굴은 검소한 생활과 더욱 가까이 하였다. 그는 카메라 렌즈에 가난한 사람들·인력거꾼·배를 끄는 인부·광부 등 하층 노동자들을 자주 담았고, 탁월한 기록 촬영가로서의 훌륭한 품격을 점차 나타내기 시작했다.

-우마(午马) 『1937년의 소실』

2. 팡따쩡과 시대

　나의 오빠 샤오팡은 성이 팡씨이고, 이름은 더쩡(德曾) 또는 따쩡(大曾)이다. 샤오팡은 인물이 잘생긴 청년으로 키가 훤칠하고 얼굴색이 볼그스레하며 한 쌍의 초롱같은 큰 눈에서는 순수한 빛이 넘쳐났다. 그는 항상 즐거워하는 모습이었다. 또 언제나 힘든 줄을 모르는 것 같았다. 그를 '샤오팡'이라고 부르는 것은 그가 동심을 잃지 않고 천성이 쾌활하며 어린이들을 좋아했기 때문이다. 같은 또래 친구들이 키다리인 그가 어린이들과 함께 기뻐서 껑충껑충 뛰는 것을 보고는 자기도 모르게 '샤오팡'이라고 친근하게 불렀고, 본인도 그 호칭이 그리 나쁘지 않다고 여겼다. 그는 "팡자(方者)는 강하고 정직함을 말하며, 샤오(小)는 겸손한 뜻이 있으므로, 그것이 바로 사람 됨됨이와 행동해야 하는 도리이며, 정직하고 나라와 국민에 유용한 사람이 되겠다"는 의미라고 말했다. 그래서 그는 작품을 발표할 때 처음에는 '샤오팡'(小芳)을 쓰다가 후에는 '샤오팡'(小方)으로 필명을 고쳤다.

　나는 팡청민이 쓴 한 편의 회고 글에서 그가 오빠의 생김새와 성격에 대해 위와 같이 묘사한 것을 읽은 적이 있었다. 글은 젊고 밝으며 활기찬 생명력을 부각시켰는데, 요즘 말로 한다면 긍정적인 힘으로 가득 차 있었던 것이다. 샤오팡은 본인 사진을 많이 남기지는 않았다.

여행 중인 소년 샤오팡

여러 면에서 찾아보았지만 겨우 10여 장 정도였다. 이것은 촬영을 좋아하고, 집안 형편이 좋으며, 또 패션감이 넘치는 젊은이에게 있어서 많다고는 할 수 없는 숫자이다. 휴가 중이거나 외출해서 취재하던 중에 찍은 사진을 보면, 팡따쩡은 자신만만하고 침착해 보였으며 듬직한 모습이 그의 실제 나이를 뛰어넘어 보였다. 그 시대에 그의 옷차림은 감각적이었고, 요즘 보아도 뒤처지지 않았다. 눈썰미가 좋고 마음이 넓었으며, 생각이 자유로워 새로운 사물과 새로운 관념에 대해 매우 큰 호기심을 가지고 있었지만, 쉽게 맹종하고 뒤따르는 것이 아니라 분명하게 스스로 판단력을 가지고 있었음을 느낀 것이 필자의 그에 대한 첫인상이었다.

타잔을 모방한 샤오팡의 셀카

　팡따쩡의 성장과정과 그가 겪은 시대는 바로 중국과 세계가 상당히 불안한 시기였다. 공업화시대의 급격한 발전이 원래의 농업문명 질서에 엄청나게 큰 충격을 주었고, 더욱이 끝이 없는 전쟁이 인류 가치관의 분열을 가져왔다. 단순화로부터 다원화까지 세계적 구도가 조용히 바뀌기 시작했으며, 현대화의 힘과 속도가 전례 없이 빨랐다.

소년 촬영동아리 조직 당시의 팡따쩡

　기복이 심한 가운데 부유와 빈곤, 고상함과 비열함이 하루 저녁 사이에 바뀔 수 있었고, 난데없는 변수가 언제 어디에나 있었으며, 사람들이 기쁨 속에서 그리고 공포 속에서 생활하고 있었다. 다행히 팡따쩡의 집안 형편은 괜찮았고, 촬영을 즐기는 그의 '사치스런(?)' 취미는 가족들의 반대를 받지 않았을 뿐 아니라, 부친의 묵인과 문명적인 모친의 지지를 받았다. 7위안을 주고 사온 카메라가 생활의 문을 여는 열쇠가 되었고, 렌즈를 통해 세계를 보고 각양각색의 인생을 한눈에 넣을 수 있는 계기가 되었다. 그때부터 팡따쩡의 인생이 어떤 사명감과 연관되어 있었던 것 같았다.

1929년 팡따쩡이 17세 되던 해에 그는 베이핑의 『세계화보』에 「촬영을 즐기는 어린이들을 주목하자 – 소년 촬영동아리의 회원을 모집한다」라는 글을 발표하여 다음과 같이 공언했다.

"지금의 촬영 예술이 하루하루 발전하고 진보하여 촬영 인재도 예술의 무대에서 중요한 위치를 차지할 수 있게 되었다 …… 때문에 소년 촬영단체를 조직해야 할 필요성을 느꼈다. 소년 촬영계의 선발대가 되는 것이 얼마나 위대한 일인가! 또 얼마나 재미있는 일인가! 소년들이여, 어린이들이여, 빨리 와서 지원하자! 앞다투어 나아가자! 노력하며 나아가자! 소년촬영동아리는 촬영예술에 관한 연구를 취지로 하고 있기에, 촬영기계가 있고, 촬영에 관심이 있는 사람이라면 경험 여부를 막론하고 16세 미만이면 모두 자유롭게 본 동아리의 회원으로 가입할 수 있다. 소년촬영동아리 통신 주소 : 베이핑 외교부 가도 세허골목 7번지(후에 10번지로 고쳐졌음) 팡따쩡"

자료의 기록에 따르면 이것이 중국 북방에서의 첫 소년촬영동아리였다. 같은 해 9월 베이핑의 첫 공개 촬영전람회가 중산공원(中山公園)과 청년회에서 잇따라 열렸다. 그때 팡따쩡도 청년대표로 여러 점의 작품을 골라 전시에 참가하였으며, 사회적으로 많은 호평을 받았다. 인창(蔭昌)의 아들이며 촬영가인 인티에꺼(蔭铁阁)는 "팡따쩡의 「추운 밤」은 서양의 문화가 깃들어 있고, 특히 색조가 균형감을 갖고 더욱 두드러지게 하였다"라는 글을 써 평가하였다. (베이핑 『세계 화보』 205호 1929년 9월 29일 출판) 이어서 그가 촬영한 「추운 밤」「청년회 소년 군단의 야외 경축회」「북쪽 교외

(北郊)의 따쫑사(大钟寺)」 등 작품들이 『세계화보』에 연이어 발표되었다. 그때 당시 팡따쩡은 이미 중국 북방의 촬영계에서 두각을 나타내기 시작했던 것이다.

　　1930년대, 중국 촬영예술계는 상당히 활동적인 시기를 맞이하여 많은 훌륭한 촬영예술가들이 나타났다. 그러나 그때 당시의 한계성으로 인해 많은 촬영가와 그들의 작품에는 모두 유미주의 색채가 아주 많이 덮여있었다. 현실생활과 촬영가의 사회책임에 대한 반영, 그리고 촬영예술 표현에 대한 참된 이해가 그들 작품의 생명력을 결정하였다. 샤오팡의 촬영작품에서 바로 이런 점을 느낄 수 있기에 오늘날에 와서도 여전히 모든 관중과 독자들에게 영향을 미치고 있다. 만약 팡따쩡 본인이 지금 살아있다면, 100세의 노인이 되었을 것이다. 그러나 그가 나에게 남긴 인상은 그의 작품과 마찬가지로 시간과 공간이 모두 한순간에 굳어졌고, 그는 아직도 그렇게 젊고 웅장하고 잘 생겼으며, 가슴에 뜨거운 피로 가득 차 있었다.

　천선 선생이 한 편의 글에서 팡따쩡과 시대에 대해 위와 같이 묘사한 바 있다. 촬영전문가인 팡따쩡에게 주어진 환경은 좋지 않았다. "수년 전에 중국의 '촬영가'들이 상하이·베이핑과 같은 도시에 모여 그들이 바꿔놓은 국화(國畵) 혹은 패션 사진과 비슷한 촬영기술을 보여주는데 빠져있었다. 그러나 양반 가문에서 태어난 팡따쩡의 몸에 배어있는 소박한 서민정신은 그런 사치스런 분위기와 전혀 어울리지 않았다. 그의 젊은 얼굴은 검소한 생활과 가까이하게 하였다. 그는 카메라 렌즈에 가난한 사람·인력거꾼·배를 끄는 인부·광부 등 하층 노동자들을 자주 담았고, 탁월한 기록촬영가로서의 훌륭한 품격을 점차 나타내기 시작했다. 팡따쩡은 노동자와 같은 눈높이로 그 신변의 모든 것을 보았다. 「황허의 어부」·「가난을 깁는 자」 등 그의 작품에는 인성의 빛이 반짝이고 있었다."

샤오팡은 미녀 사진을 찍지 않았다. 그는 고생하는 대중과 인연을 맺었다. 그는 황허 기슭으로 갔고, 탄광의 갱내에 내려가 실제 조사를 거친 기초자료를 사회에 소개하였다. 중국의 촬영역사를 연구하는 권위자인 우췬(吳群)은 "그는 카메라 렌즈를 중국에서 고생하는 대중에 맞추었다. 거센 물살에 휩쓸리는 어부와 갱내의 광부, 그들의 실제생활 상황에 대해 크나큰 관심과 동정심을 표했다"고 말했다. (『산시촬영』(山西攝影) 1986년 제2호 3쪽) 그가 지동(冀东)에 한번 다녀와서 쓴 「지동일별(冀東一瞥)」[03]은 지동의 위조직(僞組織, 허수아비 조직)의 수치스러운 면모를 폭로하였으며, 매춘·도박·아편·마약·밀수 등 사회상을 렌즈에 담았다. (팡청민의 회고 글, 최초 『촬영 문학』 1987년 11월에 실렸음)

샤오팡의 사진에서는 과장된 흔적을 조금도 찾아볼 수 없었고, 그의 작품은 거의 모두가 기실(紀實, 현장기록 – 역자 주) 형식으로 완성되었다. 그러나 사진을 보면, 또 그 작품들의 구도가 세밀한 설계를 거친 것처럼 셔터를 누르는 순간의 감각과 구도할 때의 확신을 하나로 융합시킨 것 같았다.

---

03) 지동일별 : "하북의 동쪽을 한번 흘깃 보다"라는 의미

석탄 운반부

철공공장

핑쑤이 길에서

황허의 어부

샤오팡의 편집을 거친 어부 사진

향촌의 여관

창청 기슭의 노점상인

1930년 팡따쩡은 중파대학 경제과에 입학하였으며, 그 사이에 그와 팡인(方殷) 시인이 함께 『소년선봉』이라는 잡지를 편집하였다. 두 사람이 기사 작성·인쇄부터 배포까지 거의 모두를 처리했다. 1935년 중파대학 졸업 이후 그는 톈진의 기독교청년회에서 근무하게 되었으며, 작품을 발표할 때는 늘 '팡더쩡' 혹은 '샤오팡'이라는 이름을 사용했다. 그때 찍은 사진들은 주로 풍경·인물 혹은 학생운동이었다.

팡따쩡은 늘 외출하여 여행하였으며, 그의 주요 촬영지는 베이징의 주변·허뻬이·산시와 차수이(察綏) 일대였다. 그는 접이식 카메라를 가지고 농촌과 도시를 다니면서 기록하였다. 그가 남긴 많은 필름에는 인화와 확대를 위해 그려놓은 편집 선이 오늘날까지도 여전히 뚜렷하게 보전되어 있었으며, 그 화면은 우리에게 훨씬 전에 소실된 부두와 공장, 밧줄로 꽉 찬 돛, 황량한 땅, 그리고 구시대의 생활과 풍습을 보여주고 있다. 사진 속 하층 민중들의 표정으로부터 그들 사이에는 충분한 신뢰와 평등이 있었다는 것을 알 수 있다.

작가 위화(余華)는 샤오팡을 기념하는 글에서 이렇게 묘사했다. "자신의 순간 이미지를 기록해 놓은 사진들은 마치 이미 사라져버린 거리 혹은 가옥과 같이 대부분 이미 세상에서 사라졌을 것이다. 모든 것이 떠났다. 그러나 팡따쩡의 작품이 우리에게 한 가지만은 절대 사라지지 않는다는 것을 알려주고 있다. 그것은 바로 사람들의 표정과 모습이다. 그것은 대대로 전해지고 있다."

존재했던 것과 존재하고 있는 것, 이것은 우리가 찾는 과정에서의 키워드이다. 팡따쩡의 사진이나 글이든, 혹은 그가 다녀갔던 집진(集镇)04이던 도시던 우리는 그의 사진만으로도 존재했던 과거와 존재하고 있는 오늘을 볼 수 있으며, 색이 바랜 사진과 새로 건설된 도시로부터 사물과 사물 사이에 놀라운 우연의 일치와 연장되는 영원함이 있으며, 끊임없이 성장하고 번성하고 있다는 것을 발견하였다.

1931년 9.18사변 이후, 그 큰 화북지역에는 책상 하나 놓을 자리조차 없게 되었다. 팡따쩡은 모든 열혈 청년들과 마찬가지로 정의를 위해 의연히 변화하는 시대의 흐름에 뛰어들었으며, '반제국주의대동맹' 기관지인 『반제국주의 신문』의 편집 일을 맡았다. 그의 동료인 팡인은 그를 "잘 생긴 청년"이고 "인품이 순수하고 열정적이고, 활력이 넘친다. …… 늘 걸어 다녔

---

04) 집진 : 비농업 인구를 위주로 하는 도시보다는 작은 규모의 거주 지역

고 무척 바쁘지만 피곤한 줄도 모르는 것 같다"라고 평가했다. 그런 그에게 카메라는 틀림없이 가장 간편한 무기였을 것이다. 1930년대의 진보적인 청년들은 모두 좌익 경향을 다소 보였으며 팡따쩡도 마찬가지였다. 그의 혁명의 길은 "현실에 불만을 품고 진보적인 서적을 읽는 데서부터 당의 외부에서 조직하는 일부 비밀행동에 참가하기까지 했다".

그가 처음으로 카메라를 무기로 전투를 시작한 것은 중학교에 다닐 때이다. 그는 소년촬영동아리인 '소년영사(少年影社)'라는 조직을 설립하였고, 공개 전시회도 가진 적이 있다. 그때 당시 그의 학우인 리쉬깡(李续刚, 샤오팡에게 리의 영향은 아주 컸다. 그는 샤오팡의 길잡이이며, 늘 그에게 혁명의 의미를 이야기해주었다. 건국 후 '리'는 베이징시 인민정부 부 비서장이라는 직책을 맡은 바 있으며, 문화대혁명 때 사인방의 박해를 받아 1969년에 한을 품고 세상을 떠났다.) 이 혁명활동을 했다는 이유로 학교 당국으로부터 공개적으로 제명당했을 때, 샤오팡이 항의를 표하고 또 역사적 증거를 남기기 위하여 그 게시문을 찍어 놓았다. 그 뒤로부터 샤오팡은 점점 철이 들기 시작했다. 9.18사변(만주사변) 당시 그는 중파대학의 재학생으로 '반제국주의대동맹'에 참가했으며 또 나를 소개해 주었다. 그는 또 내가 다니던 베이핑시립여1중의 지부 설립을 도와주었다. 그는 반제국주의의 기관지인 『반제국주의 신문』을 편집한 적이 있다.

1932년 톈진 난카이 중학교에 다른 한 명의 반제국주의 조직원이 왔다. 그의 이름은 창종위안(常钟元, 필명은 팡인으로 저명한 시인이었으며 병사하였다.)이다.

샤오팡에게는 타고난 정의감이 있었다.

그와 샤오팡이 『소년선봉』의 공동 주필(主筆, 신문사 등 기자 가운데 첫째가는 지위에 있으면서 중요 사설·논설 등을 집필하는 사람)이었다. 사실 이 작은 주간 잡비는 원고 작성·편성에서부터 인쇄·발행까지 모두 성씨가 팡(方)인 두 사람이 책임지었으며 가끔은 나도 교정을 보았다.

'9.18사변' 이후 샤오팡은 참으로 눈코 뜰 새 없이 바빴고, 동시에 우리 집의 '손님'도 많아지기 시작했다. 우리에게는 아주 좋은 어머님이 계셨던 연고 때문인지 샤오팡의 전우들은 모두 우리 집을 상담·면회·업무·토론·글을 쓰는 지점으로 여겼다. 때로는 특무경찰의 미행을 따돌리기 위해 심지어 우리 집에서 하루 이틀 묵을 때도 있었다. 자주 우리 집에 온 '손님'은 리쉬강과 팡인을 제외하고도 내가 지금 기억하고 있는 사람들로는 리성지(李声簀, 생전 중국과학원 과학출판사 부총편집을 담임함), 샤상즈(夏尚志, 과거 동북에서 청장급 간부를 역임함), 왕싱랑(王兴让, 본명은 왕쮀[王佐]로 과거 상업부 부부장을 담임함), 왕징팡(王经方, 베이핑이 해방된 후 과거 공안국에서 근무함), 까오상런(高尚仁, 베이징시 제6기 정협 특별 대표), 왕훙딩(汪鸿鼎, 상하이 재경대학 교수), 웨이자오펑(魏兆丰, 상하이 연극학원), 우쏭핑(吴颂平) 등이 있었으며, 또 쉬즈팡(许智方) 촬영전문가도 있었다. 지금도 나는 가끔 그들의 목소리와 웃고 있는 모습이 생각난다. 나는 아직도 원래 그곳에 살고 있으며, 언젠가는 그 사람들이 다시 우리 집에 모이기를 꿈꿔왔다. 그러나 시간이 흐르고 상황이 변하면서 이미 세상을 떠났거나 혹은 살아 있어도 각자 뿔뿔이 떨어져 있는 상황이다. 하물며 샤오팡이 행방을 감춘 지도 오래되었음에야.

지금 알기로는 그 당시에 온 손님들 대부분이 공산당원이었다. 그러나 그때 당시처럼 시국이 암담한 세월에 그들 사이에도 누가 당원이고 누가 아닌지를 전부 알 수 없는 상황이었다. 샤오팡마저도 여러 가지 동정으로 보아서는 조직관계가 있었던 것 같지만, 나 자신도 감히 확신할 수 없었을 뿐만 아니라 기타 동지들도 확인하기 어려웠다. (팡청민의 회고 글, 최초 『촬영문사』(攝影文史) 1987년 11월에 게재됐음)

다큐멘터리 제작 초기에 팡따쩡이 살아온 시대 배경을 한층 더 이해하기 위해 나는 그 시기의 중요한 일을 정리해 보았다. 그중에서 어떤 실마리나 관련된 것을 찾아내기를 기대했으며, 사건을 통해 그 당시를 환원시키면서 촬영에 쓸 수 있는 이미지나 자료를 찾아내는데 애썼다. 그 당시 내가 촬영한 『감독의 논술』에서 배경 부분을 한번 간추려 보았다.

- 1935년 감옥에 갇혀있던 톈한(田汉)이 영화 『풍운의 아들딸』(风云儿女)의 주제가로 『의용군 행진곡』의 가사를 창작하였다.
- 1935년 12월 9일, 1,000여 명의 베이핑 학생들이 대규모의 청원활동을 거행함으로써 일본군의 중국 침략에 항의했다. (샤오팡이 현장을 찾아 사진을 찍었다)
- 1936년 5월 21일, 상하이 문단이 「중국의 하루(中国一日)」 응모작품을 발표하였는데, 그 시절 중국의 가장 기초적인 자료를 남겨주었다. 일본의 침략은 그때 당시 사람들 마음속의 가장 큰 걱정거리였다.
- 1936년, 로버트 카파가 스페인 내전을 취재하였고, 성공작 「어느 공화파 병사의 죽음」을 촬영하였다. (여름에 샤오팡이 허뻬이·산시·쑤이위안을 여행하면서 취재하였으며, 초청을 받고 『주일생활 잡지』 등 잡지사에 원고를 제공하였다)
- 1936년 12월 12일 '시안(西安)사변'이 일어났다. (샤오팡이 쑤이위안 전선에서 취재하면서 판창장을 만났다)
- 1937년 7월 7일, 루꺼우차오 사변이 발발했고 국공 양당이 1924년 이후 두 번째 통일전선을 체결했다(제2차 국공합작 - 샤오팡이 가장 먼저 '사변'현장을 보도한 사람이었으며, 수많은 전설적인 사진을 찍었다)
- 1937년 7월, 파블로 피카소가 '파리 만국박람회'의 스페인관에서 전쟁과 폭행을 반대하는 작품 「게르니카」를 전시했다.

- 1937년 7월 28일, 일본군이 제29군을 향해 총공격을 가했다. 베이핑과 톈진이 잇따라 함락되었다.
- 1937년 8월 8일, 일본군이 베이핑에서 대규모의 '입성식'을 가졌으며, 5,000여 명의 침략자들이 용띵문(永定門)을 통해 도시로 진입했다. (샤오팡이 「전선에서 베이핑을 회고하다」를 썼다)
- 1937년 8월 13일, 상하이에서 '상하이 전투(淞滬會戰)'가 발발했다.
- 1937년 8월 25일, 중공중앙군위는 홍군의 주력부대를 국민혁명군 '제8로군'으로 개편하고 "항일전선으로 나아간다"는 성명을 반포했다.
- 1937년 9월 5일, 톈진 중외 신문동아리를 기반으로 타이위안(太原)에 '전민(全民)통신사'를 설립하였고, 리공푸(李公樸)를 사장으로 임명하였다.
- 1937년 9월 25일, 팔로군 115사단이 핑싱관(平型關)에서 일본군을 매복 공격하여 제5사단 제21여단의 일본군 1,000여 명을 섬멸하였다.
- 1937년 11월 20일, 국민정부가 수도를 총칭으로 옮겼다.
- 1937년 12월 13일, 일본군이 난징을 점령했다.
- 1937년, 아인슈타인이 『도덕의 쇠퇴』라는 글에서 전쟁과 타락을 호되게 비난했다.
- 1938년 저명한 종군 기자인 로버트 카파가 중국에 와 취재했다.

위의 내용은 1935년부터 1938년 사이에 국내외에 관련된 대체적인 사건 윤곽들이고, 또한 팡따쩡의 알려진 생애에서 가장 활동적이었던 시기였다. 중파대학에서 몇 년간의 전문적인 학습과 민생·자유·평등·박애의 학문 정신을 계발한 것은 샤오팡의 능력 성장과 안목을 넓혀주는데 적극적인 의미가 있었다. 우리는 그의 사진과 글 보도에서 자신에 대한 표현이나 개인적인 일에 대한 그의 우려를 거의 찾아볼 수 없었는데, 그에게 있어서 '나'라는 개념은 존재하지 않았으며, 민중의 처지와 국가의 운명에 더욱 주목하였다고 말할 수 있다.

천: 판창장이 쓴 「샤오팡을 그리워하며」라는 글에서 샤오팡의 여자 친구를 언급하셨던데 알고 계셨었는지요?

팡: 그 글은 충칭에서 쓴 것인데, 그 글에서 언급한 여자친구는 아마도 나의 한 학우를 말하는 것 같습니다. 우리는 모두 '반제국주의대동맹'의 한 지부의 사람으로서 그가 우리 집에 자주 왔지만 깊은 사이는 아니었습니다. 샤오팡의 많은 여 학우들이 모두 그를 좋아했지만, '가난한 학생'들이어서 인지 그와 깊이 교제한 사람은 없었습니다. 그러나 그때 당시 칭화(淸華)대학 모 교수의 처제이며 연극인인 치루산(齊如山)의 조카딸을 비롯한 사람들이 모두 그와 가까이 지냈습니다. 그러나 그는 그중의 누구에게도 구애할 경황이 없었습니다. 해방된 후에도 많은 사람들이 집으로 찾아와 샤오팡이 돌아왔는지를 묻곤했습니다. (천선이 팡청민[方澄敏]을 방문하여 한 인터뷰 「반세기의 수색」에서)

그때 당시의 큰 사회적 환경에서 팡따쩡의 사상에 국제주의정신이 있었던 것은 의심할 바가 없다. 풍부한 지식, 나라와 국민을 사랑하는 마음, 넓은 시야, 세계의 흐름을 보는 안목 등 이 모든 것이 청년 샤오팡의 몸에서 실현되었다. 그가 쓴 통신 보도 「지닝(集寧)에서 타오린(陶林)까지」에서는 충격적인 열악한 노동여건을 목격한 뒤 카메라에 석탄을 캐는 농민들에 대한 무한한 동정을 담고는 다음과 같은 주석을 달았다. "그들이 언젠가는 해방될 것으로 생각한다 …… 이는 환상이 아니라고 나는 확신한다. 왜냐하면 수천수만을 헤아리는 사람들이 인류의 밝은 미래를 위해 일하고 노력하며 분투하고 있기 때문이다."

세속의 먼지를 쓸어내리니 팡따쩡의 가치도 이미 단순한 기록자의 범위를 뛰어넘었다. 오늘 우리가 볼 수 있는 사진들은 약 2, 3년 전에 촬영한 것이고, 그 풍부한 내용은 그의 상당히 넓은 취미를 충분히 보여주고 있다. 만약 국난이 눈앞에 닥치지 않았더라면 우리는 그의 미래의 촬영 방향과 직업의 길을 상상하기 힘들 것이다.

불안정한 세월 속에서도 잘 생긴 북방의 청년, 경제를 전공한 대학생은 여전히 석양에서 시적인 분위기를 연출하고 있을 것이다. 그는 건강하고 아름다운 육체, 농가 어린이의 찬란한 웃음, 베이핑 중앙공원(中央公園) 안의 일본 기생, 북방 벌판에 바람을 맞으며 혼자 서있는 초병 등을 카메라에 담았다. 그의 카메라는 마치 목마른 눈과 같이 눈길이 닿는 곳마다 전부 창작 의욕을 불러일으킬 수 있는 인간사와 풍경이었다. 놀라운 것은 그 당시 폐쇄된 중국에서 촬영 경험이 얼마 없는 사진가로서 그가 그토록 풍부한 정취와 사회적·역사적으로 연구 의미가 있는 내용을 사진에 담았다는 것이다. 그에 앞서 그리고 그가 실종된 반세기 동안에도 중국에는 자유 촬영가가 한 명도 나타나지 않았다. 그러나 팡따쩡의 작업 방식은 마치 스스로 터득한 듯이 프로의 그림자를 가지고 있었다. 민생 고찰과 사회현실에 직면하는 문화전통이 부족한 나라에서 그는 거의 직감에 의지하면서 또 촬영 기록의 힘을 활용하였다.

팡따쩡(좌1)과 중외신문동아리 동료들의 기념 사진

"그의 혜성과 같은 깜짝스런 출현은 기쁘고 반갑기도 하고 또한 안타까운 마음도 든다. 중국 촬영계가 부족한 것은 촬영기술을 몇 년 늦게 접해서가 아니라, 카메라를 겨우 비현실적인 것을 감상하는 금속의 그림 액자로, 혹은 직접적인 선전 도구로 지나치게 간주하는 데만 머물러 있을 뿐, 촬영 그 자체의 광범위한 응용분야를 진정으로 깨닫지 못했고, 그로 인하여 지나간 세월을 영상으로 남길 기회를 잃어버리게 된 데 있다." (우마 [牛马]의 『1937년의 소실』에서)

1935년 팡따쩡은 대학을 졸업하고 톈진으로 가 기독교회에서 짧은 시간 근무한 경력이 있다. 얼마 지나지 않아 그는 은행에 출근하는 우치한 (吳寄寒)·저우미앤즈(周勉之) 등과 함께 중외신문동아리(中外新聞學社)를 설립하였으며, 그는 사진기자 직책을 맡았다. 그 시기 팡따쩡의 근무 반경은 톈진에서부터 탕산(唐山)·뻬이다이허(北戴河)·친황다오(秦皇島) 등 일대로 확대되었다. 그는 불안정한 시국을 바라보면서 손에 든 카메라와 펜으로 시대를 기록하였고, 경험을 쌓으면서 꿈을 이루었다. 그의 많은 보도 기사는 그가 국민을 동정하고 국가 운명을 걱정하는 마음을 보여주었다.

하이빈(海濱)은 뻬이다이허하이빈의 약칭이고, 베이닝(北寧)철도의 뻬이다이허역은 실제 뻬이다이허하이빈과 15km나 떨어져 있다. 따로 통하는 하이빈 지선(支線)이 있는데 그 역 이름이 바로 하이빈역이다. 그래서 뻬이다이허와 하이빈은 두 곳이므로 혼동해서는 안 된다.

화뻬이(華北) 밀무역의 본부가 최초에는 친황다오 일대에 있었는데, 그쪽에 중국 해관(海關, 세관)이 있어 여러 차례 큰 사건이 발생하고 나서는 밀무역이 점차 해안선을 따라 남쪽으로 이동하였으며, 지금은 이미 전부 하이빈과 창리(昌黎) 주변에 집중되어 있다. 이 40여 리(16km)되는 밀무역 지대에서 특히 다이허커우(戴河口) 및 양허커우(洋河口) 사이가 가장 성행했는데, 이곳으로 상륙하는 밀수품이 거의 화뻬이 밀무역 총량의 3분의 2를 차지했다.

조용하고 아름다운 휴양지구인 하이빈은 중국의 부유층과 외국 신사들의 피서와 명승지로 줄곧 베이닝 철도국에서 관리해 왔고, '하이빈자치구공사'가 설치되어 있었다. 그러나 1936년 12월 '지동정부'가 베이닝철도국 손에서 '하이빈자치구공사'를 인수하여 담당하게 하면서부터 이름을 '풍경구관리국'으로 고쳤다.

풍경구의 산머리에서 혹은 해안에서 서남쪽으로 바라보면 늘 기선 몇 척이 먼 바다 위에 떠 있는 것을 볼 수 있다.

그것이 바로 밀무역을 하는 광경이다. 풍경구를 나와 서쪽으로 작은 개천을 건너가면 허동짜이(河東寨)라는 마을이 보인다. '허짜이'가 바로 다이허의 동쪽을 의미하는 것임에 틀림없다. 거기가 밀무역을 하는 현장의 시작점이다. 거기서 서쪽으로 가면 수없이 많은 업소를 볼 수 있는데 사실 그것을 밀무역이라고 하기 보다는 자유무역이라고 하는 것이 적합할 것 같다. 비록 여기에 현대적인 부두 설비는 없지만, 초현대적인 상행위를 하고 있는 것이다. 따롄(大連)은 자유항으로 하이빈과 겨우 160여 리(64km) 떨어졌기에 밀수품이 따롄에서 포장되고 배에 실어 발송된다. 예전에는 전부 20톤에서 60톤에 이르는 작은 기선을 사용하였는데, 작은 기선의 원가가 비교적 높고 또한 위험성이 커 지금은 전부 대형 기선으로 바뀌었다. 이들 기선 중 가장 큰 것은 1만 톤급에 이르고, 가장 작은 것도 6천 톤급이다. 1936년부터 1937년의 겨울은 바다가 늘 결빙되었지만, 밀수입하는 기선은 물품을 가득 싣고 매일 평균 두 세척이 들어왔다. 지금은 날이 풀려 '경제협력'의 목소리가 점점 사람들의 이목을 자극하고 있으므로 이런 선박의 거래도 점점 활성화되고 있다. (샤오광의 「하이빈·톈진에서의 밀무역 통신」)

팡청민은 회상하는 글에서 그때 당시 오빠는 늘 우산 하나, 담요 하나, 배낭 한 개, 카메라 하나만 가지고 집을 떠났으며, 핑진(平津), 지진(及晉), 차(察)⁰⁵, 지(冀,허뻬이), 쑤이(綏) 일대에서 활동했다고 이야기했다.

<hr>

05) 차(察) : 찰합이(察哈爾)의 약칭으로, '차하르'의 음역어. 15세기 몽골족을 통일한 다얀 칸 (1470~1543)이 세운 제국 일파 및 일대를 지칭하는데, 다얀 칸이 죽은 후, 칸의 지위는 사실

어릴 적 우리는 같이 살았는데 재미있는 일도 참 많았다. 어느 한해 내가 초등학교 졸업을 앞두고 다시 말해서 중학교로 입학하기 전이다. 한번은 샤오팡 오빠가 내방에서 발을 씻고 있었다. 그는 매일 내방에서 발을 씻었으며, 씻고는 물을 버리지 않아 내가 버려야 했다. 나는 이 일로 화가 많이 났다. 그러던 어느 날 나는 그와 말다툼을 했으며 나는 기어코 그에게 버리라고 했다. 그래서 그가 혼자 버리게 됐다. 그 후로 나는 그를 상대하지 않았다. "그가 너무 밉살스러웠다!" …… 그 후로 우리는 매일 한집에 있었지만 2년 동안 말을 하지 않았다. '9.18'사변 이후 베이핑의 학생들이 잇따라 '남하 청원(南下请愿)'에 참가했는데, 내가 학급에서 학급대표로 선정되어 '남하시위단'(南下示威团)에 참가하게 되었다. '남하 시위단'은 출발하기 전에 모든 학생이 챈먼(前门)역(원래의 베이징역)에서 '워궈얼'(臥果儿)하는 것이다(즉 철로 위에 가로누워 시위하는 것으로 베이징 방언의 동음이다. '워궈얼'은 달걀의 일종 요리 방법이다. – 방문자 주). 정부에서 차를 출발시키지 못하도록 철로 위에 들어눕는 것이다. 샤오팡도 그때 카메라를 가지고 기차역으로 갔는데 한눈에 나를 알아봤다. 그는 재빨리 집으로 달려가 가족들에게 자신도 간다고 알렸다. 그러나 그가 다시 기차역에 도착했을 때 기차는 이미 떠난 뒤였다. 그가 기차를 놓쳐버렸다.

상 약화되어 차하르 내부에만 공식적으로 남아 있었다. 마지막으로 주목할 만한 차하르의 칸인 리그단(1604~34 재위)은 칸의 권위를 되찾기 위해 백방으로 노력했으나 적대 관계에 있던 다른 몽골 부족과 새로 부상한 만주족에게 패하고 말았다. 그가 죽은 후 차하르의 유민들은 대부분 만주족의 지배하에 들어갔으며, 그들의 후손은 오늘날 중국의 네이멍구 자치구[內蒙古自治區]에 살고 있다.

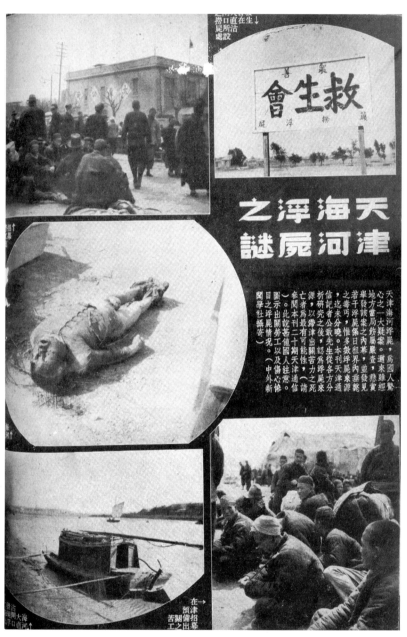

상하이 『신보』 제2권 22호에 발표된 팡따정의 「톈진 하이허에 떠있는 익사체의 비밀」

그 뒤로 그는 나에 대해 새로운 시각으로 바라보았다. 나도 진보적이고 항일을 하고 있다는 것을 인정했는지 내가 집으로 돌아간 이후 우리 둘은 말을 하기 시작했으며 나날이 친하게 지냈다. 그때 당시 '반제대동맹'이라는 당의 외곽단체가 있었는데 아주 큰 단체였다. 샤오팡과 성이 마(馬) 씨인 애국청년이 우리를 도와 '대동맹 여1중지부'를 설립하였으며, 그 뒤로 활동이 있으면 모두 마 씨를 통해 나한테 직접 통지했다. 우리의 관계는 더욱 가까워졌다. 그때 당시 오빠가 집에 돌아오면 나부터 찾았다. 집에 들어서면 먼저 '라우팡(老方) 돌아왔어요?'라고 묻곤했다. 그는 나를 '라우팡'이라고 부르면서 자신은 오히려 '샤오팡'이 되었다. (팡청민의 회억 글, 최초 『촬영문학사』 1987년 11월에 게재)

팡따쩡은 시국과 민중의 생활에 관심이 많았다. 촬영 과정에 우리가 국가도서관에서 1935년부터 1937년 사이의 많은 간행물을 살펴봤는데, 『신보(申報)』 『세계지식』 『대공보』 『좋은 친구(良友)』에서 전쟁 국면·부패문제와 경제생활에 대한 샤오팡의 많은 글을 볼 수 있었다.

1930년대 미국에서 일부 촬영하는 사람들이 식량안전국이라는 조직을 둘러싸고 그때 당시 사회의 힘든 상황과 다양한 계층의 생활을 특별 보도하여 이름을 날리게 되었는데, 샤오팡이 거기에서 아주 큰 영향을 받은 것 같았다. 그는 사회에서 고난을 겪고 있는 하층민중과 그리고 그때 당시 특별히 위험했던 중국의 사회상황에 대해 카메라 렌즈를 겨누었던 것이다.

군사훈련캠프

12.9 학생운동

신해혁명 열사 기념탑 낙성식

민중 집회

1935년에 샤오팡이 톈진의 기독교청년회에서 직원으로 근무하였는데 그것도 쉬운 일이 아니었다. 자신은 기독교도가 아니었지만, 그 일을 택하였다. 그것은 기독교청년회에서 외국의 정보를 더욱 많이 접할 수 있었기 때문이었다. 대부분의 문화정보는 그 당시의 외국어 신문·외국어 잡지를 보면서 세계의 문화적 동향과 흐름을 이해할 수 있었고 또 접할 수도 있었다. 확실히 그러했다. 그는 거기서 결국 에드가 스노우의 작품을 보았다. 그는 그때 옌안에 취재 온 미국기자였다. 후에 그는 또 그때 당시 베이핑 기독교청년회의 한 성직자에게 부탁하여 함께 스노우가 찍은 사진을 구해 보기도 했다.

그때 당시 샤오팡이 남겨놓은 사진을 보았을 때, 그 상자의 사진 안에서 몇 장은 옌안 사진임을 나는 발견하였다. 항일군정대학, 옌안아동단, 그것은 스노우가 찍은 것이었다. 어떻게 이 상자 안에 있지? 나는 이상하게 생각했다. 후에 그 수수께끼가 풀렸는데 그가 스노우의 작품을 사진으로 찍어 복제한 것이었다. 스노우의 작품은 슬라이드였다. 옌안 사진에 한 층의 얇은 종이 재질의 섬유가 있는 것을 볼 수 있는데, 기술적인 각도에서 얘기하자면 사진으로 찍어 복제하려면 얇은 종이 한 장을 위에 놓아야 가능하다고 한다. (천선 인터뷰, 2012년 7월 12일)

1936년 말, 쑤이동핑디취앤(綏東平地泉)의 한 가옥에서 "몸집이 건장하고 얼굴이 불그스레하며 머리카락이 노란색을 띤 슬라브형 청년"인 팡따쩡이 판창장에게 특별한 인상을 남겼다. 밖에는 남방에서 온 사람들이 충격 받을만한 북풍이 불어 닥치는 가운데 러시아인 비슷하게 생긴 24살 청년은 그의 생각을 아주 가볍게 털어놓았다. 말을 타고 인산(陰山)을 넘어 그의 싸이뻬이(塞北, 만리장성 이북을 말함 - 역자 주) 여행을 계속한다는 것이었다. 이번 여행으로 그는 「쑤이동 전선 시찰기」「싱허(兴和)의 여행」「지닝에서부터 타오린까지」등 사진과 글이 모두 뛰어난 보도를 『세계지식』에 발표했으며, 구절구절에서 그의 상큼하고 낙관적인 정신이 가득 넘쳤다. 다양한 취미를 가진 경제과 졸업생이 그의 전쟁보도에서 심지어 양의 종류 및 그 경제적 가치가 민생에 주는 역할을 탐구하는 여유까지 보였다. 그런 내용은 있어도 되고 없어도 되는 것이 아니다. 독자들은 팡따쩡의 보도로부터 전투지역에서 발생하는 모든 것을 다양하게 이해할 수 있었다. 그의 보도에서 우리는 또 시국에 대한 우려, 당국의 조치에 대한 비판과 반성을 늘 찾아볼 수 있었다. 인산을 넘을 때, 그의 유일한 동행자인 13군의 한 병사마저 중도에 되돌아갈 뻔했지만, 이상주의다 못해 자학에 가까운 팡따쩡은 예정된 취재 임무를 끝까지 완성하였다.

1937년의 여름 일본이 끝내 장(蔣) 위원장에게 '안내'(安內, 국내문제를 다스리는 것 - 역자 주)[06] 시간을 더 주지 않기로 하였다. 일본인의 비열한 수단으로 오랫동안 억압받고 있었던 중국인들이 전례 없는 사태로 인해 전쟁의 발발을 맞이하게 되었다. 심지어 전쟁 발발 전야에도 팡따쩡은 그의 여행 보도와 전쟁 취재를 통해 항일 결심을 드러낸 바 있다. "중국의 출로는 오직 앞으로 나가서 싸우는 것이다. 두어린(多伦)까지, 청더(承德)까지, 직접 동북 3성까지 직진해야 한다!

---

06) 선안내 후양외(先安內 後攘外) ; 먼저 공산군을 쳐서 치안을 확보한 다음 외적 일본을 친다는 정략.

팡따쩡이 사진으로 복제한
스노우의 옌안 사진

팡따쩡이 사진으로 복제한
스노우의 옌안 사진

팡따쩡이 사진으로 복제한 스노우의 옌안 사진

우리는 이 위대한 민족해방전쟁에서 완전히 승리할 수 있다는 확신을 하고 있다. 왜냐하면 이미 잃어버린 국토에 아직도 우리의 동포들이 살고 있으며, 그들이 무기를 들고 우리를 열렬히 반길 것이니 빼앗긴 땅을 수복하는 것은 어려운 일이 아니다." (「싱허의 여행」) 우리 군 젊은 장병들의 뛰어난 용기에 대한 그의 글은 민중에게 희망의 불씨를 가져다주었으며, 또 중일 간 전쟁의 불가피한 상황을 지적하였다.

흩어져 있는 글만 있을 뿐, 촬영에 적용될 수 있는 팡따쩡에 관한 자료는 역부족이었다. 수집 과정에서 나는 늘 그를 당장 만날 것만 같다가도 손을 내밀면 또 너무 멀리 있다는 느낌이 들었으며, 거의 매일 희망과 실망 속에서 헤매었다. 4개월 반 동안 나는 베이징도서관의 지난 간행물 창고에서 보냈다. 많은 글과 사진을 마주하고 찾았다가도 잃어버리는 숨바꼭질을 하면서 『세계지식』『대공보』『미술생활』『민보주간(民報周刊)』『여성생활잡지』『좋은 친구 잡지(良友雜誌)』를 한 권 한 권 찾아보았다. 그것은 그때 당시 샤오팡이 자주 원고를 제공했던 간행물들이었다.

나는 그 가운데서 샤오팡 이름이 있는 이미 색이 바랜 지면을 많이 찾아냈다. 사진과 글은 우리를 과거로 데리고 갔고 그것을 출발점으로 팡따쩡과 그 시대를 만나기 시작했다. 우리는 조금씩 샤오팡과 가까이하면서 단편적인 글을 통해서라도 새롭고 활동적인 자료를 찾아내려고 노력했다. 이런 방식은 마치 휴지 더미에서 고고학을 발굴해 내는 것 같았고, 또한 전수조사의 업무방식과 같아 내가 촬영 전에 팡따쩡의 생존환경·업무방식·사상적 흐름과 시대배경을 보다 체계적으로 인식하게 도와주었고, 동시에 영상 표현을 위한 기반을 닦아 놓았다.

상하이 『신보』 제2권 제4호에 게재된 「전쟁 분위기에 휩싸인 싱허」

85

이미지를 보여주는 매체인 텔레비전은 인쇄 매체와는 다르다. 글은 상상 혹은 정경 묘사에 따라 완성될 수 있지만, 다큐멘터리는 진실한 이미지를 기반으로 해서 모든 화면이 계획된 의미가 있고 근거가 있어야 했다. 그 과정에서 나는 오래된 종이 냄새와 함께 수많은 역사자료를 훑어보았다. 인터뷰를 확정한 취재 대상만 백여 명에 이르렀고, 촬영하고 모니터한 오디오와 비디오 자료 내용만 수십 시간에 달하였다.

다큐멘터리에서 초반 촬영과정을 표현하려면 팡따쩡 생활의 입체적인 좌표를 세워야 할 뿐 아니라, 동시에 어떠한 환경이 샤오팡에 영향을 주었고, 그가 왜 그런 것을 촬영하였는지, 그런 내용도 시청자들에게 알려주고 싶었다. 나는 역사성을 띤 다큐멘터리라면 국제적인 감각이 있어야 할 뿐 아니라, 또 그때 당시 국내의 시대상황도 알아야 한다고 생각하는데, 샤오팡의 심리도 이런 이론의 영향을 다소 받은 것 같았다. 그래서 그가 인식행위의 전환에서부터 실제적인 자각행위로 이어지게 되었다. 시대적 영향이 한 사람의 가치 추구를 결정할 수 있기 때문이었다.

내가 샤오팡을 접하면서부터 줄곧 느낀 바가 있다면, 그것은 그가 고상한 인격을 가진 청년이라는 것이다. 이른바 고상함이란 그의 관념에 당파와 같은 개념이 거의 없는, 전적으로 민본적이고 인본적인 소박한 사상에서 나타나고 민족 멸망의 위기에 처한 중화 아들딸이 마땅히 가지고 있어야 하는데, 이런 마음이 형성될 수 있는 것은 개인 자질도 있지만, 시대의 영향과도 떼어놓을 수 없는 일이다.

1999년 말부터 2000년 가을까지 약 1년 동안 나는 팡따쩡이 글에서 기록한 지점을 따라 널리 알려졌지만 그다지 완전하지 못한 최후 경로를 두 번 왕복한 적이 있다. 촬영하는 과정에 나와 촬영진은 줄곧 그의 정신에 감동하였다. 그의 나이를 뛰어넘은 성숙한 행위와 시대를 뛰어넘는 깊이 있는 생각은 우리를 감탄하게 했다. 그가 남겨놓은 구시대를 기록한 필름, 그리고 가족들의 수십 년간 끝없는 기다림, 그들을 마주하면서 비록 그 과정에서 나도 가족이 사망하고 경비가 부족하며 연결이 끊기고 고립무원 하는 등 많은 어려움을 겪었지만 촬영하기로 마음먹은 그때의 선택에 지금도 후회는 없다.

　오랜 세월이 지난 뒤, 베이징 동청(東城)의 세허골목 10번지의 작은 울타리에서 연로한 팡청민 노인이 샤오팡의 촬영 필름이 담겨있는 나무 상자를 닦고 있을 때, 어릴 적 늘 발 씻은 물을 버리기 귀찮아했던 오빠가 그의 눈앞에 나타나 그윽한 대추나무 꽃향기 속에서 차마 떠나지 못할 것이라는 상상을 하기도 했다.

하이허의 부두

차하얼-쑤이위안 길에서

칭룽챠오(青龙桥)에 세워진 잔톈여우(詹天佑) 조각

배를 끄는 인부

팡청민 그리고 그녀와 60여 년 간 함께 해온 필름 상자(촬영 펑쉐쏭)

팡청민이 혈육의 정으로 그 나무 상자와 거의 천장에 달하는 필름을 보관한 데 대해 감사를 표한다. 그로 인하여 우리는 중국 신문역사와 촬영역사 그리고 샤오팡을 알 수 있게 되었다. 촬영기술이 중국에서 새로운 기술일 때와 마찬가지로 젊은 손가락이 영원히 살아있는 생명과 그의 눈길이 스쳐 지나간 시대를 어느새 남겨놓았던 것이다.

베이징·빠오띵·스자좡·타이위안·따통(大同)부터 리현(蠡縣)까지 왕복 4천여 Km, 냥즈관(娘子关)으로부터 앤먼관(雁门关)에서 나올 때까지 우리는 카메라 렌즈로 팡따쩡의 마지막 모습을 찾아다녔다. 팡따쩡이 실종된 지 반세기가 지나서 출판된 『중국촬영역사』에는 그에 관한 글이 많지 않았다. 그러나 그렇게 띄엄띄엄 이어진 지면이 먼 옛날에 대한 오늘날을 끊으려야 끊을 수 없는 기억으로 남아있게 했다. 우리의 여정은 한 차례의 재현이었다. 만약 여러분이 다큐멘터리 『팡따쩡을 찾다』를 통해 무엇이라도 발견한 게 있다면, 꼭 마음속에서 그의 이름을 묵념하기를 바란다. 왜냐하면 그 이름이 고상함과 청춘과 희생을 대표하고 있기 때문이다.

3. 회색 가옥 시기에 쓴 보도

　그때 당시에는 외삼촌의 존재를 몰랐다. 우리 집은 앞마당과 뒷마당으로 나누어져 있어서 집이 아주 컸다. 앞줄의 가옥에는 저의 외할머니가 계셨고, 중간 한 줄 가옥에는 우리 식구가 살고 있었으며, 뒷마당의 가옥에는 저의 이모, 바로 팡청민 노인이 계셨다. 앞마당의 동남쪽 구석에 나무로 지은 높이 2m 정도의 회색 가옥이 있었다. 커서야 나는 그곳이 바로 그가 사진을 인화하였던 곳이라는 것을 알게 되었다.

- 장자이쉬안(张在璇) 「한 시대의 도영」

(CCTV[央视网] 토크 쇼)

샤오팡의 성장은 지행합일(知行合一)을 구현하는 것이었다.

3. 회색 가옥 시기에 쓴 보도

팡따쩡의 청소년 시기는 베이핑 시립 제1중학교를 다니며 지냈다. 청순치(淸順治) 원년(1644년)에 설립된 이 학교는 청 왕조가 팔기(八旗, 청나라에서 17세기 초부터 설치한 씨족제에 입각한 행정제도) 구성원의 후대들을 위해 설립한 학교였다. 1912년 차이위안페이(蔡元培)가 교육부 업무를 주관할 당시 "팔기 고등학당 설립을 허가하되 팔기를 취소하고 5족이 모두 다닐 수 있다"로 결정하였는데, 그때로부터 1중이 황족학교의 역사에 마침표를 찍고 일반 중학교로 되었다.

샤오팡은 고등학교를 졸업하고 집과 멀지 않은 중파대학에 입학하게 되었다. 학교에 다닐 때 그는 카메라를 통해 사회에 관심을 많이 가졌고, 늘 휴가를 이용하여 여행을 다니면서 글을 쓰고 사진을 찍어 신문사에 원고를 제공하였다. 학교 성적에 관해 팡청민은 "나쁘단 말도 못 들었지만, 최우수 학생도 아니었다"고 기억하였다. 그때 당시의 보도를 읽어보면 샤오팡이 민생에 관심이 아주 많았기에 카메라에 민중들의 노동과 생활을 많이 담았음을 알 수 있다. 그가 개인감정을 지나치게 투입하지 않고 있는 그대로를 반영하였지만, 작품을 꼼꼼히 읽어보면 그의 뜨거운 동정심, 그리고 글과 흑백사진에 숨어있는 진실을 느낄 수가 있었다. 그 시기에 그는 그가 터득한 전문지식으로 보고 느낀 것을 판단하였기에 보도가 더욱더 객관적이었고, 촬영한 사진은 더욱더 냉정했다.

탕꾸(塘沽)를 지나고 나니 승객들이 점점 적어졌다. 내가 멘 카메라가 차량을 호송하는 경찰의 호기심을 끌었다. 그리하여 우리 사이에 대화가 오고갔다. 나는 얼싸 좋다 하고 이 기회를 빌려 지동(冀東)의 현황을 물어보았다. 그제야 나는 지동이 일반 사람들이 상상하는 것처럼 그렇게 신비스럽고 무서운 곳이 아니며, 여행자에게 있어서 아주 편리하고 자유스러운 곳이라는 것을 알게 되었다.

그 후에 느낀 것이지만 이번 경험으로 나는 지동 위조직(허수아비 조직)이 비록 설립된 지 1년이 넘었지만, 통치에 질서가 없고 업무가 혼란스러우며 기반이 튼튼하지 못하고 사회생활이 방탕하다는 것을 알게 되었다 …… "내가 하나하나 쓸 때까지 기다려 주십시오"하고 부탁하며 나는 기록했다. 5일간의 지동 여행에서 대부분의 시간은 탕산·루안현(滦县) 및 창리(昌黎)에서 지냈다. 산하이관(山海关)에도 한번 가려고 했지만, 눈보라를 만나는 바람에 겨울옷을 챙기지 않아 되돌아오는 수밖에 없었다. (팡따쩡의 『지동의 일각』)

팡따쩡은 매번 여행을 마치고 돌아와서는 급하게 기사를 쓰고 사진을 인화하였다. 그는 집 마당에 나무로 암실을 만들어 거기서 인화하고 필름을 확대하였다. 어떤 때는 여동생인 팡청민이 영상작업을 돕기도 하면서 일을 거들었다. 팡따쩡의 조카이며 또 「쓰촨일보」(四川日报)의 대기자인 장자이쉬안(張在旋) 선생이 2012년 7월 필자가 방문하였을 때 외삼촌의 암실에 대해 이렇게 회고하였다.

내가 이 외삼촌의 존재를 알게 된 것은 이미 오래전의 일이다. 아마도 1950년 상하이에서 베이징의 옛집으로 이사 간 다음일 것이다. 처음에는 번지수가 "세허골목 7번지"였는데 지금은 "10번지"로 고쳐졌다. 그때 당시에는 외삼촌의 존재를 몰랐다. 우리 집은 앞마당과 뒷마당으로 아주 컸다. 제일 앞줄의 가옥에는 저의 외할머니가 사셨고, 중간 한 줄 가옥에는 우리 식구가 살고 있었으며, 뒷마당의 가옥에는 저의 이모, 즉 팡청민 노인이 계셨다. 앞마당의 동남쪽 구석에 나무로 지은 회색을 띤 가옥이 하나 있었다. 가옥은 높이가 2m 정도이고 내부는 넉 자 정도로 한 면이 1.2m 내지 1.3m 정도의 정방형이었다. 문을 열면 오른쪽에 구멍이 하나 있고, 구멍 양쪽에 홈이 있는데 그 홈에 나무판 혹은 적색 유리·녹색 유리를 끼워 넣을 수 있었다. 문을 닫을 때는 나무판을 끼워 넣었다.

건물은 빈틈없이 아주 잘 지어져서 안에 있으면 새까맣게 아무것도 보이지 않았다. 어릴 적 우리는 장난이 심하였는데 그 나무 가옥이 토치카와 비슷하여 우리의 놀이터로 되었다.

나는 나무 가옥 안에서 나의 형은 마당에서 창문을 열고 전쟁놀이를 하였다. 어느 날 외할머니가 우리를 발견하고 "나오지 못해, 그건 너의 외삼촌 물건들이야"라고 야단을 쳤으며 우리가 나오자 문을 닫았다.

그제에야 나에게도 외삼촌이 있다는 것을 알게 되었고, 커서 그곳이 바로 외삼촌이 사진을 인화하던 곳임을 알게 되었다.

탕구 기차역

탕산 기차역

지동(冀東) 여행에서의 소견

　우리가 촬영하려고 할 때 샤오팡의 사진을 인화하던 회색 나무집은 이미 종적을 감춘 후였고, 마당의 옛집들도 이미 재건축한 상황이었다. 나무한 그루와 딛고 있는 땅을 제외하고는 이미 팡따쩡과 아무 연관이 없는 듯하였다. 비록 옛날의 흔적은 찾아볼 수 없었지만, 촬영진은 여전히 녹색 액자를 찾아와 샤오팡의 소년기부터 청년기까지의 사진을 나무와 이어진 빨래줄 철사, 그리고 그가 자주 드나들었던 골목길 옆에다 걸어놓았다.

다큐멘터리 『팡따쩡을 찾다』의 세허골목 촬영 현장(촬영 펑쉐쏭)

수십 년이 지났지만 카메라 속의 샤오팡은 믿음직스럽고 패션감각이
뛰어나고 기세가 드높아보였으며, 우리의 눈길이 마주치는 순간 일종의
미묘한 대화가 오가는 것 같았다.

타이완에서 출판된 『촬영가』 잡지 제17호는 지면 전체에 팡따쩡의 58
점 작품을 실어 소개했다.

그 작품들은 모두 그가 대학교를 졸업한 후부터 루꺼우차오 사변이 일
어나기 전까지의 여행작품으로 내용이 풍부하고 품질이 아주 좋았는데,
회색가옥 시기의 대표작임에 손색이 없었다. 그러나 그것은 팡청민이 보
관한 약 천장의 120개 필름 가운데 선택된 일부였을 뿐이었다. 마치 바다
의 일각에서 사람들이 바다에 숨어있는 빙산을 감지할 수 있듯이 재능이
넘쳐흐르는 이 58점의 작품들이 당시의 시대상을 생생하게 그려냈다. 격
전을 앞둔 고요한 전선에서 대검을 꽂은 장총을 메고 진지에 서 있는 병
사의 사진, 높은 산기슭 아래에서 걸어가고 있는 보급품을 운송하는 민부
의 사진, 기차역 앞 경비구역을 바꾸는 병사들 사진, 급한 기색은 그들이

펑쉐쑹(좌)이 위화 작가를 방문하다 (촬영 마둥거)

자신의 운명마저 생각할 겨를이 없음을 설명해주는 사진, 추운 겨울 사망
자의 잘린 팔이 마치 절단되어 말라버린 나뭇가지와 같은데 한 생존자가
그의 솜옷을 벗기고 있는 사진, 방독면을 쓴 화학전 사진, 걸어 지나가는
군인과 벽 옆에 서 있는 백성들의 사진, 전쟁에서의 밀거래 사진, 시위하
는 사람들 사진, 나무꾼·농부·뱃사공·부두 인부·일본 기녀·군악대 사
진, 만리장성 위에 앉아 있는 아이들 사진, 바다에서 장난치며 웃고 있는
아이 사진, 갱 속의 광부 사진, 땡볕에 발가벗은 배 끄는 인부 사진, 도시
속의 짐꾼 사진, 정기시장 사진, 장 보러 가는 사람과 마차의 사진, 아버지
와 그의 다섯 아들·어머니와 바지를 입지 않은 딸·방직공장 여공·몽골
족 여성·왕족 딸의 결혼식·신바람이 난 티베트의 꼬마 라마 사진…… 화
면으로 보면 팡따쩡의 작품은 거의 전부 순간 포착하는 방식으로 촬영
하였다. 그러나 액자로 보면 또 그 작품들의 구도가 정성들여 설계해 놓
았다는 느낌을 주고 있다. 셔터를 누르는 순간의 감각과 구도할 때의 확신
을 하나로 융합시킨 것, 그것이 바로 팡따쩡이 우리에게 남겨놓은 불멸의

경력이었다. 애초에 위화 작가는 팡따쩡 작품에 대한 그의 해석을 인터뷰하는데 동의하지 않았다.

그가 유동적인 것, 예컨대 음악과 문학을 비롯한 서술적인 것에 대해서는 깊이를 느낄 수 있지만, 반대로 평면 예술에 관해서는 이해가 깊지 못하다는 것이 그 이유였다. 그 후에 필자와 인터뷰를 하면서 위화(소설가)는 이렇게 말했다. "팡따쩡의 작품을 보면서 순식간에 나를 붙잡았다는 느낌이 들었다. 마치 현실이 우리가 생각하는 예술보다 더욱 힘이 있다는 것을 재차 증명하는 것 같았다.

그처럼 불안한 시대에 그가 셔터를 끊임없이 누르면서 파인더에 넣고자 하는 그 시대의 화면은 구상이 필요 없다는 것을 나는 상상할 수 있다. 한편으로는 촬영가로서 그의 재능을 보여주었고, 다른 한편으로는 현실이 예술보다 수준이 높다는 것을 설명하고 있다. 사실 많은 소실된 것들이 사라진 것은 아니다. 예컨대 팡따쩡의 작품에도 그런 의미가 있다. 우리가 지금 그의 작품을 보아도 왜 그렇게 가깝게 느껴질 수 있을까?

일부 화면에서의 경치가 이미 달라진 것 외에, 예컨대 부두와 역전이 일부 낙후된 곳에서만 여전히 볼 수 있겠지만, 그들의 표정에는 아무런 변화가 없다는 것을 발견할 수 있다. 기근이 들던, 전쟁 중에 있던 그들의 표정은 변함이 없었다. (그의 작품에는) 우리 이 시대에서도 익숙한 무감각이 있고, 또 기쁨과 표정이 있는데, 이것이 바로 우리가 그 소실된 세계를 어떻게 대해야 할까를 생각하게 하는 부분이다. 사실 그 세계는 소실된 것이 아니라 오늘날의 방식으로 존재하고 있는 것이다."

까오쌍런(高尙仁)은 샤오팡이 베이핑 기독교청년회에서 알고 지낸 사람이다. 샤오팡이 어릴 적에 청년회에 자주 놀러 다니면서 까오 선생의 귀여움을 받았다. 1935년 까오 선생은 그에게 청년회 소년부 책임자 직책을 맡겼다. 이런 임명이 그때 당시에는 예외적이었다. 왜냐하면 샤오팡이 신도가 아니었기 때문이다. 신도가 아닌 사람이 책임자 직책을 맡은 것은 샤오팡이 처음이었다. 게다가 이 업무는 샤오팡의 사회 활동 시작에 큰 도움을 가져다주었다. 왜냐하면 교회라는 외형의 보호가 있었고, 또 까오 선생의 지원을 받고 있었기 때문에 샤오팡이 업무를 추진하면서 부딪치는 걸림돌이 적어졌던 것이다. 그는 중화 민족 해방선봉대(민선으로 약칭)의 대원이고, 또 나의 소개자였다. 우리 '민선' 대원이 '쑤이위안 전쟁 여성 위문회' 명의로 구급강습반을 열었는데, 청년회를 빌려 안전하게 1기 행사를 마쳤다. 그때 당시 행사장을 빌려 구급 업무를 전개한다는 것은 대단히 어려운 일이었다.

베이핑 학생운동의 시위행진에서도 그를 빼놓을 수 없다. 그는 대오 앞뒤로 뛰어다니면서 사진을 찍었다. '12.9' 시기의 화면을 전부 보존하였다면, 그 역사시기의 실제 자료로써 소중한 가치를 인정받았을 것이다. 까오 선생이 항일구국 활동에 참으로 많은 지원을 하였다. 까오 선생의 도움에 보답하기 위해서인지 샤오팡도 두 번이나 까오 선생께 부탁하여 스노우(「중국의 붉은 별」의 작가)가 1936년 산뻬이를 방문할 때 제작한 슬라이드 영화를 감상하였다. 둘 사이의 그런 은근한 우정이 오늘날에도 사람들을 감동케 한다. (팡청민 회고 글, 최초 1987년 11월 『촬영 문학역사』에 게재)

황허의 뱃사공

도공

걸어가는 사람들

갱 속으로 내려가기를 기다리고 있는 광부들

과거 팡따쩡이 근무하였던 베이핑 기독교 청년회 옛터 (촬영 펑쉐쏭)

1935년 여름, 팡따쩡이 중파대학을 졸업하고, 처음에는 텐진청년회 소년부에서 근무하였는데, 청년회의 내부활동에 참가하는 것 외에도 촬영에 뜻이 있는 어린이들에게 기초지식을 가르쳐 주었다. 그즈음에 중공 지하당원이 조직한 중외신문동아리가 텐진에서 설립되었고, 샤오팡이 그 동아리에 사진기자로 가입했다. 이로써 그의 활동 범위가 더욱더 넓어지게 되었다.

대체로 민국25년(1936) 여름, 내가 텐진『대공보』편집부의 책상에서 '팡따쩡'의 명함을 보았는데, 동료가 투고 기회를 협의하러 온 사람이라고 알려주었다. 그런 일이 비일비재하기에 물론 별다른 신경을 쓰지 않았다.

샤오팡이 자주 드나들었던 동탕즈 골목 (촬영 펑쉐쏭)

그 후 얼마 지나지 않아 톈진 『익세보(益世報)』의 지방 소식란에 그가 쓴 장편의 기사 「장위안(张垣)에서 따퉁(大同)까지」를 보았다. 그는 차진(察晋, 차하얼성과 산시성) 사이에서 벌어지고 있는 사회의 암흑상을 적잖게 폭로하고 있었다. 그러나 그의 지명도가 높지 못한 것도 있고, 또 처음으로 기사를 쓰다 보니 많은 사람의 시선은 끌지 못했다. 쑤이위안 항일전쟁시기 함께 쑤이위안에서 근무하다 중앙사(中央社)에 간 왕화주어(王华灼) 선생에 따르면, 그가 그때 당시 샤오팡의 보도를 선택하였는데, 신문사 당국에서 사회의 암흑상을 지적한 것이 부적절하다는 이유로 그의 기사를 배제하였고 했다.

잡지에서 우리는 '샤오팡'의 작품을 자주 볼 수 있었다. 그의 주제에 대한 선택과 시간에 대한 치밀함이 친구들의 관심을 많이 받았다. 쑤이위안 항일전쟁 이후, 그는 주로 촬영기자의 모습으로 활약했다. (판창장의 「샤오팡을 그리워하며」)

1936년과 1937년은 팡따쩡의 취재 보도가 가장 출중하고 촬영작업이 가장 활동적인 시기였다. 베이핑 기독교청년회로 옮긴 이후, 그는 기사를 쓰는 것과 뉴스 사진을 찍는 것을 유기적으로 결합했고, 예술 촬영과 보도 촬영을 서로 어울리게 하였으며, 현실에서 뜨거운 투쟁 으로 들어가 새롭고 활기차며 밝은 것을 찾는데 힘을 쏟았는데, 이것이 그 시기 샤오팡의 취재와 촬영의 특징이다.

세허골목에서 나와 좌회전하여 동탕즈(東堂子) 골목을 지나 서쪽으로 가면 바로 베이핑 기독교청년회가 있던 곳인데, 팡따쩡의 집과 단지 거리 하나 사이에 있었다. 그가 매일 이 거리를 지나다녔으므로 당시 그가 청년회의 창문을 열기만 하면 점포와 사람들 그리고 낙타 무리 등 동단거리(东单街)의 모습을 볼 수 있었을지도 모른다. 내가 그 골목을 다시 찾아갔을 당시, 햇볕이 쨍쨍 내리쬐었고, 골목 어귀의 집들은 멀지 않은 곳에 있는 현대화된 호텔에 가려 낡고 보잘것없어 보였다. 차이위안페이(蔡元培) 선생이 살던 집도 주변에 있었다. 골목에는 곳곳에 쓰레기가 널려있고, 구두 수선공은 멍하니 손님을 기다리고 있었으며, 행상들의 호객하는 소리가 여기저기에서 들려왔다. 금싸라기 같은 베이징 동단에서 이런 광경은 좀 상상하기 어려운 모습이었다. "팡따쩡이 지나다녔을 때는 어떤 모습을 보았을까? 무엇을 느꼈을까?" 생각해 보기도 했다.

샤오팡은 두 번이나 베이핑 기독교청년회 소년부 까오상런 주임에게 부탁하여 에드가 스노우의 산뻬이 방문 영상 슬라이드를 감상하였다. 가끔 그는 흰색 종이를 바탕으로 영상 슬라이드를 다시 촬영하여 자신의 작품들과 함께 친구에게 선물하기도 했다. 그 기간 상하이『주일 생활잡지』및『세계지식』이 그를 자유기고가로 초청하였고, 그가 쓴 기사와 촬영한 사진들이 모두 곧바로 국내 여러 신문사에 따로 보내져 채택되었다. 예컨대 쩌우타오펀(鄒韜奮)은 1936년 6, 7월에 홍콩에서 편집을 주관한『생활일보』에 샤오팡이 쓴 장편 보도 「장원일별(張垣一瞥)」 「장위안(張垣)에서 따통(大同)까지」 「진뻬이(晉北)의 석탄산업 현황」 (잡지의 20~21쪽, 22~26쪽, 36~37쪽에 실렸음) 등을 게재하였고, 같은 해 8월에 상하이로 옮겨 출판된 『주일 생활잡지』도 그의 여행기사 「따통에서 쑤이위안까지」와 특약 보도 「재해지역에서 베이핑 학생들의 봉사」 (제1권 13호, 25호)를 실었다. 『신보』는 매주 증간하여 그가 쓴 여행 기사 「쑤이위안의 아편문제」 「지동시찰기」 「지닝견문기」 「넷째 왕자의 저택 견문기」 (제1권 41호, 48호, 제2권 1호 18호) 등을 연이어 발표했고, 『세계지식』은 그의 보도 「완핑여행」 「쑤이위안의 군사 지리」 「지동일별」 「쑤이동 전선 시찰기」 「싱허여행」 「지닝에서 타오린까지」 (제5권 5호, 6호, 7호, 8호, 9호, 12호)를 발표했다. 상하이의 『국민』주간도 그가 쓴 「하이빈의 암거래」 「베이핑 학생들의 캠프」 (2호, 11호) 등의 글을 발표하였다. 그의 기사는 깊이 취재해서 쓴 것이고, 문맥이 유창했으며 대부분 사실적인 현장 사진을 게재하여 많은 독자가 즐겨 보았다. 예를 들면 다음과 같은 글이었다.

여름 방학이 시작되자 캠프광으로 변신한 베이핑의 학생들은 남쪽 빠따추(八大處)에서부터 북쪽 양타이산(暘台山)까지 산시(山西) 일대 곳곳에 텐트를 쳤다. 텐트 안에는 밝고 귀엽고 건전한 청년들로 북적였다.

캠프에 참여하러 온 학생들은 많았지만, 내가 특별히 기록하고자 하는 것은 베이핑 5개 대학교 – 중파(中法)·칭화(淸華)·동뻬이(東北)·파상(法商)·뻬이다(北大) – 학생들이 발기한 '대형 연합캠프'인 '베이핑 학생연합 여름캠프'이다. 이 캠프는 여러 학교 학생들이 모두 자유롭게 참가할 수 있는데, 구국의 의미가 특별히 내포되어 있어 '독특해' 보였다.

여름캠프의 활동 지점은 핑시(平西) 양타이산(暘台山) 다쥐에스(大覺寺)이고, 산 중턱에 텐트를 설치하였다. 기간은 6월 30일부터 여름 방학이 마칠 때까지였다. 10일을 단위로 정하고, 기수마다 100명에서 150명의 참가자를 받아들이는데, 첫 기 참가자가 130명에 이르렀다. 그들은 시즈먼(西直門)에서 핑시(平西) 칭롱챠오(靑龍橋)까지 트럭으로 이동하였고, 그다음에는 다쥐에스까지 30리(12km)는 차에서 내려 걸어가야 했다. 짐은 자동차로 산기슭까지 실어가고, 그다음은 자체로 캠프 영지까지 옮겨야 하는데, 그중에 약 1.2km의 산길도 포함되었다. 남녀 학생 구분 없이 모두 같이 해야 했다. 적어도 정신적으로는 구분이 없었다. 짐을 메고 갈 때는 일하는 노랫소리가 온 산골짜기를 가득 채웠다.

여름 캠프 참가자는 1인당 참가비로 2.5 위안만 내면 되었다. 거기에는 10일간의 모든 비용이 포함되어 있었다. 그들의 음식은 북방 중노동 종사자들이 먹는 옥수수떡·김치·좁쌀죽 등이었다. 캠프에서는 스스로 '일상생활'을 하는 능력을 키우기 위해 모든 일을 스스로 했다.

그들의 일상은 오전 4시 30분에 일어나 아침 체조를 한 후 국기 게양을 하는 것으로 하루를 시작했다. 이어서 자연과학 군사학 및 정치적 사안 등과 관련한 간담회 혹은 연설회를 갖는데, 핑시(平市)의 명인들을 캠프로 초청하였다. 예컨대 29군 허지펑(何基洋) 여단장, 난카이(南開)대학의 뤄룽지(羅隆基) 교수 등이었다. 오후에는 주로 군사훈련을 했는데, 특히 야간 유격 전술에 무게를 두었다.

이 밖에도 매일 저녁에 반성회가 있었는데, 하루의 결과를 검토하는 것으로 매우 의미 있는 일이었다. 우리가 허난·산동의 20만 농민들이 유인되어 타지역으로 가는 것이나, 하이허(海河)에 떠 있는 시신을 보았을 때, 모두는 자신에게 "이를 미리 방지할 방법이 정녕 없다는 말인가?"하고 되묻곤 하였다. 일본인들은 늘 상 "학생운동은 두려울 게 없다. 왜냐하면 그들은 농촌까지 깊이 들어가지 않았기 때문이다"라고 말했다, 그러나 농촌에는 이미 대량의 마약·면직물·밀수한 일용품들이 많이 들어가 있어서 농민의 생활과 연계되어 있었으니, 이 얼마나 심각한 문제인지 걱정이 아닐 수 없다. 그렇기 때문에 국방 전선에 있는 학생들은 자아 훈련을 하는 것 외에도 마땅히 일반 민중, 특히 농민들을 일깨워 주는 일에도 애써야 할 것이다.

이 여름캠프의 목적은 좋은 자연환경과 여유 있는 방학 시간을 이용하여 몸과 마음 모든 차원에서 힘든 일에 견뎌내는 정신을 단련하고, 체계적인 생활을 형성하며 …… 건전한 전사가 되어 복잡하고 예민한 시기에 대응할 준비를 하는 것이다. (샤오팡 「베이핑 학생들의 대형 캠프·베이핑 통신」)

팡인 시인은 팡더쩡이 대학을 졸업한 후 점점 성숙하고 일가견을 갖게 되었으며, 관점이 핵심을 찌르고, 사상이 뚜렷하고, 품격이 뛰어나며, "이미 창청(長城) 내외에서 활약하는 나라를 위하고 노력하는 현장을 보도하는 명 기자가 되어, 그때 당시 자주 글을 보도하였던 창장(長江)·쉬잉(徐盈)과 함께 높은 명성을 누렸다"고 회고했다.

그 시기 샤오팡의 보도와 촬영은 수준이 뛰어났고, 시대의 풍모를 보여주었으며, 치열한 분위기가 감돌았다. 그는 원고를 보낼 당시 때로는 '샤오팡' 혹은 '팡따쩡' 촬영이라고 하였고, 일부는 이름을 사용하지 않았거나 혹은 '중외 신문동아리' 촬영이라고 하였는데, 모두 국내외 언론계의 주목을 받았으며, 국내 잡지 혹은 미국의 『타임지』(Times)·영국의 『일러스트레이티드 런던 뉴스』(Illustrated London News) 등에 게재되었다.

촬영일기, 2000년 3월 1일 수요일

『팡따쩡을 찾다』를 촬영하기 시작했다. 오전 9시 30분에 신화사의 유명한 전쟁보도 기자인 탕스쩡(唐师曾) 집으로 취재를 갔다.

들어서자마자 탕스쩡은 웃음을 지으면서 "장위에(张越, 『반변천(半邊天)』 프로젝트의 사회자로부터 당신이 참으로 우수한 감독이라 들었습니다, 이 주제는 정말로 훌륭합니다."라고 말했다.

우리는 초면인 것 같지 않았다. 내가 몇 년 전에 그가 쓴 『전쟁터에서 돌아오다』라는 책을 인상 깊게 보았던 터라 우리는 인사치레를 줄이고 본론부터 들어갔다. 그때 당시 그는 훌륭한 장비를 가지고 홀로 바그다드에 갔었는데, 한 번 가서 돌아오지 않겠다는 느낌이었다.

北平學生大露營
（參閱本期北平通訊）
——小方區寄

包孭背

日行軍

搭帳蓬

座談會

趕行李

베이핑 학생들의 대형 캠프 (사진 모음)

상하이 『국민』 주간과 『주일 생활 잡지』에 발표된 샤오팡의 사진과 글 보도

물론 그때 당시 나에게 있어서 그는 꽤 거리가 있었다. 그러나 만나고 보니 탕 형이 매우 감성적이고 차분하며 친절하다는 것을 알게 되었다. 그리하여 쉽게 가까워졌다. 탕스쩡은 어제의 전화 통화에서부터 샤오팡에 대해 찬사를 아끼지 않았으며, 팡따쩡은 유명한 종군기자 로버트 카파와 비교할 수 있는 사람이라고 인정했다. 그는 팡따쩡을 좋아하는 네 가지 이유가 있다고 말했다. 첫째는 우리 모두 고향이 우시(無錫)이기 때문에 반갑기 그지없고, 둘째는 우리 둘 이름에 귀신이 조화를 부린 듯 모두 '쩡'(曾)자를 사용했기 때문이라고 말했다. 셋째는 우리 둘 다 세계지식출판사의 간행물에 작품을 발표한 적이 있었고, 네 번째 이유는 우리 둘 다 전쟁을 취재한 경력이 있다고 말했다. 공통 화제가 있다 보니 우리는 그의 스승인 샤오치앤(蕭乾)에 대해서도 이야기를 나누었으며, 그에 대한 샤오(蕭) 선생의 몇 마디 충고와 전쟁보도에 대한 경험도 서로 나누었다. 샤오팡으로 인하여 나와 탕스쩡은 초면이었지만 서로 통하는 듯하였다. 그는 내가 제기할 문제를 일찌감치 알아차렸다는 듯이 거침없이 그리고 제법 근사하게 대답하였다. 만약 마똥거(马东戈) 카메라맨이 테이프를 바꾸느라 중지시키지 않았더라면, 그는 계속 이야기하였을 것이다. 인터뷰에서 그는 팡따쩡을 앙리 카르티에 브레송, 카파, 데이비드 시무어를 비롯한 촬영 역사의 전설적인 인물들과 같이 논하였다. 오직 매그넘 포토스의 보도사진작가들만 인간에 관심을 기울이고 인류 생존환경에 관심을 기울이는 그런 이념을 따르고 있다고 생각했었는데, 사실 60여 년 전의 팡따쩡이 이미 그렇게 했다고 그는 말했다. 그는 팡따쩡이 진정한 촬영가이고 인류의 고상한 품격을 가진 사람이라고 인정했다. 그는 또 샤오팡과 비교하면 자신이 부끄럽게 느껴진다고 말했다.

2000년 3월, 펑쉐쏭(좌), 탕스쩡과 인터뷰 (촬영 마동거(马东戈))

취재 과정에서 그에게 전쟁터에서의 소회를 이야기해 달라고 요청했더니, 그는 "그런 감정은 두려움이 아니라 고독이다"라고 실토했다.

우리는 어제 오전에야 친구를 통해 팡따쩡의 작품을 탕스쩡에게 전해주었다. 그전에는 그가 팡따쩡에 대해 잘 몰랐다고 할 수 있다. 영화에 관한 회의에 참석 중이던 그가 점심시간을 이용해 흥분된 목소리로 나에게 전화를 걸어올 정도였다.

촬영이 끝난 후에도 탕스쩡은 여전히 샤오팡에 대한 이야기를 계속했다. 식사할 때 그는 우리에게 만약 샤오팡이 살아 있다면 어떤 상황일지 생각해 보라고 했다. 모두 서로 마주 볼 뿐 말이 없었다.

다큐멘터리의 분량이 제한되어 편집은 팡따쩡과 직접 관련되는 부분만 선택할 수밖에 없었다. 그러나 나는 편집에서 빠진 탕스쩡과의 대화 몇 토막을 모두에게 소개하고 함께 공유하고 싶다.

탕스쩡이 샤오팡에 대해 흥미진진하게 이야기하고 있다. (촬영 펑쉐쏭)

편집에서 제외된 인터뷰 내용 1:

유명해진 후에 나는 어디에 가서 취재하든 모두 호화 여행단 같았다. 그러나 샤오팡은 홀로 배낭 하나, 우산 하나, 카메라 한 대만 가지고 엄청나게 외진 곳에 가서 촬영하였다. 그와 비교할 때 나의 이런 행위는 얼굴에 립스틱을 바르는 것이 아니라 똥칠하는 것 같았다.

편집에서 제외된 인터뷰 내용 2:

팡따쩡, 나는 그를 볼 수 있는 듯하다. 만질 수는 없다. 그러나 그런 위대한 사람이 있었다는 것만은 알고 있다. 스물 몇 살로 아주 젊었던 그를…… 내가 그를 알게 된 그때부터 (그 이미지가) 나를 둘러싸고, 마음을 심란하게 했으며, 나 자신을 무의미하게 만들었다. 내가 여러 행사에 참가하는 것도, 내가 이런 집에서 사는 것도, 모두 죄를 짓는 것 같았다.

편집에서 제외된 인터뷰 내용 3:

그(팡따쩡)가 지팡이를 짚고 안전모를 쓰고 광산용 램프를 손에 쥐고 광산에서 찍은 사진을 보았다. 이라크에 있을 때 나는 공화국 수비대의 옷을 입었다. 한 남자가 고독을 느끼면 같은 부류를 찾으려고 하듯이, 그때 당시 나는 스스로 나를 이라크인이라고 생각했다. 미국 비행기가 폭격할 때 적어도 400만 명의 사람들이 나와 같은 상황이라고 생각해야만, 스스로 전쟁의 고독감을 이겨낼 수 있었기 때문이었다.

한동안 나와 탕스쩡은 자주 연락을 하였다. 이유는 대부분 샤오팡 때문이었다. 지금 돌이켜 봐도 대화를 통해 마음을 터놓을 때의 흥분된 심정을 여전히 느낄 수가 있었다. 후에 나는 허뻬이와 산시 등을 두 번 방문하였다. 그 후에 그도 체로키(切諾基, Cherokee, 짚차)를 운전해 방문했다.

쑤이위안 항일전쟁이 시작된 후, 샤오팡은 그의 무기인 펜과 카메라를 들고 전쟁터로 취재를 갔다. 그가 쓴 기사 「완핑 여행」 「쑤이위안의 군사지리」 「쑤이둥(綏東) 전선 시찰기」 「싱허(興和) 여행」 「지닝부터 타오린까지」 등이 연이어 『세계지식』에 발표되었다. 그의 발자취는 만리장성 내외에 남겨졌고, 뜨거운 보도는 중국 인민들의 항일

산시 커우취앤 광산에서 샤오팡이 취재하러 갱 속에 내려갈 준비를 하고 있다.

투쟁에 대한 사기를 크게 북돋워 주었다. 사진과 글이 풍부한 그의 보도는 수많은 독자의 관심을 끌었을 뿐만 아니라, 판창장(范長江)·싱허(金仲華)·루이(陸詒) 등 언론계 유명 인사들의 높은 평가와 주목도 받았다. 그때 당시 『세계지식』의 주필인 싱허는 편지로 샤오팡을 세계지식의 자유기고가로 초빙한 바 있다. 지금도 나는 그가 찍은 사진 혹은 그가 쓴 글을 손에 들고 있을 때마다, 정말로 루쉰(魯迅) 선생이 말한 것처럼 마치 손에 불을 쥐고 있는 것만 같다. 그가 불쑥 내 앞에 나타날 수 있다면 얼마나 좋겠는가! (팡청민의 회고 글, 최초 1987년 11월의 『촬영 문학사』에 게재)

샤오팡의 여행기사에는 쑤이동의 농민과 병사에게 사진을 찍어 준 경험도 있었다. 그는 지닝(集寧)에서 있었던 일을 이렇게 표현했다. 기자가 가축 떼를 가까이하면서 촬영하니 그들은 모두 매우 기뻐하였으며, 또 자신과 가축의 기념사진을 찍어달라고 부탁했다. 촬영 때 느낀 점은 쑤이위안의 농민이 허뻬이성의 농민보다 개방적이었다는 것이다. 믿지 못하겠으면 허뻬이성의 시골에서 농민의 생활현장을 직접 촬영해 보라. 농민이 욕설하며 당신을 쫓아낼 것이다. 그리고 당신이 그의 운명까지 찍어 넣었다고 질책할 것이다! 그는 또 전선 홍꺼얼투(红格尔图)에서의 경험을 이렇게 표현했다. 지나가던 작은 마을에 401단의 보병이 주둔하고 있었는데 병사들이 근처에서 공사하고 있었다. 기자가 찾아온 목적을 설명하고 그들에게 사진을 찍어 주었더니 모두 엄청나게 기뻐했다.

"내일 바이링먀오(百灵庙)에 가려고 합니다, 만약 일찍 떠나면 다시 들리지 않겠습니다!" 2년 전 싸이와이(塞外)의 유명한 고랭지인 쑤이동 핑디취앤(绥东平地泉)에서의 겨울밤, 집안에는 북방의 겨울복장을 한 청년들로 가득 차 있었다. 누런빛을 뿜어내는 촛불이 창밖에서 불어오는 차가운 바람으로 꺼질 듯 흔들렸다. 몸집이 건장하고 얼굴이 불그스레하며 머리카락이 노란색을 띤 슬라브형 청년 팡따쩡 선생이 걸어오면서 나와 악수하였다. "바이링먀오에 간다고 했습니까?"

"그렇습니다."

"어떻게 갈 계획입니까?" 북방지역의 겨울, 핑디취앤에서 바이링먀오까지는 우촨(武川)을 지나 꿰이수이(歸綏)로 가는 자동차를 타지 않으면 반드시 인산(陰山)을 넘어 초원을 건너야 했다. 그것은 용맹스러워야 가능하기에 힘든 여정이다. 평소에 별로 눈에 띄지 않던 친구가 오늘 이런 큰 계획을 내놓아 그가 무슨 수로 갈지 궁금했다. 그가 너무 이상적으로 생각한 것은 아닐까 하는 염려도 되고 또 그가 준비 불충분으로 도중에 어려움에 부딪히는 것은 아닐까 하고 걱정되었다. 그러자 그는 "말을 타고 가려고 합니다." 하고 태연스럽게 대답했다.

"누가 동행합니까?"

"마부가 한 명 있습니다."

"무슨 물건을 가지고 갑니까?"

"몸에 지닌 이것이 전부입니다."

우리도 싸이와이의 생활을 얼마쯤 겪어 보았는데, 그처럼 겨울에 혼자 인산을 넘어가겠다는 사람은 많지 않았다. 그것도 바이링먀오 전쟁이 터진 다음에 말이다. (판창장의 「샤오팡을 그리워하며」)

1936년 12월 4일 팡따쩡은 베이핑에서 출발하여 야간 기차로 쑤이위안 전선에 취재를 갔다. 43일간의 여정을 통해 그는 유명한 '쑤이위안 항일전쟁'을 대대적으로 보도하였다. 그는 수백 장의 사진을 찍었고, 「쑤이위안 군사지리」 「쑤이둥 전선 시찰기」 등 전쟁보도 기사를 써냈다. 판창장이 「샤오팡을 그리워하며」에서 작성한 그 부분이 바로 팡따쩡이 쑤이위안 핑디취앤에서의 취재 실록이다.

핑디취앤 기차역에서 산시의 전선 위문팀을 우연히 만나다.

그들은 그곳에서 서로 알게 되었고 친구가 되었다. 촬영 과정에 우리는 국가도서관에서 1935년부터 1937년까지의 신문 및 정기 간행물을 전체적으로 살펴봤는데,『신보』『세계지식』『대공보』『좋은 친구』에서 전쟁현황, 부패문제와 경제생활에 대한 팡따쩡의 보도를 많이 찾아볼 수있었다.

이 사진들은 팡따쩡이라는 젊은이가 촬영한 것이다. 사진의 내용은 30년대 중국의 사회생활, 자연풍경과 항일전쟁 초기의 전쟁보도 등이다. 이 사진을 게재한 잡지들이 도서관의 이곳저곳에 보관되어 있었다. 놀라운 것은 우리가 찾기 전에 잡지의 구독리스트가 공백이었다는 것이다. 다시 말해서 60여 년간 거의 한 명의 독자도 없었다는 말이다.

마부

쑤이위안 전선

건축 공사

지닝 방공 훈련 (사진 모음)

현재 이 사진의 필름은 사진작가와 사진 속의 사람, 경치와 마찬
가지로 대부분 온데간데가 없다. (다큐멘터리 『팡따쩡을 찾다』의 해설)

촬영계의 선배인 우췬(吳群) 선생은 팡따쩡의 작품에 대해 높이 평가하
였다. 그는 이렇게 인정했다. "샤오팡의 촬영보도는 주제가 선명하고 취재
내용이 다양하다."

베이핑- 쑤이위안 연선 (사진 모음)

   첫째는 노동자들의 어려움을 이해하고, 노동자와 농민 그리고 군인들을 위해 열정적으로 촬영했다. 예컨대 톈진『매괴화보(玫瑰畫報)』74호에 발표된 「가난을 꿰매는 자(縫窮者)」,『세계 문화』제1권 11호의 「먼터우꺼우(門頭溝) - 암흑의 세계」글에 삽화로 들어간 6장의 사진 모음 (「중·영 탄광의 무늬 차(中英煤鑛的紋車)」「휴식을 취하고 있는 훙푸(宏福) 탄광의 광부들」「갱 속으로 내려가기 전」「갱 속에서 나온 광부들의 뒷모습과 석

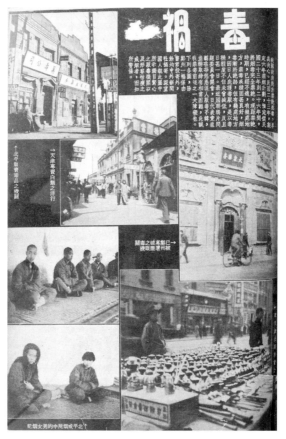

마약에 의한 재앙

탄 더미」「석탄을 부리기 전 찰나」「걸늙어 보이는 십 대의 어린이」) 그
리고 『신보』 주간 제2권 19호에 발표된 「쑤이위안의 국민군」 사진 모음
등이 모두 이 유형에 속한다.

　둘째는 적의 침략 광기를 폭로하고 화뻬이의 위급한 처지를 현실화한
데서 표현된다. 예컨대 『신보』 주간 제2권 22·23호에 발간된 「톈진 하이
허에 떠 있는 익사체의 비밀」「마약 재앙」 사진 모음, 『좋은 친구』 화보

128호에 발간된 「거세게 들어오고 있는 밀수품」 사진 모음, 『주일생활잡지』 제1권 19호에 발표된 「지동 위(僞)자치구 모습」 사진 모음, 상하이의 『국민』 주간 3호에 발표된 「적의 위협을 받는 톈진」 사진 모음 등이 모두 주목을 일으킬만한 현장 촬영보도이다.

셋째는 차하얼과 쑤이위안의 위태로운 상황을 반영하고 군대와 국민이 힘차게 반격하는 것을 보여준 데서 표현된다. 예컨대 『미술생활』 화보 35·36·38호에 발간된 「쑤이동전선」 「지닝 방공훈련」 「쑤이위안 열병 및 꽁지(公祭)항일전쟁에서 전사한 장병」 사진 모음, 『신보』 주간 제2권 4호· 20호에 발간된 「전쟁에 휩싸인 싱허」 「차뻬이(察北)의 대형 토치카를 응시하다.」 「장쟈커우(張家口)의 현황」 사진 모음 3장, 『좋은 친구(良友)』 화보 124호에 발간된 「전쟁으로 고요한 쑤이벤(綏邊) 견문」, 그리고 『주일생활주간』에 발표된 「핑쑤이루(平綏路) 연선」 등 사진 모음이 모두 이 분야에서의 대표작들이다."

천선: 샤오팡이 활동에 참가할 때마다 카메라를 가지고 다녔는가요?

팡청민: 가지고 다녔지요. 한번은 촬영현장에 경찰이 많았는데, 그를 외국기자로 착각하고 그한테 "저 사람(애국 시위하는 학생을 가리킴)들과 한데 어울리지 마십시오."라고 말했지요.

그때 당시 시위가 있는 곳이면 틀림없이 샤오팡이 있었습니다.

천선: 샤오팡이 취재 촬영하고 돌아올 때마다 가족에게 밖에서 보고 들은 것을 이야기했나요?

팡청민: 말하지 않았어요. 별로 말하지 않았습니다. 그가 쓴 기사를 통해 알게 되는 경우가 많았지요. 그가 쑤이위안 항일전쟁을 취재할

『신보』의 표지 「차뻬이의 대형 토치카를 응시하다」

때 혼자서 다칭산(大靑山)을 넘었다고 합니다. 그가 말을 한 마리 빌렸는데 처음에는 타자마자 떨어졌지만 얼마 지나지 않아 말을 제법 잘 타게 되었다고 합니다. 이 부분을 보세요. 쑤이둥에서 기병 7사 먼빙웨이에(門炳嶽) 사단장이 이튿날 일찍 샤오팡을 비롯한 그들을 데리고 전방 진지공사를 보러 갔대요. 그중에 중앙사 기자도 있었고 판창장도 있었답니다.

장자커우의 현황 (사진 모음)

먼 사단장은 그들이 말을 잘 타는 것을 보고 "자네들은 모두 무장된 기자이군 그래, 말을 제법 잘 타니 말일세."라고 말했답니다. 그러자 샤오팡이 "그렇습니다, 기자뿐이 아니라 전 국민 모두가 무장되어야 합니다!"라고 대답했답니다. 지금 보아도 그때 당시 제 오빠의 사상이 정말 진보적이지 않습니까? (천선, "팡청민과 인터뷰"「반세기의 수색」)

위의 대화는 1995년 팡청민 여사에 대한 천선 선생의 음성 인터뷰에서 정리해 낸 것이다. 다큐멘터리 『팡따쩡을 찾다』의 분량 제한으로 그 내용이 포함되지는 못했지만, 오늘 다시 들어도 그때 당시 샤오팡에 대한 여동생의 가족애와 그리움을 여전히 느낄 수 있다. 위화는 기념 글에서 팡청민의 반세기 넘는 기억 속에서 팡따쩡의 이미지는 거의 티 없이 깨끗하였고, 그가 25세에 갑자기 사라졌기에 그의 순진하고 열정적이며 정직한 개성이 세월의 잔혹한 시련을 거치지 않았다고 표현했다. 반면, 거의 한 세기 동안의 혼란을 겪어온 팡청민이 80세에 이르러 다시 자신의 오빠를 회상할 당시 만감이 교차하지 않을 수 없다고 이야기했다. 그는 또 팡청민의 기억은 영원히 변하지 않은 여동생의 존경과 자부심, 멋지고 재능이 뛰어난 청년에 대한 소녀와 같은 그리움, 그리고 어느 순진한 젊은이에 대한 한 노인의 진심 어린 애정, 이 세 가지를 통합하였다고 주장했다.

연말연시를 앞둔 쑤이둥은 조용하다. 모두 할 일이 없어 빈둥거린다. 나는 원래 베이핑으로 돌아가려고 일찌감치 준비하였는데, 갑자기 이 기회를 이용해 수이뻬이에 가보고 싶은 생각이 떠올랐다. 상자 안의 촬영 기재를 점검해 보니 쓰지 않은 필름이 아직 3백 장 정도 남아 있었다. 나는 그것을 내몽고에 가서 쓰기로 했다.

나는 지닝과 타오린 사이의 다칭산(大靑山)을 넘은 다음 우란화다먀오(烏蘭花大廟)·바이링먀오(百靈廟) 등을 지나 이른바 '허우차오디'(後草地)라는 지역을 가로질러 갈 계획이다. 이 노정에서 거치는 곳은 대부분 몽골족과 한족이 섞여 사는 곳이고, 또한 강도 왕잉(王英)에게 점령되었던 곳으로, 전쟁 진압 이후에는 강도들에 유린당한 후의 참상을 기자들이 둘러본 적이 없었다. 또 한편 현재 우리에게 있어서 가장 주목할 가치가 있는 이른바 몽골족 주민과 쑤이위안 국면의 관계를 좀 더 많이 이해하고 싶었다. 이 두 가지 의미만으로도 이 힘든 여행을 모험해볼 가치가 있다.

탕언버(湯恩伯) 군단장이 나의 계획을 듣더니 자동차를 주어 도와주려 하였지만, 원시 상태의 노정에서 현대화된 교통 장비가 적합하지 않다는 것을 그는 모르고 있었다. 나는 일찍이 왕완링(王萬齡) 사단장한테서 준마 두 마리를 빌려놓았고, 또 그의 보살핌을 받아 파병된 병사와 동행하게 되었다.

1월 6일 점심, 열정적인 청년 친구인 치우시잉(邱溪映) 군이 나를 도와 모든 것을 준비해 놓았고, 내가 떠나는 모습을 멀리까지 지켜보았다. "안녕, 꼭 풍부한 뉴스거리를 가지고 올게!" 나는 치우 군을 보면서 마음속으로 묵묵히 생각했다. (샤오팡의 「지닝에서 타오린까지」)

우리가 팡청민을 취재할 당시 노인은 이미 오빠의 사연을 구술할 수가 없었다. 다만 기억이 그녀에게 키가 크고 걸음이 빠르며, 여행을 즐기는 그 사람이 그녀의 마음속에서만은 여전히 멋지고 젊다는 것을 알려주고 있었다. 사진을 보는 순간 그녀는 오빠의 이미지가 세월의 흐름 속에서도 희미해지지 않았다는 것을 알아차렸다. 때로는 그녀가 아직도 옛집에 있고, 오빠가 여행을 마치고 돌아와 문을 달으며 그녀의 이름을 부르는 것을 들을 수 있다고 고집하고 있었다.

쑤이위안의 겨울

조용한 하루

행진 중인 낙타 무리

초원의 사람들

계산해 보면 그 목소리가 세허골목에서 사라진 지도 어언 70여 년이 지났지만 말이다. 가족들에 따르면 샤오팡의 사진 인화하던 장소로 사용됐던 회색가옥이 '문화대혁명' 후에도 있었는데, 외할머니가 세상을 뜨면서 잡동사니를 넣는 창고로 사용됐다고 했다. 그 후에는 거기서 비둘기를 길렀기르는 바람에 나무가 점점 썩어 위험 주택으로 돼 장작으로 사용하는 것 외엔 쓸모가 없게 됐다고 했다.

4. 생명을 불어넣은 흑백사진

    내가 팡따쩡의 작품을 보는 순간 갑자기 뭔가 특별한 감정이 뼛속까지 스며드는 것을 느꼈다. 나는 그런 감흥이 없어진 지 이미 오래되었다고 여기고 있었다. 매그넘 포토스(1947년 창립한 국제 자유 보도사진 작가 그룹) 처럼 인간에 애정을 갖고 인류 생존환경에 관심을 기울이는 그런 사조가 1930년대의 중국에는 없는 줄 알았는데, 사실 60여 년 전에 팡따쩡이 이미 그렇게 실행하고 있었다.

– 탕스쩡 (인터뷰, 2000년 3월)

4. 생명을 불어넣은 흑백사진

1936년 5월 21일은 아주 평범한 날이다. 그러나 역사학자들에 있어서 그날은 중국에서 가장 다채로운 날이다. 전국 각지에서 특별한 군중과 단체를 제외하고 군인, 학생, 경찰, 기업가 심지어 농민까지 포함하여 다양한 계층의 사람들이 모두 생생한 문자기록을 남겨 놓았기 때문이다. 상하이 문단에서 시작한 「중국의 하루」 작품 공모가 그 시대 중국의 가장 본능적인 자료를 남겨 놓았다. 그때 당시 사람들의 마음속에는 일본의 중국 침략 위협이 가장 큰 우려인 것으로 기록되고 있었던 것이다.

그 뒤로 팡따쩡은 톈진 기독교청년회에서 나와 베이핑으로 돌아와 근무하였다. 팡창장은, 그때 당시 "신문에서 샤오팡의 작품을 자주 볼 수 있었는데 실효성이 높고 주제 선택이 치밀하였다. 쑤이위안 전쟁 이후 그는 주로 촬영기자의 모습으로 나타났다"고 기억을 떠올린 바 있다.

초기 취재할 때, 팡따쩡과 스노우(중국의 붉은 별 작가)가 기독교청년회의 다락방에서 잠깐 만난 적이 있었다는 얘기도 나왔다. 사실인지 아닌지는 모를 일이다. 만약 정말 만났다면 그들은 무슨 이야기를 나눴을까? 그때 당시 날씨는 어떠했을까? 그들이 서로의 작품을 보았을까? 촬영 과정에서 우리는 답을 찾지 못했다. 취재와 촬영 과정에서 나는 팡따쩡이 남겨 놓은 필름을 여러 번 살펴봤다. 일부 필름에는 사진 인화와 확대를 위해 그려놓은 편집 선이 여전히 뚜렷이 남아 있었다.

운반으로 분주한 부두

거름 줍기

흙장난 치고 있는 어린이들

빠따링 정상에 오른 잘생긴 소년

그의 사진은 구도가 좋고 기록 풍격이 정중하고 성숙하며 내용이 소박하여 허위적이고 뽐내는 부분이 전혀 없었다. 그의 사진은 맑은 차와 같이 보기에는 담담하지만, 맛을 보면 정취를 자아냈다. 그의 사진은 또 오랜 술과 같이 입에 넣을 때는 두텁지만, 뒷맛이 달콤하고 그윽하였다. 차의 정취가 신선함에서 온다면 술의 강렬함은 틀림없이 깊이 감추어져 있기 때문이다. 샤오팡이 나에게 남긴 이상이 그러했다. 한현으로는 활기차고, 다른 한편으로는 침착하고 편안했다. 우리는 환등기로 그의 사진을 한 점씩 은막에 비춰 보고 촬영하는 것을 반복하면서 해석과 발견을 꾀했다. 우리는 영상을 통해 사물의 지속적인 영원함을 보았다. 팡따쩡에게는 소박한 사상이 있었다. 그가 촬영한 하층 민중들의 표정으로 볼 때 그들 사이에 신뢰와 평등이 충만했다. 냉정한 사진에서 우리는 그가 삶을 배경으로 삼고 생명을 필름으로 만든 한 뜨거운 마음을 읽어낼 수 있었다.

유랑자 향신

군인   넝마장수

삼대동당(三代同堂)

　　내가 촬영을 즐기게 된 것도 삼촌의 영향을 다소 받았다고 할 수 있다. 왜냐하면 나의 첫 인화 상자가 바로 삼촌의 것이다. 바로 삼촌이 직접 만든 인화 상자이다. 그러나 진정으로 영향을 받게 된 것은 내가 기자가 된 후에 삼촌의 작품을 접한 후부터이다. 프로정신, 사회적 책임감, 순간 포착을 통한 사실 기록 스타일, 절대로 설정한 사진을 찍지 않는 것이 그의 촬영 신념이다. 내가 본 그의 작품은 전부 순간을 포착한 것으로 나에게 엄청나게 큰 영향을 주었다. (장자이쉬안 인터뷰, 2012년 7월)

촬영 일기 2000년 3월 2일 목요일

　　팡따쩡의 작품을 촬영하였다. 작품은 그가 1935년부터 1937년 즈음에 촬영한 것으로 평민들의 생활·전쟁·노동자 등이 주 내용이다. 샤오팡의

밀짚 줍기

흑백 세계를 보노라면 끝없는 상상에 빠지게 된다. 구시대의 인물·건물과 풍경은 오랜 세월을 거쳐 빚어진 듯한 느낌을 풍기고 있어, 옛 사진을 들춰보는 것이 회상을 위해서가 아니라 그 시절을 맛보기 위해서이다.

샤오팡이 그때 당시 찍은 필름들이 오늘날에도 '색'이 변하지 않았다. 사진 확대기는 그가 판지로 만든 것이다. 그는 인화한 사진으로 투고하고 그 원고료로 다시 필름을 샀다.

최초 그의 작품은 나에게 아주 큰 충격을 주었다. 내가 평소에 말하던 시각적 충격과는 달리 과장적이고 신기한 효과가 아니었다. 그의 사진은 아주 소박하였다. 충격은 그 소박함의 힘에서 비롯되었다. 그는 사진을 찍으면서 그 사람들에게 일종의 감정이 있었다. 바로 마음속으로부터 우러나온 존경심이었다. 상대가 거지이든 알몸으로 배를 끄는 인부이든, 혹은 전쟁터의 일반 병사이든 그는 모두 솔직한 감정을 사진 속에 드러냈다. 그것은 일종의 사랑이었다.

팡따쩡이 전람회 출품 작품 앞에서 기념사진을 찍었다.

　　수년이 지난 이후 신화사의 탕스쩡 기자가 걸프전쟁을 취재하였다. 그는 이라크에서 철수한 마지막 중국 기자였다. 귀국 후 그는 『전쟁터에서 돌아오다.』『바그다드로 되돌아가다』 등 전쟁 보도 작품을 출판하였다.

　　내가 팡따쩡의 작품을 보는 순간 갑자기 뭔가 특별한 감정이 뼛속까지 스며드는 것을 느꼈다. 그런 감흥이 없어진 지 이미 오래되었다고 여기고 있었다. 얼마 전 중국 촬영출판사에서 『매그넘의 50년』 출판을 준비하고 있었는데 나에게 서문을 부탁하였다. 그때 당시 나는 부끄럽기 그지없었다.

통일전선

왜냐하면 매그넘 포토스가 설립된 지 50년이 지나서야 중국에서 비로소 이런 책을 출판할 수 있으니 유감스러운 일이 아닐 수 없었기 때문이었다. 50년이 지나서야 중국이 매그넘처럼 인간에 애정을 갖고 인류의 생존환경에 관심을 기울이는 이념(30년대의 중국에서는 없었음)의 책을 출판하여 소개하려 하였지만, 사실 60년 전에 팡따쩡이 이미 그렇게 하고 있었다. 그러나 그가 한 일을 아는 사람이 거의 없다는 것이 슬픈 현실이었다. 그때 당시에는 아주 떠들썩하였지만 최근 50년에는 그것을 언급하는 사람이 없었다.

나는 촬영에서 특별히 소중한 것이 두 가지 있다고 생각한다. 한 가지는 사실성이다. 진실하게 촬영한 것이 아니라면 그것은 아무런 의미가 없다. 그 진실성은 표현 형식의 진실 외에도 본질에서도 확실하여야 한다. 다른 한 가지는 순간성(瞬間性)이다. 사실 아주 간단한 결정적인 한순간이 위대함과 평범함이 결정된다. 나는 서방의 촬영가

만이 이 두 가지를 갖추고 있다고 여겨왔는데, 지금 보니 루꺼우차오 사변 전에 팡따쩡이 벌써 이렇게 하고 있었다. (펑쉐쑹, 탕스쩡과의 인터뷰, 2000년 3월)

"인생을 보기 위해, 세계를 보기 위해 시대의 증인이 되고, 가난한 자와 거만한 자의 행동을 관찰하자." 미국의 『라이프』 잡지가 이 선언을 시작으로 발간되었고 동시에 신문촬영보도의 전성기를 펼쳐 나갔다. 그때 당시 많은 촬영가가 진실을 추구하기 위해 비용을 지급해야 했다. 1913년 헝가리 부다페스트에서 태어난 로버트 카파는 샤오팡보다 한 살 적다. 그는 포토 뉴스 「어느 공화파 병사의 죽음」을 촬영하여 국제적으로 명성을 얻었다. 35mm 필름 사용 카메라, 큰 에프넘버 렌즈, 고속 필름, 그리고 그의 대담하고 두려움 모르는 용기로 카파는 헝가리 내전에서 이름을 날렸다. 같은 해 팡따쩡이 톈진 중외신문동아리에서 촬영기자에 임하였다. 그는 사회 하층에 눈길을 돌렸고, 렌즈에 민중의 생활과 어려움을 많이 담았으며, 현실에 접근하여 민생을 기록하였다.

샤오팡이 남겨놓은 글에서 카메라에 대한 사용 노하우, 촬영에 대한 촬영기법 같은 것은 발견하지 못하였다. 그는 장비가 좋고 나쁨과 구도의 아름다움에 관심을 가진 것이 아니라 촬영하려는 내용에 더 많은 관심을 쏟은 것 같았다. 그는 단순하고 직접적이며 내용으로 표현이 가능한 의도가 명확한 것을 좋아했지, 복잡하고 애매한 것을 좋아하지 않았다.

갈 길이 멀다.

밝은 미래의 보호자

발을 맞추며 씩씩하게 나가다.

팡따쩡이 그 시대의 다른 사람과 비교되는 가장 큰 차이점이 바로 신앙이 있다는 것이다. 그는 언론인으로 되고자 하는 뜻을 세웠다. 지금 돌이켜 생각해 보면 그 또한 많은 사람의 영향을 받은 것 같았다. 국내에서는 판창장이다. 그는 판창장을 대단히 많이 숭배하였는데, 시뻬이(西北) 전쟁터에서 이름을 날린 판창장이 그보다 일찍 유명해진 것도 있고, 그보다 일찍 보도기사를 쓴 원인도 있었다. 그가 샤오팡에게 큰 영향을 주었는데, 후에 샤오팡이 그를 찾아 의탁할 정도에 이르렀다. 국제적으로도 샤오팡이 숭배하는 모델이 있었다. 제1차 세계대전 때 로버트 카파라고 아주 유명한 기자가 있었는데, 바로 그중의 한 사람이다. 카파는 촬영에 목숨을 걸었다. 평론계는 그가 촬영할 때, 셔터를 누르는 속도가 기관총과 겨룰 수 있다고 평하였다. 그래서 전쟁이 일어난 곳이라면 그는 꼭 찾아갔으며, 그때 당시 미국 병사가 여러 전쟁터에서 싸우는 사진을 많이 찍었다. 팡따쩡도 줄곧 전쟁의 최전방에 있었고, 그런 것을 추구해 갔다. 그는 유명 기자를 꿈꾸었다. (천선 인터뷰 2012년 7월 12일)

샤오팡이 적극적으로 사진 보도를 촬영함과 동시에 또 가끔은 예술촬영의 창작 작업에도 참여하였다. 그리고 기회를 잡아 개인 촬영 작품을 전시하였고, 촬영예술 연합전시회에도 참여하였다.

1937년 6월 24일부터 30일까지 베이핑 동청청년회(東城)의 2층에서 '베이핑 제1회 촬영 연합전시회'가 개최되었다. 이 전시회에 남방과 북방의 유명한 촬영가 랑찡산(郎靜山), 예치앤위(葉淺予), 류쉬창(劉旭滄), 장인취앤(張印泉), 장한청(蔣漢澄), 웨이서우정(魏守忠) 등을 비롯한 26명이 178점의 작품을 전시하였다. 샤오팡도 이번 연합전시회의 적극적인 참가자로, 나름대로 대중생활을 취재한 신작 15점을 대중들에게 전시하였다. 전시한 작품들로는 「싸이뻬이(塞北의 풍운」 「연합전선」 「아침의 햇빛」 「지하 단련」 「이 또한 우리가 무장한 것이다」 「장난치기」 「밝은 미래의 보호자」 「네이멍구(內蒙古)를 보호하자」 「어둠 속에서」 「흑면(黑面)을 먹는 자가 백면(白面)을 나르고 있다」 「갈 길은 멀다」 「발맞추며 행진하다」 「기초 작업」 「아직도 순진한 때」 「식량 준비」 등이 있다.

예술 촬영에 대한 사오팡의 탐구와 추구는 자아도취에 빠진 '탐미주의자'들과는 달랐다. 그는 배경을 고르고 자세를 취하면서 변혁과정에서의 사회현상을 예술형식과 최대한 완벽하게 통일시키려고 애썼다.

「연합전선」은 그의 대표작으로 「베이핑 제1회 촬영 연합전시회 특집」의 뚜렷한 위치에 배치되어 인쇄되었다. 작품은 실생활을 취재하였는데, 화면이 간결하고 산뜻하며 생동적이고, 구도와 빛의 사용도 적절하였다. 작품은 사람들에게 집단행동을 지지하고 강력한 의식 통일을 조성해야만이, 어려움 속에서 일치 협력하여 위험한 처지에서 벗어나 최후의 승리를 이끌 수 있다는 것을 알려주었다. 작품은 경치를 비러 감정을 표현하고, 형상을 통해 의미를 전하며, 시대의 맥박을 파악하여 시대의 가장 우렁찬 구호를 보여주었기에 항일전쟁 전야의 가장 우수한 촬영 예술작품 중의 하나로 꼽혔다.

흑면을 먹는 자가 백면을 나르다.

장난꾸러기

기초 작업

중파 대학에서 공부할 때의 샤오팡

　나는 팡따쩡의 작품을 보고 그때 당시의 역사를 알게 되었다. 예전에 나는 구중국의 사람들은 모두 동아병부(东亚病夫, 동아시아 환자)이며 말라빠지고 시들시들하다고 생각했었는데, 샤오팡의 사진에서는 그때 당시 중국의 군인이 아주 위풍당당하였고 일본 군용차를 빼앗는 중국인들이 아주 용맹스럽고 영민하며 생김새도 보기 좋았다. 60년 전의 중국인이 그렇게 건장하고 그렇게 활력이 넘쳤다는 것을 나는 미처 생각하지 못했다. 예컨대 배를 끄는 인부, 석탄 캐는 사람의 그런 촬영 느낌은 팡따쩡과 로버트 카파와 같이 오직 촬영의 본질만을 추구하는 사람이 찍을 수 있었다.

　팡따쩡이 사용한 것은 롤라이 이안 레플렉스 카메라일 가능성이 크다. 그때 당시 이런 카메라는 기술이 가장 믿음직스럽고 꽤 간편했다. 그는 대부분 6*6 혹은 6*4.5 혹은 조금 더 큰 사진을 찍은 것 같았다. 이런 카메라는 독일제로 기술은 믿음직스럽지만 화려한 것을 추구하는 그런 것이 아니고, 상당히 소박하고 간단하지만, 또한 믿음직스러우며 촬영가가 전동화 및 자동화에 의존하지 않아 아주 외딴 지역에 가서도 촬영할 수 있었다.

그의 사진은 촬영기법으로 보아서 모두 현장에서 찍은 것이고, 그가 연출한 흔적을 찾아볼 수 없으며, 객관적으로 기록하였고, 화면이 단순하다. 예컨대 이 사진에서 군수품을 운송하는 차를 볼 수 있는데, 그때 당시 샤오팡이 입은 옷도 농민 의상이라는 것을 상상할 수 있다. 그가 양복을 입었을 리가 없다. 혹시 그의 짐도 차에 실려 있었고, 길에 찍힌 차바퀴 자국처럼 그의 마음과 그의 발도 그 위에 찍혀졌을지도 모른다. 또 예컨대 이 사진에서 높디높은 검은 구름이 고독을 말하고 있는데 그때 당시 그의 심정을 아주 잘 반영한 것 같다.

그처럼 아름다운 강산에서 혈혈단신의 병사 한 명이 간단한 소총으로 앞의 적들과 대응해야 한다니, 그때가 바로 중국이 여지없이 패배하던 시기로 중국을 잃었고 샤오팡도 잃었다. (펑쉐쏭, 탕스쩡과 인터뷰, 2000년 3월)

일찍이 1936년 10월 팡따쩡과 쉬즈팡(許智方)이 스스로 우수한 작품 3, 40점을 골라 톈진 동마루(东马路) 청년회에서 개인 촬영예술 연합전시회를 열었다. 샤오팡의 작품은 구상이 참신하고 풍격이 특이하며 의미가 사려 깊고 심금을 울려 톈진 각계 인사들에게 생생한 예술적 이미지로 가득 찬 볼거리를 전해주었다. 치우천(秋尘)은 논평을 써 "두 사람은 풍격이 달랐다. 쉬는 정취에 의미를 두고 시적 분위기가 짙으며 구도가 모두 그림과 같은 한편, 팡은 대중 생활을 취재하였고 뜨거운 마음이 화면 위에 생생하게 나타났다. 기술적으로 우열을 가리지 못하기에 모두 최상의 수준에 이르렀다"고 팡·쉬 두 사람의 연합전시회를 평가했다. 팡의 「흑면(黑面)을 먹는 자가 백면(白面)을 나르고 있다」는 제목의 작품에 나오는 부두에서 일하는 하층 노동자를 자세히 보면 그들의 숨소리를 들을 수 있는 것만 같아 마냥 감동적이다. 작품 「318 공동묘지」는 한 청년이 묘비 옆에 서서 머리를 들어 하늘을 바라보고 있는데, 다하지 못한 여운이 담겨있다. 작품 「또 하나의 창청(长城)」은 민중들의 시위운동 시기에 남긴 기념촬영으로 인생을 한없이 개탄하게 한다. 팡과 쉬 두 사람의 주제는 "각자의 이미지와 같고, 또 각자의 인간과 같다."고 할 수 있었다.

우수한 기자라면 단순히 촬영만 하는 것이 아니고, 또 단순히 글만 쓰는 것이 아니라 온 힘을 다해 한 가지 사건을 보도하고 전달하는 것을 말한다. 보도하기 전에 그에게는 이미 객관적이고 과학적인 시선을 갖고 있다. 그들은 이미 모두 좋은 환경에서 체계적인 교육을 받았다. 샤오팡은 중파 대학에서 경제학을 전공하였는데, 공부한 사회과학 분야와는 다르게 스스로 아주 독창적인 예술적 감각이 있었다. (펑 쉬에쑹, 탕스쩡과 인터뷰 2000년 3월)

팡따쩡 작품에는 인물촬영 작품이 아주 많은데 전부 이름을 남기지 않은 사람들이다. 그러나 우리는 오늘날에도 그들의 순간 표정을 볼 수 있고, 또 그들의 모습에서 촬영자와 그들 사이에 존중과 교류가 숨어있다는 것을 느낄 수 있다. 예컨대 작품「장난꾸러기」의 밝게 웃는 북방 어린이의 사진은 마치 사진 밖에서도 어린이들이 기뻐하는 웃음소리를 들을 수 있는 것 같아 전달력이 상당히 강하다.

그는 인류의 앞선 시각으로 지구 위의 주민과 지구의 환경을 내다 보았다. 그가 찍은 사진에서는 중국인이 자신들의 생존을 위하여 다른 민족과 투쟁하는 것만 볼 수 있을 뿐, 당파 같은 것은 찾아볼 수가 없다. 촬영가는 그렇게 단순하고 그런 것을 보여줄 수 있는 것만으로도 충분하다.

팡따쩡·로버트 카파와 같은 사람들은 그들의 생명을 사진에 넣었고 나중에 그들마저 모두 사라질지도 모른다. 그들에게는 공통점이 있는데 바로 촬영할 때 "살아남을 수 있을가?" 하는 것은 아예 고려하지 않는다는 것이다. 또 하나의 공통점은 그들이 훌륭한 촬영가일 뿐 아니라 또한 훌륭한 글쟁이이다. 내가『중국기자』잡지에 실린 로버트 카파가 쓴 노르망디 상륙작전의 글을 보았는데, 엄청나게 잘 썼다는 것을 읽는 순간 알 수 있었다. 한편 팡따쩡이 최초에『세계지식』에 실은 글들도 모두 전설 같은 전쟁 보도 기사였다. (펑쉬에쏭, 탕스쩡과 인터뷰, 2000년 3월)

수집한 자료로부터 샤오팡은 흥미가 아주 다양하였다는 것을 짐작할 수 있었다. 그는 촬영하는 방법에 있어 민족의 존망과 관계되는 항일전쟁에 자발적으로 참여하였고, 전쟁의 변화상을 찍으면서도 풍경과 민속을 곁들여 촬영하였다. 한편으로는 그의 재능을 보여주었고, 다른 한편으로는 사회에 관한 관심을 보여주었으며, 나아가 한 젊은이가 국가와 민족의 앞날을 사색하고 있다는 것을 알 수 있었다. 지금 보아도 그의 자연스럽고 소박한 생활이 아주 소중하게 다가온다. 그의 작품에서 촬영자의 열정과 꿈을 엿볼 수 있다는 것을 우리는 쉽게 발견할 수 있는 것이다.

그는 전쟁으로 인해 이름을 날린 것이 아니다. 전쟁이 없어도 그는 필연적으로 우수한 기자가 되었을 것이다. 그는 기자로 타고났다. 그는 천재이고, 또 체계적인 노력을 통해 그 방면의 지식과 기능을 갖추었기에 그 분야의 천재가 될 수 있었던 것이다.

그의 작품은 정말로 위대하다. 그러나 나를 감동하게 한 것은 그 사람 자체이다. 그가 이런 일을 한 것은 강요에 의해서가 아니고 또 그 어떤 경제적 이익을 위해서가 아니었다. 그의 인격은 독립적이고 위대하다. 그는 가정 형편이 좋아 곳곳에 뛰어다니면서 고생할 필요가 전혀 없었지만, 그런 생활권에서 벗어났고, 그가 응당 있어야 할 정상적인 자리에서 벗어나 일반인과 함께 생활하였다. 그래서 그의 품격이 위대하다고 말하고 싶은 것이다. (펑쉐쏭, 탕스쩡과 인터뷰, 2000년 3월)

영국 촬영가 캠벨은 훌륭한 촬영가가 될 수 있는 것은 책임감에서 비롯되는 것이 아니라, 집착에서 비롯된다고 말한 바 있다. 샤오팡의 작품을 보면 같은 것을 느낄 수 있다. 그의 촬영은 어떤 임무를 완성하는 것에 그친 것이 아니라 몸과 마음의 몰입이고, 촬영에 대한 집착이 아니라 삶에 대한 집착이었다.

광부의 웃음

탄갱에서 실어 나오는 석탄

석탄 채굴자의 초상   광부

　이제 20리(8km)만 더 가면 마롄탄(马连滩)에 이른다. 멀리서부터 양쪽의 산비탈에 군데군데 검은 점이 있는 것을 볼 수 있었다. 이 일대는 석탄을 생산하는데 탄질에 다량의 유황이 함유되어 연소하면서 아주 진한 냄새가 난다. 그래서 현지인들은 그것을 구린 탄이라 한다. 구린 탄은 전부 재래식 방법으로 채굴한다. 광부들은 늘 세 명이 한 팀을 구성하고 광산주 즉 지주에게 세금 3위안을 바치면, 지주의 광산에서 아주 작은 구역을 얻을 수가 있다. 광부 세 명은 갱을 먼저 판 다음 석탄을 채굴하는 순서로 일한다. 갱은 수직으로 깊이가 1,200자(약360미터)에 이르지만, 석탄을 운반하는 윈치[07] 같은 장비는 없다. 갱내로 내

---

07) 윈치(Winch) : 경사굴(斜坑)에서 '광차'(석탄·인력 운반용 무동력 궤도차)를 끌어당기는 양기(捲楊機, 줄을 말아 당기는 기계)

려가는 광부들은 갱의 벽에 뚫린 계단을 따라 한 걸음 한 걸음 아래로 내려가야 한다. 갱구는 지름이 너무 작아 한 사람밖에 오르내리지 못한다. 그래서 이런 방법으로 '지옥'과 '현실' 사이의 교통의 매개 역할을 하는 것도 마지못해 하는 것이다. 그러나 그 계단을 지나는 사람이 발을 헛디디기라도 하면 그 또한 생각만 해도 끔찍한 일이다.

세 명 중 두 명이 어두운 등잔을 들고 석탄층 위에 내려가 일한다. 갱구에는 도르래가 하나 있는데 북방 논밭에서 쓰는 우물과 같다. 위에 남은 사람이 그 '도르래'를 관리하는데 아래 내려간 두 사람이 채굴한 석탄을 물을 퍼 올리듯 갱내로부터 밧줄로 비틀며 끌어올린다. 그들의 일은 절대 시간적 제한이 없다. 그들에게 '싸이뻬이식'(塞北式) 마차가 한 대 있는데 언제 그 차를 꽉 채우면 그날 일은 끝났다고 할 수 있다. 그다음 순은 생명으로 바꾼 구린탄을 지닝·타오린 혹은 기타 마을에 실어가 구매자를 찾는 것이다. 지주는 또 신성한 소유권 자격으로 한 차의 구린탄 당 0.2 위안의 세금을 징수한다. 지닝의 시장가격으로 말하자면 한 차의 구린 탄 판매 가격은 겨우 1위안 남짓하다. 그럼 그 광부 세 명의 순소득도 짐작할 만하다. 그들은 순소득으로 자신의 지출 외에도 소 한 마리를 먹여 살려야 하는데 시장에서 바로 석탄 구매자를 찾을 수 있다는 가능성도 전혀 없다. 그래서 아침을 먹고 나면 저녁밥이 어디에 있는지 감히 기대하지 못한다.

시간 관계로 나는 갱내로 직접 내려가 보진 못했지만 여행하면서 탄광을 여러 번 내려가 본 적이 있다. 기계화 설비가 있는 탄광에서도 광부들의 작업현장은 이미 우리가 상상할 수 없을 정도로 힘들었다. 물론 이런 토굴 내의 환경은 그보다도 훨씬 힘들고 위험하다.

이런 일에 종사하는 사람 중 일부는 망명자이고, 일부는 이것 빼고는 다른 살길을 찾지 못하는 사람들이다. 이 세상은 그들이 좋은 환경에서 생존하는 것을 허락하지 않고 있다. 나는 그들이 언젠가는 여기서 해방될 거로 생각한다. 나는 그렇게 되길 간절히 바란다. 그것이 환상이 아니라고 확신한다. 왜냐하면 수천 명을 헤아리는 사람들이 인류의 밝은 미래를 위해 일하고 노력하며 분투하고 있기 때문이다. 노예들도 '인류의 삶'을 누려야 한다! (샤오팡의 「지닝에서부터 타오린까지」)

팡따쩡은 여행과정에서 사진을 찍으며 본 것을 기록하고 생각을 기사에 썼다. 그는 말 타고 꽃구경하듯 사진 찍는 데만 그친 것이 아니라, 몸과 마음을 몰입하여 업무에 깊이 파고들었다. 취재 대상에 대한 깊은 동정심이 없었다면, 삶에 대한 절실한 미련이 없었다면, 그가 거기까지 해내지 못했을 것이고, 또 일에 생명을 걸지 않았다면, 여전히 거기까지 해내지 못했을 것이다. 1938년 팡따쩡의 동종업자인 헝가리인 로버트 카파가 스페인에서 '장소를 옮겨' 중국으로 왔는데, 그 시기의 업무 성과 또한 마찬가지로 카파 영상자료의 중요한 부분으로 구성되었다. 촬영역사에 있어서 걸출한 전쟁 보도 촬영가 카파의 공헌이 소중한 문헌으로 되어있고, 이는 촬영작품에만 그치는 것이 아니라, 그의 업무 태도와 인생관에 더 큰 의미가 있다고 할 수 있다. "국민을 사랑하며, 그들에게 알 권리를 주어야 한다"와 "만약 당신의 사진이 만족스럽지 않다면, 당신은 충분히 가까이 가지 않은 것이다"라는 말은 그의 가장 유명한 어록이다. 팡따쩡에게 카파와 같은 표현력이 없을 수는 있겠지만, 촬영가가 지녀야 할 자질은 조

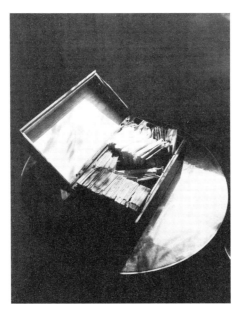

샤오팡이 남겨놓은 필름과 나무상자 (촬영 루안이중)

금도 손색이 없다. 그래서 두 사람을 연계시키는 것이 터무니없거나 주관적인 것이 아니다. 물론 차이는 있다. 카파에게는 할리우드식의 낭만적인 사랑이 있었지만, 팡따쩡은 이렇다 할 연애조차 해보지 못했다. 카파는 안타깝지만, 그래도 운이 좋아 1954년 베트남에서 지뢰를 밟아 사망하여 '영예의 절정에서 사망'하였지만(브레송), 팡따쩡은 1930년대 말 펑한전선에서 자취를 감추었다. 그러나 카파든, 그보다 한 살 위인 팡따쩡이든, 모두 훌륭한 사진작가로 사진 한 장과 생명 사이에서 순간을 선택해야 하는 전쟁보도 사진기자였다.

짧은 중국행이었지만 로버트 카파가 그 시기에 거둔 업무성과는 영상자료의 중요한 구성 부분으로 되었다. 시정생활, 도망가는 사람, 행진 중인 병사 등의 주제 선정의 시각과 구도가 샤오팡이 찍은 사진과 거의 비

퇴직 후 팡청민이 정리한 샤오팡의 작품 목록

숫했다. 만약 그들이 찍은 필름을 한데 모아 놓는다면 본인이 아니고서는
타인이 분별하기 어려울 것이다. 상상하건대 카파가 중국의 신문을 살펴
보면서 팡따쩡의 기사를 본 적이 있다고 생각한다면, 그들의 인연 또한 서
로의 흑백사진을 통해서만이 전달될 수밖에 없다. 샤오팡이 실종된 지 17
년이 지난 후인 1954년 5월 25일 로버트 카파가 베트남 전쟁에서 한 차례
의 전투를 촬영하였다. 카메라를 멘 카파가 더 찍을 것이 없는지 주변을
둘러보겠다는 말을 남기고 자리를 떴는데, 갑자기 카파가 걸어가던 방향
에서 폭음소리가 들려왔다. 어니스트 헤밍웨이는 "카파는 아주 좋은 친
구이고, 또 위대하면서도 용감한 촬영가다. 운명이 그한테 친 장난이 우
리에게는 불행으로 다가왔다. 그가 죽은 그 날을 생각하면 너무 안타깝
고 슬프다"라고 말했다.

카파는 지뢰를 밟는 그 순간에도 본능적으로 셔터를 눌러 그의 눈에 들
어온 마지막 세계 - 환상과 같은 풍작의 색을 띤 보리밭을 남겼다.

이런 촬영가들은 자신의 생명을 돌볼 여지가 별로 없다. 그들은 돈도 없고 배경도 없다. 그들이 내걸 수 있는 건 오로지 자신의 생명뿐이다. 종군기자의 생명은 경마와 같이 자신의 손에 쥐어있어, 이 말에 걸 수도 있고, 저 말에 걸 수도 있으며, 또 최후의 순간에 회수할 수도 있다고 카파가 말한 바 있다. 팡따쩡과 로버트 카파는 마지막 순간에도 그들이 내건 것을 회수하지 않는 스타일이었다. 카파는 영예의 절정에서 떠나갔기에 그를 행복하다고 말한다. 팡따쩡도 마지막에는 실종되었지만, 결정적인 순간에 사라진 것이 아니었기에 카파처럼 장렬하지도 눈부시지도 않다. 그러나 그들이 하는 일의 가치는 똑같이 의미 있는 것이었다. (펑쉐쏭, 탕스쩡과 인터뷰, 2000년 3월)

판창장은 「샤오팡을 그리워하며」에서 핑진이 점령된 이후 그가 상하이에 돌아왔고, 후에 샤오팡이 북방에서 보낸 "베이핑의 우리 집이 점령됐습니다. 많은 촬영자료와 도구를 미쳐 가지고 나오지 못했습니다……"라고 쓴 편지를 받았다고 증언했다. 편지에서 언급된 촬영자료와 도구가 바로 샤오팡이 나중에 쓰촨에 가서 기근을 촬영하려고 준비한 필름 40개와 암실 인화 설비, 그리고 그가 찍은 약 천 장에 달하는 필름이 담긴 나무상자이다. 실종되기 전의 2년 사이에 팡따쩡은 많은 작품을 촬영하였다. 지나친 현장작업으로 암실에 있을 시간이 없게 되자, 여동생인 팡청민이 암실의 인화작업을 맡게 되었다. 팡청민이 팡따쩡의 일에 참여하였기에 팡따쩡이 사라진 뒤에도 그의 수많은 작품이 전혀 손상 없이 보존될 수 있었다. 팡청민은 오빠에 대한 기억을 간직하듯이 팡따쩡이 실종되기 전에 남겨놓은 모든 필름을 보관하였다.

팡따쩡에 대한 팡청민의 그리움은 그녀 개인만의 일이 아니다. 사실은 지나간 그 시대에 대한 오늘날의 그리움으로 다만 그것을 통해 표현되었을 뿐이다. 오늘날 우리가 팡따쩡의 작품을 보았을 때 그지없이 친밀하게 느껴진다. 우리는 일부 화면 속의 배경이 달라진 것 외에 사람들의 표정은 하나도 변하지 않았다는 것을 발견할 수 있다. 흉년을 겪고 있던, 전쟁을 겪고 있던 아무런 변화 없이 모두 우리가 익숙해 있는 그대로이다. 오늘날까지 생명을 불어넣은 이 사진들로 인하여 나는 팡따쩡이 사라진 것이 아니라, 다른 방식으로 혹은 오늘의 방식으로 여전히 존재한다는 것을 느끼고 있다. (펑쉐쏭, 위화와 인터뷰, 2000년 3월)

은행에서 근무하다 정년퇴직한 팡청민은 그 뒤로 팡따쩡의 사진과 글을 정리하는 데 전념하였고, 이를 위해 여기저기 수소문하여 자료를 열람하고 목록을 썼으며 무언가를 알고 있는 사람들을 방문하였다. 오빠가 남긴 약 천 장의 흑백필름이 그의 정신적 안식처가 되었다. 그의 아들인 차쏭녠(査松年) 선생은 어머니가 자주 외삼촌이 찍은 사진을 확대해 오라고 시켰다면서 그녀가 필름에 영혼을 담아 그것으로 오빠의 숨결을 느끼려 한듯하다고 기억했다. 그녀는 샤오팡의 작품들이 다시 발표되어 사람들이 과거에 존재했던 사실과 이미 사라진 순간을 다시 느낄 수 있기를 기대했다. 기념을 위해서 또 오빠를 찾기 위해서였다.

5. 혼자만의 쑤이위안 여행

쑤이위안 항전의 포성이 울린 후 샤오팡은 그의 무기 즉 하나의 몽당 붓과 사진기를 들고 전장을 누비며 촬영했다. 그리고 소식을 전하는 보도자료 한편 한편을 쓸 때마다 『세계지식』 등의 잡지에 발표했다. 그가 보낸 보도문에는 「완핑 여행」 「싱허(興和)의 여행」 「지닝에서부터 타오린까지」 「쑤이위안의 군사지리」 「쑤이동 전선 시찰기」 등이 있었다.

- 팡청민 「나라에 목숨을 바친 언론전사」

이허위안(頤和園) 목련꽃 나무 아래의 샤오팡

5. 혼자만의 쑤이위안 여행

베이징의 위란화(玉蘭花, 목련)가 피었다. 또 다시 1년이 지나갔다. 내가 팡따쩡을 접촉한 때부터 지금까지 이미 18년이라는 세월이 흘렀다. 팡따쩡에에 대한 모든 소식은 1937년에 정지된 채 머무르고 있다.

이는 바로 그와 세계가 연계되었던 시간을 잃어버렸다는 것을 의미한다. 그러나 그를 찾는 발걸음은 아직도 숨을 멈추지 않고 있다. 시간의 추이에 따라 나는 그와 관계있는 어떤 부스러기라도 찾고 찾아 그에 대해 알고자 했다.

오늘 그를 찾아 촬영에 박차를 가하고 있는 이 시각 외에도, 그가 집을 떠난 후 쓴 「빠오띵(保定) 이남」, 「빠오띵(保定) 이북」 등 통신문 및 자신을 찍은 사진과 옛날 잡지에서 그의 것이 계속 발견되었다. 샤오팡의 형상과 행적은 더욱더 많아졌고 명료해졌다. 열정적인 사랑을 갖고 하던 생활, 정의감으로 충만 된 이 젊은이는 곤란함과 전쟁 앞에서 시종 항상 용감하고 강인함을 선택했다. 그러나 그는 내심으로는 순수했고 집념이 강한 사람이었다. 그러한 그의 진정한 내면세계는 표면상으로는 나타나지 않았다. 다만 그가 남긴 사진과 문장 속에는 그러한 면이 투과되어 있었다.

이들 작품에는 지똥에서, 쑤이위안에서, 루꺼우챠오에서 그 힘든 걸음을 하며 사진을 찍고 글을 썼으면서도 피곤함과 지친 모습은 찾아볼 수가 없었다.

샤오팡이 남긴 개인 사진 중에는 학생시절 그가 이허위안(頤和園)에서 찍은 사진이 있다. 목련꽃 나무 아래 독일제 보이그랜더 카메라를 손에 든 그는 진지한 표정으로 앞을 바라보고 있었다. 그의 눈빛은 실제 나이보다 지혜롭고 신중하며 강한 의지와 함께 성숙해 보였다.

'9.18' 사변 이듬해, 즉 1932년 나는 톈진에서 베이핑으로 왔다. 누가 나를 '반제국대동맹'에 소개해 가입하였는지 기억나지 않지만, 얼마 지나지 않아 나는 '소년선봉대'의 기관 간행물인 『소년선봉』의 편집으로 근무하게 되었다. 주간인 『소년선봉』은 16절지로 한 호에 4쪽에서 6쪽이 전부이다. 그 일을 하면서 나는 아주 잘생긴 청년 팡더쩡을 알게 되었다. 필명은 '샤오팡'이다. 그때 당시 그는 중파대학에서 공부하였으며, 순수하고 열정적이며 활력이 넘쳤다. 내 기억 속에 그는 늘 지칠 줄 모르게 걸어 다니고 바삐 뛰어다녔다. 간행물은 우리 둘이서 다 해냈다. 편집·글쓰기에서부터 인쇄·교정, 그리고 발행까지 모두 우리 둘이 맡았다. 간행물을 인쇄하는 공장은 둥청떵시(東城灯市) 동쪽 출입구 북측 길모퉁이의 크지 않은 장소였다. 매번 갈 때마다 여기저기 두리번거리며 미행하는 자가 없는지부터 확인해야 했다. 간행물이 출판되면 우리는 따로따로 '관련 분야' 및 둥안(东安)시장의 노점에 전달하여 판매하였다. 나중에 우리 둘 다 업무가 조정되는 바람에 헤어지게 되었으며, 간행물도 몇 호 나가지 못하고 정간되게 되었다.

그 뒤로 나는 『화뻬이(華北)청년』을 편집 발행하게 되었다. 후에 또 중국 좌익작가연맹에 가입하여 돤무훙량(端木蕻良), 짱윈위안(臧云远)을 비롯한 사람들과 함께 베이핑의 중국 좌익작가연맹의 기관 간행물인 『과학뉴스』를 편집하게 되었다. 이는 벌써 1933년 8월 이전의 일이다. 그 사이에 나와 샤오팡은 이미 직접적인 업무 관계는 없었지만 '횡'적인 친구 관계는 여전히 이어갔다.

그해 8월 4일, 내가 『과학뉴스』의 대표로 베이핑 여러 동아리의 바비싸이반전조사단(巴比賽反战调查团) 북상 환영 준비회에 참가하였는데 반역자의 밀고로 체포되었다. 그때 당시 나는 당숙의 베이핑대학 법학원 기숙사에 잠시 머물렀는데 그 거처를 아는 사람이 몇 명 없었다. 그러나 내가 체포된 이튿날 신문에 발표된 19명 체포자 명단을 보고 깜짝 놀란 샤오팡은 어디에서 나의 거처를 알아냈는지 바로 달려가 나의 체포 증거로 될 수 있는 모든 물건인 책과 문건 그리고 전단 등을 몽땅 싹쓸이해 가져갔다. 그가 경찰과 헌병이 오기 전에 미리 증거품들을 숨겨 놓았기에 경찰과 특무대원들이 나의 거처에서 아무것도 찾아내지 못하고 허탕치고 말았다.

샤오팡은 무명 영웅이다. 나는 그 일을 계속 마음속에 생각하고 있었으며, 그의 두려움 모르는 정신에 깊이 감동하였다. 그것은 단순하고 사소한 일이 아니다. 경찰과 특무대가 수도 없이 많고 곳곳에 도둑과 같은 눈길이 오가는 백색공포가 뒤덮여 있었던 시절에 죽음을 무릅쓰고 위험한 소지품을 앞서 가져간다는 것은 얼마나 장한 일인가!

(팡인의 『울다가 웃다』, 1979년 3월 18일)

정의를 행동으로 보여주는 것은 쉬운 일이 아니다. 일찍이 베이핑 1중에서 공부할 당시, 팡따쩡이 학우인 리쉬깡(李续剛)을 도와 반제국주의 표어를 촬영하였다는 이유로 체포돼 경찰서에 반나절 동안 감금된 적이 있었다. 그는 다른 사람과 이제까지 그 얘기를 꺼낸 적이 없었다. 해방된 후 베이징시 정부 부비서장 직을 맡고 있던 리쉬깡이 팡 씨 집을 방문했을 때야 비로소 그 얘기를 꺼냈다. 그리하여 리쉬깡과 샤오팡 집의 인연은 그가 문화대혁명에서 불행하게 세상을 떠나기 전까지 30여 년간 이어졌다.

천선 선생과 인터뷰를 하면서 팡청민은 오빠가 가족들에게 사진을 잘 찍어주지 않았다고 말했다. 그녀는 또 그의 친한 친구들도 거절당할까 봐 그에게 부탁하지 않았다고 말했다. 그는 늘 골목 어귀에 있는 아무 상관 없는 인력거꾼들에게만 사진을 찍어주었다.

그 사람들도 지나갈 때면 늘 그와 인사하며 그에게 잘 대해주었다. 그러나 그는 끝까지 인력거를 타지 않았다. "성실하고 열정적이며 사심이 없어 두려울 게 없고 다른 사람을 기꺼이 돕는다"는 것이 또래 친구들이 그에 대한 평가이다. 저명한 작가 빠진(巴金)이 "생명의 의의는 얻는 데 있는 것이 아니라 주는 데 있다."라는 글을 쓴 적이 있다.

팡청민은 "샤오팡이 비록 짧게 반짝였지만 빠진 선생이 말한 바와 같이 행동했다."고 말했다.

팡따쩡이 언제부터 샤오팡이라는 필명을 썼는지는 검증할 수가 없다. 그러나 그가 발표한 기사와 사진으로 봐서는 1935년부터 1937년 사이에 가장 많이 사용되었다.

그때 당시 그의 사진은 상하이의 『주일 생활 잡지』『좋은 친구 화보』『현대화보』『중국의 목소리』(영문판) 주간, 그리고 미국의 『라이프』(Life)·영국의 『일러스트레이티드 런던 뉴스』(Illustrated London News)·프랑스의 『새로운 관찰자』(Nouveau Obser Vateur) 등에 자주 게재되었다. 샤오팡이라고 쓰인 귀중한 사진들이 오늘날에는 이미 사람들이 항일전쟁 초기의 사회상을 이해하는 중요한 영상자료가 되어 있다.

샤오팡에 대해서 촬영 역사가(攝影史家)인 우췬은 "그의 카메라 렌즈는 중국에서 고생하고 있는 대중, 거센 물살과 싸우는 어부, 지하에서 일하는 광부들을 향했고, 그들의 실생활에 크나큰 관심과 동정심을 가졌다."고 말했다. (『산시 촬영』1986년 제2기 3쪽)

루이(陆诒)와 팡따쩡은 1937년 7월 28일에 서로 알게 되었다. 그때 당시 적지 않은 기자들이 빠오띵에서 창신뎬(長辛店)전선으로 취재 갈 준비를 하고 있었는데, 판창장이 기차역까지 바래다주면서 모두에게 샤오팡을 소개해 주었다. 그때 샤오팡은 이미 상하이『대공보』의 특약기자로 활약하고 있었다. "젊고 인물이 잘생겼다. 흰색 캔버스 모자를 쓰고, 흰색 상의에 노란색 반바지를 입고, 운동화를 신고, 카메라를 메고 있는 모습은 활력이 넘치고 씩씩해 보였다." 수십 년이 지난 후에도 루이는 샤오팡과의 첫 만남을 여전히 기억하고 있었다.

1937년 '7.7'항일전쟁 즈음, 나는 루꺼우차오 전선에 취재를 갔다가 용감하고 활기 있는 청년 기자, 중외 신문촬영사 기자 샤오팡을 알게 되었다. 나는 오래전부터 그를 흠모해 왔다. 일찍이 항일전쟁 전야에 그는 이미 꿰이쑤이(归绥, 오늘의 후허하우터시[和浩特市])·지닝·따통·장자커우 등 지역에 취재를 갔고, 저우타우펀(邹韬奋)이 편집을 주관한 홍콩의 『생활일보』·상하이의 『주일 생활 잡지』및 『신보주간』에 기사와 사진을 자주 발표하였으며, 항일 구국 상황을 성실하게 보도하여 독자들에게 인기가 많았다. (루이『샤오팡을 그리워하며』)

오르막 비탈

강변의 소상인

부두의 노동자

석탄을 메고 가는 소년

도문 보도 「적이 노리고 있는 쑤이위안」

1936년 11월 쑤이위안에서 푸주어이(傅作义)가 이끈 진쑤이군(晋绥军)과 일본 관동군과 함께하는 리서우신(李守信)·몽골 데므치그돈로브 친왕(즉 덕왕[德王] 및 그 산하의 대한의군[大漢義軍]) 및 몽골군 사이에 격전이 일어났다. 그 전쟁은 항일전쟁 초기, 중일 쌍방에서 일어난 한 차례 중요한 전투이다. 그중 훙꺼얼투(红格尔图) 전역·바이링먀오(百灵庙) 전역과 시라무렁먀오(锡拉木楞庙) 전역, 3개 주요 전역이 있는데 전쟁은 결국 진쑤이군의 완승으로 끝났다.

쑤이위안 항일전쟁의 소식을 접한 샤오팡은 즉시 전선 취재에 나섰으며, 43일간 취재하면서 유명한 '쑤이위안 항일전쟁'을 체계적으로 보도하였다. 샤오팡이 쑤이위안에 간 것은 이번이 두 번째였다. 반년 만에 다시 찾아갔는데 전쟁이 발발하지 않았더라면, 그도 그렇게 자주 가지 않았

상하이의 『주간 생활 잡지』에 발표된
「따퉁에서 쑤이위안까지」

을 것이다. 첫 취재의 촬영보도인 「적이 노려보는 쑤이위안」이 1936년 8
월 30일 『주간 생활잡지』 제1권 제13호에 게재되었고 그 외에도 심층취재
인 「따퉁에서 쑤이위안까지」를 발표하였다. 이번에 그의 열정은 더욱 불
타올랐다. 수백 장의 사진을 찍어 많은 성과를 거두었으며, 또 전선에 깊
이 파고들어 가 「쑤이위안 군사지리」 「쑤이뚱 전선 시찰기」 등 무게 있는
전쟁 보도기사를 작성했다. 샤오팡의 쑤이위안 항일전쟁 취재는 지금까
지 알려진 시간이 가장 긴 취재였다. 그때 남겨놓은 사진과 글은 오늘날
사람들이 샤오팡과 그 혼자만의 전쟁터 여행을 충분히 이해하는 데 좋
은 정보가 되었다.

지닝은 샤오팡 쑤이위안 여행의 시작이다.

　12월 4일 밤 베이핑에서 출발한 핑쑤이(平綏) 구간의 기차가 찬바람 속에서 온 밤을 몸부림쳤다. 기자는 장자커우, 따퉁 지역을 지날 즈음 깊은 잠에서 깨어나 일어났다. 차창 밖에서 포효하는 바람 소리에 온몸이 오싹해졌고 그로 인하여 참호에서 국토를 지키는 병사들의 처지를 이해할 수 있었다. 앗 춥다! 얼어 죽을 만큼 춥다!

　5일 아침, 기차는 쑤이동의 중요한 군사 진(鎭)인 지닝현에 도착했다. 기자는 거기서 내렸다.

　지닝 현 기차역은 원래 핑디취안(平地泉)으로 불렸다. 현 성의 동남쪽 30리(12km) 거리에 핑디취안이라는 곳이 있는데, 그때 당시 핑쑤이 노선을 설계할 당시 거기에 역을 설치하기로 하였다. 후에 바꿔 지닝현

성문을 지키다.

에 역을 설치하였지만, 역명은 여전히 원래의 규정대로 쓰다가 올해 7월 1일에야 위치에 걸맞은 지닝현 기차역으로 이름을 바꿨다.

지닝현 성은 토담으로 둘러싸였고 기차역은 성내 중앙에 있다. 기차가 남문에서 들어와 서문으로 나가면서 도시 내부를 두 부분으로 나누어 놓았는데, 도시의 서쪽 구역을 챠오시(橋西), 동쪽 구역을 챠오동(橋東)이라 부른다. 훙꺼얼투(紅格爾圖) 혹은 싱허현을 포함해 쑤이동 전선에 가려면 반드시 챠오동의 동문을 통과해야 한다. 그래서 동문 밖에는 훌륭한 방어 시설이 설치돼 있었다.

기자는 식당에서 점심을 먹으면서 엊저녁에 도착한 군인들을 많이 만났다. 군대가 이미 이곳의 가게와 여관을 전부 차지하였기에 후에 도착한 군인들은 식당을 찾아 잠시 머무는 수밖에 없었다.

전방 진지   방공호 방어

    그들은 제4사단의 군인들로 대부분 남방 말투를 사용했으며, 한 달
여 동안 산뻬이에서 여기까지 걸어서 왔기에 북방의 풍상고초를 겪
을 만큼 겪었다.

    그들은 기자에게 전선까지 아직 얼마나 더 가야 하는지를 물었다.
이제 백팔십리(72km) 남았다는 답을 듣는 순간 그들은 자기도 모르
게 서로 눈길을 마주쳤다. 그리고 사람마다 얼굴에 미소가 떠올랐다.

    "이제 백여리만 남았다고, 젠장!" 그중의 한 군인이 기쁨을 감추지
못한 채 말했다. 한 달여 동안 힘들고 긴 노정이 이제야 그나마 진정
한 위로를 얻은 것 같았다. 그들은 이제 곧 진쑤이군과 연합하여 국토
를 지키고, 차뻬이를 되찾으며 적을 러허(熱河)까지 물리쳐 동북 3성
에서 쫓아낼 것이다.

    그들은 또 "적은 일본군입니까, 아니면 위비군(偽匪軍, 위군이란 만
주국 군인을 말하며, '비란' 도적무리 혹은 만주국군을 말함 – 역자 주)입니
까?"라고 기자에게 물었다.

전선 현장의 소년

총을 닦으며 전쟁을 준비하고 있다.

언제나 준비된 상태

방어임무 교체 행군

쑤이위안의 전방

참호를 파다.

쑤이위안 전선의 지휘자

이튿날 오전 샤오팡은 운수차량을 타고 한 개 지역을 더 전진했다. 그곳이 바로 다류하오(大六號) 지대이다. 제4사단이 기병 1사단의 방어 임무를 인계받고 새 주둔지 배치에 여념이 없었다. 전선에 가려는 마음이 급한 샤오팡도 작별 인사를 하고 혼자 도보로 북행을 택했다. 거기서 북쪽에 있는 까오쟈띠(高家地)까지 40리(16km) 거리이니 그는 한시라도 서둘러 그곳에서 밤에 머물 생각이었다.

큰 도로 주변에 있는 작은 마을을 지나는데 401단의 보병이 주둔하여 지키고 있었고, 병사들은 근처에서 한창 공사를 하고 있었다. 기자가 온 이유를 설명하고 그들에게 사진을 찍어 주자 모두 엄청나게 기뻐하였다.

싸이뻬이 황야의 노정이 길어 40리(16km) 길을 5시간 넘게 걸어서야 도착했다. 게다가 세찬 북풍을 안고 걸으니 더욱 힘든 것 같았다. 황혼 무렵 까오쟈디에 도착했을 때는 이미 기진맥진한 상태였다.

까오쟈띠는 훙꺼얼투와 60리(24km) 떨어져 있다. 상두(商都)는 까오쟈띠와 훙꺼얼투의 동쪽에 있는데 두 곳과의 거리가 모두 60리로, 세 곳이 삼각형을 이루었다. 때문에 쑤이둥 전선에 있어서 까오쟈띠와 훙꺼얼투는 똑같이 중요한 위치에 있는 것이다. 이 두 군사요충지에는 다해서 겨우 400여 명의 기병이 주둔하고 있으며, 기병 1사단 제2단의 소속으로 연대장은 장뻬이쉰(張倍勳)이다. (샤오꽝의 『쑤이둥 전선 시찰기·훙꺼얼투에 가다』)

장 연대장은 작은 흙담집에서 지냈다. 온돌이 온 집안의 4분의 3을 차지하였고 온돌 중간에 온돌 탁자가 놓여 있었으며, 그가 한쪽에서 잠을 자고 기자가 다른 한쪽에서 잤다. 그의 머리맡에 군용 전화기가 한 대 놓여 있었는데 마치 그 전화가 그의 유일한 벗인 듯 그는 수시로 전화벨 소리에 귀를 기울였다.

그는 기자를 환대한다는 의미에서 저녁 식사 때 특별히 당번병을 시켜 두부 한 모를 사와 그가 늘 먹는 소금물에 삶은 감자와 같이 조리하였다. 우리는 온돌 탁자에 마주 앉아 식사했다. 그때 그는 큰 만두를 들고 기자에게 "요즈음에야 밀가루를 먹을 수 있습니다. 예전에는 모두 메밀가루 혹은 검은색의 거친 밀가루를 먹었지요."라고 말했다.

쑤이위안 취재 길에 오른 샤오팡

 병사들도 이것을 먹느냐는 기자의 질문에 그는 그렇다면서 그러나 사실 병사들이 밀가루를 먹는 것을 바람직하게 생각하지 않는 것은 맛이 없어서가 아니라 값이 너무 비싸서라고 말했다. 왜냐하면 그들 스스로가 식사 문제를 해결해야 하기 때문이었다. 원래 진쑤이군의 규정은 작전할 때 관에서 식사를 공급하기로 하였지만 그렇지 않다고 그가 말했다.

 밤이 되자 장 연대장은 손전등을 들고 근무 상황을 점검하러 나갔다가 한 시간 후에야 돌아왔다. 그는 돌아와서 기자에게 이렇게 말했다. "우리가 8월 4일 까오쟈띠와 홍꺼얼투 두 곳에 와서부터 4개월을

전후의 참상

하루와 같이 낮에는 참호를 만들고 저녁에는 진지에서 자고 있습니다. 그 가운데 전투도 두 차례 겪었습니다. 예전에 날씨가 따뜻할 때는 경계초소에서 자도 너무 힘든 줄 몰랐지만 지금은 정말로 고생입니다. 이 두 곳이 상두와 매우 가깝다 보니 적이 황혼 무렵 상두에서 출발하면 가장 늦은 보병대라도 늦어서 자정에는 도착할 수가 있지요. 주둔지를 공격하기 가장 좋은 때라 이 말이죠. 그렇기 때문에 긴급사태에 대응하기 위해 우리 병사들이 매일 밤 진지에서 잘 수밖에 없습니다. 병사들의 이런 어려운 상황도 연대장 이하의 군관들이나 알고 있을 겁니다!"

우리는 병영생활에 관해 많은 이야기를 나누었다. 그는 진쑤이의 고급 장군들이 국토를 보위하고 나라를 지킬 각오가 되어 있다고 굳게

지닝을 취재 중인 샤오팡

겸 우편 대리 취급점 한 집만이 반쯤 열려 있었는데, 마치 설 연휴를 지내는 듯 유달리 조용하고 쓸쓸했다. 가는 곳마다 벽에 총알 흔적이 있었고, 일부 벽에는 싸오빙(燒餠, 구운 떡) 위에 박힌 깨알처럼 촘촘하였다. 그 밖에도 "동북 3성은 우리 것이다", "기자를 반기다." 등의 구호를 적잖게 볼 수 있었다. (샤오팡의 『쑤이둥 전선 시찰기·훙꺼얼투의 정경』)

12월 14일, 팡따쩡은 쑤이위안 전선에서의 취재 내용을 바탕으로 심층 보도한 「쑤이둥 전선 시찰기」를 작성했다. 글은 소박하고 순수하며 있는 그대로 직접 겪고 관찰한 것을 분석하고 서술하여 우수한 기자로서의 직

싱허 체류 중인 판창장 (좌, 4), 멍치우장(좌, 5)을 비롯한 사람들

업 소양을 잘 보여주었다. 글의 마무리에서 샤오팡의 논조에는 연민이 있었고 또한 분노도 드러났다. "동쪽 산비탈 도적 떼의 시체 대부분은 어느새 들개들의 먹이가 되어 소름 끼칠 정도로 머리와 뼈만 조금 남아 있었다. 온전한 시체도 일부 있었는데 가난에 빠진 백성들이 그들의 군복을 벗기고 있었다. 옷을 다 벗기고 나면 개 몇 마리가 바로 달려든다. 전쟁이 이토록 잔혹한데 미친 침략자들은 기를 써가며 전쟁을 일으키고 있다."

나는 훙꺼얼투에서 지닝으로 돌아간 뒤 며칠 지나 다시 싱허로 떠났다. 쑤이둥의 군사 요충지 두 곳에 대해 체계적으로 관찰하기 위해서이다.

12월 17일 오전 기병 제7사단 먼빙웨(門炳嶽) 사단장이 롱성쫭(隆盛莊) 방어지역으로 돌아가는 편리함을 이용해 필자도 동행했다.

경서를 읽다.

중앙사 왕화주어(王華灼) 군과 대공보의 창장(長江) 군도 동행하였다. 우리는 10시 쯤 대형차를 이용해 지닝을 출발했다. (샤오팡의 싱허 여행」)

여행 과정에서 팡따쩡은 그와 마찬가지로 쑤이위안에 취재하러 온 판 창장을 비롯한 사람들을 만났다. 초면이지만 서로 잘 알고 있었기에 형식적인 인사치례는 적었다. 그 후에 판창장은 글에서 이번의 만남을 언급한 바 있다.

지닝 현성에서 출발하여 남쪽으로 35리(14km)를 가면 라우핑띠취앤(老平地泉)에 이르고 70리(28km)를 가면 수무하이즈(蘇木海子)에 이르는데, 둘레길이가 100리(40km)나 되는 호수이나 지금은 이미 꽁

두 꼬마 라마

불상 석각

산비탈 아래의 라마교 사원

꽁 얼어붙었다. 하이즈의 연안에는 목초가 무성히 자라났고 남쪽에는
굴곡이 심한 설산이 우뚝 솟아 있었으며, 그 외 수백 마리의 가축 떼가
한눈에 들어왔다. 이런 싸이뻬이 풍경은 '전선에 나가는' 우리를 더없
이 슬프게 했다. 가난에 빠진 유목민들이 이런 황야의 한구석에서 생
활하고 있으니, 이렇게 시끄러운 세상을 어찌 알고, 또 자기 집 앞에서
이웃의 침략을 받는 것을 어찌 예상이나 했겠는가?

18일 아침 아침을 먹고 나서 바로 차를 타고 동북쪽으로 출발하였
다. 자동차가 흙 도랑 몇 개를 어렵게 지나더니 오르락내리락하며 힘
들게 달렸다. 여기의 지세는 좀 특이해 보였다. 두꺼운 황토층이 갈라
지면서 여기저기 골짜기를 형성하였는데, 폭과 골이 모두 3길 혹은 4
길(1 길이 3m 정도임 - 편집자 주) 가량으로 자연적으로 형성된 큰 참호

다투청즈의 양치는 사람

같았다. 어제 우리가 롱성좡으로 갈 때는 수무하이즈의 서안을 통과
하였지만, 오늘은 하이즈의 동남쪽을 따라갔다. 가는 길에 촌락이 꽤
많았는데 훙꺼얼투 행 노선보다도 많았다. 특히 흥미로운 것은 적잖
은 나무를 볼 수 있다는 것이다. 내가 쑤이동 전선에서 보름 정도 다녔
지만, 나무를 보기는 쉽지 않았다.

　새벽에 출발하여 2시간 달려 롱성좡과 40리(16km) 떨어진 산수이
링(三水嶺)에 도착했다. 그 노정이 겨우 40리(16km)라 하지만 달린 거
리는 무려 60리(24km)는 되는 것 같다. 우리는 거기에서 하차하여 주
군 연대 본부에서 잠깐 쉬고 나서 위관급 장교들과 이야기를 나눴다.
위비군(僞匪軍) 두 연대가 남쪽 참호에서 우리 방향으로 이동하고 있
고, 또 대표가 싱허에서 현장(县长) 및 주둔군과 귀순 관련 상담을 하

작은 진(鎭)의 교회당

고 있다는 소식을 들은 우리는 몹시 흥분하였다.

11시 쯤 우리는 계속하여 서쪽으로 전진했다. 햇볕이 벌판에서 아름다움을 자랑하며 눈길을 더욱 눈부시게 비춰 줬다.

우리가 마을을 지날 때마다 남녀노소 모두 뛰어나와 구경하였다. 가는 길에 때로는 황폐한 무인 마을을 지나게 되는데 그것은 대부분 유목민이 만든 것이다.

그들은 간단한 농업 및 방목에 적합한 곳을 정하면 임시 가옥을 몇 채 짓고 모이다 보면 작은 촌락을 형성하곤 한다, 재해 혹은 기타 뜻밖의 사고에 부딪히면 바로 다른 곳으로 이사를 갖기에 원래의 촌락 및 가옥이 그대로 황야에 내버려지게 되는 것이다. 때문에 참모 본부에서 제작한 쑤이둥 지도에서는 많은 마을 이름을 볼 수 있지만, 사실 그

타오린 친구들과의 작별

런 곳을 찾을 수가 없다. 설령 있다 하여도 이미 황폐한 유령마을일 뿐
이다. (샤오팡의 「싱허 여행」)

교통의 편리를 고려하여 샤오팡은 지닝을 이번 쑤이위안 여행의 근거지
로 삼았다. 그가 싱허에서 취재할 때, 멍원종(孟文仲) 현장과 가오차오동(高
朝棟) 주둔 연대장의 뜨거운 응대를 받았다. "우리는 도시 중심에 있는 현
정부까지 걸어가면서 각양각색의 구호를 보았다. 민중들의 항일전쟁 참가
를 고무하는 글 외에 칭다오에서의 일본군 만행을 반대한다!"가 가장 나
의 관심을 끌었다. 나와 같이 도시에서 온 사람들은 이렇게 대담하고 거
친 글을 못 본 지 오래됐기 때문이다.

『미술 생활』잡지에 발표된 샤오팡의 사진보도 「쑤이둥 전선」

나는 그때 나도 모르게 그 표어를 큰소리로 한 번 읽었다. 멍 현장은 나의 뜻을 알아차린 듯 "우리는 여기서 공개적으로 항일을 합니다"라고 말했다. 그의 말에서 자신감을 느낄 수 있었다."

싱허에서 샤오팡은 지쑤이군(冀綏軍)의 전황과 방어진에 대해 이해했다. 그는 또 현 성의 동쪽 산비탈에 서서 주변의 지형을 꼼꼼히 살펴보면서 "아름다운 국토가 유난히 장려하도다"하며 감탄하였다.

우리는 싱허에서 오래 묵지 않고 당일 저녁으로 롱성좡에 돌아왔다. 저녁식사를 할 무렵 모두 개인 경력에 대해 말하고 나서 이야기가 최근 몇 년간 중국 군대의 발전에 관한 이야기로 흘러갔다. 내가 "예전에 좋은 사람은 군대에 가지 않는다고 하였는데, 그 말을 마땅히 바꿔야 합니다!"라고 말했더니, 함께한 좌중에서 한 여단장(여단의 최고 지휘관. 보통 준장이 맡는다.)이 "그렇습니다. 더구나 지금 군대에 가려면 좋은 사람이 아니고서는 안 됩니다."라고 이어서 말했다. 여단장의 말이 참으로 정곡을 찔렀다. 우리는 나중에 그렇게 되기를 기대한다. (샤오팡의 「싱허 여행」)

지닝으로 돌아온 후 베이핑으로 돌아가는 것이 샤오팡의 원래 계획이었다. 그러나 연초라 일도 많지 않고, 또 가져온 촬영 재료에 아직 찍지 않은 필름이 남아 있었기에 그는 계획을 바꾸었다. 그는 이번 기회에 수이뻬이에 한번 가보기로 하였다. 지닝과 타오린 사이의 다칭산(大靑山)을 넘고 바이링먀오 등을 지나 이른바 '허우차오디(後草地)'지대를 가로지를 계획이었다. 그 구간의 노선은 쑤이위안 전쟁이 평정된 이후 기자가 다녀간 적이 없었다. 그리하여 샤오팡의 지닝부터 타오린까지의 여행을 하게 되었던 것이다. 지금에 와서 보면 계획 밖의 그 여정이 팡따쩡의 항일전쟁 발발 직전의 보도에 무게를 실어준 게 틀림없었다. 잠깐의 안정 속에서 그는 민생에 큰 관심을 보였다. 그는 탄광을 취재하고 유목민을 방문하고 라마교의 사원과 천주교회 성당을 촬영하고, 친구를 만나는 등 여정을 꽉 채웠다. 샤오팡의 취재는 우리에게 귀중한 영상과 생생한 글을 남겨주었다.

말이 천천히 앞으로 가고 있다. 우리의 눈앞에는 높고 험준한 산봉우리가 가로질러 있고 산 중턱에는 아름다운 라마교의 사원이 나타났다. 나는 오늘 밤은 사원과 멀지 않은 따투청즈(大土城子)에서 지내고 내일 꼭 사원을 둘러보려는 계획을 세웠다.

오후 4시 우리는 겨울의 석양 속에서 작은 숲을 지나 따투청즈의 성 안으로 들어갔다. 거기에서 나는 목축장 주임이며 스촨 출신 친구인 왕주창(王著常) 군을 만났다.

옌징(燕京)대학을 졸업한 왕주창 군은 참 재미있는 친구이다. 그는 '목축문화'에 빠진 듯 목축사업에 꽤 열성적이었다. 그는 나에게 목축업에 전력하는 과정과 체험을 줄줄 얘기해주었고 또 많은 서적을 꺼내 나에게 보여주었다. 나는 비록 목축업에는 문외한이지만 뜻밖에 흥미진진하게 잘 들었다. (샤오팡의 「지닝에서 타오린까지 · 다투청즈에 도착」)

이튿날 아침 나는 그의 양 떼를 구경하러 갔다. 양은 털 양(毛羊) 답게 온몸에 두꺼운 털이 자라났는데 그 두께가 2촌(2인치 = 5.08cm)은 되었다. 양털은 가늘면서도 촘촘했다. 양은 두 뿔 외의 온몸이 털로 뒤

덮였으며 두 눈마저 보이지 않을 정도였다. 이런 품종의 털 양은 일 년에 털을 8근(4.8kg)에서 10근(6kg)을 잘라낼 수 있고, 게다가 질이 좋아 상하이의 시가로 한 근(600g)당 2위안에 이른다. 그러나 현지 양의 경우 한 마리에서 털을 1근 반(900g)에서 2근(1.2kg)밖에 잘라낼 수 없고, 또 재질이 거칠어 쑤이위안의 시가로 한 근당 겨우 0.3위안에 이른다. 이 둘 사이의 차이를 우리는 참으로 주목해야 할 것이다.

12월과 1월 사이는 양의 출산기이다. 금방 태어난 어린양은 반드시 화씨 60도 정도의 난방에 있어야 한다. 나도 난방된 곳에 가서 아름다운 꼬마 양을 구경하였는데, 참말로 귀엽고 온순하였다! (샤오팡의 「지닝에서 타오린까지·쑤이위안의 목축업」)

우리가 방에 돌아와 식사하는데 거리에서 양 떼 지나가는 소리가 들려왔다. 주창 군에 따르면 양을 기르는 집마다 매일 방목을 하는데, 모두 전적으로 방목하는 양치기에게 맡긴다. 양치기가 집집마다에서 소량의 양을 한데 모아 풀밭으로 몰고 가며, 해 뜰 녘에 나갔다 해 질 녘에 돌아온다고 한다. 어느 집이든 방목을 양치기에게 맡기면 한 마리당 1위안을 지급해야 한다. 반면 양치기 또한 양의 안전을 절대적으로 책임져야 하기에 손해를 보면 배상해야 한다고 한다. 간단한 경영방식이지만 협력·보험 및 원시적인 기업의 초기 형태가 내포되어 있다. (샤오팡의 「지닝에서 타오린까지·쑤이위안의 목축업」)

오늘은 1월 7일이다. 나는 아직도 여기에 머물러 있다.

날이 어슴푸레해질 무렵 교회당의 종소리가 울렸고 온 마을 교민들이 모두 교회당에 가서 예배를 드렸다. 나는 혁명 전야 러시아의 농촌이 떠올랐다. 아마도 똑같은 분위기가 아닐까 싶다? 그러나 도대체 언제면 우리가 지금 정도의 그들을 따라잡을 수 있을지 모르겠다.

교회당의 정문 밖에는 아주 넓은 빙하가 가로질러 있다. 빙하의 서남단에 샘이 있는데 샘물이 교회당을 지나 동쪽으로 마리앤탄(馬連灘)까지 흘러가 나중에 작은 호수에 고인다. 촌민들은 얼음 위에 구멍을 뚫어놓고 오가면서 물을 지속해서 끌어올린다. 이 일대의 풍경은 마치 여행자들이 감상하도록 설치해 놓은 듯 참말로 아름다웠다.

촬영을 마치고 나서 나는 또 루정민(盧正民) 신부의 초청으로 아침을 먹었다. 나는 오늘 저녁에 여기와 80리(32km) 떨어진 타오린현에 도착할 계획이었기에 오래 묵지 않고 위병과 함께 10시에 이 무서운 여행길에 다시 올랐다. (샤오팡의 「지닝에서 타오린까지·라마교의 성원과 성당」)

거리에서 주민들과 대화하면, 그들은 모두 나를 군인으로 여기고 나에게 황색 기병대와 흑색 기병대의 행적을 물어보았다. 왜냐하면 황색 기병대가 며칠 전에 여기에서 쥐즈산(卓資山)으로 떠났는데, 듣건대 흑색 기병대도 헤이산즈(黑山子)로 이동한다고 하니 친구를 떠나보내는 듯 아쉬웠기 때문이다.

1월 10일(타오린에 온 지 3일 차) 아침 나는 또 더욱 먼 황야로 떠나야 했다. 지닝에서부터 나를 호위해온 위병이 이곳의 추위에 더는 못 견뎌 지닝으로 돌아가야 했기에, 왕잔천(王贊臣) 사령이 다른 위병 한 명을 파견하여 나의 말을 타고 그를 호송하도록 했다. 나는 손(孫) 사단장이 빌려준 말을 타고 기사의 호위를 받으며 길을 떠났다. 이밖에 자오 현장도 안내자 한 명을 파견하여 동행하게 하였다.

날씨는 점점 추워졌다. 자오 현장은 며칠만 더 묵어가라고 청했다.

『미술 생활』잡지에 발표된 샤오팡의 사진보도 「지닝의 방공훈련」

Honor Paid to
Suiyuan Heroes
and
Grand Review of
Suiyuan Troops

綏遠閱兵典禮

『미술 생활』 잡지에 발표된 샤오팡의 사진보도 「쑤이위안 열병식」

그는 가장 혹독한 추위가 지나고 큰바람이 조금 잦아들면 날씨가 따뜻해진다고 말했다. 오늘과 같은 이런 날씨에는 절대 먼 길을 떠나서는 안 된다고 했다. 그러나 나는 그 어떤 힘든 일이든지 이겨낼 용기만 있다면 쉽게 풀어나갈 수 있다고 생각한다. 따투청즈 당시에도 후이텅량(灰騰梁)이라는 곳이 대단히 힘들다고 들었지만 그래도 평소처럼 건너왔다. "모든 일은 닥치지 않으면 얼마나 어려운지를 모른다"지만, 닥치지 않으면 또 얼마나 쉬운지도 모른다. 이것은 두 가지 뜻을 가진 문제이다.

안녕, 타오린! 나는 여기에서 다시 서북쪽으로 출발하고자 한다. (샤오팡의 「지닝에서 타오린까지·타오린 견문」)

「지닝에서 타오린까지」는 팡따쩡이 베이핑으로 돌아가서 쓴 것으로 발표 시간은 1937년 1월 17일이다. 이번 여행에서 샤오팡은 많은 사진을 찍었다. 그 외에도 이번 여행은 쑤이위안 전쟁 이후의 사회상과 인문, 경관, 민중의 생활을 더욱 깊이 이해하는 과정이기도 하였다. 쑤이위안의 여행은 그가 다년간 쌓아온 실력을 유감없이 보여주었기에 샤오팡의 신문기자 생활에서 지난 것을 이어받아 창조해 나가는 중요한 과정이라 할 수 있다. 우리는 성숙한 사진과 여유 있는 글을 통해 그의 친화력을 알 수 있었다. 그는 소통에 능하고 취재 대상을 존중하며 다른 사람을 기꺼이 도왔으며 또 상대방의 사랑도 받았다. 동시에 긴 시간의 취재를 통해 그도 여러 방면에서 발전하였다. 이제 더욱 위험하고 복잡한 일에 대응할 수 있게 충분히 검증받고 준비하는 계기가 되었다.

쑤이위안 여행의 사진과 글은 샤오팡 작품의 훌륭한 부분으로 400여

장의 사진은 그가 남겨놓은 작품 수량의 거의 절반을 차지했다. 그는 깊은 정감과 후의(厚誼)를 글에 담아 놓았다. 동시에 우리에게 느낌을 직접 토로하여 민중의 삶에 대해 애증이 분명한 샤오팡을 보여주었다. 다큐멘터리 『팡따쩡을 찾다』의 촬영과정에서 정직, 열정, 민감, 활약 등의 단어가 계속 우리 곁에서 맴돌았다. 익숙하면서도 낯선 이 젊은이의 기록과 영상을 통해 독자들은 자신을 잊고 열정적으로 열심히 뛰어다니며 여행하는 마음의 온도를 느낄 수 있을 것이다.

6. 운명을 바꾼 전쟁

　나와 샤오팡은 항일전쟁 초기인 1937년 7월 28일 빠오띵에서 창신뎬 전선으로 취재를 떠나면서 서로 알게 되었다. 판창장이 기차역까지 특별히 찾아와 배웅해 주면서 우리에게 그를 정중하게 소개해 주었다. 그때 당시 샤오팡은 이미 상하이 『대공보』의 특약기자로 활동하고 있었는데 젊고 인물이 잘생겼다. 그날 그는 흰색 캔버스 모자를 쓰고 흰색 상의에 노란색 반바지를 입고 운동화를 신었으며 카메라를 메고 있었는데 아주 활력이 넘치고 씩씩해 보였다.

-루이 『샤오팡을 그리워하며』

6. 운명을 바꾼 전쟁

1937년 4월 스페인의 지방 도시인 게르니카가 독일군의 폭격을 받았다. 오랭디아 신부가 증언하기를 비행기가 저공비행하면서 기관총과 폭탄으로 가옥과 도로에 무차별 사격을 가하였다. 농업용 수로에는 노인과 여성, 어린이들로 가득 찼다. 공포에 빠진 남성들은 땅에 무릎을 꿇고 두 손을 들어올렸다. 1,654명이 학살당했다.

운명은 피카소에게 위대한 영감을 제공하였다. 그는 파리의 아욱스타인로 7번지의 작업실에서 유명한 작품 『게르니카』를 창작하였다. 세기 말 풍경을 담은 그림에는 모든 것이 기형적으로 존재했다. 피카소는 조국의 대학살에 대해 분노와 슬픈 마음을 호소하면서 문명과 인간성의 이름으로 전쟁과 만행을 반대했다.

1937년 7월 『게르니카』가 파리 만국박람회 스페인관에서 전시되었다. 피카소는 전쟁으로 인한 인간의 비극성과 광기, 절망, 좌절을 담은 이 그림으로 세계적으로 유명해졌고, 사람들 또한 마음속 깊이 전쟁에 대한 분노와 고통을 영원히 간직하게 되었다. 이와 동시에 일본은 9.18 이후의 경험을 근거로 중국이 저항할 결심과 능력이 절대 없다고 판단했다. 그래서 일단 전쟁이 시작될 경우 중국이 한 달 안에 굴복할 것으로 생각했다. 중국정부에서 얻은 정보에 따르면 관동군을 제외하고도 일본이 화뻬이로 보낸 증원부대가 이미 10만 명에 이르렀다.

『국민 주간』(1937년 제1권 제5호)에 발표된 샤오팡의 「국내 시사 동태」

샤오팡과 어머니 팡주리(우) · 여동생 팡청민(중간)
세상에 남아 있는 그들의 유일한 기념사진이다.

1937년 7월 7일은 중국의 역사학자들이 중국 항일전쟁 전면 발발의 기점으로 정한 날이다. 이날부터 일본 군국주의는 위선적인 가면을 벗고 베이핑 서쪽의 루꺼우차오에서 분쟁의 실마리를 만들어 8년 동안 세계적으로 인구가 가장 많은 국가에 씻을 수 없는 상처를 가져다주었다.

그때 당시 베이핑의 집에서 휴가 중이던 팡따쩡은 일본군 공격 소식을 접하고 나자 곧바로 루꺼우차오 취재를 결정했다. 만약 이 전쟁이 없었더라면 그의 운명은 또 다른 모습이었을 것이다.

7월 9일 저녁 샤오팡은 미리 카메라와 필름을 준비해 놓았다. 이튿날 일찍이 그는 간단한 짐을 가지고 어머니 그리고 여동생과 가볍게 작별인사

루꺼우차오 사변 이후 팡따쩡이 촬영한 최초 사진 중의 하나

를 하였다. 그때 당시 베이핑은 이미 공황 분위기 속에 뒤덮여 있었고, 포화를 피하고자 교외에서 많은 백성이 도시로 끊임없이 몰려왔다. 누구도 앞으로 어떤 일이 발생하고 자신이 어떤 운명에 처할지 몰랐지만, 불길한 예감에 시달렸다. 전선에서 날아온 소식으로 보아서는 전쟁이 이 오래된 도시와 점점 가까워지고 있는 듯하였다.

그 후에 팡따쩡은 전쟁에 대한 글에서 이렇게 얘기했다.

10일 새벽 전쟁이 중지되자 기자는 자전거를 타고 루꺼우차오를 찾아갔다. 광안먼(廣安門)에서 루꺼우차오로 통하는 큰길은 지난해 이맘 때 이미 자동차 도로로 잘 수리해 놓았다. 도로의 양쪽은 모두 농경지이다.

때는 이미 한여름이 지나 들판도 무척 아름다워 보였다. 샤오징촌(小井村), 따징촌(大井村)과 시장을 지나갈 때 어찌나 북적이던지 전쟁이 이미 완전히 끝나버린 듯하였다. 펑타이(豐台) 갈림길에서 일본군 몇 명이 나를 가로막았다. 나의 카메라가 그들의 관심을 끈 것이다. 그들이 나를 중국 군대의 간첩으로 의심하였는데, 이유는 신문기자가 일본군 측으로 갈 용기가 없다는 것이다. 내가 자연스럽게 명함을 건네주자 의심도 줄어들었다. 한 시간 뒤에 나는 통행 허가를 받았고 배수로를 지나 1리(400m) 정도 더 걸어서 완핑(宛平)성 아래에 도착하였다. 거기는 전쟁터였다. 양측에서는 아마도 다친 병사들을 태워갔을 것이다. 현장에는 내장이 배 밖으로 흘러나온 죽은 노새 한 마리만 남아 있었다. 성벽 모퉁이에는 정전 백기가 달려 있었고, 성벽에는 보안 경찰 몇 명이 보초를 서고 있었다. 도시의 동문은 이미 닫쳐 있었고, 서문은 절반만 열려 있었다. 나는 성이 위(于) 씨인 경관을 따라 여기저기 촬영하면서 전황을 이해하였다. 정오 무렵 느닷없이 소식 두 개를 접했다. 따징촌이 다시 일본군에 점령되었다는 것과 일본군 사오백 명이 또 펑타이에서 출동하여 루꺼우차오로 향하고 있다는 것이다.

기자는 완핑현에서 일을 다 보고 바로 루꺼우차오를 따라 서쪽으로 갔다. 우리 군은 이맘때 이미 다리의 서쪽 끝에 주둔하고 있었고 다리 어귀는 모래주머니가 가득 쌓여 있었다. 수비군의 검문에 베이핑에서 왔다고 대답했더니, 그들이 아주 반가워하면서 일본군대가 철수하였는지 물었다. 나는 사실대로 철수하지 않았고 반대로 증원하고 있다고 답했다. 그 소식을 들은 군인들은 모두 대단히 분노하였다.

나는 루꺼우차오 위에 서서 확 트인 아름다운 풍경을 둘러본 적이 있는데 그 모습이 자꾸 그리워졌다. 북쪽에서 한창 피어오르는 넓디넓은 흰 구름이 용띵허(永定河) 기슭의 벌판을 아름답게 하고 있다. 위대한 루꺼우차오가 아마 위대한 민족해방전쟁의 발상지로 주목받을 지도 모른다.

루꺼우차오에서 창신뎬까지는 겨우 5리(2km) 거리이다. 핑한루(平漢路) 북단의 주요 역인 창신뎬에는 기계공장과 재료공장이 있고, 주민이 7천 가구 되는데, 70%가 핑한루(平漢路)의 직원들이다. 그래서 노동자 구역이기도 하다. 어느 한 길의 끝머리에는 전사한 군인들의 시체가 놓여있고, 한 구 한 구씩 사진 찍어 묻고 있었다. 공교롭게도 사변이 발생한 그 날 베이핑의 한 목재를 저장하는 곳에서 주문한 널판 40톤이 철도를 통해 이곳으로 운반해 오기로 하였다. 그러나 그 널판이 전쟁으로 여기에 머물게 되었고, 마침 군대가 구매하여 관을 제작하였다. 중국인은 시체를 보전하는 것을 아주 중히 여기므로 이번에 나라를 위해 희생된 군인들이 구천에서도 편히 눈을 감을 수 있게 되었다. 군대는 일당 0.4 위안의 임금으로 현지 백성들을 모집하여 매장하는 일을 시켰다. 백성들은 모두 과감하게 봉사하였고, 군과 주민의 사이는 아주 좋았다. 쉴 때는 군인들이 자신의 담배를 그들에게 나누어 주면서 같이 피우기도 했다. 시체를 둘러싸고 구경하던 사람 중의 한 사람이 "직봉(直奉) 전쟁[08] 당시 창신뎬에서 3박 3일 싸워도 이렇게

08) 직봉전쟁(直奉戰爭) : 북양 군벌(北洋軍閥)인 직계(直系)와 봉계(奉系)와의 싸움으로, 직계는 장작림(張作霖)을, 봉계는 조곤(曹錕)을 우두머리로 하여, 1922년과 1924년 두 차례에 걸쳐 충돌정쟁

창신뎬의 위로팀

많은 사람이 죽지는 않았는데⋯⋯" 라고 말했다. 그러자 다른 한 사람이 "죽은 중대장의 아내가 겨우 열여덟이라오, 바로 이 거리에 살고 있었는데 어제 관을 묻는 것을 보고는 기차를 타고 친정집으로 갔소. 빠오띵부의 사람인 것 같던데"라고 말했다.

거리에는 시내 소학교의 보이 스카우트들이 손에 작은 기를 들고 여러 상점을 상대로 의연금 모으기를 홍보하고 있었다. 상회는 특별히 중국식 녹두탕을 10여 섬(한 섬이 스무 말) 만들고 담배와 사탕을 많이 준비하였다. 일련의 사람들이 줄을 서서 군인들을 위로하러 루꺼우차오 방향으로 가고 있다. 창신뎬의 민중들은 모두 적극적으로 활동하고 있었다.

남하하고 북상하는 열차들이 모두 여기에 멈추어야 했기에 창신뎬은 오히려 더욱 북적거렸다. 부상병 전용열차 하나가 빠오띵으로 출발 준비를 하고 있다. 열차의 마지막 객실에 완핑현성을 지킨 진전중(金振中) 대대장이 폭탄으로 다리에 상처를 입고 누워 있었다. 창신뎬의 직원 위문단이 많은 위문품을 가져와 객실마다 다니며 부상병들에게 나누어 주었다. 진 대대장이 얻은 물품이 가장 많았지만, 그는 자기의 전령병을 시켜 물품 대부분을 다른 객실의 많은 부상자들에게 나누어 주게 했다.

루꺼우차오 사건 발생 이후 언론계에서 가장 먼저 창신뎬에 도착한 것이 기자이다. 그러므로 그 소식이 전국에 빠르게 퍼졌고 그로 인하여 일하는데 여러 면에서 많은 도움을 받았다.

오후 4시 무렵 나는 연대본부를 찾아 지싱원(吉星文) 연대장을 방문하였다. 그가 이번 전투의 직접 지휘관이다. 우리가 만날 때 그는 손에 전보를 들고 있었으며 나에게 "전방이 아주 긴급합니다. 일본군이 새로운 움직임을 할 것 같습니다. 베이핑에서 왔습니까? 그럼 돌아가지 마십시오."라고 황급하게 말했다.

기자가 작별을 고하고 다시 거리로 나왔을 때 상황은 더욱 긴박해졌다. 높은 언덕 위에는 기관총이 설치되어 있었고 거리에 있던 사람들은 모두 집으로 뛰어갔다. 동쪽의 상점들이 강변과 인접하고 있기에 모두 서둘러 문을 닫아걸었다. 루꺼우차오에서 또 대결이 시작된 것이 분명하다. 기자는 기사를 발표하기 위해 반드시 당일에 베이핑으로 돌아가야 했다. 그러나 전쟁이 다시 일어났으니 루꺼우차오 통과는 불가능해졌다. 부득불 용띵허 서쪽 기슭을 따라 먼터우꺼우(門頭溝)를 에돌아가는 노선으로 베이핑에 돌아갈 수밖에 없었다.

그 길이 바로 우리 군이 연하에 설치한 방어선으로 수비군의 검문을 여러 번 거쳐야 했다. 그러나 매번 철저히 검색하고 나서는 또 아주 공손하게 "시간을 허비하게 해서 죄송합니다."라고 사과를 표했다. 그 길을 이용하는 사람이 아주 적었기에 불청객인 내가 쉽게 그들의 오해를 받았다. 나는 또 총을 든 병사를 만난 적이 있다. 그가 옆면 50m 떨어진 수수밭에서 뛰어나오더니 즉시 엎드려 총구를 나에게 겨누며 "움직이지 마!"라고 소리쳤다. 내가 멈춰서 그에게 나의 신원과 행방을 알려주었더니 그제야 그와 거리를 멀리 두고 걸어가라고 했다. 그러나 그는 나의 뒷모습이 사라질 때까지 여전히 총구를 나한테 겨누고 있었다. 29군의 병사들이 모두 젊고 평균적으로 나이가 어려 보였다. 스무 살가량의 청년들은 활발하고 용감하며 뜨거운 마음으로 가득 차 있었다. 더군다나 그들은 강철과 같은 훈련을 받음으로써 강렬한 민족의식이 주입되어 있었다.

창신뎬과 12리(4.8km) 떨어진 루징촌(盧井村)에 이르렀을 때는 이미 오후 6시였다. "우르릉" 거리는 포성이 루꺼우차오 방향에서 들려왔고 격렬한 전투는 계속되고 있었다. 이른바 평화란 시간을 얻자는 상대방의 계책일 뿐이었다. 우리군대는 평화를 위하여 이미 루꺼우차오 서안으로 자발적으로 철수하였지만 마음은 걱정되지 않았다. 나는 29군이 절대 자신의 진지를 잃어버리지 않으리라 믿고 있었기 때문이었다. 포성은 내가 도시에 도착했을 때도 계속 이어졌다. 날은 이미 어두워졌고 성문도 막 닫을 무렵이었다. (샤오팡의 「루꺼우차오 항전기」)

상하이 『신보』의 매주 증간은 샤오팡이 촬영한 「루꺼우차오
를 수호하고 있는 군인의 늠름한 자태」를 앞표지로 하였다.

총구의 겨눔을 당한 정경은 로버트 카파의 전쟁 사진집 「아웃 포커스」
에도 실려 있다. 갑자기 보병 대대의 병사 한 명이 150야드(약140m) 밖에
서 나한테 뭐라고 말하는 동시에 기관단총을 들어 올렸다. 나도 '긴장해
하지 마세요!'라고 큰 소리로 소리쳤다. 그러나 그는 내가 말하는 말투를
듣더니 사격하기 시작했다. 그 순간 나는 어찌할 바를 몰랐다.

내가 눈밭에 엎드린다 해도 그는 여전히 나를 명중시킬 수 있었을 것
이고, 내가 길 둑에서 뛰어내리면 그가 좇아올 것이 분명했다. '투항합니
다!' 나는 손을 높이 들고 크게 소리쳤다. 병사 3명이 총을 들고 나를 향
해 걸어왔다.

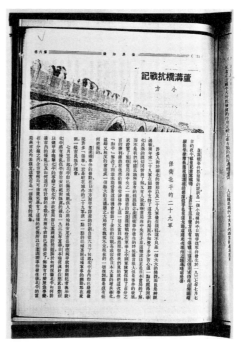

『세계지식』잡지에 발표된 장편 통신 「루꺼우차오 항전기」

그들이 가까이 와서 내 목에 건 독일산 카메라 3대를 똑똑히 보았을 때 모두 웃어버렸다. 전쟁터에서 위험은 어디서든 있는 것이다. 종군기자가 되려면 팡따쩡이든 로버트 카파든 모두 목숨을 내건 필수 과정을 반드시 거쳐야 했다. 팡따쩡은 루꺼우차오 사변 이후 현장에 가장 일찍 도착한 기자이다. 상하이『신문보』의 기자 루이는 50년이 지난 후에도 팡따쩡의 짙고 고무된 얼굴을 똑똑히 기억하고 있었다. "그가 가장 이른 시간에 완핑에 도착하였고, 국내외를 놀라게 한 '루꺼우차오 사변'을 가장 먼저 보도하였다.

샤오팡은 마음을 찌르는 전쟁의 혹독함을 글에 담았다. 비록 수십 년이 지났지만, 그가 남긴 직접 겪은 기사는 전쟁이 코앞에서 발생한 듯 아직도 사람들을 두려움에 떨게 하였다."

10일 오후부터 시작된 2차 침공에서 일본군은 뜻을 이루지 못했고, 오히려 1차 전투 때보다 더 큰 손실을 보았다. 두 차례 전투에서 일본군이 모두 230여 명이 사상됐고, 우리 군이 150여 명 사상됐다.

이번 전투에서 29군의 장렬하고 뜨거운 현장은 펜으로 표현할 수 없을 정도이다. 일본군이 2차 침공하던 그날밤, 우리 군의 한 소대가 철교를 지켰는데, 결국 전부 희생되었지만 한 걸음도 뒤로 물러서지 않은 것으로 기억하고 있다. 그 후에 지원군이 와서 철교를 다시 빼앗았다. 한 부상병이 나에게 이런 이야기를 해주었다. 그가 그날 철교를 빼앗는 전투에 참가하였는데, 그가 일본군의 참호에 뛰어 들어가 적 한 명을 총검으로 찔러 죽이고, 총검을 미처 뽑지 못하고 있을 때 옆에 있던 적이 그의 왼쪽 등을 찔렀다. 그는 총을 포기하고 오른손으로 등에 멘 큰 칼을 뽑아 그를 찌른 적의 머리를 절반 잘라내고 이어서 또 적 2명을 사살하였다. 이때 그의 복부가 또 다른 총검에 찔렸다. 그는 밑지지 않았다고 생각하고 적의 참호에서 뛰쳐나왔다. 그는 또 병사들이 적을 물리친 후에도 계속 필사적으로 쫓아가 집합 나팔 소리에도 돌아오지 않았다고 한다. 결국은 상관들이 직접 나서 그들을 불러왔다고 한다. 왜냐하면, 사수만 하지 공격하지 말라는 명을 받았기 때문이었다. 그러나 그런 정경은 마치 사냥개가 토끼를 쫓듯 자제할 수 없는 일이었다. 부상병들은 누구나 두 곳 이상 상처를 입었지만, 이미 본전은 찾았다고 아주 만족해하고 있었다.

고집불통이고 독선적인 일본의 젊은 군인들이 두 차례 전투의 패배에서 절대 곱게 물러서지 않을 것이라 예상했다. '병력을 총동원하여 침범'하는 형세가 이렇게 형성되었다. 그리하여 베이핑의 서남 교외에는 이미 일본군으로 쫙 깔렸고, 야만적이고 잔혹한 행위를 벌이기 시작했다. 관외에서 지원 나온 군대들이 어떻게 하면 중국 대중에게 그 위세를 보여줄 수 있을지에 대해서 아주 풍부한 경험이 있었다. 농민들은 강요를 받아 자신의 논밭 곡식을 잘라야 했다. 그뿐이 아니다. 곡식을 자른 다음 또 생매장당해 머리만 땅 밖에 내놓고 천천히 죽기를 기다려야 했다. 여성들에게 맞닥뜨린 운명은 차마 상상하지 못할 지경이다! 우리는 왜 이런 잔인무도한 야수들을 국내에서 쫓아내지 않는가! (샤오팡의 「루꺼우차오 항전기」)

7월 11일부터 22일까지 팡따쩡은 집에서 기획 보도한 「루꺼우차오 항전기」를 썼고, 일본군의 폭격을 맞은 뒤 루꺼우차오와 창신뎬의 참상을 담은 사진을 인화했다. 긴장 속에서 일하는 가운데 팡따쩡은 7월 13일 평화롭지 못한 환경에서 자신의 스물다섯 살 생일을 맞이했다. 이것은 그가 지낸 마지막 생일이었다.

23일 샤오팡은 글과 촬영한 사진을 베이핑에서 보냈고 8월 1일 출판된 상하이 『세계지식』 잡지 6권 제10호에 게재됐다. 글은 다음과 같은 편집자 주도 추가되어 있었다. "샤오팡 선생의 이 글은 23일에 베이핑에서 보냈는데, 마침 21일 얻은 정전협정이 성립된 뒤이다. 마지막 두 번째 단락에서 언급한 평화 해결은 그때 당시의 정전방법을 말한 것이다. 그러나 일본 제국주의는 화평해 지려는 성의 없이 오직 침략하려는 야심만 있었다.

『신보』에 발표된 「루꺼우차오 사건 이후의 베이핑」

25일 저녁의 랑팡(廊坊)사건, 26일의 광안먼 충돌 이후, 일본 측은 이미 우리에게 최후통첩을 내렸고 중일 전쟁은 빠르게 번져나갔다." 기자의 직접 경험을 적은 이 글은 전쟁의 윤곽과 눈으로 직접 본 사실을 가장 일찍 독자들에게 상세히 전달하였는데, 평론과 서로 보완되어 돋보이고 생생하며 확실하였다. 기사에서 그는 "위대한 루꺼우차오가 위대한 민족해방 전쟁의 발상지로 주목받을지도 모른다."고 예언하였다. 그때부터 샤오팡이라는 이름이 그의 보도와 함께 사람들의 많은 주목을 받게 되었던 것이다.

전쟁의 분위기는 이번의 포화로 갑자기 고조되었다. 전국의 민중들도 항일전쟁이 이제 곧 시작될 것이라고 확신하게 되었을 것이다. 미국의 몇몇 유명한 영화제작회사의 뉴스촬영사와 중앙영화제작공장의 기사 및 국내의 유명한 기자 몇 명이 모두 북방으로 떠들썩하게 찾아왔으나 형세는 반대로 잠잠해졌다. 현재 핑한로의 객차는 이미 베이핑까지 통하였다. 모든 게 평화적으로 해결되어 양측에서 동시에 군대를 상응한 지점에까지 철수한다고 한다. 오늘 아침 즉 23일 우리군대는 이미 장갑차 3대를 베이핑에서 쥐현(涿县) 행을 택했지만, 철도를 점령했던 군대만 1리(400m) 밖으로 철수시켰을 뿐 산하이관(山海關) 쪽에서는 수많은 일본군을 계속 톈진으로 출발시키고 있었다. 이른바 화평의 내용이 도대체 어떤 것인지 모르겠다.

독자들이 이 기사를 접했을 때는 더 심각한 형세로 번졌을지도 모른다. 왜냐하면 이번 사건이 예전과 마찬가지로 매우 수치스러운 결과를 초래한 것에 대해 나는 참으로 믿을 수 없다. 동시에 전국의 민중들도 믿을 수 없을 것이다. 충성스럽고 용감한 29군을 베이핑에서 철수 시켰는데 반대로 많은 일본군이 장기적으로 화뻬이에 주둔하고 있다면, 화뻬이가 위만(僞滿)·지동(冀東)과 똑같은 신세가 되는 것이 아닌가? (샤오팡의 「루꺼우차오 항전기」)

이 글이 먼지에 덮여 잊혀진 지 여러 해가 됐다. 이 글은 힘들게 찾고 있던 나를 위로해 주었고 또한 희망의 불씨가 되었다. 간행물의 종이는 시간이 너무 오래 지나 이미 누렇게 됐고 쉽게 부스러졌다. 내가 간행물을 조심스레 다루며 읽고 있을 때, 마치 뜻이 맞는 친구를 만난 듯, 팡따쩡의 열정이 눈앞에 생생하게 나타났다. 그는 나의 맞은편에 앉아 때로는 흥분하고 때로는 분노하며 눈에서 빛을 뿜고 온몸이 활력으로 넘치는 것 같았다. 다만 그가 시간의 저쪽 편에, 내가 시간의 이쪽 편에 있을 뿐이다. 손과 간행물 사이의 짧은 거리가 70여 년을 사이에 둔 것이다.

천: 샤오팡이 마지막으로 집에 돌아간 것이 언제인가요? '루꺼우차오 사변' 이후 7월 10일 돌아갔던 그때인가요?

팡: 또 한 번 돌아왔었지요. 돌아와서 물건을 챙겨갔는데 아주 급히 갔습니다. 상세한 상황은 나도 기억나지 않아요. 베이핑이 혼란스러워졌고 사람들의 마음도 혼란스러워졌지요. 그때 당시 집에 40여 개의 필름이 남아 있었는데, 샤오팡이 굶주림을 촬영할 때 쓰려고 준비해 놓은 것이었어요. 그해 쓰촨에서 재해가 발생해 백성들이 고운 흙을 먹을 지경이었으니까요. 샤오팡이 원래는 쓰촨에 촬영하러 가려고 준비했었는데 공교롭게도 '7.7 사변'이 발생하는 바람에 전선으로 나

간 이후 지금까지 돌아오지 않고 있습니다. (천선, 팡청민과 인터뷰 「반
세기의 수색」)

샤오팡이 베이핑의 집에서 「루꺼우차오 항전기」를 쓰는 기간에 투고할
사진을 확대 인화하고 정리하였으며, 동시에 루꺼우차오 사변 이후 베이
핑의 동태에 대해 취재하여 카메라로 귀중한 자료를 남겨놓았다. 그 뒤
로 집을 떠나 루꺼우차오 전선에 재차 취재를 갔는데, 그때부터 가족과
연락이 끊겨 편지도 소식도 없게 되었던 것이다. 그 뒤의 상황은 그때 당
시 샤오팡과 함께 항일전쟁전선에 있었던 기자의 회고록에서 조금이나
마 알 수 있다.

1937년 7월 28일 새벽, 『대공보』 기자 판창장, 중외신문 사진기자 팡
따쩡(필명 샤오팡), 베이핑의 『스보(實報)』 기자 쏭즈취앤(宋致泉)과 나
는 빠오띵에서 출발하여 루꺼우차오 전선에 도착했다. 그날에도 핑한
루 행 객차가 창신뎬까지 통하였는데, 병력 수송차가 너무 많아 객차
출발 시각을 정하지 못하고 있었다. 그 가운데 열차 출발 5분을 앞두
고 판창장은 순롄종(孫連仲) 장군의 인터뷰 약속 통지를 받고 창신뎬
여행을 그만두게 되었다.
우리 셋은 여전히 원래 계획대로 차를 타고 출발하였다. 량샹기차
역(良鄕車站)에 도착했을 무렵, 창신뎬과는 아직 25km 떨어졌지만, 폭
격 소리가 똑똑히 들려왔다. 샤오팡은 흥분한 나머지 껑충껑충 뛰며
나에게 "이것이 중화민족이 해방을 이룩하는 포성이다!"라고 말했다.
(루이의 「전쟁터에서 정처 없이 떠돌아다니다.」)

7월 28일 오후 3시, 일본군 비행기 두 대가 창신뎬 상공에서 폭탄을 터뜨렸고, 동시에 기관총을 난사했다. 이어서 일본군의 대규모 포격이 시작됐다. 그때 당시 샤오팡이 거기에서 취재하고 있었다. 그와 동행한 『스바오』 기자 쏭즈취앤은 "포성이 귓전을 때렸고, 현 정부 사무실의 유리창이 전부 울려 깨졌으며, 창신뎬의 대외 연락 전화통신이 모두 끊겼다. 샤오팡이 맨 앞에서 뛰면서 핑한루의 군인들을 촬영하였다."라고 기억했다.

샤오팡은 출발하기 전에 우리와 작별 인사를 하였다. 그는 철로를 따라 도보로 가면서 루꺼우차오에 도착하면 우리 군의 장갑차 작전 화면을 촬영할 계획이었다 …… 샤오팡이 루꺼우차오 지역에서 돌아와 그가 겨우 16살 되는 한 청년 병사가 자신의 소총과 일본군 장교의 지휘도, 망원경 등 전리품을 짊어지고 있는 사진을 찍었다고 말했다.

29일 새벽 5시경 샤오팡과 라오쏭(老宋)은 당나귀를 타고 먼터우꺼우에 가기로 하였다. 그들은 에돌아 베이핑으로 돌아갈 계획이었다…… 나는 기차역 부근의 작은 상점에 숨어 있다가 적기가 간지 한참 뒤에 다시 샤오팡·라오쏭과 기차역에서 만나게 되었다. 그들이 먼터우꺼우 방향으로 몇 리를 가다가 앞에 교통이 끊겼다는 소식을 듣고는 베이핑으로 돌아갈 수 없게 되자 다시 창신뎬으로 돌아온 것이다.

(루이의 「전쟁터에서 정처 없이 떠돌아다니다」)

판창장이 「빠오띵의 전선」에서 이렇게 기억하였다. "29일 일본 적기 14대가 창신뎬을 세차게 폭격하고 있을 때, 용감한 기자 3명이 하마터면 포

『미술 생활』 잡지에 발표된 사진 모음 「항전하여 살길을 찾다」

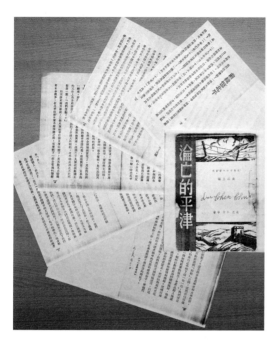

샤오팡이 빠오띵에서 쓴 통신 「전선에서 베이핑을 그리워하며」

악한 공격에 희생될 뻔했다. 한 명은 신문기자 루이 선생인데, 그는 날쌔고 세련되었으며 또 고통과 괴로움을 잘 참고 견뎌냈다. 다른 한 명은 중외사(中外社) 샤오팡 선생인데, 그의 촬영과 글이 최근 1년간 언론계에서 두각을 나타내기 시작했다. 또 다른 한 명은 『실보(實報)』의 사진기자 쏭즈취앤 선생인데, 그의 촬영이 인정을 받을 수 있는 것은 숙련된 촬영기술이 아니라, 그가 여러 가지 어려운 상황에 깊이 파고들어 가 그의 촬영 기술을 발휘할 수 있다는 것이다."

29일 아침 기자는 창신뎬에서 먼터우꺼우로 가는 길에 루꺼우차오에서 철수하고 있는 지싱원(吉星文) 연대를 만났다. 이상하게 여긴 기자가 그들에게 루꺼우차오에 수비 교체 군대가 있는가 물었지만 답을 얻지 못했다. 동시에 먼터우꺼우로 가는 큰길에는 37사단의 대오가 시위안(西苑)에서 철수하고 있었다. 그들에 의하면 그들이 어젯밤에도 베이핑 부근에서 밤새도록 싸웠는데 일본군이 탱크와 함께 공격해 상당히 격렬했다고 한다.

기자가 창신뎬에서 10여 리(4km) 정도 걸어 나왔을 때, 먼터우꺼우에서 되돌아오는 사람들을 만났는데 그들에 의하면 베이핑과 먼터우꺼우 구간의 교통이 끊겼다. 모든 것이 어제 창신뎬에서 들은 것과 크게 다른 것 같았다. 베이핑으로 돌아가는 계획이 수포로 되자 기자는 다시 창신뎬으로 되돌아 왔다.

…… 창신뎬 기차역은 텅 비어 객차가 한 대도 없었다. 기자는 철로를 따라 도보로 남하하는 수밖에 없었다. 지싱원 연대에서 내려온 대오가 끊임없이 나와 동반하였다. 그들은 창신뎬에서 20여 리(8km) 거리되는 난깡와(南崗窪)에서 집합하였다. 모두 피곤해 보였다. 연대장도 대오와 함께 걸었으며 모두 여기에서 휴식을 취하였다. 난깡와에 도착해서 10분가량 지나자, 비행기 한 팀이 또 날아왔다. 먼저 비행기 9대가 창신뎬의 상공에서 맴돌았고 오르내리면서 폭탄을 던졌는데 그 소리가 여기에서도 똑똑히 들렸다. 이어서 중형 폭격기 6대가 난강와 쪽으로 날아왔다. 목표가 지싱원 연대임이 틀림없었다. 집합하여 훈시를 듣고 있었기에 제때에 흩어지지 못했다. 폭탄 몇 개가 떨어지더니 또 기관총 소사가 이어졌다. 우리는 꽤 큰 손실을 보았다. 비행기는 아주 오랫동안 낮게 비행하면서 폭탄 50여 개를 던졌다. 우리는 고사 무기가 없어 적이 제멋대로 살육하는 것을 당하는 수밖에 없었다. 수수

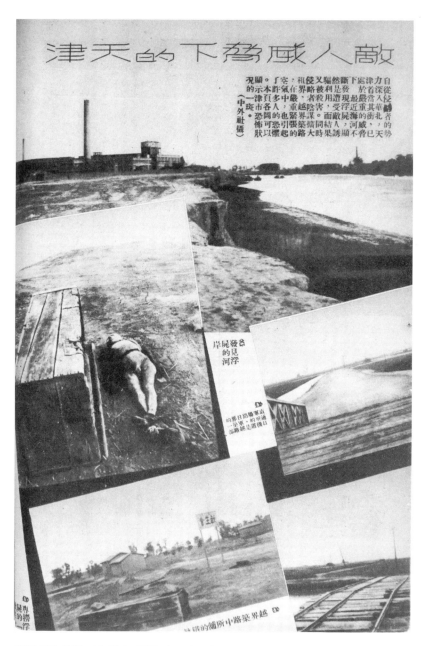

『국민 주간』에 발표된 「적의 위협을 받고 있는 톈진」

밭이 원래는 비행기 공격을 피할 수 있는 좋은 장소였지만 사람이 하도 많고 또 29군이 회색 복장을 하였기에 녹색의 수수밭이 은신처로는 적합하지 못했다. 하물며 적기가 그렇게 낮게 비행할 수 있음에야? 그때 당시의 정경은 참으로 "참혹하여 차마 볼 수 없었다."

군대와 가까이 있으면 위험성이 크기에 기자는 난강와를 떠나 20리 (8km)를 남행하여 량샹(良鄕)에 갔다. 기차역에는 적기의 감시를 피하고자 전선에서부터 후퇴를 거듭한 군용 열차가 멈춰 있었다. 그러나 이튿날 열차가 빠오띵까지 피해 갔을 때 결국은 폭파되었다. 그것이 군용 기차임을 일본 비행기가 어떻게 그렇게 정확히 알 수 있었을까? 그것은 매국노들이 해낸 일이다.

기자는 량샹에 오래 묵지 않고 또 20리(8km)를 걸어가 더우뎬(竇店) 기차역까지 갔다. 때는 이미 오후 3시 쯤이었다. 역장이 기자에게 열차 한 대가 창신뎬에서 출발해 오고 있다고 알려줬다. 오랫동안 기다려서야 먼 철도선의 끝에서 웅장한 기관차가 달려오고 있었다. 기관차는 창신뎬의 철도 종사원 전체를 태우고 오는데, 열차 안에 꽉 찼을 뿐 아니라, 열차의 지붕 위에도 기관차 앞머리에도 많은 피난민이 있었다. 창신뎬은 현재 폐허로 되어버렸다. 철도 종사원의 가족들이 일찍이 수십 대전용 열차를 통해 창신뎬을 떠났고 일부분 일이 있는 사람들만 남았는데 그들도 이번 열차를 통해 전부 철수한 것이다. 그들이 폭격당한 창신뎬 참상을 말하는데 차마 듣지 못할 정도이다. 29군이 어디로 철수하였는지 그들에게 물었지만 모두 보지 못했다고 한다. 확실히 그것 또한 수수께끼라 할 수 있다. 29군이 갑자기 방어선에서 전부 철수한 뒤로는 간데없이 사라졌는데 이것이 절대 패퇴가 아니다. 이것은 계획 있는 신비스러운 행동인 듯하다. 위대한 민족해방전쟁이 전략적 변화를 꾀하고 있을지도 모른다. (샤오팡의 「빠오띵 이북」 1937년 7월 30일)

8월 1일 출판된 『미술 생활』(상하이) 잡지는 팡따쩡이 최전선에서 촬영한 전쟁터 사진 18장을 게재하였다.

『신문보』의 루이 기자가 전쟁 보도 「창신뎬 급보」에서 이렇게 표현했다. 대규모 폭격 이후 창신뎬 기차역의 직원들이 명령을 받고 철수하였다. 샤오팡, 로우쏭과 나는 계속 여기에 머물러 있어도 정보를 전할 수 없으니 핑한선을 따라 남으로 철수하는 게 좋겠다고 합의했다. 우리는 량샹과 더우뎬을 거쳐 70리(28km)를 걸어서 류리허(琉璃河) 역에 도착하였고 그제야 핑한루 객차에 몸을 실어 빠오띵으로 철수할 수 있었다. 우리는 먼저 도착한 판창장과 합류할 계획이었다.

그때 당시 『대공보』의 판창장 기자는 일찍이 「중국의 서북쪽」이라는 책으로 이미 유명했다. 판창장은 팡따쩡과 쑤이위안 항일전쟁 전선에서 알게 되었는데, 그는 늘 샤오팡의 용기와 지혜 그리고 각종 제재에 대한 빠른 선택과 정확한 시간관념에 대해 칭찬했다.

핑진이 몰락된 후 판창장은 상하이로 돌아갔다. 마침 상하이의 『대공보』에서 기자를 필요로 하였기에 판창장의 추천으로 팡따쩡이 핑한 전선의 전쟁 보도를 쓰기 시작했다.

1937년 8월 8일 완전무장하고 위세를 부리는 5,000여 명 일본 침략자들이 베이핑 용띵먼을 통해 도시로 출동하여 대규모 입성식을 했다.

그 해 베이핑의 여름은 이상하게 음습하고 답답했다. 집에 돌아가지 못하는 샤오팡은 창신뎬과 량샹, 빠오띵 일대에서 머물렀으며 그의 행적과 보도는 시종 군인을 따라 움직였다. 일본군이 베이핑에 진입한 후 그는 분노와 굴욕을 삼키며 「전선에서 베이핑을 그리다」를 썼다.

베이핑은 웅장하고 아름다운 문화도시이다. 우리가 만약 전쟁으로 그것을 파괴한다면 참으로 안타까운 일이다. 이 또한 우리가 방어 전쟁을 원하지 않는 이유 중의 하나일 수도 있다. 그러나 문화도시로 유명한 이 지역이 유물과 유적에만 신경을 쓰는 것이 아니라 거기에서 생활하고 있는 150만 교양 있는 시민들을 더 중요시해야 한다. 그중 30만 학생들은 모두 역대 애국운동 과정에서 단련 받은 정수들이고, 전국 청년운동의 지도자들로 우리의 민족부흥운동에서 여러 차례 영광스러운 역사를 써냈다. 특히 기특한 것은 이런 영광스러운 사적들이 모두 청년들의 생명과 피로 바꾸어 온 것이라는 것이다. 루꺼우차오 전쟁이 시작될 때 마침 여러 학교에서는 바로 여름방학을 하였다. 비록 일부 학생들이 고향으로 돌아갔지만 그래도 갈 준비를 했지만 떠나지 않은 학생들이 베이핑을 지키기 위해 남았다. 그들은 통일된 단체에 조직되어 위문단, 선전단, 전지 복무팀 등을 구성하였고, 용감한 학생들은 시가전 기술을 비밀리에 훈련하여 실전 참가 준비를 하였다. 2,000여 명으로 구성된 청년조직이 있는데 민족해방선봉대라 불렀다. 그들은 이미 친더춘(秦德純) 시장의 허가를 받고 적이 베이핑을 포위할 경우 의용대로 개편되어 전투에 참가하기로 했다. 베이핑의 군정 당국은 민중들에게 도시 방어에는 걱정할 필요가 없다고 공개적으로 발표하였고 또 10분 안에 전시의 시가전 진지를 구축할 수 있다고 말했다. 이런 상황에서 베이핑 민중들의 마음은 얼마나 안도감을 느꼈겠는가! 루꺼우차오에서 포성이 은은하게 들려왔을 때도 줄곧 그렇게 침착하게 대응할 수 있는 데는 원인이 있었다. 대학교수들이 또 집단으로 쏭저위안(宋哲元), 친더춘을 방문하여 형세를 물어 보았는데 모두 아주 원만한 결과를 얻었다. 7월 중순 루꺼우차오 사변이 아직도 예측하기 어려운 혹독한 시련을 겪고 있을 때 베이핑의 렁쟈이(冷家驥), 저우자오샹(周兆祥)을 포함한 매국노들은 이미 준동하고 있었다. 그들은 베이핑을 영구적인 평화도시로 고칠 것을 주장하고 일반 소시민들을 기만하려 했으며, 또 진행 중인 방어전쟁을 반대하고 나섰다. 다시 말해서 탄알 하나 필요 없이 베이핑을 일본 손에 넘기려고 했다. 그때 당시 베이핑 문화계에서 이 소식을 접한 후 바로 선언을 발표하여 매국노들의 역할을 폭로하였다. 동시에 문화계 동인들도 베이핑과 존망을 함께 하기를 원하며 목숨 걸고 베이핑을 지키고 국토를 전부 태우는 한이 있더라도 철저히 항전할 것이라고 선언했다.

국토를 전부 태우는 한이 있더라도 철저히 항전하는 것은 우리가 피할 수 없고 동시에 또 꼭 필요한 일부분의 희생이다. 국토를 전부 태우는 한이 있더라고 철저히 항전하겠다는 결심이 있어야 만이 마지막 승리의 가능성을 얻을 수 있다고 말할 수 있다.

모든 사람의 예상을 벗어나 매국노들의 속셈이 뜻밖에 이루어졌다. 민중들이 퉁현 펑타이(通縣豐臺)를 되찾았다는 보고를 받고 모두 기뻐하며 편안하게 잠을 잤다. 이튿날 아침에 전반적인 상황이 변할지는 누구도 생각지 못했다. 참으로 갑작스러웠다. 29군이 국토를 보위하기 위해 고생하여 세운 공이 대단히 컸음에도 혹은 얼마나 많은 희생을 했음에도 불구하고 베이핑의 민중들은 "우리가 당했구나."라고 놀라워할 뿐이었다.

텐진의 경우 3개 기차역이 일찍이 일본군에 의해 점령되었고, 게다가 동마로(東馬路)가 일본 조계와 인접하였기에 일본군이 베이핑을 거저먹은 후 결국은 현지의 경찰보안팀만 일부분 겨우 남아 적기와 대포 속에서 시가전을 5, 6일 정도 벌인 것이 전부였다. 그래서 우리는 베이핑의 함락이 아주 불가사의하다는 것을 이상하게 여기지 않을 수 없고, 또 불가사의하다 못해 선양(瀋陽)의 몰락과 똑같았다. 그러면 우리는 베이핑을 보위할 능력이 없다는 말인가? 도시를 포위하여 한바탕 싸울 수 없다는 것인가? 아마도 "할 수 없는 것이 아니라, 하지 않는 것" 같다. 지방의 군정 수령들은 '일본 공포증' 바이러스의 침해를 받아 고유의 자신감마저 흔들어 놓았기에 그 책임을 져야 한다. 반대로 그때 당시 중앙의 대군이 이미 빠오띵 일대에까지 온 상황에서 만약 베이핑의 도시 포위전이 한 시기 혹은 아주 짧은 시기라도 버틸 수 있었다면 우리의 지원군도 필연코 재빨리 이어졌을 것이다. 베이핑이 적의 폭격을 맞는 것은 피할 수 없는 일이지만 그렇다고 그런 사소한 일까지 살펴야 했는가? 29군의 베이핑 철수는 민중들이 생각지 못했을 뿐 아니라 군인 본인들도 생각지 못했을 것이다. 그것은 잠깐의 그릇된 관점에 의해 빚어진 일이다. 심지어 병사들이 철수 명령을 받아들이지 않을까 봐 방어임무를 교대한다고 거짓말을 하였다. 만약 이번 철수로 우리의 실력을 보존할 수 있다면 그것도 해볼 만하다. 그러나 군대 철수를 결정했으면 장비를 들고 가지 말아야 하는데 결국은 도중에 적기의 폭격과 소사를 당해 곳곳에서 사상자가 나타나 이번 전투보다 희생이 더 컸다. 이런 무의미한 손실이 얼마나 안타까운 일인가!

베이핑에서 버림받은 애국 청년, 지식분자 …… 그들은 모두 중국문화의 소중한 성과이다. 적들이 그들을 뼈에 사무치도록 미워하는 가운데 맨주먹인 그들이 지금 호랑이 굴에 넘어갔으니 뜨거운 가마 속의 개미 신세가 되어버린 셈이다. 유명한 기자와 애국 청년 30여 명이 체포됨에 따라 대부분의 일본군이 또 도시로 쳐들어갔고, 톈진과 같은 대학살이 베이핑에서도 반복되고 있다. 그러나 교통 폐쇄로 이 소식은 밖으로 전해지지 못했고, 다만 8월 8일 일본 동맹사(同盟社)의 전보만 있었다. 그 내용에는 "베이핑 적십자회와 기타 자선단체에서 시민의 시신을 묻고 피난 자를 수용하며 부상자를 치료하는 등 이미 움직이기 시작했다."라고 쓰여 있었다. 왜 시민의 시신을 묻어야 하는가? 그것은 우리에게 베이핑이 이미 대학살을 당하고 있으며 지금도 계속되고 있음을 알려주고 있다. 베이핑의 학생들이 대부분 학교 숙소 혹은 오피스텔에 거주하고 있었다. 이방인인 그들이 숨을 수 있는 적합한 곳이 없었기에 적들의 살육을 당해야만 했다. 그리고 많은 유명학자와 대학교수들, 그들의 행위와 사상은 평소에도 불이익을 당하는 재앙을 불러왔는데, 이미 몰락된 베이핑에서, 적의 손아귀에서 편안하게 지낼 수 있겠는가? 이 모든 것을 우리는 상상할 용기조차 없다. 중화민족에 있어서 이것은 얼마나 심각한 손실인가? 특히 우리가 결정을 내리고 베이핑과 톈진을 되찾을 준비를 하고 있다는 것을 적들이 알아차렸을 때, 그들의 행동은 더욱 잔인하고 발악을 할 것이며, 우리가 베이핑을 되찾기 전까지 제멋대로 잔인하게 파괴하고 학대할 것이다. 이런 행위는 강도보다 천 배 만 배 더 흉악하다. 그들은 이미 베이핑과 톈진의 재물을 옮겨가고 있으며 살아 있는 문화와 죽은 문화를 모조리 파괴할 것이다. 우리는 아직도 질질끌려고만 하려는가? 우리는 반드시 당장 공격을 해야 하며 번개 같은 속도로 베이핑과 톈진을 탈환하고 도탄에 빠진 민족의 인재들을 구해 내야 한다. 그래서 그들을 무장시켜 항일사업에 적극적으로 참가하도록 해야 한다. 지금은 참으로 발등에 불이 떨어졌다. (샤오팡의 「전선에서 베이핑을 그리워하며」, 1937년 8월 11일 빠오띵에서)

전쟁보도를 쓴 것 외에도 샤오팡은 또 「우리의 항일은 자위를 위해서다.」 「일본군 포화 속의 완핑」 「항전하여 살길을 찾다」 「조국 보위전에 목숨 바쳐」 「민중들의 위로」 「루꺼우차오 사건 발생 이후의 베이핑」 「일본군에 점령되기 전의 톈진」 「적기 빠오띵 기차역을 폭격하다」 등을 주제로 일련의 특별 촬영보도를 하였으며, 국내외 많은 신문, 잡지, 화보에 채택되어 큰 반향을 일으켰다. 전쟁 상황이 점점 불안해져 전선에서 사진을 인화하는 여건이 못 되자 팡따쩡은 형상적인 언어로 그가 직접 겪은 전쟁을 표현할 수밖에 없었다.

전쟁은 급히 그리고 사납게 번져나갔다. 쥐용(居庸)의 관문도 일본군의 잔혹한 행위를 막지 못했다. 많은 사람이 살 곳을 찾아 헤맸고, 조용했던 생활이 산산조각 부수어졌다. 베이핑이 혼란스러워졌고 사람 마음도 갈팡질팡하게 되었다. 사람들은 매일 불안 속에 지내면서 또 어떤 일이 발생할지 감히 생각하지 못했다. 일본군은 전과를 늘리기 위해, 또 난커우(南口)에 눈독을 들였다. 그때 당시 29군은 난커우(南口)에 두 개의 보병 연대만 주둔하고 있었는데, 격분한 병사들은 목숨 걸고 적과 싸워 나라를 지키겠다고 짐까지 버리고 맹세했다.

1937년 8월 초 팡따쩡은 홀로 빠오띵에서 난커우 전선까지 취재를 갔다. 그의 글을 통해 우리는 먼 데서부터 가까이 들려오는 포성, 싸우는 소리 그리고 코를 찌르는 독한 초연을 느낄 수 있었다.

일본군이 베이핑·톈진을 점령한 후 29군은 난커우에 2개의 보병 연대만 주둔시켰다. 제13군 탕언바이(湯恩伯)가 난커우 방어 명령을 받고 8월 1일 쑤이동 방어지역에서 출동하였다. 그 선두 부대인 89사단 왕중롄(王仲廉)부대가 30일에 빠따링(八達嶺)의 칭롱챠오(青龍橋)에 도착하여 이튿날 난커우에 도착했다. 군인들은 쑤이동을 떠날 때 전쟁터에서 필요한 무기 외에는 자신의 모든 물건을 전부 버리기로 결심을 표했다. 어느 사람도 항일전쟁 이외의 다른 일을 생각하지 않았다. 루꺼우차오 사건이 아직도 평화와 교전 사이에서 결단을 내리지 못하고 있을 때다, 상관들이 '평화'의 소식을 군인들에게 알릴 때면 전부 아무 말도 안 하고 머리만 숙이고 있다가 마지막에 자신이 출동한다는 소식을 들으면 모두 다 또 흥분하였다. 난커우의 중요성에 대해서 모두는 너무나도 잘 알고 있었다. 쑤이동의 민중들은 13군을 보내놓고 "라오탕(老湯, 탕언바이 군단장을 말함)이 가면 난커우는 걱정 안 해도 된다."고 서로 격려하였다.

미국 주 베이핑 대사관 육군 참사처 프랭크 돈(Frank Dorn) 수행원이 미국의 유피아이 통신사의 바이드 언 기자와 함께 8월 4일 베이핑의 일본군 부대를 통과하여 난커우까지 왔다. 그들은 금방 도착한 새

『국민 주간』에 게재된 「용감하게 왜적을 무찌른 29군」

로운 부대와 대화를 나누었다. 미국의 기자는 우리에게 "당신네 부대에 오는 것은 두려움 없이 편안한 마음이지만, 일본군 부대에 가는 것은 두려운 일이다. 왜냐하면 그들이 나를 해치지 않을지 확신이 서지 않는다"라고 말했다. 그의 말하는 표정에는 한쪽은 평화를 원하고, 이성이 있고, 다른 한쪽은 흉악하고 야만적이며 무섭다는 것이 드러났다. 미국의 무관은 또 우리에게 "일본의 비행기는 무섭지 않다. 그러나 꼭 대포와 탱크는 조심해야 한다"라고 간곡하게 부탁했다. 그의 생각은 확실히 맞았다. 그 후의 전투에서 과연 그러했다. 우리는 두 명의 중국 친구가 우리에게 보낸 진지한 격려와 충고에 아주 고마운 마음이 들었다.

난커우에서 차하얼 군이 아무런 움직임도 없었다. 다만 있다는 것이 민국 15년 국민군과 봉(奉)군이 작전했을 때의 전적뿐이다. 그러나 만약 아무런 움직임이 없다고 해도 맞는 말이 아니다. 군대가 주둔했던 곳에는 얼마쯤이라도 병사들이 주둔했던 모습이 있기 때문이다. 원래 주둔하고 있었던 29군의 두 연대가 차하얼로 소환되어 가고 새로운 방어지역을 새로운 병사들이 맡기로 했다. 29군의 하급 병사들은 태도는 물론 행위도 아주 좋았다. 떠날 때 그들은 인계하는 사람들에게 현지의 상황을 상세히 알려주었다. 그들 자신도 장관이 왜 철수 명령을 내렸는지 이해하지 못했다.

매국노인 난커우 경찰국장은 우리가 도착했을 때 이미 도망간 상태였다.

기차역은 난커우 산구와 5리(2km) 떨어진 서남 방향에 자리 잡고 있었다. 기차역 서쪽은 철도 기계공장이고 남쪽은 롱후타이(龍虎台)라는 작은 산봉우리이다. 거기는 난커우 진지의 최전방으로 기차역을 지키는 일선이다. 우리는 거기에 병사 2개 소대를 배치하였다. 난커우의 양측에는 높은 산봉우리가 두 개 있는데, 서쪽은 쌍링커우(雙嶺口)라 하고 동쪽은 마안산(馬鞍山)이라 한다. 그곳은 우리 주력 전지의 기지로 529연대 연대본부가 설치되어 있다. 마안선에서 동쪽으로 기복이 있는 산봉우리를 따라 10리(4km)쯤 더 가면 관꺼우령(關溝嶺)에 이르는데 그곳도 군사적 요지이다. 529연대의 제2대대가 거기에서 방어진을 구축하고 있었다. 거기에서 동쪽으로 5리(2km)를 더 가면 더성커우(得勝口)에 이르는데 거기는 난커우의 좌측으로 위도로 보면 난커우보다 조금 움푹하게 들어갔는데, 융닝청(永寧城)을 거쳐 옌칭(延慶)에 도착하는 한 갈래의 출구이다. 적들이 거기에서 우리의 후방을 습격할 수 있기에 530연대의 제1대대 병사들이 거기에서 방어진을 치고 있다. 그들은 연대 본부를 더성커우의 궈좡즈(郭莊子)에 설치하였는데 그런 배치는 난커우의 정면 전선을 30리(12km)로 연장한 셈이다. 최전방을 책임진 것은 529과 530 두 연대이고, 보충 임무를 맡은 것은 533과 534 두 연대인데, 그들이 제2전선을 구축하고 89사단의 4개 연대 병사들이 전부 난커우의 산맥에 배치되었다. (샤오팡의「쥐용관에서 목숨 걸고 싸우고 난커우를 서둘러 방어하다」)

루이의 기억에 따르면『대공보』의 종군기자로 활동하면서 샤오팡은 특유의 시각과 업무 방식으로 대대적인 주목을 받았다. 특히 구국 애국 사적을 보도하는 명 기자로 부상되었으며, 판창장·쉬잉과 마찬가지로 이름을 날렸다.

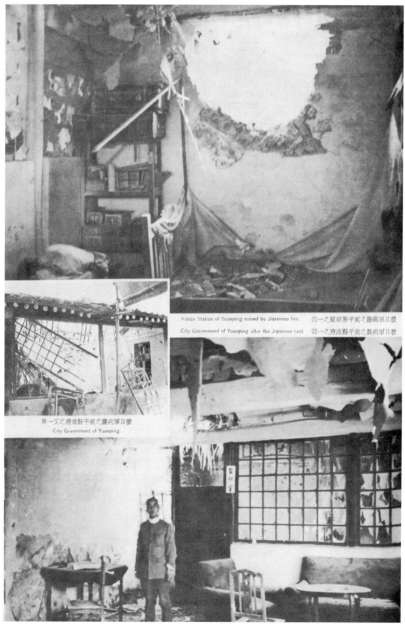

샤오팡이 촬영한 일본군 폭격을 받은 완핑의 참상

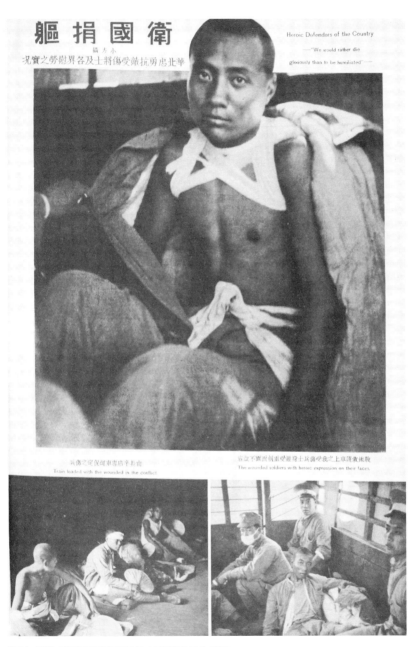

衛國捐軀
小方攝
華北忠勇抗戰受傷將士及各界慰勞之實況

Heroic Defenders of the Country
—"We would rather die
gloriously than to be humiliated"—

由去辛喜店車裾促室之傷兵
Train loaded with the wounded in the conflict.

戰地運上車之我後衛身士兵受傷重視頭面不欲哀
The wounded soldiers with heroic expression on their faces.

『미술 생활』 잡지에 발표된 「조국 보위전에 목숨 바쳐」

239

『대공보』기자 판창장이 쑨롄중 장군의 초청으로 지휘부에서 회담하고 있을 즈음 샤오팡은 이미 29군의 진지에 모습을 드러냈다. 그는 어디에 가면 좋은 사진과 글을 찾을 수 있는지를 잘 알고 있었다. 집으로 가지 못하는 팡따쩡은 『대공보』의 종군 특파기자가 된 후 가장 순수한 업무태도로 신문보도의 일선에 뛰어들었다.

한번은 샤오팡이 빠오띵에서 팔로군(八路軍)이 러허(熱河)로 전진한다는 소식을 듣고 『대공보』의 일까지 그만두고 참가하러 갔지만 결국은 정보가 맞지 않아 그만두고 말았다. 그 일로 판창장은 다시 한 번 슬라브형 청년의 성격을 겪어 보았다. 동업자들 눈에 진지하고 순진하며 용감하고 다정한 청년이 이번 전쟁에 너무나 큰 열정을 기울였고, 난커우·빠오띵·쥐용관·타이위안·따통 등 지역에서 열정적으로 뛰어다녔던 것이다.

8월 8일 적의 기병이 더성커우에 수색을 나왔다가 우리의 공격을 받고 도망쳤는데, 그것이 난커우 전쟁의 시작이 되었다.

9일 난커우의 전면전이 발발하였다. 적의 포화는 거셌고 우리의 기관총보다 더 세밀했다. 우리가 최전선에서 맨 먼저 공격을 받은 것이 바로 롱후타이 진지이다. 우리의 병사들은 포격전에 대해 대비가 깊었기에 적의 포화가 제일 거셀 때는 모두 진지를 벗어났다. 이 말은 후퇴한다는 말이 아니라 반대로 진지의 맨 앞쪽으로 간다는 것이다. 포화속에서 적들은 돌격하지 않는다. 왜냐하면 그들의 보병도 똑같이 자신의 폭탄에 맞아 다른 진지에서 죽지 않으려고 말이다. 우리의 병사들이 진지의 맨 앞으로 갔기에 포화는 아무도 없는 룽후타이에 떨어졌고, 저녁에 포화공격이 그치면 또다시 돌아왔다. 우리가 안전하게 포화를 피할 수 있었던 것은 수수밭의 도움이 컸다.

적은 먼저 포화로 진지를 폭파한 후 소수의 기병을 파견하여 수색하고 마지막에 탱크와 장갑차로 돌격하는 작전방식을 사용했다. 보병은 아예 우리와 마주칠 용기조차 없었다. 양측의 기세는 아예 비교도 되지 않았다. 예컨대 이번에 롱후타이를 폭격한 후 기병 한 팀이 정탐을 왔지만 들어오지 못하고 산비탈 아래서 우리 진지를 향해 교활하게 소리쳤다. "거기! 사람이 있는가?" 우리 병사들은 모두 산봉우리에 숨어 있었는데, 이는 너무나 웃기는 소리였다. "아무도 없소!" 한 병사가 참지 못하고 대답해 버렸다. 상황에 어울리지 않는 대답은 그가 고의로 적과 농한 것인지 아니면 지나치게 긴장되어 자기도 모르게 말이 튀어나온 것인지 알 수 없다. 적은 말소리를 듣더니 놀라서 말을 돌려세워 필사적으로 도망쳤다.

이튿날 적은 난커우를 전면 공격하였다. 롱후타이는 불거져 나온 지역이기에 거기에 있는 부대를 철수해야만 했다. 기차역과 기계공장을 포기한 것은 우리가 예상했던 일이다. 우리는 먼저 기계공장 내부에 많은 등유를 뿌려놓고 대원들이 난커우의 산봉우리까지 철수한 다음 포를 등유가 있는 곳으로 발사해서 유명한 난커우 기계공장을 태워버렸다. 난커우의 큰길에서 운행하던 중형기계 7대도 일찍이 산속으로 옮겨 갔지만, 전황이 불리해지자 그것도 파괴해 버렸다. 만리장성과 같이 유명했던 빠따링 산굴도 결국은 파괴되었다.

12일 아침 탱크 30여 대가 난커우로 들어왔다. 미국 무관이 우리에게 보낸 충고가 적중했다. 탱크는 철로 만든 괴물이었다. 두께가 3인치나 되는 철판은 무엇으로도 꿰뚫을 수 없었다. 중포에 맞아도 기껏해야 뒤집혔다가 다시 스스로 조정되어 계속 앞으로 갈 수 있었다. 산골 하나만 있어도 탱크는 틈을 타서 갈 수 있는데 어찌하면 되겠는가? 방법은 있다. 제7중대 중대장이 두 소대의 병사를 데리고 진지에서 뛰어나와 탱크로 돌격하여 철로 만든 괴물 앞에 도착했다. 괴물은 안에 사람들이 밖으로 사격할 수 있도록 많은 구멍을 갖추었다. 그리하여 모두 물불을 가리지 않고 기어올라 수류탄을 탱크 안쪽으로 던지고 권총을 안에 집어넣고 쏘았다. 사람과 강철이 격투하는데 철로 만든 괴물이 오히려 버텨내지 못하고 뺑소니를 쳤다. 게다가 그중의 6대는 안에 사람이 전부 죽어서 우리의 전리품이 되었다. 두 소대의 병사들도 비록 절반은 죽었지만 우리는 결국 승리를 거두었다. 탱크는 그것을 운전할 수 있는 사람이 없는 데다 파괴 가능한 큰 폭탄 혹은 지뢰도 없었다. 그 소중한 탱크 6대는 우리 진지에 이틀간 놓여 있다가 다시 적들의 새로운 탱크에 끌려 되돌아갔다. (샤오팡의 「쥐용관에서 목숨 걸고 싸우고 탱크와 육박전을 하다」)

촬영 일기 2000년 3월 3일 금요일

샤오팡의 여동생 팡청민은 휠체어에 앉아 오빠의 사진을 가슴 앞에 들고 하염없이 눈물을 흘렸다. 샤오팡이 실종된 후부터 그녀는 60여 년을 기다림 속에서 보냈다. 그녀는 오빠보다 세 살 어리다. 그녀는 질병으로 말을 할 수 없게 되었지만, 눈빛은 우리가 샤오팡을 조명하기 위해 그동안 해온 모든 것을 알고 있다고 우리에게 알려주는 듯했다.

팡청민은 오빠에 대한 기억을 간직하듯이 팡따쩡이 실종되기 전에 남겨놓은 모든 필름을 소중히 보존하고 있었다. 항일전쟁, 국내 전쟁, 전국 해방, 대약진과 문화대혁명의 각종 혼란과 시달림을 겪으면서도 팡청민은 단정하고 예쁘던 소녀에서 호호백발이 된 노인으로 되었지만, 팡따쩡의 작품은 여동생의 보호로 여전히 젊고 생기발랄하였다.

오후에 나와 마동거(馬東戈) 촬영사는 베이징 동청구 세허골목에서 샤오팡의 옛집을 촬영했다. 10번지 울안의 낡은 집은 이미 완전히 사라졌고, 새로운 주인도 샤오팡이 누구인지 몰랐다. 골목은 여전히 존재하고 있었기에 우리는 샤오팡이 발자국을 남겨놓은 곳을 찾았다.

국가도서관의 지난 간행물 창고에서 우리는 누렇게 된 종이를 다수 찾아냈고, 그 위에는 샤오팡의 이름, 사진과 글이 있었다. 쾨쾨한 곰팡이 냄새가 우리를 과거로 데려가 젊은 샤오팡과 만나게 했다. 우리는 이런 생각을 해보았다. 만약 이런 글과 사진이 없었다면, 오늘날 사람들이 팡따쩡을 알게 되었을까? 만약 그런 전쟁이 없었다면 그의 운명은 또 어떻게 그려졌을까? 그의 글과 사진을 가까이할수록 우리는 나라를 사랑하는 샤오팡이 개인 운명과 국가의 운명을 단단히 묶어 같이 숨 쉬고 고난을 같이하였다는 것을 느낄 수 있었다. 또 종군기자로서 직접 겪은 경험과 진상을 밝히는 것을 완벽하게 결합했고, 사실을 근거로 진실을 밝혔다. 순진한 마음과 고상한 인격을 가진 그는 용감하면서도 또 끈질겼다. 운명은 무정하게 그에게 전쟁시절을 겪도록 하였지만, 도피하고 물러선 것이 아니라 직시하고 돌파하는 길을 택하였다. 샤오팡은 20여 살의 젊은이였던 만큼 그의 인생 경력은 짧았다. 그러나 그는 예지와 성숙함, 격정과 활력으로 경험 부족을 대신했다. 그는 책에 나오는 말이 앞서는 사람이 아니라 전쟁터에서의 행동파였다.

1937년에 발생한 전쟁은 이미 멀리 지나갔다. 세월은 무정하면서도 유정하다. 빠오띵·스자좡·타이위안·따퉁에서부터 이현까지 그 노정이 왕복 수천 킬로미터나 되었지만, 우리는 냥즈관에서부터 옌먼관까지 카메라로 팡따쩡의 마지막 생명의 빛을 찾아가면서 그가 다시 나타나 돌아오기를 기대했다.

7. 종이에 남겨진 전선에서의 자취

　다큐멘터리는 팡따쩡(方大曾)의 마지막 여정을 근거로 그의 발자취를 따라가면서 사진과 문자를 통해 세상에 알려진 젊은 신문기자의 일생을 찾아가는 프로그램이다. 프라이버시와 관련된 집안 배경과 각종 자료를 찾아보고 생존자를 통해 그의 실종 가능성과 여러 가지 추측을 놓고 1937년 7월부터 9월까지 샤오팡(小方)의 개인 운명과 국가 운명의 진실한 상황을 재현하기 위해 최선을 다할 것이다. 그리고 냉정하고도 객관적인 취재를 원칙으로 시대감과 현대성을 강조할 예정이다. 또 단순한 역사 해석이 아니라 복원을 추구하는 한편, 관련 배경을 바탕으로 그의 성장과 현대 사회현상을 그려볼 계획이다.

-펑쉐쑹(馮雪松)

『다큐멘터리 「팡따쩡을 찾아서」 감독 서술』

루꺼우차오(蘆溝橋)사변 전 샤오팡이 고궁 퉁즈허(筒子河)에서 남긴 기념사진

7. 종이에 남겨진 전선에서의 자취

팡따쩡의 촬영과 보도기사는 아래와 같은 3개 단계로 분류할 수 있다고 본다. 첫 단계는 대학 졸업 전이다. '북방소년촬영동아리'를 발기하고 방방곡곡으로 여행을 다니면서 안목을 넓히는 시기였는데 이때는 개인의 능력을 쌓는 준비단계였다. 두 번째 단계는 대학 졸업 후 루차오노구교 사변 이전이다. 즉 '중외신문학사' 기자로 활약하던 시기는 다양하게 실천하고 점차 성숙의 길로 나아가던 성장시기였다. 세 번째 단계는 항일전쟁이 전면적으로 발발한 후 그가 전투지역에서 보도를 진행했던 시기인데, 이때가 바로 능력을 아낌없이 발휘한 전성기였다.

다큐멘터리 「팡따쩡을 찾아서」는 샤오팡 인생에서 가장 빛난 시간이었던 세 번째 단계를 내용으로 다루었다. 전쟁터에서 그가 남긴 취재기록을 찾아보고 같이 활동했던 기자들의 기억을 되살리는 방법을 거쳐 7월 10일부터 9월 18일까지의 2개월 동안, 창신뎬(長辛店)·빠오띵(保定)·스자좡(石家莊)·타이위안(太原)·따퉁(大同)에 남겨진 팡따쩡의 발자취를 찾아보았다. 무릇 전쟁이 있는 곳에서는 모두 그의 자취를 찾아볼 수 있었다. 그는 글과 사진으로 보고 들은 이야기를 기사로 작성해 발표했는데, 『대공보(大公報)』, 『세계지식(世界知識)』, 『양우화보(良友畵報)』 등에서 늘 그의 보도를 볼 수 있었다. 현재 우리는 그곳에 직접 가 본 듯한 생생한 글을 읽으면서 이미 누렇게 바래버린 종이에 남겨진 전쟁터의 자취가 더욱

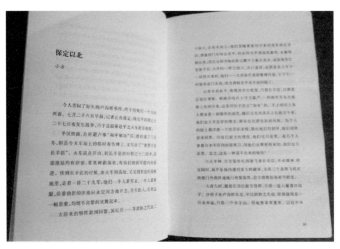

샤오팡이 1937년 7월 30일 빠오띵에서
쓴 통신 「빠오띵 이북(保定以北)」

또렷해지는 감을 느끼고 있다. 종군기자로 함께 일했던 루이(陸詒)는 그 시
절 샤오팡과 그림자처럼 붙어 다녔다고 한다.

아침의 대폭격이 멈춘 후로 창신뎬 기차역 일꾼들은 철수를 명받았
다. 창신뎬 주민들도 황급히 철수했다. 나를 포함한 샤오팡·라오쏭(老
宋) 셋은 계속 이곳에 남아 있으면 소식을 전달할 수 없을 수도 있겠다
고 생각하고는 핑한(平漢)선을 따라 남쪽으로 철수했다.

얼마 가지 못했는데 7대의 적기가 철도선을 따라 낮게 비행하며 뒤
쫓아 왔다. 우리는 황급히 길옆의 푸른 들판에 몸을 숨겼다. 이곳은
최적의 방공호였다.

판창장이 편집 주관한 「노구교에서 장허에 이르기까지
(盧溝橋到 河)」에 샤오팡의 통신 3편이 수록됨」

량향(良鄕)과 더우뎬(竇店)을 지난 후 70리(28km)를 걸어서 류리허
(琉璃河)역에 도착해서야 겨우 핑한로 기차에 올라타 빠오띵으로 철
수할 수 있었다. 빠오띵에 도착해 기차에서 내리니 자정이 되었다. 길
거리의 경계가 삼엄했고 성문이 꼭 닫혀 있었다. 그래서 부득이 기차
역 인근의 작은 여관에서 하룻밤을 묵어야 했다. 10여 명이 몸을 비비
고 한 칸에 들어앉아 자지도 못한 채 오로지 날이 밝기만을 기다렸다.
30일 아침 성으로 들어간 후 먼저 판창장(範長江)이 묵고 있는 바오양
(保陽)여관을 찾아가 잠깐 쉬었다. 우리가 방금 창신뎬 전선에서 왔다
는 얘기를 들은 그는 전선의 상황을 빨리 알고 싶어 했다. 우리도 쏜롄
쫑(孫連仲) 장군의 상황을 얘기해 줄 것을 그에게 부탁했다. (루이 「폭
격당한 빠오띵(保定被炸)」)

7월 30일, 팡따쩡 등은 판창장과 빠오띵의 바오양여관에서 합류했다. 동행했던 루이가 그 당시의 상황을 이렇게 회고했다. "우리가 서로 상황을 교류하고 있을 때였다. 부상병을 위문하러 온 난카이(南開)대학과 동북대학 학생 몇몇이 갑자기 문을 열고 들어오더니 우리의 얘기에 끼어들려고 했다. 보아하니 그들도 이것저것 얘기하고 싶은 것들이 많은 듯했다. 난카이대학 학교 건물이 적기의 폭격으로 파괴되었고, 소장했던 도서, 과학용 기기와 수십 년간 학교에서 힘들게 마련했던 모든 설비가 모조리 잿더미로 되었다고 말했다. 그들은 눈을 크게 부릅뜨고 상을 치더니 벌떡 일어나서 분노에 찬 목소리로 외쳤다." "이제는 모든 게 끝이다! 목숨 걸고 적들과 필사적으로 싸울 것이다!" 우리 군이 전선에서 패했다는 소식을 전해들은 동북대학 학생들은 슬픔에 목 놓아 울었다. 그들은 "내 고향 동북이 중국을 침략하려는 적들의 기지로 전락하였다. 몇 년간 부모, 형제, 자매 모두 감감무소식이고 생사조차 알 수 없다. 몇 년 전 베이핑(北平)으로 도피해 간 우리는 동북대학에서 공부하게 되었다. 꿈속에서 고향으로 돌아간 적이 얼마나 많았던가! 오늘날 북경과 허뻬이(河北)의 절반에 달하는 땅을 잃었다. 이제는 돌아갈 집이 없고 볼 책도 없어졌으니 오로지 종군하여 고향으로 다시 쳐들어가는 수밖에 없다."하고 말했다.

항일전쟁 발발 75주년이 되는 즈음, 판창장 선생의 아들 판쑤쑤(範蘇蘇)가 부친이 편집 주관했던 항일전쟁에서의 중국 시리즈 「노구교에서 장허에 이르기까지(盧溝橋到漳河)」를 재출판했다. 그 속에서 팡따쩡의 기사 「빠오띵 이북」과 「빠오띵 이남(保定以南)」을 터움 발견했다.

샤오팡과 판창장 등이 합류하던 바로 그 날 오후, 동쪽에서 날아온 일본군 적기 5대에 빠오띵 기차역이 폭격 당했다. 탄약을 실은 차 4대가 폭격 당하면서 큰불로 번졌다.

촬영 과정에 우리는 그해 일본군의 빠오띵 폭격을 직접 겪은 왕이민(王逸民, 인터뷰 당시 76세임)을 인터뷰했다. 그는 "그 당시 13살이었다. 일본군의 공습이 닥치자 발전소에서 방공신호를 보냈다. 약(弱)에서 강(强)에 이르기까지 총 12가지 소리가 있다. 그때 기억이 아직도 생생하다. 고사포 병이 방어임무를 교대할 때 일본군 적기가 윙-윙-하면서 날아왔고 폭탄을 투하하는 소리가 얼마나 큰지 고막이 터질 듯했다. 그 투하된 폭탄이 개화포(開花炮)와 유신탄이라고 들었다. 컴컴한 지하 동굴이 무서워 기어들어가지 못한 우리는 팔선탁자(八仙桌, 한 면에 2명씩 앉을 수 있는 사각형의 큰 탁자 - 역자 주) 위에 여러 겹으로 이불을 덮어씌우고 그 아래에 몸을 숨겼다. 비좁은 그곳에서 서로 부둥켜안고 있었다. 그때는 닭과 오리 같은 짐승들조차도 소리를 내지 않았다. 훗날 소문에 기차역에서 담배 팔던 어린아이가 폭격에 숨졌다고 들었다. 폭격에 그 아이의 창자가 밖으로 튀어나와 전선 위에 걸렸다고 한다. 그 후로도 폭격이 여러 차례 이어졌다."고 회고했다.

한참이 지난 뒤 나는 기차역에 취재를 갔다. 가는 길에 들것 팀에서 팔다리가 끊어진 사람들을 들것에 눕혀 옮기는 모습을 자주 볼 수 있었다. 선혈이 뚝뚝 떨어져 길거리의 진흙마저 검은 자줏빛으로 물들여졌다. 아픔에 낮은 신음을 내는 부상자가 있는가 하면 눈을 뜨고 있지만 이미 들 것에서 숨이 끊어진 지 오래된 사람도 있었다. 4살도 되어 보이지 않는 여자애가 고사리 같은 손으로 어머니의 옷깃을 끌어

당기며 쉰 목소리로 힘없이 외쳤다. "어머니, 어머니!" 그러나 어머니의 가슴이 기관총 탄알에 뚫려 있었다. 어머니는 이제 다시는 딸의 목소리를 들을 수 없게 되었다. 이보다 비참한 일이 어찌 더 있으랴! 적들의 피맺힌 원수를 꼭 갚아야 한다.

빠오띵이 연이틀 오후 폭격을 당했다. 민심이 흉흉해지면서 피난을 가는 이재민이 점점 더 많아졌다. 전쟁을 대비해 미흡했던 약점이 여러 부분에서 점차 드러나기 시작했다. 문제점이 드러난 후에 만약 제때에 바로잡는다면 나쁜 일도 좋은 일로 될 수 있다. 그러나 가장 두려운 건 비판이 두려워 약점을 가리고 노력하지 않으려는 마음가짐이 생겨나는 것이다.

바로 30일 저녁, 판창장은 핑한로 기차를 타고 롱하이(隴海)로와 진푸(津浦)로를 거쳐 함께 상하이(上海)로 돌아가자고 했다. 그는 이번 전쟁이 단기간에 끝날 수 없거니와 국부적인 항일전쟁 단계에만 그치지 않으리라 판단했기 때문이다. (「폭격당한 빠오띵」)

연이어 전선으로 출발한 쏜롄쫑 부대가 29군 방어선을 담당했다. 판창장, 루이 등은 그날 밤 빠오띵을 떠나 남방으로 향했다. 판창장은 떠나면서 팡따쩡에게 빠오띵에 남아 핑한선 전쟁 관련 소식을 계속 보도할 것을 부탁했다.

노구교사건으로 오랫동안 속상해야 했던 우리에게 마침내 기쁜 소식이 들렸다. 7월 28일 아침, 기자가 빠오띵에 있을 때였다. 27일 저녁 베이핑 도시 주변에서 이미 전쟁이 발발하였다는 소식을 전해 듣고는 이튿날 이른 아침, 베이핑으로 향하는 기차에 몸을 실었다.

핑한 철도, 이른바 노구교사건이 '평화적으로 해결'된 후 3일간 통행한 일이 있다. 그러나 오늘 기차역에 세워진 임시 게시판에는 '승차권 목적지는 오로지 창신뎬 뿐임'이라고 적혀 있다. 기차가 연착된 탓에 12시 30분이 되어서야 창신뎬에 도착할 수 있었다. 오는 길에 역만 있으면 정차했다. 그러다 보니 깊은 숲 속에서 우리 군이 비밀리에 전진하는 모습도 볼 수 있었다. 거의 창신뎬에 도착했을 무렵 기차의 높은 곳에서는 동쪽의 수수밭에서 29군이 열을 지어 걸어가고 있는 모습도 똑똑히 볼 수 있었다. 그들 중 군복과 평상복을 입은 자가 각각 반반이었다. 우리를 태운 기차는 구불구불한 용딩허(永定河)의 방향을 따라 달렸다. 이 광경을 본 모든 탑승객은 저도 모르게 환호했다.

타이위안(太原)에서 온 '희생구국동맹', '국민병' 등 단체의 대표 20여 명이 기차역에 있었다. 지난밤 화물차를 타고 창신뎬에 도착한 그들은 먼터우꺼우(門頭溝)를 거쳐 베이핑에 갈 생각이었다. 그러나 베이핑 교외의 전황이 치열해 제때에 출발하지 못했다. 오전 11시쯤, 현지에 주둔하고 있던 다이수이(戴守義) 여단장으로부터 우리 군이 펑타이(豐台)를 수복했고 따징(大井)촌 일대의 적도 이미 물러났다는 소식을 전해 들었다.

짐을 정리하고 난 타이위안 대표들은 오후 1시, 걸어서 먼터우꺼우로 향했다. 베이핑은 문제가 없다고 예상했기 때문이다.

기자도 베이핑에 갈 예정이었지만 펑타이(豐台)를 이미 수복했다는 소식을 전해 듣고는 여전히 창신뎬에 남아 있기로 했다. 더 가까운 곳에 있다가 그곳으로 달려가서 사정을 살펴보기 위해서였다.

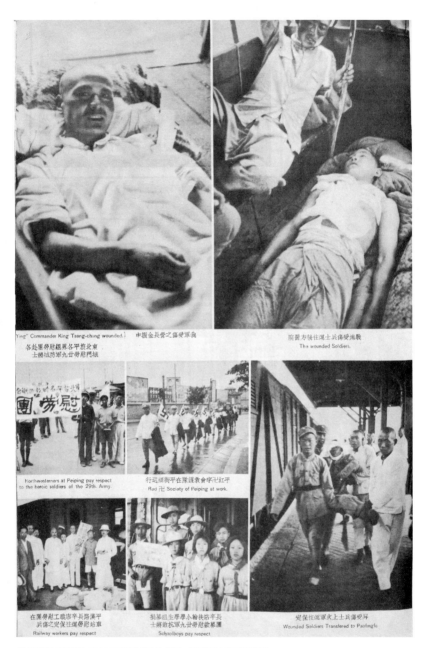

샤오팡이 촬영한 전선 동태가 『미술생활』 잡지에 발표되었다.

철도 주변은 병사들의 수비가 삼엄했다. 장갑차 한 대가 철교에서 원래 방향으로 돌아가고 있었다. 창신뎬으로 돌아가 '자서이'(加水 물 넣기) 하기 위해서였다. 차 위의 병사들 얼굴마다 기쁨이 흘러넘쳤다. 뒤이어 수많은 병사가 전방에서 내려오는 것을 보았다. 그들 중 다수가 평상복을 입고 있어 농민유격대 분위기가 물씬 풍겼다.

그들의 얼굴에는 힘든 표정이 역력했다. 그들을 향해 인사를 하자 그들은 웃음으로 화답했다. 전선의 상황을 물어보아도 그들은 그저 미소를 지을 뿐이었다. 몇몇은 일본 장교가 사용했던 지휘용 칼을 들고 있었다. 어떻게 얻은 칼인가고 물어보아도 돌아오는 건 오로지 미소뿐이었다. 그들의 얼굴에는 어떤 말로도 형용할 수 없는 기쁨이 흘러넘쳤다. (샤오팡 「빠오띵 이북」)

8월 초부터 20일까지 팡따쩡은 난커우(南口), 쥐용관(居庸關) 일대에서 취재를 했다. 남구 전역을 직접 겪었고 훗날 팔로군이 러허(熱河)까지 진입했다는 소문을 듣고는 서둘러 취재를 떠났지만, 절반까지 갔다가 소식이 확실하지 않다는 것을 알고는 다시 돌아왔다. 전투현장에 도착한 샤오팡은 겁을 먹거나 두려워하지 않았다. 광경이 참혹하고 긴장된 분위기가 감돌았지만, 전쟁의 변화를 예민하게 주시하고 주변에서 수시로 발생 가능한 뉴스에 주의를 게을리 하지 않았다. 드높은 열정과 자신감을 가진 그는 마치 그 상황과 전혀 관계없는 지역에 있는 듯 조금도 두려워하지 않았다. "적들의 작전은 오로지 기계화 무기에 의지할 뿐이다. 보병을 태운 탱크는 산 어구로 돌진한 후 뒤쪽으로부터 돌격할 태세였다. 그러나 우리의 진지 위치가 탁월한 덕분에 아래로 훤히 내려다볼 수 있었다. 우리가 '돌격'이라고 외치자 그들은 또다시 탱크 안에 몸을 숨기고는 문을 꽁꽁 잠가 버렸다. 한번은 우리 편의 병사 7명이 산에서 순찰하다가 먼 곳의 산비탈에서 살금살금 기어 올라오는 적군 10명을 마침 목격했다. 우리를 정탐하러 온 자들이 틀림없었다. 우리는 수류탄을 던지기 좋은 거리가 되는 곳까지 살며시 추격해갔다. 그곳에서 마침 맞닥뜨렸다. 우리가 던진 수류탄이 비록 적들을 명중시키지는 못했지만 10명 모두 일제히 무릎을 꿇고 총을 머리 위에 올리고는 순순히 투항했다."

우리는 포로를 죽이지 않았다. 오히려 일본군들은 중국 침략과정에서 일본민중을 총알받이로 할 것이라는 생각을 그들에게 얘기해 주고는 그들을 다시 돌려보냈다. 그중 한 포로가 일본 항공기들이 어떤 곳을 자체 진지의 표식으로 하고 있는지를 얘기해 줬다. 훗날 난커우(南口) 우회선에서 포로가 얘기한 방법을 사용했다. 아니나 다를까 포로가 알려준 표식으로 명시한 곳에 일부 탄알과 편지 한 통이 투하되었다. 편지에는 병사들에게 탄알을 아껴 사용할 것과 후방의 운송에 어려움이 많다는 내용이 적혀 있었다. 그 당시 일본이 이미 첩첩산중에 진입한 터라 보급품은 모두 항공기로 운송해야 했다.

13일부터 적들의 포화공격이 더욱 거세졌다. 그들은 중포 4개를 한 열로 해 세 열로 종대를 이뤘으며, 제4단은 탱크로 에워싸고 우리의 습격을 막았다. 한 바퀴 두 바퀴 난커우 전선을 향해 배열하고는 아침부터 저녁까지 끊임없이 발사했다. 우리의 진지나 보루는 모두 임시로 쌓은 것이기 때문에 당연히 미친 듯이 쏟아지는 그들의 폭격을 막아낼 수 없었다. 병사들은 2명이 한 조로 되어 산속에 아주 작은 은폐 동굴을 팠다. 그러니 일본군의 미친 듯한 폭격에도 두 사람만 쓰러뜨릴 수 있을 뿐이었다. 곳곳에 폭탄이 투하되었다. 그들은 산을 부수어 평지로 만들 생각이었다. 난커우로 들어오는 길에 걸음마다 폭탄을 터뜨렸다. 우리가 땅에 매장한 지뢰를 폭발시켜 우리의 진지를 습격할 생각이었다. 매일 항공기 20대가 우리를 위협했지만 그렇다 할 역할을 발휘하지 못해 그 누구도 두려워하지 않았다. 13군의 장병들은 참 대단했다. 명을 받은 그들은 목숨을 걸고 진지를 지켰지만, 여기가 어찌 진지라고 할 수 있겠는가?

임시로 쌓은 일부 진지나 보루가 포화에 잿더미가 되었고, 쥐용관(居庸關)도 앞으로 더는 본 모습을 볼 수 없게 되었다. 일부는 충성스럽고 용감한 항일전사의 피와 살로 쌓은 새로운 성곽이 아니겠는가!

(샤오팡 「쥐용관 혈전·새로운 장성(血戰居庸關·新的長城)」)

전쟁은 참혹했다. 그 시각 샤오팡은 최전선으로 깊이 투입되어 전쟁터에서의 생생한 광경을 목격했다. "한 병사는 사흘 낮과 밤을 꼬박 물 한 모금도 마시지 못했다. 마안산(馬鞍山)을 지키는 제4연대 중에서 유일하게 남은 한 사람이다. 그러나 그는 절대 물러나지 않고 끈질기게 진지를 지키고 있었다. 추가 지원된 신예부대가 도착한 후에야 겨우 한숨 돌렸다." "산꼭대기에서 한 기관총 중대의 중대장이 몇 대의 기관총을 지휘하며 작전을 펼쳤다. 적들이 공격하자 그는 사격수의 속도가 너무 느리다며 비난했다. 그러는 순간 그의 눈앞에서 한 사격수가 쓰러졌다. 그러자 그는 대신 그 기관총을 가져와서는 계속해서 사격했다. 그러던 중 부주의로 산비탈을 따라 굴러 내려갔다. 그 순간에도 그는 기관총을 품에 꼭 껴안고

상하이 『대공보』 전지 통신 「쥐용관 혈전」에 발표되었다.

있었다. 그가 다시 기어 올라왔을 때는 적들이 이미 그곳에 도착한 때였다. 맨손으로 일본 장교의 지휘용 칼을 재빨리 빼앗은 그는 그대로 내리찍었다. 처음의 칼은 상대방의 헬멧을 찍었고, 두 번 만에야 적의 목숨 줄을 끊어놓았다.”

앞서 투입된 장병들이 거의 희생되었을 때 533, 534연대가 보충되었다.

적들은 육박전을 치를 능력이 없다. 만약 일 대 일의 전투라면 그들은 기필코 큰 피해를 보게 될 것이다. 한 번은 우리 편 10여 명이 200명이 되는 적의 기병을 전부 몰살한 적도 있다. 그들은 대포의 힘만 믿었다. 사실 우리에게도 대포가 없는 건 아니다. 그러나 탄약이 모자라는 상황에 우리 편에서 폭탄을 한 개 터뜨리면 적들은 우리 군 포의 위치를 향해 100발은 쏘았다. 전쟁터에서 폭탄 소리에 고막이 터진 사람도 많았다. 폭탄 소리에 총소리가 파묻혔다. 여전히 말을 하곤 했지만, 상대방의 목소리가 전혀 들리지 않았다.

이때에는 모두 귀머거리와 같았다.

이토록 치열한 상황에서도 병사들은 전혀 동요하지 않았다. 누구나 할 것 없이 자신과 부대 그리고 더욱이 명령을 믿었다.

예전의 내전시대를 기억하고 있는가? 그때 병사들은 되는 대로 총을 마구 쏘았다. 그러나 오늘은 어떠한가? 적을 한 명이라도 더 쏘아 죽이려고 조심스레 조준했다. 장관이 지시하지 않아도 그들은 자발적으로 탄알을 아끼려고 노력했다.

왕쭝롄(王仲廉)사단장은 건장한 체격에 큰 키, 검실검실하면서도 단단해 보이는 외모의 소유자다. 사단본부(師部)는 쥐용관 산굴에 설치하고 기차에 사무실을 꾸몄다. 그와 2명의 여단장, 4명의 연대장 모두 전선에서 전투를 지휘했다. 그의 머리가 포탄에 맞았다. 만약 그 당시 헬멧을 쓰고 있지 않았더라면 뒷일은 가히 상상할 수 없을 정도로 심각했을 것이다.

전쟁으로 그는 잠잘 권리조차 빼앗겼다. 야위고 까맣게 탄 모습은 그가 나라를 위해 최선을 다하는 용감하고 충성심이 강한 장군임을 잘 설명해주는 대목이다.

탕언바이(湯恩伯)는 진정한 강철 사나이이다. 그는 목숨을 잃는 것조차 두려워하지 않았다. 그뿐만이 아니다. 13군의 군단장부터 비전투병에 이르기까지 모두 목숨을 아끼지 않았다. 그들은 민족해방전쟁의 최전선에서 목숨을 내놓을 각오를 했다. 지난해 겨울, 쑤이둥(綏東)에서 그를 만났을 때와는 사뭇 다른 모습이었다. 짧은 셔츠와 반바지 차림의 그는 손가락이 담배 연기에 누렇게 찌들어 있었다. 전쟁이 발발해서부터 잠잘 시간조차 없어졌다. 담배가 그의 유일한 정신적 지주였다. 앙상한 뼈만 남을 정도로 많이 야위었고 땡볕에 얼굴이 탈대로 타 새까맣게 그을렸다. 지금 입고 있는 옷도 전에는 몸에 딱 맞는 것이었지만 지금은 옷이 헐렁한지 한쪽 팔을 집어넣어도 거뜬히 들어갔다. 단지 당번병 2명만 그를 따라다녔다. 위병과 비전투병은 일찍 전쟁터로 뛰어든 지 오래다. 그는 전쟁 최전선에서 지휘했다. 병사를 향해 "여러분, 최선을 다해 목숨 걸고 싸워야 합니다."라고 외쳤다. 실로 이보다 더 간단명료한 말이 있으랴. 병사들을 보는 순간 그는 울컥하여 눈시울이 붉어졌다. 어찌 눈물이 나지 않겠는가. 그는 흘러내리는 눈물을 억지로 참아 삼켰다. 갑작스레 그를 본 병사들은 그가 누구인지 알아보지 못했다. "군단장이었군요." 그들도 눈앞의 이 사람이 누구인지 알아본 순간 감동의 눈물을 흘렸다. 이런 공감과 단합 덕분에 13군이 남구에서 우리의 민족해방전쟁을 위해 영광스러운 불후의 역사유적을 남길 수 있었던 것이 아니겠는가!

난커우부터 쥐용관까지의 거리가 15리(6km)에 달한다. 89사단에는 총 4개 연대가 있었는데 전쟁이 20일까지 이어지자 겨우 그중 한 개 연대만 남았다. 왕쫑롄은 쥐용관에서 나머지 부대를 한데 집결시킨 후 난커우에 쳐들어온 일본군에 반격을 가했다. 불굴의 의지로 그날 밤 3개 산봉우리를 되찾았다. 전에 탕언바이가 "패잔병들이 쥐용관을 지키고 있다!"며 쓴웃음을 지었다고 한다. 그래서 군사적 관점으로 볼 때 쥐용관의 장병들은 군인으로서 나라를 위해 마땅히 짊어져야 할 직책에 전혀 부끄러움이 없다. (샤오팡『쥐용관 혈전·'강철 사나이'의 눈물(血戰居庸關·"鐵漢"之淚)』)

샤오팡은 병사들의 투지와 전쟁의 비참함을 글로 자세하게 기록하여 우리의 관심을 최전선의 진지로 이끌었다. 우리는 그의 글을 보면서 전쟁의 분위기와 긴장된 정서를 느낄 수 있었다. 그러다 보니 최대한 원문 그대로를 보여주려고 애썼다.

8월 하순 판창장은 업무 논의 차 샤오팡에게 전보 요청을 보냈다. 그는 훗날의 「샤오팡을 그리워하며(憶小方)」에서 이렇게 적었다. "난커우(南口) 전쟁이 발발한 후 상하이『대공보(大公報)』는 차하얼(察哈爾)에 나를 파견해 추장(秋江)의 업무를 보필하게 했다. 중앙의 전쟁터 취재 역량을 강화

샤오팡의 통신 「냥즈관에서 옌먼관에 이르기까지(從娘子關到雁門關)」
1937년 9월 17, 18일 상하이 『대공보』에 연재로 실렸다.

하여 좌익의 시잉(溪映), 우익의 샤오팡과 힘을 합쳐 핑쑤이(平綏), 핑한(平漢) 전쟁과 관련된 소식을 전체적으로 살펴보기 위해서였다. 차하얼이 함락된 후 나는 추장과 차난(察南)에서 진뻬이(晉北)로 물러났다가 다시 따퉁을 돌아 중간지역의 전쟁소식을 취재했다. 따퉁에서 뜻밖에 만난 군사 우편 친구인 천쉬저우(陳虛舟) 씨에게서 샤오팡이 이미 쑤이둥(綏東)으로 갔다는 소식을 전해 듣고는 깜짝 놀랐다. 우익 임무를 어떤 이유에서 포기했는지 몰랐기 때문이다. 그래서 급히 수이둥에 전보를 보냈고, 그가 다시 따퉁으로 돌아와 업무를 논의하기를 바랐다."

팡따쩡은 시잉(溪映) 일행과 무사하게 스자좡(石家莊)을 거쳐 징싱(井陘)현, 냥즈관(娘子關)을 지난 후 핑한 선을 따라 서부전선으로 갔다가 타이위안(太原)으로 돌아갔다. "11시가 넘어서야 기차가 스자좡에서 출발했다. 먼저 허뻬이(河北)의 평원지대를 지나야 했다. 석탄 생산지인 징싱현을 지나 철도는 타이항산(太行山)에 들어섰다. 이름마저 예쁜 냥즈관이 가장 먼저 눈에 들어왔다. 냥즈관의 웅장하고 위엄 있는 풍경에 감탄이 절로 나온다. 냥즈관 기차역의 동쪽에서 약 2, 3리 떨어진 곳은 핑쑤이로의 난커우 쥐용관에 전혀 뒤지지 않는 뛰어난 명승지이다." 여행길에서 샤오팡은 주변의 풍경에 감개무량했다. "6년간, 국방전선이 동북 4개 성으로부터 산하이관(山海關), 히펑커우(喜峰口), 핑진(平津)을 넘어 현재 이미 남구로 옮겨졌다. 그렇다면 내일에는 다시 냥즈관으로 물러나야 한다는 점을 설명하는 걸까? 냥즈관이 전쟁터가 아니라 영원히 아름다운 명승지로 남기를 진심으로 기원한다."

2000년 8월 10일부터 18일까지, 나는 샤오팡이 기사에서 설명한 취재 노선에 따라 장거리버스를 타고 베이찡에서 빠오띵에 갔다가 다시 리현

(蠹縣)으로 돌아갔다. 그리고 거기서 스자좡으로 갔다가 기차를 타고 타이위안으로 떠났다. 타이위안에 도착한 후 다시 버스를 타고 따퉁으로 갔다. 지방지 사무실, 당사 사무실에서 자료를 찾고 박물관과 역사유적지에서 사진을 찍는 한편, 전쟁 목격자와 관계자를 방문하는 등 다큐멘터리 촬영제작을 위한 초기 준비에 들어갔다.

그 사이 부친의 병세가 악화되어 부득불 다시 병원 신세를 지어야만 했다. 걱정하실까 봐 한 곳을 갈 때 마다 꼭 전화로 가는 곳을 알려드리곤 했다.

기차는 팡따쩡이 쓴 보도 「냥즈관에서 옌먼관에 이르기까지」에서 언급한 징싱(井陘), 냥즈관, 양취안(陽泉)을 지나갔다. 비록 그때부터 60여 년의 시간이 흘렀다지만 같은 노선, 같은 계절이라 혹여 그때와 같은 마음이 생길지도 모른다는 생각이 들었다. 길을 따라가노라니 진녹색으로 물든 양쪽의 논밭과 들판이 한눈에 들어왔다. 이제 곧 풍요의 가을이 다가올 것이다.

냥즈관은 산시(山西) 성의 문호이다. 사실 우리가 지금 와서 '산시성의 문호'라고 얘기하는 것 자체가 봉건적인 색채가 묻어있다고 하겠다. 그러나 지리적 위치로 볼 때 타이항산(太行山)이란 천연요새가 확실히 산시만을 위한 유리한 조건을 마련해 주었다. 역사로 되돌아간다고 가정할 때, 산시가 만약 봉건시대 제후의 영토였다면 분명 아주 이상적인 곳임이 틀림없었을 것이다. 냥즈관 이서 지역에서는 기차가 산골짜기 아래를 지나갔다. 지세의 준험함이 핑쑤이(平綏)에 못지않았다. 다만 그곳보다 더 정교해 보였다. 산속에는 극히 풍부한 석탄과 철이 매장되어 있다. 그러나 양취안을 채굴 중심으로 하기에는 문제가 있었다. 규모가 아주 작았기 때문이다. (샤오팡 「냥즈관에서 옌먼관에 이르기까지」)

낡은 녹피기차(綠皮火車, 에어컨 없는 녹색 구식기차)였던지라 8월의 불볕더위에 창문을 활짝 열었어도 기승을 부리는 더위에 너무 힘들었다. 당연히 나도 땀을 뻘뻘 흘리며 여행을 다녔다. 같은 계절이었기 때문에 여행 중의 샤오팡도 그해 아마 나와 같은 모습이었을 것이다. 평원에서 타이항으로 들어가는 길에는 빈집이 꽤 많았다. 보아하니 수십 년은 된 집 같았다. 팡따쩡도 이곳에 눈길을 빼앗겼었는지 궁금하다. 여행 내내 나는 흥분된 마음으로 무한한 상상을 펼쳤다.

기차가 냥즈관에 도착했을 무렵 갑자기 우렛소리가 들리더니 큰비가 억수로 퍼부었다. 조금 전까지만 해도 맑게 갰었는데 어느 순간 갑자기 날씨가 바뀌었다. 역에서 기다리던 사람들이 순식간에 비를 피해 도망쳤다. 빗물에 얼룩덜룩한 대합실의 벽이 삽시간에 젖어들었고 하늘과 땅 사이가 회색으로 물들었다.

그렇게 몇 분이 지난 후 빗방울이 점차 작아졌고 기차도 다시 달리기 시작했다. 그쳤다 내렸다 하는 비 때문에 열차 객실의 승객들은 모두 답답한 표정을 지었다. 그 순간 나는 갑자기 탐방 과정에 "나도 모르게 역사의 어느 한 신경을 건드려 이런 뜻밖의 우연을 겪는 건 아닌가"라는 생각이 들었다. 그러나 나는 이런 상황들이 샤오팡이 보내온 일부 암시이기를 진심으로 바랐다.

다큐멘터리 「팡따쩡을 찾아서(尋 方大曾)」 초기 인터뷰 때 냥즈관 역을 거침 (펑쉐쏭[馮雪松] 촬영)

　따통으로 가는 길에 팡따쩡은 타이위안(太原)을 지나면서 하루 잠깐 묵었다. 방금 전쟁터를 떠나 잠시나마 여유가 생겼다지만 그는 여관에서 잠시도 쉬지 않았다. 오히려 타이위안 거리로 나가 자신이 직접 보고 듣고 느낀 것을 통해 항일전쟁 초기 타이위안의 하루를 우리에게 그려주었다. 대학에서 경제학을 전공하고 졸업한 그는 유달리 물가에 관심이 많았다. 그래서인지 그의 글은 오늘날 읽어도 생소하지 않고 여전히 친근하게 느껴진다.

　8월 하순이라 가을 기운이 완연하다. 시원하고 맑은 아침 햇살, 썰렁한 시장으로 인해 도시는 농촌처럼 분위기가 스산했다. 타이위안의 분위기는 과연 마음을 졸이고 경직돼 있을까? 아니면 여유가 있을까?

그렇기도 하고 그렇지 않기도 하다. 긴장한 자들이 한 부류이고 해이한 자들이 또 한 부류이니 말이다. 관청의 명령에 따라 타이위안 성의 여성과 어린이는 모두 마을로 내려갔다. 이들은 자신들의 일상 업무를 포기한 채 온종일 적의 비행기를 피하는데 모든 시간을 소비했다. 여성과 어린이는 그렇다 치고 하물며 청장년들도 마찬가지였다. 이들 가운데는 점원, 공무원이나 기타 자유직업자들도 포함되어 있었다. 많은 사람은 이른 새벽부터 성 밖으로 피난을 갔다가 날이 저물어서야 다시 돌아왔다. 기관마다 저녁에 업무를 보았으며 규모가 비교적 큰 상점도 문을 꽁꽁 닫아걸고는 문어귀에 '방공관계로 오후 6시부터 10시까지 영업한다'는 안내문을 붙여 놓았다. 평소 그들의 영업시간은 모두 14시간 이상이었다. 그러나 지금은 4시간으로 줄어들었다. 이는 타이위안의 경제 활동력이 전보다 3~4배 줄어들었다는 점을 의미한다. 게다가 일상 업무를 온전히 중지한 여성과 어린이까지 합친다면 인력 차원에서의 소극적인 손실은 우리가 마땅히 고민해 보아야 할 문제이다. 방공, 대단히 중요하다. 그러나 이런 방법에는 분명 문제가 있다. 최전선에서 수백만 명에 달하는 군인이 적들과 목숨을 걸고 싸우고 있는데 우리 후방의 대중들은 모든 시간을 방공에 낭비하고 있으니 말이다. 그러나 이와 유사한 상황이 유독 타이위안에만 있는 건 아니었다. 그 후로 기자가 다녀간 따퉁(大同) 지역도 마찬가지였다.

전쟁의 화염이 전선을 휘감았다. 그러니 후방의 다수 불필요한 업무도 자연히 중지해야 하지 않겠는가! 그러나 구조, 방간(防奸: 간사한 짓을 못하게 막음), 군수물자 공급, 양식, 위문품 등과 관련된 필요한 업무는 잘 이끌어 나가야 한다.

펑쉐쏭(좌)이 마밍(馬明)을 인터뷰하였다. (양화이[楊淮] 촬영)

　　많은 업무는 주민들이 자발적으로 하고 있다. 정부의 조직적인 계획 덕분에 대중의 힘을 낭비하지 않고 온 나라가 작전을 하는 것이다. 산시(山西)는 방공문제에서 일찍 상당한 준비를 했다. 반면 타이위안의 경우 책임자들은 주민들에게 비행기의 공포감만 심어주었다. 그리고 방공훈련을 진행하고 낮에 일상 업무를 중단하는 것 외에 여성과 어린이를 성 밖으로 피난시키는 등의 조처를 했다. 이러면 무사할 것으로 생각한 것이다. 그러나 결과는 어떠한가? 주민들은 여전히 상태가 해이하고 조직성이 없으며 자기 생각만 했다. 항일전쟁에 뛰어들기는 커녕 오히려 일상 업무마저 제대로 하지 않았다. 이런 사례가 있었다. 「타이위안의 하루」, 이날 아침 약 9시경 공장의 사이렌 소리가 울렸다. 이는 공중 경계경보이다. 길거리의 사람들은 겁에 질려 허둥지둥댔다. 그러다가 한참 후에야 조용해졌다.

그 후 비행기 3대가 날아왔다. 고사포를 몇 발 쏘아 올렸지만, 폭탄 2개가 여전히 마을 인근에 투하되었다. 경보가 해제되자 거리는 본 모습을 되찾았다. 길거리, 골목마다 모든 사람이 비행기 얘기만 했다. 비행기 한 대를 공격해 40리(16km) 밖의 어느 촌에 떨궜다고 말하는 사람도 있었다. 사람마다 하는 얘기가 달랐다. 오늘 온종일 아마 내일도 사람들은 계속해서 이 문제를 집중적으로 논의할 것 같다.

물가의 폭등은 타이위안 특징 중 하나이다. 특히 외국산 제품은 전쟁이 발발한 후로 가격이 폭등했다. 이 또한 전국의 보편적인 상황일 것이다. 그러나 산시의 경우 지폐 때문에 물가에 대한 영향이 훨씬 더 컸다. 진초(晉鈔)[09]의 가격을 낮춰 할인했는데 합법화폐의 90~94% 수준에 해당하였다. 진초를 대체 얼마나 발행했을까? 이에 정확한 수를 말할 수 있는 자가 없다. (「냥즈관에서 옌즈관에 이르기까지·타이위안의 하루」)

8월 초, 산시 타이위안 국민사범예당(國民師範禮堂)에서 신군(新軍) 건립을 선포했다. 옌시산(閻錫山)은 군사간부를 희맹회(산시희생구국대동맹)에서 정치공작 간부를 위임 파견했다. 편제는 기존의 군정 훈련반, 훈련단, 국민병 군관교도단을 기반으로 산시청년항적결사대 제1총대를 구성했다. 두춘이(杜春沂)가 총 대대장을, 보이보(薄一波)가 정치 위원직을 맡았다.

---

09) 진초(晉鈔) : 북양정부 시기 각성에서 군벌정부가 나름대로 화폐를 발행하여 모자라는 재정을 보충하느라 화폐를 남발했는데, 이들 중 산시성 정부가 발행한 화폐가 진초이다. 이들 화폐의 마구잡이 발행으로 심각한 인플레이션을 유발시켰다.

다큐멘터리 촬영 과정에 타이위안 초기의 상황을 두고 마밍(馬明, 당시 81세) 전 산시 항일전쟁 청년결사대원 겸 신화사 산시지사장은 이렇게 말했다. "1937년 8월, 산시 위기, 화북 위기 때 일본군의 항공기가 3~5일에 한 번씩 날아오니 방공이 극히 중요한 임무였다. 부자들은 남방으로 가고 백성들은 단지 친척들을 찾아가 의지할 뿐이었다. 나는 당시 샤오동먼(小東門)에서 살고 있었다. 적기가 온다고 하면 인근 산으로 도망쳤다. 그때 시장은 한산했다. 많은 상가가 방공을 위해 낮에는 휴업하고 저녁에 영업했다. 여러 가지 소문이 무성했고 정세가 아주 위급했다. 게다가 물자 공급이 부족하고 물가가 폭등했으며 민심마저 흉흉해졌다."고 말했다. "청년들을 동원해 희생구국대동맹과 청년항적결사대에 가입하도록 했다." 그들은 대중들에게 강연하면서 구국 노래와 구호를 부르게 했다. 그들의 흥분된 분위기는 그야말로 감동적이었다.

「산시대사기(山西大事記)」에 따르면, 산시성 교육청은 타이위안중학 이상 학교교장 긴급회의를 소집하고 성정부 소재지의 여러 학교를 비교적 안전한 곳으로 옮기기로 했다. 회의 후 산시대학 등 학교는 린이(臨汾), 핑야오(平遙), 제시우(介休) 등으로 옮겨갔다.

그때 타이위안시에서 청년 학생들을 거의 볼 수 없었다. 학교에서 방공을 이유로 휴강하고 희생구국대동맹 조직이 노동자를 비롯해 다수의 우수한 청년을 모두 받아들였기 때문이다. 그들은 병영에 모여 군과 다를 바 없는 생활을 했다. 다른 점이라면 이들 가운데 여성도 있다는 점이다. 이곳에서는 여성들도 남성들과 똑같은 제복을 입고 단체로 체조하기도 했다.

만약 그들이 말을 하지 않는다면 누가 군대에 간 화목란(花木蘭: 중국 고전에 나오는 대표적인 여성 영웅)인지 알 수 없을 것이다.

산시에는 희생구국대동맹과 국민병 군관교도단과 그리고 노동자위원회 등 3개의 주요한 대중운동 단체가 있다. 위 3개 단체는 지방 최고 장관의 직접적인 지휘를 받는다. 이밖에 이미 시대에 뒤떨어진 단체도 있었다.

낮의 방공작전 탓에 타이위안의 밤은 유달리 흥성거렸다. 이곳 상황이 난징(南京)과는 정반대일지도 모른다. 길거리에서는 대대 형식으로 무리진 '희맹'의 동맹원을 볼 수 있다. 큰 깃발을 길게 뻗쳐 들고 있는가 하면 작은 깃발을 흔들기도 하면서 여러 모퉁이에서 시민들을 상대로 구국 노래와 구호를 불렀다. 청년 동맹원들의 고무된 정서는 그야말로 감동적이었다.

희맹동맹원의 일상생활은 엄격하고도 잘 훈련된 군 생활과는 비교하지 못한다. 그러나 청년들은 드높은 항일구국 열정을 전부 희맹에 쏟았다. 그러니 이들은 자연히 그 외의 다른 복잡한 문제를 고려할 겨를이 없었고 다른데 정신을 팔 시간이 없었다. 현재 한간(적과 내통하는 사람) 방지운동이 그들의 가장 주요한 업무이다. 다수 동맹원들이 실제 업무를 전개한 후로 모두 대성통곡했다고 한다. 사실상 환경은 그들이 아주 작은 범위에서만 강연하고 구호를 외치고 회의를 소집하고 훈련하도록 했다. 만약 범위를 초과해서 무언가를 하려고 하면 또다른 세력이 압력을 가했다. 대중운동은 당연히 대중들 스스로 일으킨 운동이어야 한다. 진보적인 통치자라면 그들에게 충분한 자유를 주고 진심으로 그들을 단련시켜야 한다.

만약 불행하게도 통치자들이 정치를 빌미로 자신들을 위하는 데 대중운동을 활용한다면 위험성이 특히나 커진다. 혈기왕성한 청년들은 어떻게 해야 하는가? 우리의 귀한 애국심을 충분히 활용하는 것 외에 객관적인 환경에 대해서도 이지적인 인식을 해야 한다. 낙심케 하는 말만 하려는 것이 아니다. 항일구국 전선에서 보다 진실하고 진보적인 길을 걸어야 한다는 뜻이다. (「샤오팡 (냥즈관에서 옌먼관에 이르기까지·밤생활)」)

하룻밤 묵고 이튿날 새벽 4시, 팡따쩡은 타이위안에서 따통으로 향하는 자동차에 몸을 실었다. 그 당시 퉁푸(同蒲)로 북쪽 구간의 버스가 위안핑(原平) 진까지 밖에 통행하지 않았기 때문에 옌먼관을 떠나려면 자동차를 이용해야 했다. 그는 도중에 양밍바오(陽明堡)에서 간단하게 점심을 마친 후 계속 길을 재촉했다. 이날 총 주행거리가 6백 20리(248km)에 달했다. 다큐멘터리 촬영 전 나는 그 해 샤오팡이 갔던 노선에 따라 타이위안에서 따통까지 갔었다. 기존대로라면 5시간 일정이었는데 산길이 좁고 차가 막힌 탓에 8시간 넘게 걸렸다. 판산(盤山)노선은 그해 그가 걷던 그대로였지만 이제는 아스팔트길로 바뀌어 있었다.

따통에 가기 위해 샤오팡은 퉁시(同溪) 잉퉁(映同)에서 왔다. 빠오띵(保定)에 있을 때 팔로군이 러허(熱河)까지 진군한다는 소문을 듣고 참가하게 되었는데, 수이(綏)에 도착하고서야 결코 확정된 사실이 아니라는 점을 알게 되었다. 그때 혼자 움직이는 것이 얼마나 미숙한 행동이었는지 절실히 느꼈다. 그래서 우리는 추장(秋江) 등 4명과 폭격당하고 있는 따통에서 앞으로의 업무계획을 논의했다. 전황이 불리할 시기라 우리가 묵고 있는 따통여관에는 낮에 음식조차 공급해 주지 못했다. 우리는 늘 도시 성벽 방공호 옆에서 글을 썼다.

따통의 정세가 위급할 때 나는 샤오팡과 스자좡(石家莊)으로 갔다. 시잉에서 쑤이위안 닝샤(寧夏)선을 지속하기로 협상했다. 추장은 퉁푸(同蒲)선을 지지했지만, 샤오팡은 여전히 핑한(平漢)선을 이용했다.

그 당시 빠오띵의 정세는 이미 아주 촉박한 상태였다. 웨이리황(衛立煌) 장군의 소속 3사단이 난커우(南口)에 지원했지만, 수포가 되고 적들과 융딩허(永定河) 상류의 칭바이커우(青白口)일대에서 치열한 전투를 벌였다. 그 당시 샤오팡은 유달리 고무되어 있었다. 그의 계획에는 온통 빠오띵뿐만 아니라 빠오띵 이북의 난커우 산맥으로 갈 생각도 있었으니 말이다. 그는 충분한 양의 푸른색 잉크, 원고지와 촬영 장비를 휴대하고 스자좡에서 북으로 가는 열차에 급히 몸을 실었다. 떠나기 전 나는 "「융딩허 상류의 전쟁」이란 글을 쓰길 바란다."고 말했다. 그는 온화하고도 확고한 표정으로 "반드시 좋은 글로 보답하겠다!"고 대답했다. (판창장 「샤오팡을 기억하며」)

이때 팡따쩡의 업무 열정은 대단했다. 그는 꾸준히 사진을 촬영하고 원고를 써 보냈다. 그러니 거의 휴식할 시간이 없었다. 그의 글과 촬영은 더욱 정확하고 성숙해졌다. 앙리 카르티에 브레송(프랑스 사진가)은 사진을 아무리 잘 찍는다고 해도 신념이나 내용이 없다면 마치 접시에 담긴 고기 없는 뼈와 같아 사람들이 진정으로 갖고 싶은 것을 얻지 못한다고 말했다.

촬영 과정에 촬영가가 자기 생각을 충분히 담았는지가 가장 중요한 문제이다. 촬영가라면 생활이나 세계 그리고 자신이 표현하려는 모든 부분에 자기 생각이 반영되어야 한다. 사실 자체가 얼마나 흥미로운지를 떠나 현실을 관찰하는 과정에 자신의 관점이 융합되어 있는지가 중요하다. 관점은 촬영예술의 문을 여는 만능열쇠이다. 샤오팡이 남긴 작품을 보면 그가 이미 만능열쇠를 찾았다는 점을 알 수 있다. 생활에서나 전쟁터에서 그는 늘 자신이 얻고 표현하려는 것이 무엇인지를 알고 있었다. 가령 한 장의 일반적인 풍경 사진일지라도 자기 생각을 그 속에 담았다. 이 또한 그의 작품이 오늘에 와서 보아도 여전히 정취가 느껴지는 이유가 아니겠는가?

샤오팡이 발표한 보도기사에서 알 수 있다시피, 그는 전쟁이 가장 격렬하게 치러지는 전선을 오가며 취재하고 촬영했다. 그는 자신이 처한 환경과 위험에 대해서는 거의 언급하지 않았다. 이는 로버트 카파와 전혀 다른 부분이다. 카파는 늘 취재과정에서 느끼는 많은 이야기와 심지어 연애마저도 글에 써넣는 등 자신의 감정을 풍부하게 피력했다. 반면 샤오팡은 다만 전쟁과 사실만 기록했을 뿐 더 많이는 독자들이 스스로 느끼도록 했다. 냉정하고도 객관적인 태도로 볼 때 팡따쩡이 보다 뉴스 자체의 순수함을 강조한 느낌이다. 그러나 그는 자신이 얼마나 위험한지를 전혀 고려해 본 적이 없는 듯했다. 다만 전쟁에 관한 일에만 최선을 다하고 진실을 보도하기 위해 노력했다. 신문에 실리는 작품이 갈수록 많아지면서 이름도 점점 더 널리 알려졌다. 그러나 전혀 생각지 못한 것은, 행운이 있으면 늘 불행도 뒤따른다는 점이었다.

8. 마지막 소식

핑한(베이징에서 우한) 전시상황이 악화하고 빠오띵이 함락되면서 우리는 그의 소식을 더는 전해들을 수 없게 되었다. 그에게 여행비를 송금해주고 싶어도 어디로 송금해야 할지조차 몰랐다. 한단우체국(鄲郵)으로 그의 친지에게 편지를 보냈다. 그랬더니 샤오팡이 빠오띵에 도착했을 때가 마침 빠오띵이 함락되었을 때라 그가 부득이하게 빠오띵 동남쪽의 리(蠡)현으로 철수했다는 회답편지를 보내왔다. 그리고 그 후로 더는 그 어떤 소식도 듣지 못했다. 그러나 그가 리현에 있을 때 한단의 친지에게 보내는 편지에서 그는 "리현에서 계속 북상해 판창장이 준 업무를 착실히 수행할 것이다!"고 명확히 언급했다고 한다.

-판창장 「샤오팡을 회억하며」

8. 마지막 소식

　1937년 9월 초, 화북의 정세가 상당히 시급해졌다. 일본 비행기가 거의 매일 이다시피 따퉁 기차역을 폭격하고 있는 탓에 전선으로의 운송은 낡아 허물어질 것만 같은 핑쑤이로(平綏路)를 이용해야만 했다. 현존하는 자료 분석결과 따퉁에 있는 동안 팡따쩡이 기사 2편을 보내왔다. 9월 4일에 쓴 「냥즈관에서 옌먼관에 이르기까지」는 두 번으로 나누어 각각 9월 17일과 18일 자 『대공보』에 실리고, 9월 7일에 쓴 「쥐용관 혈전」은 9월 25일 자 『대공보』에 실렸다.

　9월 5일 톈진 중외신문학사를 기반으로 타이위안에서 전민(全民)통신사를 설립했다. 우지한(吳寄寒) 등이 가입했다. 무신(穆欣) 선생이 나에게 선물한 『항일전쟁에서의 중국 신문업(抗日烽火中的中國報業)』이라는 책에서는 특별히 전민사(全民社)의 설립을 언급했다. "전민사를 계획·설립하고 있을 때 주은래(周恩來)가 전민통신사라 명명하고 리꿍푸(李公樸)를 사장으로 임명한다. 실제 업무는 당에서 책임지고 경비도 당에서 책임진다."는 비밀지시를 내린 바 있다. 통신사 설립 때 청년 촬영가 싸페이(沙飛, 쓰투촨[司徒傳]), 샤오팡(팡따쩡)이 기자로 활동했다." 특히 "전민사 설립 초기, 저명한 사진기자인 샤오팡이 찍은 전쟁사진은 특히나 여러 신문과 간행물의 환영을 받았다"고 적었다.

인터뷰를 하고 있는 전 산시성 제1서기 타오루쟈.
(펑쉐쏭 촬영)

　신화사 탕쓰쩡(唐師曾)이 나와 인터뷰를 하던 당시 "문자설명 없이 단지 사진 한 장만으로는 정보를 전달할 수 없다. 만약 팡따쩡이 일정한 문장 작성법을 익히지 않았더라면 전달하려는 정보를 제대로 표현하지 못했을 것이다. 그는 훌륭한 촬영가이자 글쓰기 고수이기도 하다. 위 두 가지 기능을 모두 확보해야만 환영받을 수 있고, 심지어 널리 영향을 미칠 수도 있다. 이 또한 로버트 카파나 팡따쩡이 남보다 뛰어날 수 있었던 이유이다."라고 말했다. 9월 12일 진군(晉軍) 리푸용(李服庸) 부대가 싸우지도 않고 따통에서 물러났다. 그 바람에 팡따쩡은 핑한선 북쪽 구간으로 되돌아와 취재하게 되었다. 판창장과 차례로 스자좡에 도착한 후 홀로 빠오띵 이북의 난커우(南口) 산맥으로 향했다. 그곳에서 그는 웨이리황(衛立

煌) 소속 부대가 용띵허(永定河) 상류의 칭바아커우(靑白口) 일대에서 적들과 치열한 전투를 벌이는 상황을 취재했다.

팡따쩡이 취재할 목적지로 가려면 반드시 스자쫭을 지나야 한다. 촬영팀과 인터뷰를 한 현지 전 민주선봉대 대장이자 해방 후 산시성위 제1서기직을 맡았던 타오루샤(陶魯笳)는 핑진(平津) 함락 후의 스자쫭의 항일 분위기를 또렷하게 기억하고 있었다. "1937년 7월부터 9월까지는 스자쫭 주민의 항일운동이 가장 드높은 시기였고 그러한 정서는 갈수록 높아졌다. 그때 민선(民先)대는 항일규찰대를 두었다. 한간(적과 내통하는 사람)과 매국노는 뭇사람의 비난을 받았다." 샤오팡의 글과 타오루샤의 회고는 서로 사실을 확인해주고 있다.

스자쫭은 번화한 곳이다. 정타이(正太)로의 시작점인 스자쫭은 산시의 중요한 도로와도 통한다. 인구 구조가 상당히 복잡한 이유로 한간(적과 내통하는 사람)들이 활동하기에 편리한 곳이기도 하다. 그날 마침 한간 한 명을 붙잡았다. 그는 ×× 탄무국(碳務局)직원인 데다 현지 모 언론에서 기자로도 활동한 바 있다. 마약에 손을 대면서부터 한간(적과 내통하는 사람)짓을 하기 시작했다고 한다. 전쟁이 발발해서부터 여러 지역에서 '소한간(小漢奸)'을 체포했다. '소한간'은 치세위안(齊燮元) 등의 '대한간(大漢奸)'과 구별하기 위해 붙인 이름이며, 이들 중 다수가 마약범인 것으로 알려졌다. 이는 일본 침략자들이 오래전부터 계획적으로 진행해온 일이다. 무릇 마약 중독자들은 마약을 얻기 위해서라면 일본인들이 시키는 일은 뭐든지 목숨 걸고 했다. 마약 중독에 빠지면 헤어 나오지 못하기 때문이다.

샤오팡 전지 통신 「빠오띵 이남」

그래서 우리가 한간을 붙잡는 가장 간단한 방법이 바로 마약 판매 망을 따라 조사하는 것이다. 그리고 기차가 역에 도착할 때마다, 특히 군인 수송 열차가 도착하기만 하면 인근에서 서성이는 창녀들이 많아 졌다. 이는 기차역마다 있는 현상이다. 그들의 목적은 다름 아닌 '손님을 찾기' 위해서이다. 그러나 마약에 손을 댄 기생들이 아주 많았다. 이들 중에는 또 다른 임무를 수행하기 위한 자들도 있다. 사람들은 여성들의 행동에 크게 관심을 돌리지 않는다. 그러나 오늘과 같은 비상시 국에는 이들에 대해서도 주의를 돌리는 것이 마땅하다고 본다. 그녀들이 군인에게 접근할 기회가 특히나 많기 때문이다. 군 활동지역에서 기생활동을 중단하는 것이 가장 철저한 방법이다. 이 기회를 빌려 마침 그녀들을 불구덩이에서 구해내 그룹화된 훈련을 거친 후 간호, 옷 꿰매기, 옷 세탁 등 서비스 업무에 종사시킬 수 있다. 특히 여름에는 군의 옷 세탁이 특히나 중요한 문제로 대두하고 있다. 현재의 항일전쟁은 전국 국민을 총동원해야 한다. 이런 방법이 결코 불가능한 일은 아니다. 관건은 실행할 방법을 생각해내는 것이다. (샤오팡 「빠오띵 이남」)

팡따쩡은 스자좡에 잠깐 머물러 있다가 남들이 도망치는 길과는 정반대 방향인 빠오띵으로 혼자 갔다. 전쟁터에 자진해서 가기에는 용기가 필요하다. 허름한 옷차림의 난민들과 얼굴을 마주하고 스쳐 지나갈 때 샤오팡이 그 당시 어떤 생각을 하고 있었을지 우리는 가히 상상조차 할 수 없다. 60년이 지난 오늘날, 종군기자로 활동했던 탕쓰쩡이 나와 인터뷰를 하면서 "그때는 정말 고독했을 것이다. 비록 파견을 받았다고 하지만 그래도 자발적으로 간 것이 아닌가? 이 업무에 애착이 남다르다는 점을 말해준다. 이 일이 언제든 그 사람의 목숨을 앗아갈 수도 있다. 팡따쩡은 목숨을 내놓는 것도 아랑곳하지 않았다. 그에게는 돈도 든든한 사회적 배경도 없었다. 그가 내걸 수 있는 건 오로지 목숨뿐이었다."며 공감했다.

빠오띵 사람들의 마음이 어느 정도 안정되었다. 남쪽으로 가는 피난민들이 전처럼 그렇게 많지 않은 것은 아래와 같은 3가지 이유에서이다. 첫째, 일본 항공기가 지금도 매일 이다시피 정찰을 오긴 하지만 폭탄을 투하하지 않았기 때문이다. 둘째, 도망칠 여비라도 있는 피난민들은 이미 모두 도망쳤기 때문이다. 셋째, 우리의 국방이 갈수록 든든해져 국민에게 큰 위안이 되었기 때문이다. 빠오띵 기차역에서 베이핑(北平)으로부터 온 학생 7명을 만났다. 그중에 마침 기자의 친구가 있어 우리는 서로 이야기를 나누기 시작했다. 청년 7명은 여름방학 기간을 활용해 베이징의 서산(西山)으로 놀러 갔단다. 서산이 일본군에 함락되었을 때, 그들은 향산(香山) 꼭대기를 넘어 산 뒤쪽으로 도망쳤다고 했다. 그리고 산을 따라 퉈리진(坨裏鎭) 징량량(經良鄕) 으로 도망쳤다가 빠오띵에 왔다고 말했다. 그들은 29군의 많은 사람이 산속으로 물러났다고 했다. 일본 비행기가 쫓아와 폭격했지만, 산속에서는 비행기가 별로 역할을 발휘하지 못했단다. 그래서 그들은 훌륭한 지리환경 덕분에 잠깐이라도 휴식을 취하면서 다시 집합하고 정리할 수 있었다고 말했다.

　이번 전쟁에서 29군이 이토록 심각한 손실을 본 전략적인 이유에 대해서는 더 얘기하지 않겠다. 다만 우리 자신의 단점을 얘기하겠다. 첫째, 평소 29군 병사가 항일전쟁 교육을 많이 받아왔고 시간을 다투며 전투 준비를 해온 것은 사실이다. 그러나 아쉽게도 그들은 진지 구축에 소홀했다. 진쑤이군의 기풍과는 전혀 다른 부분이다. 29군 병사마다 어깨에 큰 칼 하나씩 메고 있지만, 삽은 갖추지 못했다. 그러니 돌격 능력만 갖추었을 뿐 진지를 지키는 훈련을 받지 못했다. 기자가 최전선에서 본 일부 부대의 병사들은 등에 삽을 하나씩 메고 있었다. 그러니 가령 휴식할 때라도 삽으로 놀이 삼아 땅을 팔 수 있었다. 이는 병사가 마땅히 키워야 할 습관 중 하나이다. 자신의 목숨을 지키는 것 또한 적의 목숨 줄을 끊는 것만큼이나 아주 중요하다. 삽과 총은 군인의 두 번째 생명이라 해도 과언이 아니다. 둘째, 구조 업무가 따라가지 못했다. 들것 팀의 다수는 임시로 구해온 인부였기 때문에 구조업무에 대한 사전 지식이 전혀 없었다.

　기자가 부상병을 태우고 전선에서 온 차 한 대를 보았다. 부상병들은 모두 지붕이 있는 화물열차에 빼곡하게 누워 있었다. 상처를 심하게 입은 몇몇만 붕대를 감은 모습이고 다리나 손이 끊어지고 피투성이가 된 부상병들은 전혀 구호를 받지 못하고 있었다. 낡고 찢어진 군복은 핏자국으로 흠뻑 젖어 있었고 상처에는 파리가 앵앵거리며 쫓아다녔다. 폭발로 팔 전체가 날아간 한 병사는 차에서 내리면서 다른 사람의 부축을 받았다. 이 모든 것이 충성스럽고 용감한 우리 전사들이 마땅히 받아들여야 할 운명이란 말인가? 게다가 후방 병원에는 진료 일꾼이라곤 베이핑 여성 쑤이전(綏戰)구조반의 학생 12명이 전부였다. 그녀들은 베이핑 함락 전부터 이곳으로 와 간호 업무를 맡기 시작했다. 이밖에 빠오띵 각 학교의 남녀 학생 20여 명은 청년회의 조직 하에 부상병을 위해 봉사했다. 열정적인 청년들은 밤낮을 가리지 않고 학급별로 업무를 이어갔다. 이들은 눈코뜰새 없이 거의 휴식하지 않으면서 헌신적으로 봉사했다. 구조 업무가 제대로 따라가지 못하니 병사의 심리상태가 큰 영향을 받았다. 현재 상황은 초반보다 훨씬 좋아졌다. 임시로 후방 병원이 여럿 생겨나긴 했지만, 구조수준이 여전히 턱없이 따라가지 못했다. 후방의 구국 단체에서 훈련을 받았고 용감하게 대응할 수 있으며 열심히 봉사할 수 있는 능력을 갖춘 봉사대를 전선으로 파견하기를 간절히 희망했다.

마지막으로, 29군의 세 번째 단점은 교통설비가 부족한 것이다. 그들의 무선장비가 턱없이 부족한 탓에 여러 군 간의 연락이 원활하게 이뤄지지 못해 조직적인 행동에 어려움이 많았다. 그러니 자신이 어떤 곳에 있는지조차 모르는 위험한 상황이 나타날 때도 있었다. 29군이 항일전쟁에서 내부교육을 꾸준히 진행하고 피의 투쟁에서 자신의 약점을 극복해 강철 대오를 양성함으로써 국민의 높은 기대에 부응하기를 간절히 바란다. (샤오팡 「빠오띵 이남」)

노구교 사변 이후 일본정부는 전시체제를 구축하고 전국을 총동원시켜 선전포고 없이 중국을 공격하기로 했다. 일본 천황은 허뻬이 성 중부의 중국군을 신속하게 소탕하라는 명령을 내렸다.

알버트 아인슈타인은 글 『도덕의 쇠락(道德的衰敗)』에서 "정의와 인류의 존엄을 보호하기 위해 만약 전쟁이 불가피하다면 우리는 피하지 않고 다가갈 것이다"고 했다.

바로 이때 팡따쩡은 판창장과의 약속을 지키기 위해 먼저 빠오띵 인근에서 취재한 후 나중에 북상하기로 계획했다.

수시로 위험 상황에 부닥쳤던 터라 샤오팡은 사진을 확대 현상할 여건이 안 되었다. 그는 다 찍은 필름 스풀을 몸에 지니고 다니다가 적절한 기회에 현상하고 인화한 후 보낼 생각이었다.

기자가 빠오띵 남에서 ××현으로 내려갔다. 그곳에 대군이 주둔해 있다는 소문을 들었기 때문이다. 그러나 그곳에 도착하고 보니 탄알을 운반하는 소수의 병사를 제외하고는 규모화한 병력을 보지 못했다. 우리 군의 행적은 비밀작전을 방불케 했다. 특히 그 어느 현 성에도 묵지 않는데 이는 적군 비행기의 정찰과 간첩의 눈을 피하기 위해서였다. 그리고 땅이 넓은 것이 또 다른 이유라고 생각된다. 비록 몇만 대군이 도착했다고는 하지만 군사가 많아 보이지는 않았다. 7~8척 (210cm~240cm) 높이에 달하는 야전 막사는 군의 활동에 큰 도움이 되었다. ××현에 도착하니 이곳은 '따짠터우(大站頭)'였다. 나는 인력거를 고용했다. 다혈질처럼 보이는 인력거꾼은 빨리도 달렸다. 게다가 가는 내내 안면이라도 있는 사람을 만날 때마다 반갑게 인사를 나누곤

펑쉐쏭(오른쪽)과 촬영제작팀이 빠오띵에서의 그해 전지 탐방 모습 [쏜진쭈(孫進柱) 촬영]

했다. 그러더니 결국에는 나에게도 말을 걸었다. 그는 "오늘은 그야말로 국민의 책임을 다했다. 중국인으로서 전혀 부끄럽지 않다. 아침에 벌써 부상병을 세 번이나 실어 날랐다."고 말했다. 들것이 없었기 때문에 기차에서 내리는 부상병은 인력거를 이용해 병원으로 이송했다. 그러나 밤에 도착할 때나 인력거가 없는 곳에서는 여전히 사람들이 인력으로 이송했다. 어느 날 밤인가, 내가 ××현에 있을 때 수많은 부상병이 줄을 지어 천천히 걸어가는 모습을 보았다. 그들이 군 초소를 지날 때 초소병들은 거총한 채 경례를 했다. 그 모습에 기자는 감동되어 눈물을 흘렸다. 특히 영롱한 야경이 뒷받침되어 한 폭의 그림 같은 화면이 연출되면서 더 위대해 보였다.

부상병을 세 차례 이송한 인력거꾼의 얼굴에는 보람과 만족의 표정이 역력했다. 이는 대표적인 사례일 뿐이다. 국민은 항일전쟁에 큰 관심을 기울이고 있다. 후방 어디에서나 볼 수 있는 흔한 상황이다. 기자가 최전선에서 왔다는 소식을 들은 일부 사람들은 조금이라도 소식을 더 알고 싶은 듯 기자 주위에 몰려들었다. 기자의 몇몇 친구들은 틈만 생기면 군 운송지역으로 달려가곤 했다. 아무것도 하지는 않고 다만 병사들의 움직임을 지켜보기만 했다. 왜 그럴까? 그들은 "우리 군을 지켜보는 것만으로도 즐거웠다. 구세주 같은 존재였다"고 말했다.

국민의 정서도 드높았다. 사람마다 뭔가를 해 보고 싶은 마음이 간절했지만 아쉽게도 군정 당국에서 아직은 대륙의 광범위한 지역에 있는 국민을 효과적으로 조직하지 못하고 있다. 현재 전쟁이 극도로 긴박해졌다. 게다가 지난(冀南, 허뻬이 성 남쪽)의 주민들 다수가 아직도 동떨어진 상황에서 생활하고 있다. 지난 일대는 예전부터 대중조직이 잘 되어 있었다. 그러나 조직은 여전히 홍창회(紅槍會)와 같은 아주 원시적인 방식에 머물러 있었다. 오랜 시간 동안 군벌이 난립하던 시대, 자신들의 고향을 지키겠다는 신념 하나로 군벌의 유린에도 절대 굴복하지 않고 용감하게 대항했다.

훗날 시국이 평온해지면서 위(僞, 허수아비) 조직이 점차 사라진 것이다. '9.18 사변' 후, 학생들이 학교와 농촌에서 홍보조직 업무에 뛰어들었다. 그러나 당국의 심한 압박을 받은 탓에 '항일이 곧 반동'이란 공격 명령이 줄곧 '노구교사변' 발발 후까지 이어졌다. 오늘 우리는 대중이 참여한 항일조직이 필요하다는 점을 깊이 깨닫게 되었다. 쑤이위안(綏遠)전쟁은 우리에게 대중이 항일전쟁에 참여해야만 승리를 거머쥘 수 있다는 교훈을 알려주었다. 쑤이위안 주민도 산시 주민들처럼 조직이 있고 훈련을 받았다. 쑤이전쟁(綏戰)의 승리는 결코 우연이 아니다.

샤오팡이 리현에서 전한 마지막 전지 보도 (펑쉐쑹 촬영)

허뻬이 당국은 현재 적극적으로 관련 업무를 추진해야 한다. '소 잃고 외양간 고치는' 식이라도 아직은 늦지 않았다.

기자의 취재 결과, 비록 여러 현에서 청장년을 상대로 비상시국을 대비한 전시훈련을 진행하고 있지만, 다수의 현에서는 아직 시작도 하지 않았다는 점을 발견했다. 현재 주민들을 조직해 항일전쟁에 참여시키는 것이 발등에 떨어진 불이 되었다.

현재는 내전이 아니다. 그러니 내전 때의 군사기풍을 근본적인 차원에서 바꿔야 할 때가 되었다. 현재의 전쟁은 전 국민이 참여해야 하는 항일전쟁이자 생사존망의 갈림길에 선 민족해방전쟁이기도 하다. 따라서 국민마다 조직에 참여하여 항일전쟁에 뛰어들어야 한다. 이래야만 우리는 마지막 승리를 거머쥘 수 있다. (샤오팡 「빠오띵 이남」)

「빠오띵대사기(保定大事記)」 기록에 따르면, 1937년 9월 14일, 줘빠오(涿

(保)회전이 전면전으로 발발하자 일본군은 8만7천5백 명에 달하는 병력을, 중국군은 약 12만 명에 달하는 병력을 투입했다. 16일 자우언라이(周恩來) 동지가 중공중앙의 대표로, 펑더화이(彭德懷) 동지가 제18그룹 군 대표 신분으로 빠오띵에 도착해 현지 주둔군 지휘관과 화북 항일전쟁 지지 및 협동작전 등 문제를 두고 협상을 진행했다. 18일, 쥐빠오가 함락된 후 허뻬이 성정부, 제1 파출기구는 빠오띵에서 철수해 남하했다.

빠오띵 전황이 긴박할 때 샤오팡은 부득이하게 빠오띵 동남쪽에서 약 50리(20km) 떨어진 리현(蠡縣)으로 철수했다. 쥐주(涿州)가 함락되던 날(9월 18일), 그는 이곳에서 상하이로 「핑한선 북쪽 구간의 변화」라는 통신문을 보냈다. 그리고 한단의 친지에게 편지를 보내 계속 북상할 의향도 알렸다.

핑한선 북쪽 구간의 변화

샤오팡

류루밍(劉汝明) 부대는 빠른 속도로 장자커우에서 웨이(蔚)현으로 철수했다. 그 후 라이수이(淶水)를 따라 내려가면서 빠르게 즈징관(紫荊關)에 진입했다. 이어 9월 12일 이른 아침, 진군이 따퉁에서 물러나면서 그날 밤 적들이 별다른 저항 없이 입성했다. 따라서 서쪽 전선의 '전체적인 국면'이 형성되었다. 장성(長城) 내외로, 지리적으로 쌍간(桑幹)유역에 속하는 비옥한 분지가 풍부한 석탄과 철 자원을 품은 채 적들의 손아귀에 넘어갔다. 적들이 따퉁을 점령함에 따라 더는 견고한 진지인 쑤이위안을 공격할 필요가 없게 되었다. 다만 따퉁에서 승리를 거둔 후 '호랑이 두 마리를 죽여' 쑤이난(綏南)을 압박하면 되었다.

만리장성은 북쪽의 침입을 막기 위해 건설된 것이다. 쑤이위안이 장성의 북쪽에 자리 잡은 이유로 승리를 거머쥐고 '호랑이 두 마리를 죽이기'란 아주 쉬웠다. 대서북 정세의 심각성은 결코 좌시할 수 없는 부분이다.

적의 공격에서 핑쑤이선과 협력한 것은 진푸(津浦)선이다. 그의 작전 책략을 주의 깊게 살펴보아야 할 필요가 있다. 우리의 방어선에서 가장 취약한 고리에 강력한 공격을 가했다.

그 때문에 징하이(靜海), 마창(馬廠), 칭(靑)현 등의 우리 군은 공격을 막아내지 못했다. 핑한·진푸는 2갈래의 독립된 전선이었다. 그러나 현재는 대립적인 전선으로 되면서 핑한전선이 두드러진 형세를 이루었다. 적들은 우리의 우익에서 진포를 바탕으로 한 평형선을 확대해 낸 후 창쓰(滄石) 도로를 따라 서쪽으로 올라가면서 우리의 후방을 차단하려 했다. 이것이 이른바 포위선의 대포위 작전이다. 우리 군은 위의 전선에서 적들과 한 달 넘는 힘든 전투를 치렀다. 그러다 보니 적들의 피해도 아주 심각한 수준이었다. 예를 들면 이런 일이 있었다. 그들 한 개 사단의 기병이 모두 ××군의 포위에 목숨을 잃었다. 몸집이 크고 웅장한 일본 군마가 겨우 2백 필정도 살아남았다.

핑한전선에서 이토록 영광스러운 성과를 거뒀지만 쌍깐허(桑幹河)의 시국에 변화가 생긴 이후로 적들이 네이창성(內長城)의 담 아래까지 쳐들어왔다. 네이창성은 핑한선과 거의 평형을 이루고 있다. 먼터우꺼우(門頭溝) 이서의 자이탕(齋堂)·쥔상(軍尚), 그리고 바이화산(百

샤오팡의 마지막 전지 통신 「핑한선 북쪽 구간의 변화」

花山) 류리허(琉璃河) 상류일대의 국군은 앞뒤로 이중 위협을 당했다. 200명의 괴뢰 토비군이 장자커우(張家口)를 점령한 후가 북방 시국이 요동치던 중요한 시기였다. 진푸선에서의 연이은 패배 탓에 핑한 전선이 고립되는 상황이 초래되었다. 적들은 핑한선을 향해 외선에서 포위 공격하는 태세를 형성한 후 내선으로 우회하여 포위 공격하는 전술을 사용했다. 그들의 궁극적인 목적은 우리의 정예부대를 피하기 위한 것이었다. 구안(固安) 현에서 용띵허를 지나는 것이 우회 포위 공격전이다. 아울러 구안성을 함락시킨 후 리현으로 돌진하여 우리의 후방을 돌연 습격하려는 속셈이었다.

구안현 구간의 용띵허는 ×××등의 부대에서 새로 방어 병력을 배치한 곳이다. ×××는 마침 구안의 정면이고, ×××는 좌측에서 상류로 치우치는 곳에 있다. 9월 13일 소규모 적군이 이미 강을 건넜다. 14일의 전쟁이 가장 치열했다. 적들의 포화가 기관총보다도 더 촘촘하게 배치되었다. 우리는 거점을 지키는 옛 방법을 고수했다. 결과는 불 보듯 뻔한 일이었다. 1개 연대의 군이 전부 진지에서 목숨을 잃었다. 적들의 기관총과 비행기 공격은 우리 군의 진지에 비 오듯 쏟아졌다. 우리 군 대오가 제대로 보충되지 못한 탓에 민국 24년과 25년 겨울은 평진(平津) 학생들이 두 갈래로 하향해 총 집합지를 홍보하던 구안성이 힘없이 함락되었다. 구안성이 함락되자 적들의 포화가 리현을 압박했다. 그 탓에 류리허(琉璃河)와 팡산(房山)현 전선의 진지도 부득이하게 동요되었다. 적들의 비행기가 스자좡을 따라 맹렬한 폭격을 가해왔다. 결국 기차역과 중심지역이 모두 포화 속에 잿더미로 되었다.

핑한선의 상황은 아주 급했다. 그러나 꼭 핑수이(平綏)·진푸(津浦)

2갈래의 노선을 답습한다고는 말할 수 없다. 시국을 낙관적으로나 혹은 비관적으로 볼 수 있는 조건이 우리에게 모두 있기 때문이다. 왜 낙관적이라고 얘기하느냐 하면, 첫째, 핑한선에 우리 군의 주력이 있어 결코 허무하게 물러나지 않기 때문이다. 둘째, 제×로 지원군이 이미 오고 있는 길이라 네이창성을 지킬 수도 있어 앞뒤로 적을 막아야 하는 상황을 피할 수 있기 때문이다.

우리가 비관적이라고 얘기하는 이유도 있다. 진푸선에서 허술한 곳을 찾은 후 서쪽으로 돌연 습격해 핑한로 주변의 한 곳을 차단하려는 생각을 적들이 하고 있기 때문이다. 그리고 전선에 파견된 군 일부는 강력하게 공격하는 적들과 맞붙을 수 있는 정예훈련을 받지 못했기 때문이다. 비록 군 장병들의 항일정신이 드높긴 하지만, 우리의 실력을 솔직하게 예측하고 솔직하게 자신을 반성해야 할 필요성은 있다고 본다. 만약 마음을 가라앉히고 후방으로 돌아온 후 짧은 시간 내에 자체교육을 진행하고 나서 다시 최전선으로 돌아간다면 희생을 많이 줄이고 민족에게도 더 크게 이바지할 수 있을 것이다. (9.18, 빠오띵에서 작성함. 리현에서 우편으로 보냄)

리현에서 우편으로 보낸 지 12일 후 1937년 9월 30일 상해『대공보』제2판에서는 이 통신에 대해 관찰하고 분석하고 논의한 바를 발표했다. 그리고 이 통신을 보내온 특파원이 샤오팡이라고 그의 서명으로 보도했다. 생각지 못했던 것은 이로부터 활력으로 가득찬 신비한 생명력을 못보게 되었다는 점이다. 그에 대한 그 어떠한 종적도 찾을 수가 없게 되었고 모든 것이 사라져버렸다는 점이다.

샤오팡이 전지에서 어머니에게 보내온 사진

「핑한선 북쪽 구간의 변화」는 샤오팡이 사람들에게 이 지역의 상황을 알게 한 최후의 글이었다. 이 글에 대한 '공헌'이라는 두 글자는 이 문장에 대한 아름다운 예찬이기는 하지만, 어려운 환경 속에서 독자들을 위해 취재하여 보도한 실제상황을 그대로 보여준 마지막 글이며, 이후 그가 실종되었다는 점이다. 이는 오늘날까지도 사람들에게 지울 수 없는 수수께끼를 남겨주고 있다는 점이다.

천 : 후에 샤오팡은 집에 한 번도 편지를 보낸 적이 없나요?

팡 : 없었어요. 한 번도 온 적이 없었지요.

천 : 샤오팡과 집과의 연락이 끊어지고부터 집안사람들은 언제부터 샤오팡이 다시 돌아오지 않을 것이라고 느끼게 됐나요?

팡 : 말하자면 길지요. 대체로 1935년(아마도 1936년이 맞는지도 모르죠)을 전후해서 그는 한 장의 사진을 찍어서 보내왔어요. 철모를 쓴 자신의 모습이 담긴 사진이었어요. 사진 크기는 10×12인치 크기의 사진이었지요. 사진 위에는 "어머니를 생각하며, 아들 샤오팡 촬영, 1935년"이라고 쓰여 있었지요. 이와 동시에 그는 쑤이동 전쟁터에서 촬영하는 일을 시작했던 것 같아요. 이것은 그때부터 지정된 곳이 없이 촬영을 위해 떠돌아다녔으며 일찍부터 좋아하는 일에 목숨조차 바칠 각오를 했다는 점을 말해주는 것 아니겠어요? 당시 그는 자주 밖으로 돌아다니는 것이 습관이 된 상태였지요. 그때 베이징은 인심이 흉흉하던 때라 그가 늘 돌아오지 않아도 소식을 물어볼 곳조차 없었습니다. 저는 그해 9월에 먼저 아버지가 계시는 톈진(天津)으로 갔다가 훗날 시안(西安)의 '임시대학'에 진학했습니다. …… 시간이 흐를수록 우

외삼촌이 남긴 원판을 정리하고 있는 장자이쉬안(張在璿)(좌).
(장자이쉬안 제공)

리의 불안감은 더욱더 커져만 갔지요. (천썬[陳申]이 팡청민[方澄敏]
을 방문함. 「반세기의 수색[半個世紀的搜索]」)

팡청민의 형부 장샤오통(張孝通)이 당시 상하이에서 근무하고 있었다.
샤오팡의 소식을 알기 위해 그는 매일 퇴근 후에는 잊지 않고 신문을 사
왔다. 1937년 7월부터 9월 사이 샤오팡이 『대공보』에 연이어 전쟁 기사를
발표했다. 그래서 샤오팡 가족들은 신문으로 전시 상황과 시국 그리고 그
의 행적과 관련된 정보를 이해하였다. 그러나 9월 30일 이후부터 더는 샤
오팡이 쓴 글을 볼 수가 없었다.

1937년 7월부터 9월 말의 『대공보』에는 외삼촌이 촬영한 사진과 문
자보도가 꾸준히 실렸다. 사진과 보도는 국내외로 중화민족 국민이 힘

을 합쳐 적들과 싸우는 용맹한 장면을 진실하게 알렸다. 8월 그는 핑한 선에서 산서로 갔다. 그곳에서 퉁푸(同浦)철도 주변을 따라 취재를 진행하다가 9월 말 다시 빠오띵으로 돌아왔다. 가족들은 줄곧 외삼촌의 소식을 알지 못했고 오로지 『대공보』로 그의 행적을 이해했다.

어머니는 9월 17일과 25일 자 『대공보』에서 그가 쓴 글 「냥즈관에서 옌먼관에 이르기까지」와 「쥐용관 혈전」을 보았지만, 9월 30일 자 전쟁기사 「핑한선 북쪽 구간의 변화」 이후로 더는 그 어떤 소식도 접할 수 없었다고 회고했다. [장자이쉬안(張在璿)「'노구교사변' 전지보도 첫 사람」, 『천부조보(天府早報)』 2002년 6월 30일 게재]

우리는 『빠오띵 항일전쟁 역사자료 총편(保定抗日戰爭歷史資料彙編)』에서 샤오팡이 리현으로 보내온 글 「핑한선 북쪽 구간의 변화」 이후로 전쟁의 포화가 조금씩 이 옛 성을 향해 덮쳐오고 있음을 알 수 있다.

9월 19일 일본군 제6사단이 딩싱(定興)을 점령했다. 아울러 비행기를 동원해 만청(滿城)현 그리고 북부의 차오허(漕河) 최전선을 향해 맹렬하게 폭격했다. 20일 일본군 제6사단이 쉬수이(徐水)를 점령했다. 21일 일본군 제14사단이 따처허(大冊河) 북안지역에 진입했다. 22일 일본군 제14사단의 2천여 명이 비행기·탱크·대포의 보호 아래 따처영(大冊營) 부근의 수비군 진지를 향해 맹렬한 공격을 가했다. 중국군이 모든 힘을 동원해 반격한 덕분에 마침내 적을 물리쳤다. 145단의 병사 절반이 목숨을 잃었다. 전선이 긴 데다 지원군이 제때에 도착하지 못한 탓에 우리 군의 방어선이 결국 일본군에 격파되었다.

용띵허 상류로 가려면 반드시 빠오띵을 지나야 한다. 판창장의 설명이

빠오띵 대자각(大慈閣)은 중국 수비군이 항일군을 저항하는 감제고지이다.(펑쉐쏭 촬영)

나 샤오팡이 가족에게 보낸 편지의 내용을 분석해 볼 때 9월 23일 전후, 그는 빠오띵 인근에 있었던 것으로 보인다. 같은 전쟁기자로서 필명이 우웨이(無畏)인 셰빙잉(謝冰瑩)은 당시 그 성에 있었다고 한다. 그녀는 성을 지키고 있는 52군 군장 관린정(關麟征)을 따라 빠오띵이 함락되는 참혹한 광경을 직접 보고 겪었다.

22일 밤 11시, 우리 군은 방어선을 줄이고 빠오띵 성벽을 지키기로 했다. 이밖에 관(關) 군장(軍長)은 그날 밤으로 군부를 푸창(富昌)촌에서 성내로 옮겨가 도시와 생사를 함께하기로 했다. 그러나 성내에는 이미 사람이 없었다. 통신망이 파괴되어 소식이 통하지 않기 때문에 그곳에 계속 머물러 있으면 지휘에 불편함이 커 강력한 전력을 유지하기가 어려울 것으로 판단했다. 그래서 참모가 반대했을 뿐만 아니라 기자 역시 안 된다고 했다. 많은 사람의 거듭된 권고에 23일 날이 밝기도 전에 도시에서 성 동남쪽 10리(4km) 떨어진 샤오롄좡(小連莊)으로 옮겼다. 당시 성을 지킬 군은 이미 배치했다. 그러나 적이 삼면으로 포위공격을 가한 데다 30여 대의 비행기가 바오위안(保垣) 상공을 날아다니며 사정없이 폭탄을 투하했다. 서문(西門)을 따라 북쪽으로 심각한 폭격을 당한 탓에 성벽이 거의 다 무너지고 허물어진 성벽들이 곳곳에 생겨났다.

그러나 온종일 치열한 전투가 이어지긴 했지만, 적들이 성벽에까지 다가오지 못했고 진지에도 큰 변화가 없었다. 사실상 우리 군의 희생이 심각해 더는 전투를 계속할 수 없는 상황이었다. 24일 오전 새벽녘의 치열한 전투 이후로 10시 무렵까지 적들이 좌우로 우리 군 진지를 공격했으며 성벽을 향해 더 가까이 압박했다. 그리고 북문도 똑같이 공격해 들어갔다. 우리 군은 부득이하게 성을 지키는 소수 군만 남긴 채 남문을 향해 물러나 후방에서 다시 모였다. 3사의 병력을 합치면 사상자가 절반을 넘었다. 특히 제2사 그리고 제25사에 희생자가 가장 많았다. 후방에 모인 전투병이 3천 명 미만이었으며, 장교의 다수가 상처를 입었다. 항일전쟁의 치열한 수준과 사상 상황을 볼 때 핑한선이 가장 심각했다. 24일 오전 11시, 빠오띵이 적들의 손아귀에 들어갔다.

(우웨이 「빠오띵 항일전쟁 경과」)

일본군의 공격에 성을 지키고 있던 징둥궈(鄭洞國) 사단장은 부득이하게 군을 거느리고 철수해야만 했다. 이로써 비장한 빠오띵 회전이 막을 내렸고 성 주변은 초토화되었다. 샤오팡이 마지막 발걸음을 멈춘 곳은 어디일까? 그의 눈에 담긴 마지막 세계는 어떤 곳일까? 일본군의 미친 듯한 공격과 살육은 역사에 대한 우리의 질문마저 막아버렸다. 빠오띵이 함락된 후 일본군은 청뻬이관(城北關) 등에서 2천 524명을 살육했다. 25일 자 『대공보』는 샤오팡의 「쥐용관 혈전」을 발표했고, 같은 면에 「빠오띵 상황 불명확」이란 소식까지 게재했다. 이날 팔로군 115사가 핑싱관(平型關)에서 일본군에 매복 기습전을 가한 덕분에 일본군 제5사 21여 단의 천여 명을 소탕하게 되었다.

"40살에 생을 마감한 카파가 너무 일찍 세상을 떠났다고 생각했었다." 탕쓰쩡(唐師曾)이 인터뷰를 하면서 한 말이다. "팡따쩡이 실종될 때 고작 25살이었을 것이다. 많아도 26살을 초과하지 않을 것이다. 전쟁에서 실종되었다는 건 이미 저세상 사람이 되었을 가능성이 가장 크다는 뜻이다. 심지어 죽는 것보다 더 비참할 수 있다. 죽으면 유품이나 시체라도 남길 수 있지만 실종된다는 건 또 다르다. 신분을 알 수 있는 물건이 없어 무명 열사로 취급받고 이름도 모른다. 더 비참한 건 수십 년간 그 누구도 기억하지 않았다는 점이다."

그 후 나는 상하이로 돌아왔다. 예상대로 그에게서 2편의 기사를 받았다. 그때 그가 핑한 최전선의 유일한 기자였기 때문에 기사가 아주 생생하고 현장감이 살아 있었다.

핑한 전선의 정세가 악화하고 빠오띵이 함락되면서부터 우리는 그의 소식을 더는 들을 수 없게 됐다. 그가 가지고 간 여행비가 제한되어 있었다. 그러나 우리는 송금하려고 해도 어디로 해야 할지조차 몰랐다. 한단(邯鄲) 우체국에 편지를 보내 그의 친지들에게 물었다.

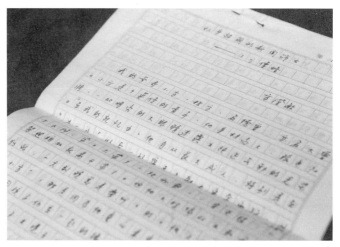

팡청민(方澄敏)의「나라에 목숨을 바친 언론전사-샤오팡 약전
(以身許國的新聞戰士——小方傳略)」친필 원고이다.

　친지는 회답 편지에서 샤오팡이 빠오띵에 있을 때가 마침 빠오띵이
함락되었을 때라 그는 부득이하게 빠오띵 동남쪽에 있는 리현으로 철
수했으며, 그 전에 편지 한 통을 보내온 후로 더는 편지가 없었다고 했
다. 그러나 그가 리현에서 한단의 친지에게 보내는 편지에 "리현에서
계속 북상해 판창장이 준 임무를 완성할 것이다"고 명확히 언급했다.

　그 후로 스자좡(石家莊)에 이어 타이위안마저 함락되면서 샤오팡의
행적을 더는 알 수 없게 되었다. 그의 어머니, 여동생과 여자 친구 심
지어 그를 좋아하는 모든 친구가 나에게 수소문을 했다. 게다가 산서
전지에 있던 시잉(溪映)도 편지를 보내와 샤오팡의 행적을 물었다. 상
하이와 한커우(漢口)에서 샤오팡을 좋아하는 수많은 사람을 만났다.

　"문제가 없을 거라 확신합니다. 지혜로운 사람이니 위기에 대응할
수 있을 것입니다. 더욱이 중국의 신문사업, 민족해방 사업에 뛰어난

능력으로 더 이바지해야 하지 않겠습니싸?" 누군가 물어보면 이렇게 답했다. 이 또한 나의 진솔한 생각이었다.

그러나 지난해 빠오띵 전쟁 이후로 1년이란 시간이 흘렀다. 지금까지도 우리는 웅장하고 얼굴이 발그스레한 청년 언론 전사를 보지 못하고 있다. (판창장 「샤오팡을 회억하며」)

저우맨즈(周勉之), 팡종버(方仲伯) 등은 기억을 더듬었다. "전 중외신문학사 사원 샤오팡은 전선에서 활동하면서 전민사의 전쟁 사진기자로 활약했다. 그는 전쟁 사진을 꽤 많이 찍었다. 그래서 전민사가 우한에 있을 때 뉴스보도 외에 사진보도도 발표했다. 그러나 불행하게도 얼마 지나지 않아 샤오팡과 연결이 끊어졌고, 그 후로 더는 그와 관련된 소식을 전해들을 수기 없게 되었다. 항일전쟁 전선에서 희생되었을 가능성이 아주 크다."

여동생 팡청민은 1987년 11월에 이런 글을 썼다. "1946년 충칭에서 류쓰(柳湜)에게서 전해 들은 얘기다. 1937년 그가 타이위안 '9.18' 기념대회에서 샤오팡을 만난 적이 있었다고 했다. 그때 샤오팡은 의기양양했고 자신감으로 충만하여 있었으며, 곧 전선으로 갈 것이라고 얘기했다고 한다. 그러나 50년이란 세월이 흘렀다. 그를 만났다고 얘기하는 사람은 단 한 사람도 없었다."

팡청민은 아직도 오빠 팡따쩡이 남긴 필름 원판을 보존하고 있다. 60여 년간, 그녀는 단 한 번도 오빠를 찾아야겠다는 생각을 포기한 적이 없었다.

샤오팡의 어머니는 아들이 실종되었다는 걸 믿지 않고 있었다. 어머니는 어렸을 때부터 밖으로 나가 활동하기를 좋아했던 아들이 나갔다가 다시 돌아오는 건 시간문제라고 생각했기 때문이다. 이렇게 어머니는 32년 간 줄곧 옛집에서 아들을 기다렸다. 영원히 세허(協和)골목 10번지에서 기다리겠다고 샤오팡과 약속을 했기 때문이다. 어머니는 세상을 떠날 때까지 샤오팡과 관련된 그 어떤 소식도 전해 듣지 못했다. 하지만 어머니는 살아생전에 아들이 여전히 이 세상에 살아있을 것이라고 굳게 믿고 있었다.

9. 청춘의 기억

청년 기자들 가운데서 팡따쩡은 단연 능력이 뛰어났다. 그래서 우리는 그를 자주 얘기해왔다. 판창장은 샤오팡을 특히나 높이 평가했다. '그는 젊고 숭고한 언론 이상을 지닌 사람으로 특수한 감정을 지니고 있다.' 샤오팡은 절대 평범하지 않다. 그는 젊고 유망한 종군기자이다.

썬푸(沈譜, 방문하여 담화하다, 2000년 9월)

오빠를 찾는 일은 팡청민(方澄敏) 일생의 염원이었다.
[위안이쭝(阮義忠) 촬영]

9. 청춘의 기억

가족의 회고와 우리가 관련 자료에서 얻은 정보로 미루어 볼 때 팡따쩡은 실종 전까지 연애를 해본 적이 없다. 판창장은 회상 글에서 "샤오팡의 여자친구가 그의 행적을 수소문했다"고 적었다. 팡청민은 여기에 언급된 여자친구가 자신의 학우일 수 있다고 말했다. 또 유명한 연극배우의 조카가 오빠를 사모했다는 얘기도 있었고 오빠를 좋아하는 여성 학우들이 많았다고 했지만, 연애까지는 아니고 그냥 호감 정도였던 것 같았다면서, 하물며 오빠는 연애할 마음도 없었다고 했다.

오빠는 대학을 졸업하기 전부터 부모에게 손을 내밀지 않았다. 그는 사진 촬영과 글쓰기로 돈을 벌어 필름과 원고지, 그리고 잉크를 샀다. 그는 사진 현상을 남에게 맡기지 않고 스스로 했다. 날이 갈수록 기술이 좋아지면서 발전을 거듭했다. 효과를 위해 그는 사진 확대기까지 마련했다.

그때는 호기심에 수업이 없을 때는 오빠를 도와 사진을 현상하고 약물도 배합했다. 샤오팡은 촬영가이자 여행가이기도 하다. 그는 거의 밖으로 나돌아 다녀 언제 집으로 돌아올지도 몰랐다. 그래서 애초 그와 연락이 끊겼을 때도 별로 걱정을 하지 않았다.

단지 시간이 오래 지나니 불길한 예감이 점차 든 것이다. 아직 그가 조난했다는 확실한 증거가 없으니 살아있다고 믿고 싶다. 적어도 내 마음속에는 살아있다. (1995년 3월 15일 팡청민의 녹음을 근거로 정리한 것임)

어머니 팡주리(方朱理)는 기나긴 기다림 속에서 32년을 고독하게 보냈다. 훗날에도 팡청민은 여전히 오빠가 이미 세상을 떠났다는 사실을 온전히 받아들이지 못했다. 그녀는 오빠가 그해 갑자기 사라졌던 것처럼 어느 날 갑자기 자신 앞에 나타나기를 바라는 환상을 마음속 깊이 간직하고 있었다. 잡지 『촬영가(攝影家)』에서 편집한 팡따쩡 특집의 첫 사진은 백 발이 된 팡청민이 젊은 시절의 팡따쩡이 말 위에 타고 있는 모습을 담은 셀카 사진을 들고 있는 장면이다. 말 위에 탄 팡따쩡은 출발하는 모습 같기도 하고 돌아오는 모습 같기도 하다. 사진 속 문어귀에 서 있는 그녀가 팡따쩡이 돌아오기를 기대하는 눈길은 마치 여동생이 아니라 조모와 같았다. 두 폭의 화면이 하나가 되어 지나간 먼 과거와 생생한 현실의 연결고리로 되었다. 작가 위화(餘華)는 「사라진 의미(消失的意義)」에서 "이것이 바로 사람들의 기억이 존재하는 이유인 듯하다. 과거의 사람과 일이 왜 사라지지 않고 계속 따라다니는 것일까? 그들이 줄곧 후인들의 사고방식과 생활에 영향을 주기 때문이라고 생각한다. 이는 단지 팡따쩡과 팡청민 오누이에게만 존재하는 것이 아니다. 운명의 배신을 당한 자나 운명의 총애를 받은 자나 모두 사라진 과거가 가져다준 충격을 시시각각 느낄 것이란 얘기다."고 언급했다.

그녀의 어머니는 팡청민과 같은 심정이었다. 글을 많이 배우지 못했고 중의학을 조금 아는 어머니는 마음이 따뜻하고 자유로운 분이었다.

모친 팡쭈리(方朱理) 여사는 적막함 속에서 32년을 지내며 아들이 돌아오기만을 기다렸다.

그는 아들이 분명 살아있을 것이라 믿었다. 샤오팡의 조카 장자이쉬
안(張在璿)이 어릴 적 외할머니께 외삼촌의 행방을 물어본 적이 있다. 외
할머니는 이웃 라오쏜(老孫)한테 물어보라고 시켰다. 인력거를 끄는 라
오쏜은 "너희 외할머니 상심이 크셔서 얘기할 수 없다"고 말했다. 비록 그
가 명확하게 얘기하지는 않았지만, 누구도 최악의 상황까지 생각하려 하
지 않았다. 그러다 보니 어머니는 하루하루 나이가 들었지만, 상상 속의
아들은 여전히 젊은 모습 그대로였던 것이다.

이 집에 사는 사람들은 모두 노인의 염원이라는 점을 알고 있다. 어머니와 이모에게서 외삼촌이 기자였다고 들었다. '7.7사변'이 발발하고 전선에 취재를 떠난 후로는 다시 돌아오지 않았다. 외할머니는 줄곧 아들을 걱정했다. 아들이 남긴 물건이니 얼마나 소중한 존재였겠는가! 외할머니는 참 고생이 많았다. 아들이 떠난 후 다시는 소식을 듣지 못하고 매일과 같이 기다림 속에서 아들이 다시 돌아오기만을 간절히 바랐다. 아들이 떠나기 전 어머니는 그와 약속했다. 어머니는 "네가 언제 돌아와도 세허(協和)골목 7번지(훗날 10번지로 바뀜)로 날 찾아오너라. 죽는 날까지 이곳을 떠나지 않을 것이다."고 말했다. 이 약속 때문에 어머니는 계속 이곳을 지켰다. 어릴 적 남들이 다 이사 가는데 우리는 왜 이사를 하지 않느냐고 외할머니께 물어본 적 있다. 외할머니는 "내 아들이자 네 외삼촌을 기다려야 한단다. 외삼촌과 약속을 했지, 다시 돌아오는 날 이곳으로 날 찾아오기로"라고 말했다. 이렇게 한 해 두 해 기대와 실망 속에서 지내던 외할머니가 1969년 세상을 떠났다. (펑쉐쏭이 장자이쉬안을 인터뷰함. 2012년 7월)

화보의 마지막에는 샤오팡의 사진 보도 「어머니를 잃은 천연 요새·난커우 失恃的天險·南口」, 「적의 손아귀에 넘어간 톈진시(已淪敵手之天津市)」, 「중국 문화기관 고의로 파괴-잿더미로 된 난카이대학(敵故意摧殘我文化機關 — 南開大學已成灰燼)」(각각 『양우전시화보(良友戰事畫刊)』 제6기와 제7기에 실렸음) 등 3편을 실었다.

보도 「노구교사변(蘆溝橋事件)」 1937년 7월 호 《양우잡지良友雜志》에 실렸다.

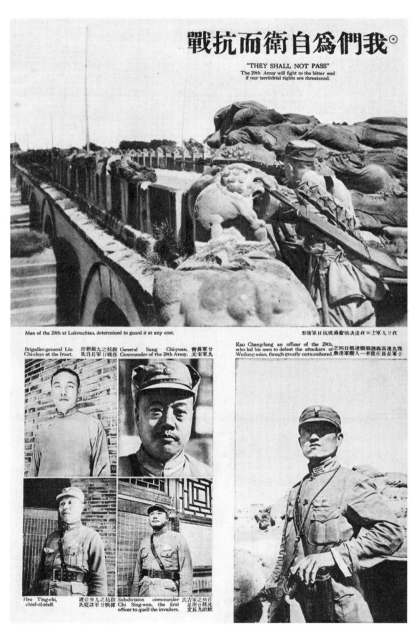

「우리는 자위를 위해 항일전쟁에 뛰어들었다.(我們爲自衛而抗戰)」(세트 사진1) 1937년 7월 호
『양우잡지』에 실렸다.

「우리는 자위를 위해 항일전쟁에 뛰어들었다」(세트 사진2)1937년 7월 호 『양우잡지』에 실렸다.

「우리는 자위를 위해 항일전쟁에 뛰어들었다」(세트 사진3)1937년 7월 호『양우잡지』에 실렸다.

신문에 발표된 샤오팡의 마지막 전지 통신 3편은 「냥즈관에서 옌먼관에 이르기까지」, 「쥐용관 혈전」, 「핑한선 북쪽 구간의 변화」 (1937년 9월 17일, 25일, 30일 자 상하이 『대공보』에 실림) 이다.

오래된 신문인인 우췬(吳群)은 "샤오팡이 핑한로 전선으로 달려가 반격하는 우리 군의 모습을 앵글에 담았고, 또 틈을 타서 이미 함락된 베이핑·톈진으로 되돌아가 인터뷰했다는 것을 말해준다. 두려움을 모르고 냉정하고도 단호한 태도를 보인 그는 흉악한 적군의 뾰족한 칼날과 총구에도 스스럼없이 사진기를 꺼내 들고 촬영해 베이핑과 톈진을 침략한 일본군의 만행을 그대로 폭로했다."고 회상했다.

그는 또 "그해 9월 샤오팡이 여러 전선을 오가는 매우 급한 상황 속에서도 틈틈이 기사를 쓰고 신문사와 연락을 취했다. 그러나 그 후 핑한선 북쪽 구간의 국면에 변화가 생기면서 샤오팡의 취재노선도 서쪽인 정타이로(正太路)와 퉁푸(同浦) 전선으로 옮겨졌다. 이때 그가 단독적으로 움직이면서 어려움에 부딪혀 행적이 확정되지 않았고, 소식이 끊겨 신문사와 가족들은 그가 어디에 있는지 몰랐다."고 회고했다.

1937년 겨울부터 1938년 초까지, 샤오팡과 우한 전민통신사(전 톈진 '중외신문학사'를 개명 조직한 것임)는 한동안 업무상으로 연계가 있었다고 들었다. 그러나 우리는 확실한 증거를 발견하지 못했다. 시인 팡인(方殷)은 글에서 샤오팡이 일본군에 잡혀가 박해를 받았다고 언급했지만 이도 입증할 방법이 없었다.

『대공보』에 발표된 샤오팡의 마지막 보도 편

　1936년 말 양한썽(陽翰笙)의 소개로 나는 난징 『금릉일보(金陵日報)』에 '특약기자'란 타이틀을 달게 되었고 그 후 또다시 베이핑으로 갔다. 이때 팡따쩡은 이미 장성 내외를 주름잡고 구국 애국사적을 보도하는 유명한 기자로 성장했다. 그는 그 당시 늘 보도를 썼던 창장·쉬잉(徐盈)과 함께 어깨를 나란히 했다.

　그와 나의 재합작이자 마지막 합작은 1937년 4월 내가 먼터우꺼우(門頭溝)를 방문했을 때다. 그때 나는 먼터우꺼우 탄광을 방문한 후 「먼터우꺼우 - '어둠'의 세계(門頭溝 — "黑"的世界)」란 제목의 글을 써서 상하이 잡지회사가 발행하는 『세계문화(世界文化)』 반월간 제1권 제11기에 발표했다. 글과 함께 발표된 6점의 사진은 바로 샤오팡이 찍은 것이다. 그 이후로 정해진 곳이 없이 여기저기 돌아다니며 취재를 했기 때문에 그의 행방을 알지 못했다.

　항일전쟁 발발 이후 또 샤오팡의 여동생 팡청민을 만나게 되었다.

여동생도 오빠의 '행방'을 알지 못하고 있었다. 훗날 샤오팡이 일본군에 체포되어 톈진의 한 감옥에서 온갖 학대를 받다가 결국 살해되었다고만 전해 들었다.

잘 생기고 유능한 청년을 나는 줄곧 그리워했다. 어느 날 갑자기 샤오팡이 내 눈앞에 나타나는 모습을 줄곧 꿈꿔왔다. 나는 너무 일찍 이토록 젊은 친구를, 언론 전선의 선봉장을 잃은 데 대해 늘 마음이 아팠다. 과연 그가 돌아올 수 있을까? (팡이 「울음을 멈추고 웃음을 짓다(破涕而笑)」 1979년 3월 18일)

판창장이 「성공하지 못한 걸작(未成功的傑作)」에서 샤오팡을 언급했다. "장래가 밝은 동료인 팡따쩡(샤오팡) 씨가 이를 위해 특별히 스자좡에서 빠오띵으로 떠났다. 웨이리황 군을 뒤따라가 '용띵허에서의 유격전쟁'을 쓰기 위해서이다. 그 당시 우리는 용띵허 상류, 네이창성 칭바이커우(靑白口) 일대에서 만약 쌍방이 전투를 벌인다면 장면이 아주 치열하리라 예측했기 때문이다. 하지만 안타깝게도 웨이(衛)의 원정이 수포가 되면서 팡 선생도 이 때문에 행적을 알 수 없게 되었다. 현재까지 4년이란 시간이 흘렀지만, 여전히 행방불명이다." (『판창장신문문집(範長江新聞文集)』 제949쪽 참고)

2000년 9월 베이징의 한 주택에서 판창장의 부인 선푸(沈譜)가 나와 인터뷰를 했다. 선푸와 판창장은 1940년 12월 총칭(重慶)에서 결혼했다. 샤오팡이 실종된 후의 상황에 대해 선푸는 이렇게 얘기했다. "팡따쩡이 청년기자들 가운데서는 유달리 우수한 편이어서 우리는 늘 그의 얘기를 하

펑쉐쏭이 판창장 부인 선푸(沈譜)를 인터뷰 하였다.

곤 했다. 판창장은 샤오팡을 특이나 좋아했다. 그는 젊고 숭고한 언론 이상을 가진 사람들에게 특수한 감정이 있었다. 샤오팡은 절대 평범하지 않다. 그는 젊고 유능한 종군 기자이다.

　판창장은 샤오팡이 아주 용감해 늘 홀로 전선에 뛰어들어 취재했고, 수많은 어려움을 헤쳐 나갔다고 말했다. 또 그가 쓴 기사는 생생하고 사진은 사람들에게 감동을 주었다고 했다. 훗날 용띵허 상류의 전투를 취재하러 갔다고 들었다. 그 후로는 아무런 소식도 듣지 못했다. 판창장이 여기저기 수소문한 적도 있었다. 그때까지만 해도 다른 곳으로 가지 않았나 하는 희망을 품고 꽤 오랜 시간 수소문했다. 그러나 시간이 점차 흐르면서 더는 희망을 품지 않았다. 해방 후 판창장이 소장하고 있던 샤오팡의 사진을 본 적이 있다. 사진 속의 샤오팡은 젊고 잘 생긴데다가 위엄까지 있어 보였다.”

한 위대한 선수(選手),

그는 자신과 남을 위해 신속하고도 치열하게 싸웠다.

운명은 이미 설정되어 있다.

그가 기필코 가장 영예로운 시점에 사라질 것이라는 점을.

이는 앙리 카르티에 브레송이 로버트 카파를 노래한 구절이다. 카파의 중국 동업종 종사자인 팡따쩡 역시 이런 대접을 받기에 전혀 부끄러움이 없다.

종군기자로서 죽음의 문턱까지 갔다 올 때가 많았다. 목숨을 아끼지 않는 사람은 없다. 진실을 파헤치고 소식을 전달하는 것과 비교할 때 생명은 목표를 이루는 수단에 불과할 뿐 그토록 중요해 보이지 않았다. 이런 것을 고상한 품격이라고 한다. 무릇 훌륭한 종군기자는 모두 생명을 불씨로 간주하는 이상을 품고 있었다.

기사에서 샤오팡은 포화와 위험한 상황에 부닥쳐 있을 때의 순간을 기록하기도 했다. 그러나 지면이 많지는 않았다.

적군이 그날 밤으로 포위 전투태세를 이루었다. 그리고 15일 아침, 총공격 명령을 내렸다. 우선 7, 8대의 비행기와 대포의 폭격이 이뤄졌다. 그 결과 동북 모퉁이의 토치카가 폭발에 무너졌고, 우리 편의 수비군 한 명이 목숨을 잃었다. 그 외의 다른 전선에는 모두 변화가 없었다. 비행기가 지나간 후로는 대포 공격이 이뤄졌다. 그 후 적군 병사의 집중 돌격이 이어졌다. 이때 적군은 이미 동산(東山)의 비탈을 점령했다. 그곳에서는 우리의 진지를 똑똑히 볼 수 있다.

광따쩡이 찍은 전지 지휘관, 생김새가 비슷하여 샤오팡으로 오해받은 적도 있었다.

홍꺼얼투진(紅格爾圖鎭) 전체가 그들의 시야에 들어갔다. 기자가 이 곳으로 취재 갔을 때 직접 동산 비탈에 올라 홍꺼얼투진의 전경을 카 메라에 담았을 뿐만 아니라, 참호 속에서의 대화 소리도 듣게 되었다.

우리 군은 병사가 적고 세력이 약했기 때문에 탄알이 아까워 마음 대로 발사하지도 못했다. 그들이 아무리 폭격을 가해도 우리는 반격 하지 않았다. 그러나 그들의 돌격대가 우리의 총구와 50m 되는 곳까 지 기어 올라왔을 때 보초병이 호령하자 모두 일제히 사격했다. 기관 총이 이때 위력을 크게 발휘했다. 적들이 이미 우리의 코앞까지 온 터 라 이제는 물러날 곳도 전진할 곳도 없었다. 적들이 외호(外壕) 인근과 동산 비탈에서 거의 다 죽었다. 그들이 집중적으로 돌격할수록 사상자가 더 많아졌다. (샤오팡 「쑤이둥 전선 시찰기·훙꺼얼투 전역의 진술[綏東前線視察記·紅鎭戰役的追述]」)

창신뎬으로 돌아왔을 때 마침 오전 7시였다. 기차역의 직원들은 모두 지하동굴 입구에 몸을 숨기고 있었다. 일본 적군의 비행기가 곧 폭격을 가하러 온다는 것을 미리 알고 있었기 때문이다. 2분 후 비행기 소리가 동쪽에서 들려왔다. 비행기가 2대뿐이었다. 기자는 처마 아래에 숨었다. 비행기가 머리 위에서 맴돌았다. 갑자기 엔진 소리가 끊겼다. 비행기가 떨어지는 것 같았다. 그러나 실은 비행기가 아니라 폭탄이 투하된 것이다. 내가 숨은 곳에서 20m 되는 곳에 있는 민가가 폭발로 무너졌다. 나는 위험한 곳을 벗어나기 위해 담 아래를 따라 걸어갔다. 얼마 지나지 않아 비행기 2대가 날아갔다. (샤오팡 「빠오띵 이북」)

"비행기를 피하는 것은 예술이다. 믿음직한 동굴에 있을 때랑 아무런 보호 설비도 없는 길거리에 있을 때랑은 마음가짐이 전혀 다르다. 우리가 흩어져서 길옆의 들판에 숨었을 때는 아무런 대항 도구도 없었기 때문에 적군의 비행기에 발견되지 않기를, 그리고 우리를 폭격과 기관총의 목표물로 삼지 않기를 간절히 바랄 뿐이었다."

판창장은 「차난퇴출기(察南退出記)」에서 이렇게 적었다. "공중에서 오는 끊임없는 위협으로 계획했던 여정을 다 걷지 못했다. 90리(36km)를 걸어 타오화바오(桃花堡)에 묵을 생각이었지만 50리(20km)밖에 걷지 못했다. 갈림길까지 오니 날이 이미 어둑어둑해졌다.

샤오팡 전지 사진 「병사의 오찬(兵士的午餐)」

샤오팡 전지 사진 「방공 훈련(防空演習)」

샤오팡 전지 사진 「전선의 집결(火線集結)」

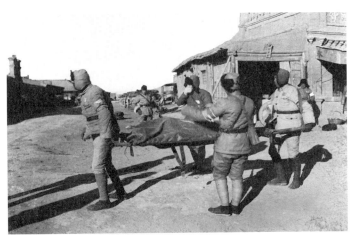

샤오팡 전지 사진 「부상자 운송(運送傷員)」

샤오팡 전지 사진 「전선 병원(運送傷員)」

샤오팡 전지 사진 「생사의 갈림길에서(生死線上)」

도로는 이미 인가가 드물고 산세가 황량한 곳까지 뻗은 데다 적군 첩보원들이 우리의 주위에 따라붙었다는 것을 발견했다. 그래서 우리는 갈림길에서 묵는 수밖에 없었고 혼자서라도 전진하려고 했던 계획을 더는 진행할 수 없었다."

팡따쩡과 같은 환경에 처했던 판창장은 계속해서 이렇게 적었다. "방금 약 1리(4Km) 정도 걸은 것 같다. 동북 방향에서 또 비행기 3대를 발견했다. 중형 폭격기 한 대 뒤로 2대의 경형 폭격기가 따라왔다. 우리는 예전대로 차에서 내린 후 수수밭으로 숨었다. 그들이 지나간 후 다시 나올 생각이었다. 그러나 누가 생각이나 했으랴. 비행기가 상공에서 빙빙 돌기 시작했다. 이어 적기에서 기관총 소리가 울렸고 연이어 2, 30개의 폭탄을 투하했다. 땅이 폭발로 심하게 진동했다. 기관총 소리가 끊이질 않았다. 어떤 목표물을 맞혔는지는 알 수 없다. 몸을 움직여 보았지만, 상처를 입은 것 같지는 않았다. 옆에 함께 있던 사람들에게 물어보아도 모두 다치지 않았다고 했다.

머리를 비스듬히 들고 하늘의 비행기를 슬그머니 보았다. 기체가 옆으로 기운다면 위에서는 우리를 똑똑히 볼 수 있을 것 같았다. 추장(秋江)은 초록색 옷을 미리 준비했다. 나는 줄곧 감색 비옷에 숨어 조금도 움직이지 않았다. 적기의 관심을 불러일으키지 않기만을 간절히 바랐다. 그때 나는 만약 적기에 명중된다면 총상을 입는 것보다 폭탄의 폭격으로 아예 죽는 것이 낫다고 생각했다.

인생의 마지막은 어차피 죽음인데 만약 이런 곳에서 상처를 입어 죽지도 살지도 못하는 몸이 된다면 그건 너무 힘들 것 같았다. 적기가 30분 동안 빙빙 돌더니 이 작은 마을을 떠나 타오화바오를 폭격했다. 이때에야 우리는 겨우 한숨을 돌렸다. 우리 세 사람 모두 부상을 당하지 않았다. 점심 때 우리가 잠깐 머물렀던 마을은 아마 엉망진창이 되었을 것이다."

1937년 9월 30일, 판창장이 상하이에서 이 글을 마무리 지은 날 『대공보』는 샤오팡의 마지막 글인 「핑한선 북쪽 구간의 변화」를 게재했다.

판창장은 글에서 멍추장(孟秋江)을 언급했다. 난커우 전역이 한창일 때 팡따쩡과 함께 최전선에서 취재하고 함께 전쟁에서 싸웠다. 그가 「난커우 우회선에서(南口迂回線上)」를 쓰면서 진행한 표현 그리고 그가 목격한 황링(橫嶺)성 전쟁은 사람들에게 전쟁의 잔혹함과 비장함을 더욱 절실히 느끼게 했다.

8월 15일 적군이 황라오위원(黃老院) 진지로 쳐들어왔다. 포화를 촘촘히 배치하였는데 이는 난커우를 공격할 때와 같은 작전이었다. 게다가 오른쪽 틈을 향해 점차 돌진하였기 때문에 상황이 아주 심각했다. 왕완링(王萬齡) 사단장도 친히 헝링성(橫嶺城)을 지켰다. 출발할 때 그는 아주 작은 것부터 시작해 자신의 물건을 모두 당번병에게 가져갈 것을 당부했다. 그는 화이라이(懷來)에 다시 돌아오지 않을 준비를 했다. 그가 화이라이에 돌아오지 않겠다고 생각한 데는 2가지 의미가 깃들어 있었다. 일본군을 쫓아내면 당연히 추격해야 하고, 만약 안타깝게도 실패한다면 황링성에 무덤을 팔 생각을 했기 때문이었다.

기관총이 정확하게 우리 군을 집중적으로 사격해도 용감무쌍한 13군 전사들은 그 누구도 탄알이 살을 뚫고 몸에 들어갈 것이란 생각을 하지 않았다. 첨예하게 대항할 때 수류탄은 유일하게 대포에 반격할 수 있는 도구이다.

루이가 샤오팡을 그리는 글은 회억록 『전지에서의 방랑(戰地萍踪)』에 수록되었다.

수류탄을 던지는 전사들이 쓰러지는 족족 또 다른 전사들이 뒤이어 참호에서 뛰쳐나와 저항했다. 이렇게 3번 반복하고 나니 기관총 중대에는 전투병, 사역병, 취사부 각각 한 명씩 남았다. 전투병과 사역병이 각각 기관총 한 대씩 잡고 취사부가 중간에서 양옆으로 탄알을 운반하면서 2천 명에 달하는 적군을 향해 죽기 살기로 반격했다.

태양이 산골짜기를 비추었다. 끝까지 온 힘을 다해 싸웠던 영웅 3명이 영광스러운 미소를 지은 채 햇빛 아래에 누워있다.

1980년대 노구교 사변 때 최전선에서 취재했던 종군기자 4명 가운데서 오직 루이만 남았다. 그는 팡따쩡을 회고하면서 감격에 겨워 이렇게 적었다. "샤오팡 기념 글은 마땅히 판창장, 멍추장 동지가 써야 비교적 전체를 보게 될 것이다. 그들이 1936년 쑤이위안 항일전쟁 때부터 이미 전선에서 서로 알았기 때문이다. 그러나 안타깝게도 문화대혁명 때 박해를 받아 모두 목숨을 잃었다. 그러니 도의상 책임이 내 어깨에 떨어진 것이다."

　훗날 루이가 쓴 「샤오팡을 그리워하며(懷念小方)」 글에서 팡따쩡이 전선에서의 업무 상황을 설명한 부분은 오늘날 사람들이 샤오팡을 알고 상상의 나래를 펼치는 데 많은 도움을 주었다. 루이 씨가 쓴 글에서 몇 단락을 이어 놓으니 열정 넘치는 젊은 기자가 우리 앞에 불쑥 나타난 듯했다.

　몸에 카메라 한 대를 멘 샤오팡은 흰색 모자를 쓰고 흰색 셔츠와 노란색 반바지 차림에 운동화를 신고 있었다. 젊고 외모가 준수하였으며 활력이 넘쳐 보였다. 량샹(良鄕)역에 도착하자 창신뎬과는 25리(10km) 정도 떨어져 있었다. 전선의 포화소리를 어렴풋하게 들을 수 있었다. 샤오팡은 자리에서 폴짝 뛰어오르더니 나를 향해 "들어보세요, 라오루(老陸)! 이건 중화민족이 해방을 쟁취하는 포화소리입니다."라고 말했다. 그는 더는 앉아 있지 못하고 몇 분 후 또 나를 차창 옆으로 끌어당기면서 푸른 장막으로 덮인 들판을 가리키며 "보세요! 우리 군이 한창 전선을 향해 출발하고 있습니다!"고 말했다. 당시의 상황을 본 우리는 몸속에서 뜨거운 피가 끓어오르는 것만 같았다.

　샤오팡은 차에서 내린 후 철도를 따라 걸어갔다. 그는 웃으면서 나를 향해 "장갑차가 전선에서 전쟁에 참여하는 장면을 찍으러 가겠습니다."고 말했다.

2시간이 지난 뒤 샤오팡이 노구교 전선에서 돌아왔다. 그는 우리에게 "장갑차는 이미 철수하였습니다. 이번에 성과가 아주 큽니다. 전선에서 29군 청년전사에게 사진을 찍어주었습니다. 이 전사는 고작 16살입니다. 키가 크고 눈이 부리부리하게 생겼으며 얼굴색이 볼그스름하였습니다. 그는 등에 큰 칼과 소총을 메고 있었고 손에는 일본 장교의 지휘용 칼과 망원경을 들고 있었는데 너무 좋아서 계속 웃고 있었습니다."라고 말했다. 이때 폭탄 한 개가 인근에서 폭발했다. 그러나 샤오팡은 거들떠보지도 않고 나를 향해 "오늘 성과가 아주 많습니다!"라고 말했다.

탕쓰쩡이 인터뷰를 하면서 이렇게 말했다. "훌륭한 종군기자들이 겪는 고독한 삶은 이미 운명으로 정해져 있다. 그는 진실을 전제로 했으며 사태의 발전에 따라 행적을 바꿨다. 가치 있는 뉴스 추구가 목표이다. 그는 그 어떤 규율에도 얽매이지 않았다."

샤오팡은 오랫동안 보이지 않았다. 가령 그 당시에도 그를 아는 사람이 극히 적었다. 아주 오랜 시간 동안 다른 사람들은 오로지 그의 글과 사진만을 활용했을 뿐 그의 현재 상황에 대해서는 거의 알지 못했다. 그는 홀로 복잡한 환경과 조금만 방심해도 죽을 수 있는 순간에 직면했을 때에도 전혀 위축되지 않았고, 더욱이 죽음을 두려워하지 않았다. 그래서 그는 특히나 위대한 영웅이다." (펑쉐쏭이 탕쓰쩡을 인터뷰함. 2000년 3월)

전쟁의 위험 외에도 매우 나쁜 자연환경은 젊은 팡따쩡이 겪어야할 필수과정이었다. 그는 탄광에 내려가고 인부를 인터뷰하고 공장을 방문하며 유목민의 모습을 카메라에 담았다. 그가 남긴 사진들이 겉으로는 평온한 순간을 우리에게 보여주는 듯하지만, 그 뒷면에는 얼마나 많은 고생이 숨어 있을 것인가? 만약 그 상황에 부닥치지 않는다면 아마 가히 상상조차 할 수 없을 것이다. 지닝(集寧)에서 타오린(陶林)에 가는 길의 상황만 보아도 조금은 알 수 있다.

몽골족의 형용사인 '후이텅(灰騰)'이 중국어로는 '춥다'는 뜻이다. 몽골족마다 여기가 넝산(冷山)이라고 하니 진짜 추운 것 같다. 그때 비록 양가죽 옷을 입고 여우가죽 모자를 쓰고 꺼거덩커(哥登咳, 러시아식 모전 신발의 일종)를 신어도 전혀 따뜻한 느낌이 없었다.

우리는 계속해서 길을 재촉했다. 산을 지나가고 산봉우리를 넘고 얼음이 언 천을 뛰어넘어 10여 리(4km)를 더 가니 화물을 운송하는 달구지 팀을 따라잡았다. 그들이 산으로 올라가는 구불구불한 길에서 올라가지 못하고 있었다. 그 때문에 대오는 모두 구불구불한 길 아래에 멈춰 서게 되었다. 소가 차를 구불구불한 길 위로 끌어올려 평평한 길로 끌고 갈 때까지 모든 인력거꾼이 되어 힘을 합쳐 맨 앞에 있는 차를 밀었다. 그 후로는 계속 전진할 수 있었다.

나의 위병(衛兵)은 몸이 허약한 데다 처음으로 새북(만리장성 이북 지역을 뜻함)에 온 남방사람인지라 이런 추위에 견디기 힘들어했다. 그래서 자주 말에서 내려 걸었다.

샤오팡이 지나가던 곳의 배경

　그러나 북쪽에서 불어오는 맞바람에 앞으로 나아가는 것을 힘들어했다. 그는 나는 향해 "우리 돌아갑시다"고 말했다. 이때 나는 너무 괴로웠다. 눈앞의 동료가 염려되어 과연 다시 되돌아가야 한단 말인가? 투청즈(土城子)에서 출발한 우리는 이제 겨우 2시간 정도 걸었다. 만약 순풍을 따라간다면 그건 참으로 쉬운 일이다.

　한참 고민하고 나서 나는 "몸이 허약하니 억지로 갈 필요는 없다네. 왕 주임에게로 돌아가게나. 난 혼자서라도 오늘 안에 꼭 타오린(陶林)까지 가야겠네.

아오빠오(敖包)의 석각

위험한 상황이 닥치지 않을 것이니 너무 걱정하지 말게."라고 말했다. 의지가 단호한 나의 모습을 본 그는 이를 악물고 뒤따라왔다. (샤오팡 「지닝에서 타오린에 이르기까지·찬바람 무릅쓰고 후이텅량을 뛰어넘다(從集寧到陶林·冽風中越灰騰梁)」)

높고 가파른 산봉우리로 둘러싸인 낯선 이곳에 우리의 안내자는 없었다. 나의 방향 감별력을 믿을 수밖에 없었다. 구불구불한 길을 넘어선 후로 더는 여행의 자취를 느낄 수가 없었다. 그래서 나는 정확한 길을 잃었고 위험한 환경에 처하게 되었다는 결론을 내렸다.

그러나 나는 당황하지 않고 산의 형세를 분석하는 한편, '아오바오(敖包, 몽골족들이 산길을 식별하기 위해 산길로 통할 수 있는 어구에 적절

「초원의 사람들(草原上的人們)」 세트 사진 1

한 산봉우리를 선택해 높은 돌무더기를 쌓아올린다. 사람들이 멀리서도 바라볼 수 있는 이 돌무더기는 여행길을 가리키는데 이를 '아오바오'라 부른다)'를 찾기 위해 노력했다. 우리는 천천히 걸어갔다. 나는 침착한 태도로 동료를 위로했다. 이렇게 된 이상 침착해야만 이 상황을 헤쳐 나갈 수 있지 않겠는가! 구불구불한 산봉우리가 끝없이 이어졌다. 눈앞의 산봉우리를 지나면 평원이 보일 것이라는 기대를 했지만, 매번 돌아오는 건 오로지 실망뿐이었다. (샤오팡 「지닝에서 타오린에 이르기까지·찬바람 무릅쓰고 후이텅량을 뛰어넘다」)

낮이 짧고 밤이 긴 겨울, 오후 3, 4시면 저녁 해가 어둑어둑해진다. 지금은 속이 든든한 상태라 우리는 하오라이꺼우(好來溝)의 유일한 주인과 작별인사를 하고 다시 길을 떠났다.

산 아래에 있는 마차부대

산기슭 아래의 우차 대오 「광야의 견지(曠野上的堅守)」 세트 사진 1

「광야의 견지」세트 사진 2

「광야의 견지」세트 사진 3

「광야의 견지」세트 사진 4

「초원의 사람들」 세트 사진 2

「초원의 사람들」 세트 사진 3

우리는 새로운 용기를 얻고 몇 개의 산봉우리를 돌아서 지나자 또 하나의 '아오바오'를 발견했다. 여기를 지나자 눈앞에 평원이 나타났고 마을도 많아졌다. 서북쪽을 바라보니 황혼의 붉은 빛 아래에서 유달리 흥성한 곳이 보였다. 저기가 바로 타오린이로구나!

동료도 갑자기 생기가 넘치는 모습이었다. 그는 말을 이끌고 천천히 산에서 내려왔다. 산기슭으로 내려와 다시 말을 탄 우리는 타오린을 향해 나는 듯이 달려갔다.

황혼 무렵에는 말들이 빨리 달리기를 즐긴다. 말들도 자신들이 묵어 가는 곳이 필요하기 때문이다. 칠흑같이 어두워서야 우리는 목적지에 도착했다. 이어 성을 지키는 병사의 물음에 몇 마디 대답했다. 힘든 하루가 마침내 일단락되었다. 죽음과의 사투에서 우리는 드디어 승리했다. (샤오팡 「지닝에서 타오린에 이르기까지·우리가 마침내 해냈다(從集寧到陶林·我們終於勝利了)」)

어려움은 이것뿐이 아니었다. 팡따쩡과 거의 비슷한 동기였고 당시 전민통신사 전쟁특파원으로 활약했던 먀오페이스(苗培時)가 촬영팀과 인터뷰를 할 때, "전선에서 가장 어려운 시기에는 워터우(窩頭, 옥수수가루·수수가루 따위의 잡곡가루를 원추형으로 빚어서 찐 빵 – 역자 주)도 먹지 못해 곰팡이가 낀 옥수수가루를 먹어야만 했다. 목으로 넘어가지 않으면 고춧가루라도 발라서 억지로 넘겼다. 소화가 안 되다 보니 변비가 심했다. 그래서 간이 변소에 작은 나무막대기를 준비해 두었다. 변비가 심할 때는 이걸로 긁어내야 했다.

얼음을 깨고 물을 얻다.

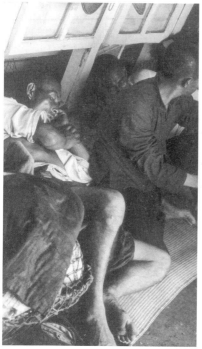

노동자들의 점심 휴식시간

양식

몽골족, 한족 관리의 경축 단체 사진

황허의 뱃사공

석탄을 멘 노동자

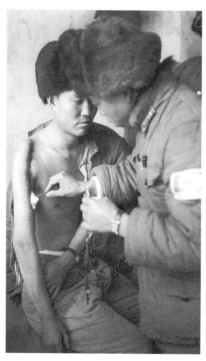

상처 치료   전리품

이건 너무 힘들었다. 그러나 그런 가운데서도 즐거움은 있었다. 전쟁의 최전선에 직접 간 영광을 느꼈고 특히나 훌륭한 소식을 취재했을 때는 더욱 기뻤다.”고 회상했다.

당연히 밖에서 취재하면서 겪었던 일들을 팡따쩡은 여동생과 가족에게 했을 리 만무하다. 팡청민도 오빠가 남긴 원판을 현상하는 과정에서 앵글에 남긴 풍물을 보고 보도기사에서 펜 끝으로 보여준 현실을 이해했을 뿐이었다.

이때만 해도 그녀는 오빠가 다만 능력 있는 사람이라고만 느꼈다. 그러나 그가 실종되고 특히 시간이 흐르면서 샤오팡이 간행물에 발표한 많은 사진과 글을 찾은 후에야 그녀는 그 옛날 토라진 적 있던 오빠가 아주 대단한 사람이라는 것을 느끼게 되었다.

그가 갑자기 실종되었다. 소리소문 없이 조용히 사라졌다. 보르헤스(아르헨티나의 시인)가 말한 것처럼 물이 물속으로 스며들어 없어진 것처럼 종적을 찾아볼 수조차 없이 사라졌다. 그리고 훗날 그가 생활했던 이 세상이 그에 대한 태도는 오로지 팡청민 한 사람에게로 집중되었다. 그녀가 수년간 보존해온 기억과 사진을 통해서만 우리는 30년대 이토록 위대한 촬영가가 있었다는 것을 알게 되었다. (펑쉐송이 위화(余華)를 인터뷰함. 2000년 3월)

“팡청민의 이런 촬영작품은 나에게 강한 울림을 가져다주었다.” 선샤오핑(沈小平)『광여영(光與影)』잡지 전 수석 총 편집장은 “이런 울림은 우리가 평소 얘기하는 시각적인 충격과는 또 다르다. 과장되고 특이한 효과가 아니라 그의 앵글에 담긴 모습은 그야말로 소박하다. 이런 울림은 소박한 힘에서 온 것이다. 그는 촬영 상대를 추호의 꾸밈도 없이 자연스럽게 존중했다. 거지든 알몸의 인부든, 전쟁의 일반 병사를 막론하고 그는 모두 소박한 사랑으로 그들을 대했다. 그는 인물사진을 많이 찍었다. 그러나 모두 이름이나 성씨를 남기지 않은 사람들이었다. 오늘날에도 그들의 표정에서 촬영가와 충분한 교류를 했고 마땅한 존중을 받았다는 점을 알아낼 수 있다. 예를 들면 북방 어린이의 천진난만한 웃음은 사진 밖에서도 마치 그들의 웃음소리가 들리는 듯해 호소력이 아주 짙었다. 샤오팡의 관심은 다양했다. 그는 종군기자로 민족의 존망과 관계되는 항일전쟁에 참여했다. 전쟁의 변화를 찍는 과정에 틈틈이 그는 경치나, 백성들의 생활도 촬영했다. 이런 사진들 속에는 그의 재능뿐만이 아니라 사회에 대한 호기심과 국가와 민족의 운명에 대한 그 당시 젊은이의 깊은 사색이 숨겨져 있다.”

만약 그가 계속 있었더라면 얼마나 큰일을 해냈을지 상상조차 할 수 없다. 아마도 그는 그 시대를 위해 산 것만 같았다. 그의 사상과 행위는 그 시대를 온전히 뛰어넘었다. 가령 오늘날의 안목으로 보아도 그의 신념과 사상은 여전히 빛이 난다.

역사적으로 볼 때 물질은 시간이 지나면 낡아 없어지지만, 정신은 시간이 오래 지나도 새로워진다. 그와 비교할 때 오늘의 25살 젊은이들은 어떤 생각을 하고 무엇을 하고 있는가? 청춘과 연결된 기억은 언제나 아름답다. 비록 그가 우리에게 유쾌한 글과 생활의 모습을 그토록 많이 남겨주었음에도 팡따쩡과 연결하고 나니 슬픔이 묻어났다.

청춘과의 작별

그를 알게 되면서부터 오늘에 이르기까지 이미 18년의 세월이 흘렀다. 그동안 내가 어디를 가든지 그는 늘 가족처럼 나와 함께 했다. 가끔은 열정을, 가끔은 힘을 주기도 했다. 팡따쩡은 이미 평생 마음속의 신념으로 남아있다.

우리 사회를 볼 때는 한 시대 변혁의 기록자를 잃었지만, 샤오팡 어머니에게 있어서는 둘도 없는 아들을 잃어버린 것이다. 샤오팡의 실종부터 샤오팡 어머니가 세상을 떠나기까지의 32년 동안 희망과 실망이 반복되었다. 오로지 집 안에 있는 아들이 사진을 현상할 때 사용했던 회색 가옥이 그녀와 함께했을 뿐이었다. 그녀는 세상을 떠나면서 아들을 잃은 아픔도 함께 가져갔다. 속세의 인연을 끊을 수 있을지언정 그리움만은 결코 영원히 끊을 수 없는 것이다.

샤오팡의 생질인 장자이쉬안 씨가 우리와 인터뷰를 할 때 "외할머니 생전에 염원이 있었다. 자기가 죽고 나면 외삼촌이 사용했던 회색가옥을 이용해 관을 만들어 달라고 했다. 외할머니는 영원히 아들과 함께 있고 싶다고 말했다. 그러나 이 염원은 끝내 실현되지 못했다."고 말했다.

10. 경의를 표하는 방식을 찾아서

로버트 카파와 팡따쩡은 재능이 뛰어난 진정한 사나이들이다. 결코 금전이나 폭력에 굴복하지 않는 그들은 지식과 도덕에 의해 판단을 내리는 고상한 품격의 소유자들이다. 21세기가 시작되는 시점에 경이로운 마음을 품고 그들의 이런 정신을 발굴하기 위해 더욱 노력해야 한다. 그래야만 사람들이 카메라를 메고 곳곳의 현장에서 두 발로 뛰는 기자들을 영원히 기억할 것이다.

– 탕쓰쩡(唐師曾: 인터뷰 2000년 3월)

10. 경의를 표하는 방식을 찾아서

　2012년 2월 22일 영국 『선데이 타임즈』의 미국 국적 전쟁기자 마리 콜빈이 시리아 정부군의 홈스시 폭격을 취재하던 중 포격으로 사망했다. 지난 30년간 그녀는 코소보전쟁, 체첸전쟁, 아라비아지역의 내전을 취재 보도한 바 있다. 스리랑카에서 전 유고슬라비아에 이르고, 이라크에서 리비아에 이르기까지, 무릇 전쟁이 발발한 곳에서는 모두 그녀의 모습을 찾아볼 수 있었다. 죽음조차 두려워하지 않고 늘 가장 위험한 곳으로 달려가던 그녀는 포화 속에서 한쪽 눈을 영영 잃기도 했다. "만약 전쟁을 막을 능력이 없다면 전쟁의 진실을 세상에 널리 알려야 한다." 이는 종군기자의 영원한 격언이다. 팡따쩡은 80여 년 전부터 이미 이를 실천에 옮겼다. 마리 콜빈과 팡따쩡은 모두 종군기자이다. 다만 반세기 넘는 세월을 사이에 두고 있을 뿐이다. 동일한 신념과 가치관은 그들의 공동 목표와 이상을 결정지었다. 콜빈이 얘기하고 행동에 옮기고 싶었던 일이 바로 그녀의 선배인 팡따쩡과 로버트 카파와 같은 염원이었을 것이다.

　2010년 11월 마리 콜빈이 종군기자의 대표로 영국 세인트 브라이드 성당에서 연설했을 당시, 전쟁에서 순직한 기자를 기리는 한편, 전쟁보도의 중요성도 설명했다. 그녀는 종군기자의 신분으로 오랜 세월을 보냈다면서 어려움이 많았지만, 사람들은 전선에서 오는 객관적인 보도를 알고 싶어 한다고 말했다.

콜빈은 "전쟁을 보도한다는 것은 혼란과 파괴, 그리고 죽음이 뒤엉킨 곳으로 가서 이를 직접 두 눈으로 보고 그 충격을 이겨내야 한다는 점을 말해준다. 군, 마을 혹은 테러분자의 행동이 있을 때 쏟아지는 정보에서 진실을 찾아내야 한다는 점을 의미한다. 또 목숨을 내놓을 각오로 위험을 무릅써야 한다는 점도 뜻한다."고 말했다.

"우리는 늘 자신에게 묻는다. 보도의 내용이 진정 우리가 목숨을 걸 가치가 있는지? 용감이란 무엇이고, 만용이란 무엇인지?" 콜빈은 "전쟁을 보도하는 기자는 중요한 책임을 지고 있고, 어려운 선택에 직면해 있다. 종군기자는 가장 위험한 직업이다. 충돌지역에서는 기자가 주요한 목표물이다."라고 말했다. "걸음마다 지뢰를 밟을 가능성이 있다. 즉 수시로 폭발할 위험이 있다는 뜻이다. 그야말로 악몽의 연속이 아닌가. 이토록 큰 대가를 치를 가치가 있는지? 어떤 변화를 가져다줄 수 있는지 물어보는 사람들도 간혹 있다. 눈에 상처를 입었을 때도 누군가 나에게 이렇게 물었다. 그때 나는 한 치의 망설임도 없이 '충분한 가치가 있다'고 답했다. 지금 물어봐도 나의 답은 그때와 똑같다." 콜빈은 "진실을 전하는 것이 우리의 임무이다"라고 말했다.

6대의 중형 폭격기가 난강와(南崗窪)를 향해 윙-윙 날아왔다……제때에 피신하지 못한 상황에서 폭탄 몇 개가 투하되었고 뒤이어 미친듯이 기관총을 쏘아댔다. 우리의 손실은 아주 심각한 수준이었다. 비행기가 오랫동안 낮게 빙빙 돌더니 폭탄 50여 개를 투하했다. 우리에게 고사(高射) 무기가 없는 탓에 적들의 미친 듯한 살육을 그대로 당해야만 했다. (샤오팡 「빠오띵 이북에서」)

진지 방어

샤오팡의 기사를 보면 진실을 알리기 위해 생사의 갈림길에서 취재해야 할 때가 많았다. 더욱 진실한 전쟁을 직접 보기 위해 포화에 더 가까이 다가가는 것도 두려워하지 않았다. 부득이한 상황이 아니라면 절대 그곳을 떠나지 않았다. 팡따쩡도 콜빈도 모두 그렇게 했다.

콜빈의 어머니는 딸을 전쟁터에서 철수하도록 설득하는 것은 헛수고라고 말했다. "만약 내 딸을 안다면 아마 깨닫게 될 것이다. 딸은 꼭 그곳에 남아 신문보도를 써야 한다고 말했을 것이다."

팡따쩡의 어머니는 결코 아들에게 그 어떤 평가도 내리지 않았다. 그러나 부모로서 자녀를 잃은 비통한 마음은 같았을 것이다. 다른 점이라면 콜빈의 어머니는 딸의 행방을 알고 샤오팡의 어머니는 아들의 행적을 몰라 기대와 희망 속에서 살았다는 점이다.

포격 당하기 하루 전, 콜빈은 페이스북에 "도움을 받을 수 없다는 걸 느꼈다. 날씨도 너무 춥다. 그러나 추적보도는 계속할 것이다."라는 글을 올렸다. 그녀가 보내온 마지막 보도에 "시리아 홈스시의 2만8천여 명의 주민들은 포화의 절망 속에서 피난처를 찾고 있다. 내가 지금까지 본 것 중에 가장 참혹한 광경이 아닐 수 없다."라고 했다.

80년 전의 샤오팡이나 오늘날에 목숨을 잃은 콜빈에게 있어 전쟁은 참혹한 것이다. 평화의 목소리가 예나 지금이나 끊이지 않고 있지만, 사람들은 여전히 전쟁으로 분쟁을 해결하는 데 습관화되어 있다. 전쟁의 승패는 정치가들의 일이다. 그러나 오히려 그런 이익과 전혀 무관한 사람들이 전쟁의 피해를 보고 있다.

진정한 종군기자가 되려면 용감하고 정의로워야 할 뿐만 아니라 청춘과 생명을 바쳐야 한다. 샤오팡은 처음부터 마음의 준비를 한 듯하다. 취재부터 보도에 이르기까지 그가 관련 직업에 종사하는 것이 어찌 보면 당연한 일 일지도 모른다.

1936년 샤오팡이 쑤이둥(綏東)전선에서 사진을 보내면서부터 가족들은 늘 그의 안전에 노심초사했다. 어느 날 갑자기 나쁜 소식이라도 전해져 올까 두려웠다.

내가 팡따쩡을 찾아 나선 것은 그의 의심스러운 실종에 호기심이 생겼기 때문이었다. 그러나 점차 그에 대한 경이로운 마음이 생기면서 이제는 자발적인 행동으로 되어 버렸다. 당시 여건이 제한되어 있고 예산이 부족한 데다 자료마저 적어 6개월 이상의 급여를 전부 써버린다고 해도 여전히 여유가 없었다. 다큐멘터리의 첫 방송은 오로지 베이징에서만 촬영했다.

2000년 7월 9일 중앙TV에서 방송된 후 30분 분량의 영상이 큰 관심을 불러왔다. 『중국촬영보』, 『중국청년보』, 『중국텔레비전보』, 『재정시보』, 『중국라디오영화텔레비전』 잡지, 『봉황주간』 등 모두 관련 보도를 내보냈다.

63년 전 항일전쟁 시기의 한 종군기자가 실종됐다. 63년 후의 오늘, 한 감독이 영상으로 그를 찾고 그의 이야기, 정신을 찾는 과정을 거쳐 신비로운 색채가 드리운 그의 실종사건을 취재했다. 이 영상이 바로 다큐멘터리 「팡따쩡을 찾아서」이다.

다큐멘터리 「팡따쩡을 찾아서」 촬영 현장[천썬(陳申) 촬영]

펑쉐쏭은 중앙TV 다큐멘터리 감독이다. 당시 큰 화제를 불러일으켰던 「21세기 중국 여성사(二十世紀中國女性史)」는 2년 6개월을 거쳐서야 촬영을 마쳤다. 촬영을 마친 후 그는 "마치 큰 병을 앓은 기분이다. 너무 힘들다."며 자신의 상태를 설명하기도 했다.

다큐멘터리 「팡따쩡을 찾아서」 VCD

그러나 팡따쩡의 소재를 접하고 난 후, 그는 조금의 망설임도 없이 뜨거운 열정으로 촬영에 뛰어들었다.

제목을 왜 「찾아서」라고 정했냐 하면, 실종된 지 63년의 세월이 흘렀고 팡따쩡과 연관이 있는 사람들이 거의 세상을 떠난 현실을 고려했다. 우리가 찾을 수 있는 것이라곤 팡따쩡의 젊은 시절 사진, 글, 그리고 그의 여동생인 85세 팡청민(方澄敏)이 고이 간직하고 있는 그의 사진 8백여 장과 120개의 원판뿐이었다. 63년의 역사를 따라가면서 그 당시 능력이 뛰어나고 잘 생기고 건장하던 젊은이가 오늘날 어떤 모습으로 우리에게 나타날지 무척 궁금했다.

중앙TV의 편집실에서 「팡따쩡을 찾아서」를 봤다. 다큐멘터리 화면이 아름답고 깔끔했을 뿐만 아니라 특히 대범하다는 인상을 받았다. 1분이 안 되는 배경 장면이라도 쉐쏭은 엄격한 고증을 거치고 나서 촬영했다. 그는 이를 부족한 현실에서 팡따쩡을 찾는 과정으로 간주했다.

쉐쏭이 찍은 다큐멘터리에는 팡따쩡이 찍은 사진이 많이 나온다. 흑백 영상은 그 시대의 모습을 고스란히 보여주었다. "……치열한 전쟁 전의 고요한 전선, 긴 총을 어깨에 메고 참호에 서 있는 한 병사, 산골짜기에서 걸어 다니고 있는 군수물품 운송인부들. 기차역에서 방어구역을 옮기는 병사들의 표정으로부터 그들은 자신의 생사조차 고려할 겨를이 없다는 것을 알아낼 수 있다. 추운 겨울날 한 사망자의 절단된 팔은 끊어진 채 시든 나뭇가지를 방불케 했다. 누군가 그가 입고 있는 솜옷을 벗기고 있다……" 30년대의 모습과 오늘의 이미지가 신기한 일치성을 갖고 있다. 마치 그들이 60여 년 전의 120개 원판에서, 그리고 낡은 옷과 도시에서 걸어 나와 오늘의 사람이 된 듯한 느낌을 주었다.

나는 그중 한 구절에 깊이 감동하였다. 마지막 장면에 팡따쩡의 사진을 다시 보여주는 부분이 있었다. 쉐쏭은 사진을 화면 전체로 확대한 것이 아니라 편집을 활용해 흑백사진을 한 장씩 보여주었다. 쉐쏭의 남다른 독창성은 관객들을 그 옛날의 세상 속으로 이끌었다. 세트 사진의 마지막 한 장은 연세가 많은 팡청민이 팡따쩡의 사진을 들고 있는 모습을 담은 사진이다. 사진 속에서 젊은 팡따쩡은 늠름한 자태로 말을 타고 있었다. 얼굴에 주름이 많은 팡청민의 눈길에서 63년간 오빠의 생사를 알 수 없는 슬픔과 기대가 느껴졌다. 그녀는 여전히 어느 날 갑자기 오빠가 문을 열고 들어올 것이라 믿고 있었다. 마치 그가 떠날 때처럼 말이다.

쉐쏭도 옆에서 조용히 함께 다큐멘터리를 감상했다. 비록 그 누구보다 익숙한 영상이겠지만 그의 눈에서 느껴지는 열정에 나는 깊이 감동하였다. 그는 다큐멘터리에서 팡따쩡이 이미 세상을 떠났다고 명확히 얘기하지도 않았고, 심지어 사망과 관련된 말 한마디도 언급하지 않았다. "여기에는 그에 대한 내 느낌이 담겨 있다." 시적인 느낌이라 하겠다. (왕레이[王蕾], 「어느 한 감독이 실종된 모 종군기자를 찾아서(一個導演對一個失蹤戰地記者的尋找)」, 『중국청년보·청년시신(中國靑年報·靑年時訊)』에 등재됨. 2000년 7월 6일)

탐방 업무소조

　그 당시에는 인터넷이 오늘처럼 발달하지 못했다. 보도에 대한 신문잡지의 높은 관심도는 더욱더 팡따쩡의 가치와 우리 보도의 의미를 인정해주었다. 그래서 다양한 노력 끝에 실종된 종군기자 팡따쩡을 찾는 여정을 계속 이어갈 수 있었다. 제1편의 「팡따쩡을 찾아서」가 중앙TV에서 방송된 지 한 달이 넘는 2000년 8월 중순, 다큐멘터리의 진일보된 촬영을 위해 나는 홀로 팡따쩡이 기사에서 보도한 마지막 노선을 따라 베이징에서 빠오띵으로 떠났다. 그리고 스자좡에서 타이위안을 거쳐 따통으로 갔다가 마지막으로는 리현에 머물렀다. 리현은 1937년 9월 18일 마지막 전지 보도 「핑한선 북쪽구간의 변화」를 보내온 곳이기도 하다.

펑쉐쏭(왼쪽 첫 번째) 리현에서 전쟁 경험자를 방문하였다.

항일전쟁 후기의 상황을 명확히 알리기 위해 기자는 특별히 빠오띵에서 철도를 따라 남하한 후 지난(冀南, 허뻬이성 남쪽) 일대를 취재했다. 우리 측의 군사 배치에 고무되고 즐거웠다. 그러나 비밀인 터라 발표에 어려움이 있어 다만 일부 일반적인 상황을 알릴 수밖에 없었다.

(샤오팡 「빠오띵 이남에서」)

가는 내내 팡따쩡이 누군지 거의 아는 사람이 없어 탐방이 너무 어려웠다. 다행히 취재하면서 널리 알린 덕분이랄까 그나마 '샤오팡 팬'이 많이 생겨났다. 그들의 도움으로 당시의 상황을 그나마 대체로 이해할 수 있었다. 비록 팡따쩡과 큰 관련이 없는 내용이었지만 촬영에는 큰 도움이 되었다.

쏜진쭈(孫進柱) 빠오띵시 지방지(地方志) 사무실 주임이 일찍이 쓴 글에는 가장 먼저 샤오팡을 찾던 과정을 상세하게 설명한 부분이 있다.

평쉐쏭(중간)이 유원위안(尤文遠)(왼쪽)과 왕이민(王逸民)을 인터뷰하고 있다.

8월 10일 오후 5시가 넘었을 즈음, 키가 크고 몸집이 건장한 젊은 청년이 커다란 가방을 메고 사무실로 찾아왔다. 객지에서 고생을 많이 한 느낌이 들었다. 그가 바로 전화로 통화한 적이 있는 중앙TV 다큐멘터리 감독 평쉐쏭이다.

베이징에서 홀로 장거리 버스를 타고 빠오띵에 도착한 그는 버스 역에서 택시를 타고 조용히 나를 찾아왔다. 그의 소박함, 친근함, 그리고 활력이 넘치는 것을 느꼈다. 인사말도 나누지 못했는데 그는 단도직입적으로 이번에 팡따쩡이 실종된 흔적을 찾기 위해서 찾아왔다고 말했다.

쉐쏭은 계속해서 발걸음을 재촉했다. 땀방울을 흘려가며 짧고도 빛난 유성의 흔적을 찾기 위해서이다. 빠오띵에 도착한 이튿날, 쉐쏭은 팡따쩡이 마지막 한 편의 글을 보내온 곳인 리현으로 취재를 떠나려 했다. 잠깐의 일정을 협의한 후 그는 바로 차에 몸을 싣고 길을 떠났다.

리현에 도착한 후 리현 지방지 사무실 및 관련 기관의 협조 하에 쉬쏭은 항일전쟁 초기 경험자인 웨이한민(魏漢民) 노인을 찾게 되었다. 웨이 씨는 당시의 상황을 설명했다. "1937년 9월 18일 현에서 2만 명 규모의 항일전쟁 동원 대회를 소집했다. 대중들의 정서가 격앙되고 일본의 침략 만행을 규탄하는 목소리가 아주 높았다. 만약 팡따쩡이 당시 리현에 있었더라면 틀림없이 그 대회에 참석했을 것이다. 그의 글이 그날의 어느 시간에 부쳐진 것인지 모르겠다." 웨이 씨는 옛 우체국 자리와 일부 대표성을 띤 옛 지역으로 쉬쏭을 안내했다.

60여 년 전의 팡따쩡과 오늘날 쉬쏭의 영향을 받아서인지 나도 어느덧 팡따쩡을 찾는 대열에 참여해 있었다. 쉬쏭이 리현으로 간 후 나는 빠오띵의 그 당시 역사를 꿰뚫고 있는 룽원위안(龍文遠) 씨를 찾아갔다. 항일전쟁 초기 빠오띵 주변 전쟁의 경험자인 왕이민(王逸民) 씨를 찾게 된 것도 룽원위안 씨의 덕분이다. 왕이민 씨와 룽원위안 씨는 보고 듣고 경험한 것을 하나도 남김없이 전부 기자에게 얘기하면서 열성적으로 도와주었다.

쉬쏭이 그날 오후 7시 리현에서 빠오띵에 도착했다. 휴식을 취할 겨를도 없이 룽원위안 씨와 약속을 잡고 취재에 들어갔다. 취재는 그날 밤 10시가 되어서야 겨우 끝났다고 들었다.

8월 12일 오전, 나와 룽 씨는 쉬쏭과 함께 왕이민 노인의 댁으로 갔다. 왕 노인은 일본 비행기가 빠오띵을 폭격하고 일본군이 빠오띵을 점령하기 전의 구체적인 상황을 자세히 들려주었다. 취재가 끝난 후 나와 룽 씨는 쉬쏭과 함께 빠오띵 옛 시내로 가서 항일전쟁 시기와 관련

시냇물

되는 일부 옛 성벽, 회군공소(淮軍公所: 현의 서낭당 즉 마을 수호신을 모시는 사묘), 2중내(中內)의 자희(慈禧) 행궁(行宮), 직예(直隸) 총독서(總督署), 대자각(大慈閣: 빠오띵 고대건축의 상징물인 전각) 등 역사 유적을 실제로 살펴봤다. 촬영팀이 도착하면 이런 유적들을 모두 촬영해서 항일전쟁 초기의 자료화면으로 활용할 예정이었다. 오후 1시가 넘어서야 우리는 인근의 자그마한 식당을 찾아 점심을 먹었다.

쉐쏭은 이번 취재 기간이 짧아 결코 팡따쩡 실종시기의 정확한 자료를 찾지는 못했지만, 성과가 많았다고 말했다. 「팡따쩡을 찾아서」 촬영팀은 본격적으로 8월 말, 빠오띵에서 취재하고 촬영에 들어가기로 계획했다. 빠오띵·리현 일대가 항일전쟁시기 전투가 가장 치열했던 지방이자 팡따쩡이 실종된 곳이기도 하므로 다큐멘터리를 촬영하는 핵심 지역이 될 것으로 보인다. 점심 후 쉐쏭은 스자쫭으로 갔다가 타이위안·따통을 거쳐 그 해 팡따쩡이 걸었던 길을 따라가면서 그가 남긴 발자취를 찾겠다고 말했다.

출항

　나와 롱 씨는 그를 바래다주려고 했다. 그러나 그가 극구 사양하
는 바람에 그대로 헤어지는 수밖에 없었다. 그는 커다란 '보배 꾸러미'
를 둘러메고 얼굴에 흐른 땀을 쓱 닦더니 바람처럼 그대로 떠나갔다.

　본 글을 마무리하기 직전 쉐쑹과 전화통화를 했다. 그는 스자좡에
서 취재 중이라고 말했다. 베이징으로 돌아간 후 촬영을 계획하기 시
작한 것이다. 그는 열성적인 사람들이 가능한 한 많이 팡따쩡을 찾는
대열에 참가해 다큐멘터리 촬영에 더욱 많은 자료와 증거를 제공하
기를 희망했다. (쏜진주(孫進柱), 「팡따쩡을 찾는 대오에 가입」, 『빠오띵만
보』 2000년 8월 16, 17일 자에 게재됨)

다큐멘터리를 촬영하게 된 것은 단지 누군가를 찾기 위해서가 아니라, 그 과정을 거쳐 진실하고 평화와 자유를 사랑하는 생명을 복원하기 위함이라 하는 것이 더 나을 듯싶다.

나는 촬영개요에 이렇게 적었다. "샤오팡은 자신의 안목으로 수십 년 전 국난이 눈앞에 닥친 중국 대지를 어루만졌으며, 앵글로 표현한 정경은 우리가 그 당시 중국사회의 변화를 이해하는 생생한 그림책이다. 그는 고상한 품성으로 우리를 위해 물질 이외의 정신세계를 확립했다." 다큐멘터리는 그의 마지막 여정에 따라 항일전쟁 초기 한 사람의 삶과 한 나라의 운명을 분석하고자 했다.

"다큐멘터리의 제목이 「팡따쩡을 찾아서」이다. 너무 좋다고 생각한다." 저명한 종군기자인 탕스쩡(湯師曾)이 인터뷰를 할 때 "로버트 카파, 팡따쩡은 재능이 뛰어난 사나이들이다. 결코 금전이나 폭력에 굴복하지 않는 그들은 지식과 도덕으로 판단을 내리는 고상한 품격의 소유자들이다. 21세기가 시작되는 시점에 경이로운 마음을 품고 이런 정신을 발굴하기 위해 더욱 노력해야 한다. 그래야만 사람들이 카메라를 메고 세계의 현장에서 두 발로 뛰는 기자들을 영원히 기억할 수 있을 것이다."라고 말했다.

1937년 8월 11일 팡따쩡이 빠오띵에서 쓴 「전선에서 베이핑을 회고하다(前線憶北平)」란 글에서는 베이핑이 함락된 데 대해 마음 아파하고 슬퍼하는 감정을 고스란히 표현했다. 이날은 일본군이 베이핑으로 쳐들어온 지 사흘째 되는 날이다. 그가 집을 떠난 지도 거의 15일 정도 된다. 그 사이 그는 완핑(宛平), 창신뗸, 난커우, 량향(良鄕), 빠오띵 일대를 돌아다녔다. 집으로 가서 옷이라도 바꿔 입고 촬영장비를 더 가져올 생각이 있었지만, 돌아가는 모든 길이 일본군에 점령당하는 바람에 어쩔 수 없었다. 그는 글에서 베이핑의 유구한 문화, 명승고적과 착한 시민들을 회상했다. "베이핑은 웅장하면서도 아름다운 문화도시이다. 만약 전쟁의 포화 속에서 파괴된다면 실로 너무나도 안타깝다고 생각한다. 우리가 성을 지키는 전쟁을 원하지 않는 것도 이런 이유에서이다. 그러나 문화도시라 칭하는 이곳에서 생활하고 있는 150만에 달하는 수준 높은 시민을 중요시하고 있다. 그중 30만 명의 학생은 지금까지의 애국운동을 거쳐 단련을 받은 우수한 대표이자 전국 청년운동의 지도자이다. 이들은 우리 민족의 부흥운동에서 수차례나 영광스러운 역사를 써냈다. 더 소중한 것은 영광스러운 현장이 단 한 번도 청년의 생명과 헌혈로 바꿔온 것이 아닌 적이 없다는 점이다."

루꺼우차오사변 후 샤오팡의 보도 방향에도 약간의 변화가 생겼다. 풍경과 환경에 관한 기사가 줄어든 반면, 전쟁 발발에 관한 논의와 깊이 사무치는 애정이 늘어났다. 개인의 운명과 처한 환경에 관한 보도를 줄이고 전쟁이 빚은 참혹함과 비참한 모습을 더 많이 보여주었다. 다시 말해 그는 전쟁 시국과 나라 운명에 대한 걱정에 집중했을 뿐 개인의 안위는 결코 안중에도 없었다는 뜻이다.

번화한 곳인 스자좡은 정타이로(正太路)의 시작점이자 산시로 통하는 중요한 교통 중심지이기도 하다. 이곳의 인구구조가 아주 복잡해 첩자들이 활동하기에 편리한 지역으로도 꼽힌다. (샤오팡 「빠오띵 이남에서」)

이번에 기자가 핑한로에서 서부전선으로 갔다가 타이위안을 도는 데 하루밖에 걸리지 않았다.

인력거 팀

짐꾼

촬영 마동거(馬東戈)(오른쪽), 양찡징(楊京晶) 영상
「팡따쩡을 찾아서」에 크게 이바지하였다. (펑쉐쏭 촬영)

그날 마침 노구교사변 이후 일본 항공기가 처음 타이위안에 온 것
이기 때문에 이날의 타이위안은 다른 날과 달랐다. (샤오팡 「냥즈관에
서 옌먼관에 이르기까지」)

따통을 떠나 정북 방향으로 위허(禦河)상류를 따라갔다. 철도선로
가 쏭산(崇山)의 깊은 골짜기를 오갔다. 이 지역의 경치가 한 폭의 풍
경화를 방불케 했는데 내가 보기에는 핑한로에서 가장 아름다운 구
간일 듯싶다. 높고 맑으며 웅장하고 위엄이 있는 이곳은 북쪽 변방의
분위기가 물씬 풍겼다. 만약 풍경화 같은 이곳에서 2, 3일 묵게 된다면

허뻬이성 박물관(펑쉐쏭 찍음)

전람관에 샤오팡이 찍은 사진이 대량 전시되어 있다, 그러나 해설원은 작자의 이름조차 모르고 있다. (펑쉐쏭 촬영)

핑한선을 따라 촬영하였다.(펑쉐쏭 촬영)

아마도 산수가 아름다운 남쪽 지방도 더는 눈에 들어오지 않을 것이다. 그렇지만 지금은 우리 민족이 우아한 경치에 도취하여 있을 때가 아니다. 이제는 용맹스러운 모습을 보여주어야 할 때가 되었다. 남방의 친구들이 이곳으로 오면 좋겠다. 단지 풍경이 아름다워서만이 아니라 이곳의 강토를 우리가 지켜야 하기 때문이다. (샤오팡 「따통에서 쑤이위안에 이르기까지」)

그 해와 같은 계절을 선택했기 때문에 가는 길에 많은 사진을 찍어 참조하게 됐다. 푸른 들판과 풍경…… 비슷한 환경에서 비슷한 감정을 느껴보려고 노력했다. 60여 년 전 샤오팡도 이런 환경에서 전쟁 취재를 했을 것으로 생각한다. 그러나 당시는 분위기가 극도로 혼란스러웠고 포화에 모

샤오팡은 팡청민과 남편의 만년 정신적 지주였다. (장자이쉬안 촬영)

든 것이 엉망진창이 되었을 것이다.

팡따쩡이 실종되고 여러 해가 지난 뒤, 종군기자인 그를 찾을 수 있는 한 점의 희망을 그 누구도 발견하지 못했다. 실종된 시간이 길어질수록 그가 어떻게 실종되었는지에 대한 사람들의 추측도 점점 난무했다.

"다큐멘터리와 역사가 그린 대상은 사람과 일이다. 그러나 궁극적으로는 사람에 집중되어 있다. 기록 과정에 있든지, 이해받고 받아들이는 과정에 있든지를 막론하고 마땅히 감정이 들어가야 한다. 이런 의미에서 볼 때 다큐멘터리와 역사는 표현성을 띤 시적인 언어가 필요하다."

샤오팡이 우리를 떠난 지 너무 오래되어 문자와 사진 외에는 단 1초의 영상도 찾아볼 수 없었다. 이 때문에 우리는 앵글로 컨트롤해야 하고 자료로 보충하며 머리로 생각하고 감정으로 느껴 그 시대 배경의 진실한 모습을 그대로 보여 주어야 했다. 그리고 샤오팡에 대한 설명, 그리고 이와 형성된 관계, 좌표나 영상의 표현수단으로 시청자들이 그런 환경 속에서 주인공이 어떤 만남을 하고 선택을 했는지를 알도록 해야 한다. 경이로운 마음으로 팡따쩡을 찾는 일에 참여했으며 기대를 품고 그 시절을 재현했다. 예를 들면 원판을 다시 현상하고 확대했다. 그리고 옛 원판을 확대기로 현상지에 굴절시키고 약물에 담그기도 했다. 이런 과정을 거치고 나면 화면이 어렴풋하게 나타났다. 우리는 이를 시청자와 샤오팡의 대화로 간주하였을 뿐만 아니라 옛 시절과 연관관계를 갖고 있다고 여겼다.

몇 개월 동안 샤오팡 실종과 관련된 여러 가지 소문을 거의 추적 하다시피 했고, 다양한 추측과 그가 남긴 보도 기사를 조사한 것 외에도 그의 자취를 따라 스자좡으로 갔다.

우리가 허뻬이성 박물관에서 촬영할 때 입장이 어려웠다. 촬영 때문이 아니고 그 당시 대형 상업무역 전시회를 개최해야 했기 때문이다. 전시회가 끝나면 약 20년 진열되었던 전시관이 모두 새롭게 바뀔 예정이었다.

낡아 버린 전시관에는 누렇게 바랜 역사 사진이 어수선하게 붙어 있었고, 전시 방식도 1980년대 계획경제의 분위기가 물씬 풍겼다. 새롭게 변한 상업지역과 비교할 때 이곳은 스산하고 고독하기 그지없었다. 넓은 로비에는 관람객은커녕 직원들도 보이지 않았다. 다만 한 시대 한 시대의 역사가 고요한 분위기 속에서 갈팡질팡할 뿐이었다.

여러 해 전시되었지만 해설원이 작가 이름을 얘기하지 못하는 전쟁사진은 팡따쩡이 1937년 7월 10일 오전 노구교 전선에서 찍은 것이자 전쟁 발발 후 그의 첫 취재 결과물이기도 하다. 그가 베이핑 집에서 현상 확대한 후 상하이로 보낸 것이었다. 그리고 「항일로 생존을 도모하다(抗戰圖存)」, 「'나라를 보위하기 위해 목숨을 바치자(衛國捐軀)'」를 제목으로 그 해

7, 8월의 『양우(良友)』, 『세계지식(世界知識)』, 『미술생활(美術生活)』 등 잡지에 발표했다. 한편, 기획보도 「노구교 항전기(蘆溝橋抗戰記)」와 함께 핵심적인 시각에 대중들이 전쟁 발발의 발단을 이해하는 중요한 보도 역할을 했다. 포화의 시련을 겪은 사진과 글이 널리 전해지면서 팡따쩡이란 이름도 점차 익숙해지기 시작했다. 당시 사람들이 항상 『대공보』, 『신보(申報)』를 사는 것도 샤오팡의 사진과 보도로 전쟁 시국의 변화와 전선의 상황을 이해하기 위해서였다.

1937년 8월 말, 잠깐의 휴식을 마친 후 『대공보』 종군기자인 샤오팡은 스자좡에서 차를 갈아타고 서쪽으로 가는 여정에 올랐다. 그는 타이위안을 거쳐 따퉁으로 가서 먼저 도착한 판창장 등과 합류할 생각이었다. 그는 「냥즈관에서 옌먼관에 이르기까지」에서 보고 들은 것과 시국에 대한 분석을 상세하게 기록했다.

이원쓰(伊文思) 다큐멘터리 대가는 "현장 재현은 다큐멘터리의 촬영에 아주 주관적인 요소와 개인적인 요소를 도입시켰다. 감독의 정직함 그리고 진실에 대한 이해와 태도, 주체의 기본 진리를 전하려는 강한 의지, 책임감에 대한 이해 등등 만약 위의 이른바 주관적인 요소가 포함되지 않았더라면 다큐멘터리의 정의는 결코 완전하지 못할 것이다."고 말했다.

촬영과정에서 우리는 현장을 재현하는 방법을 활용해 앵글의 부족함을 보완하고 내용을 더욱 풍부히 했다. 이 방법은 내가 대형 다큐멘터리 「21세기 중국 여성사」 총감독으로 지낼 때 촬영가·미술 디자이너 등과 협력하는 과정에서 여러 번의 실험과 작업을 거친 기법이다. 그 당시 기록의 진실성 위배 여부에 대해 의견이 분분했다.

현재 국내외를 막론하고 다큐멘터리에 간단하면서도 효과적인 현장 재현방법은 광범위하게 활용되고 있다. 영상자료가 부족한 것을 보완하기 위해 사람들에게 더욱 직관적으로 발생과정을 알리는 장점이 있기 때문이다. 기획단계에서부터 활용할 일부 기법을 명확히 해야 하고 샤오팡을 어떤 환경 속에서 보여줄 것인지에 대해서도 논리적으로 제작해야 했다. 그리고 재현 장면은 신중하고도 정확하게 활용해야 헸다. 아니면 주객이 전도되고 죽도 밥도 아닌 상황이 되기 쉽기 때문이었다.

촬영과정에서 녹색 액자를 가장 많이 활용했다. 샤오팡의 개인사진을 전시하기 위해서였다.

왜 검은색을 사용하지 않았을까? 여기에는 남다른 의미가 깃들어 있다. 녹색은 젊음과 희망의 색이자 그에 대해 경의를 표하는 색이기도 하기 때문이었다. 샤오팡은 「냥즈관에서 옌먼관에 이르기까지」에서 옌먼관과 몇 리나 떨어져 있었던 탓에 아쉽게도 추모하러 가지 못했다고 언급했다. 그래서 우리는 녹색 액자에 끼워 넣은 사진을 해 질 무렵의 옌먼관 성벽 위에 걸어 놓았다.

샤오팡 작품을 소개할 때 한 장씩 보여준 것이 아니라 환등용 영상 슬라이드 형식으로 처리했다. 영상으로 그 연대의 환경 분위기를 환원하고 가장 선진적인 환등기로 일부 옛 사진을 방영해 시공적으로 내적인 교류를 얻으려고 했다. 사실 오로지 한 사람만을 찾는 것이 아니라 더 중요하게는 정신을 찾기 위해서였다. 샤오팡을 찾는 과정이 자신을 찾는 것이기도 하다고 생각되었던 것이다.

은행에서 퇴직한 후 20여 년간, 팡청민은 주로 팡따쩡의 사진과 글을 정리하고 그가 남긴 약 천장에 이르는 원판을 온전하게 보존하는 일을 해왔다. 그녀는 오빠의 작품들이 다시 세상에 알려져 사람들에게 그 옛

날 있었던 시대를 보여줄 수 있기를 기대했다. 더욱이 그녀는 오빠의 소식이 널리 알려지기를 간절히 희망했다. 오빠를 기념하고 찾기 위해서였다.

인터뷰 초기 천썬(陳申)씨와 함께 그녀를 찾아갔다. 전체 취재과정에서 유일하게 샤오팡을 만나본 사람은 그녀뿐이었다. 이야기도 엄청나게 잘했고, 다큐멘터리 촬영을 시작한 후 꼭 다시 그녀의 집을 방문해 그녀에게서 직접 오빠의 이야기를 전해 듣기로 약속했다.

약속된 촬영시간이 되기 일주일 전, 팡청민이 중풍으로 입원했다는 소식을 전해 들었다. 2개월 뒤, 다시 만났을 때는 그녀가 갑자기 많이 늙은 것 같았다. 휠체어에 앉아 있는 그녀는 말조차 하지 못했다. 나를 보는 순간 억울함을 당한 어린아이처럼 눈시울을 붉혔다. 말은 못해도 정신은 아주 좋다는 것을 나는 알고 있었다.

샤오팡이 남긴 원판을 촬영할 때 우리는 팡청민에게 잠시 자리를 피해 달라고 부탁했다. 연세가 많은 노인이 심한 충격으로 혹여나 신체 건강에 영향을 미칠까 봐 우려되었기 때문이다. 팡청민이 반드시 원판을 만져야 하는 상황에서는 촬영가 마동커(馬東戈)와 상의해 앵글을 잘 처리해서 좋게 촬영을 마치려고 노력했다. 팡청민이 오빠가 남긴 원판을 들고 햇빛 아래서 자세히 보고 있을 때 현장은 쥐죽은 듯 조용해졌다. 수십 년간 떨어져 있었던 남매의 상봉을 방해할까 두려워서였다.

우리는 동단(東單)대가에서 그 시절 샤오팡의 자취를 찾으려고 시도했고, 사람들이 마지막으로 그를 만났다는 곳으로 편지를 보내 보기도 했지만, 어떤 답변도 듣지 못했다. 마치 묵묵부답인 샤오팡처럼 소리소문없이 사라졌다.

다큐멘터리 「팡따쩡을 찾아서」가 방송된 후 팡청민 여사는 천썬 씨를 거쳐 감사의 인사를 전해왔다. 이는 촬영팀과 열정적으로 촬영에 도움을 준 사람들에 대한 최고의 상이라고 본다. 팡청민의 인사는 경외하는 마음을 갖고 샤오팡을 찾는 후배들에게 주는 가장 만족스러운 답이 아닐까 생각해보았다.

11. 더욱 가깝게 느껴지는 숨결

샤오팡의 집이 내가 출근하는 곳과 이토록 가깝게 있으리라고는 전혀 생각하지 못했다. 만약 직선으로 본다면 거리가 5백 미터도 안 될 것이다. 옛집은 세허골목의 모퉁이에 있었다. 가옥의 건축구조가 규범화되어 있지 않은 탓에 베이징 사합원(四合院, 중국 화북지역의 전통적 가옥구조 – 역자 주)과는 비교할 수 없었다. 그러나 소박하면서도 편안함이 묻어나는 이 가옥은 마치 주인처럼 전통과 소탈한 일반 백성들 집으로서의 특색을 갖추었다. 이로부터 과거에 유복한 가정이었음을 미루어 짐작할 수 있었다.

– 천썬(陳申) 「반세기 동안 찾아서(半個世紀的搜索)」

11. 더욱 가깝게 느껴지는 숨결

　베이징 동단뻬이대가(東單北大街)에 위치한 3층짜리 회색건물의 남쪽에는 전국으로도 유명한 세허병원이 있고, 북쪽에는 번화한 진바오(金寶)거리가 들어서 있다. 주변환경에 포위된 옛 건물이 오히려 시대에 어울리지 않는 듯했다. 비록 번화한 거리에 있다고는 하지만 지나치게 조용해 보였다. 20세기 초 설립되었을 당시에는 주변 몇 리에서 찾아보아도 여기만큼 멋진 곳은 없었다. 회색건물은 그 당시 베이징 기독교청년회의 옛 주소이다. 도로 맞은편의 동탕쯔(東堂子)골목은 팡따쩡이 사는 세허 골목으로 통하는 유일한 길이다.

　소년시절, 팡따쩡은 늘 청년회에 놀러 갔다. 1936년 그가 톈진기독교청년회에서 이곳으로 와 청년회 소년부 간사 업무를 맡았다. 팡청민은 "팡따쩡이 예의가 바르고 겸손해 인간관계가 좋았다. 노인과 어린이 할 것 없이 모두 그를 좋아했다. 남을 잘 도와주고 사심 없이 봉사하는 마음씨는 더더욱 사람들에게 깊은 인상을 남겼다. 그래서 까오상런(高尚仁)소년부 주임의 추천을 받아 매달 60위안의 월급을 받았다. 그 당시 일반 직원은 보통 20위안이었다."고 회상했다.

　그 기간 그는 까오상런을 보조해서 청년회 내부 업무를 처리했으며, 청년들을 이끌고 서산 등으로 가 여름캠프를 조직하는 등 풍부하고도 다채로운 활동을 전개했다. 이 밖에 그는 몇몇 잡지사의 시민기자로도 활동했다. 당시 발표된 글로부터 그의 업무 열정이 드높고 사회를 위해 아주 자발적으로 봉사했다는 점을 알 수 있다.

재해지역 봉사는 일반 자선단체의 봉사와 다르다. 일반 자선단체는 단순히 인도주의 차원에서 봉사하는 것이지만, 우리는 단지 그들을 구하기 위한 것만이 아니라 더 중요하게는 그들에게 지금 이 상황을 어떻게 벗어날 수 있는지 방법을 가르치려 노력했다. 학련회(學聯會)의 재해지역 봉사는 적극적으로 전개되었다. 이들은 구조를 통해 홍보하고 농민을 조직하려는 목표가 있었다.

....

단원마다 익숙히 파악해야 하는 '업무요강' 첫 줄에는 이렇게 쓰여 있었다. "재해지역 봉사 과정에서 일본군의 군사훈련 상황도 조사해야 한다. 재해지역 농민을 구조하고 농민들을 상대로 홍보 및 조직해야 한다. 이번 봉사의 목적은 3가지다. 첫째, 일본군 군사훈련의 만행을 자세히 조사해 전국 각지에 널리 알리는 것이다. 둘째, 지역주민들이 일본군의 직접적인 위협과 박해를 받고 있어 지금이야말로 대중을 조직할 절호의 기회이다. 셋째, 자아교육을 진행한다."

....

이밖에 '업무요강'에는 조사강령, 홍보강령과 조직강령을 상세하게 언급했다. 이번의 재해지역 봉사활동이 그야말로 시기와 때를 맞춘 홍보가 아닐 수 없다. 11월 8일 새벽 베이핑의 3천여 명 청년 학생들이 이재민들에게 주는 낡은 옷, 제공하는 식량, 그리고 홍보를 위한 전단과 표어 등을 짊어졌다.

北平學生的災區服務

(北平特約通信)

小方

北平四郊,今年遭受旱災,多數非常急迫,許多慈善團體都活躍得很起勁,這照例是年年都有的情形。不過在今年情形是比從前不同了,農民們本來正被旱災弄得飢寒交迫之際,那知又來了一個『日軍大演習』。這次『演習』以平郊農民受損失最大,他們的田莊菜園被殘踏了,他們的房舍被無代價的强佔,傢具被毀壞,他們還要忍氣爲日軍作服役的工作,担水煮飯……

因爲有這種種情形,所以我們應該把救災與救國兩種工作聯合起來。北平學聯會,基於這個原則之下,毅然參加了災區服務工作,實際上所謂『災區』者也就是這次日軍秋操所佔的地帶。

我們的災區服務與一般的慈善團體是不同的,一般慈善團體只是單純的在人道立場上去做,我們則不只是救濟他們,而更要告訴他們所以弄到這步田地的原因,和怎樣解除這種痛苦的方法。學聯會的災區服務,是積極的,要藉着救災而達到宣傳與組織農民的目的。

這次的災區服務運動,完全採取個人自願辦法,先在各校徵求同學報名,然後組織一個災區服務團,總團部下又分爲四個小團,每團包括兩個或三個大隊,大隊中又分爲若干小隊。本來預定在本月七日(星期六)早晨出發,並在災區住宿一夜,次日再行返校,但因爲大多數參加的同學都不願犧牲星期六這一天的課程,所以又決議改爲八日(星期日)黎明出發,當晚返校,並把星期六下午的工夫,用作爲災民募捐和準備的時間。

每個團員都要熟習這次的『工作大綱』,而在『工作大綱』中第一行就寫着:『本團服務災區,同時實施調查日軍演習情形,救濟被災農民,宣傳並組織農民。這次服務的目的有三點:一、將這次日軍演習的暴行詳細調查,廣播到全國各地。二、這次近郊民衆正遭受了日軍直接威脅和迫害的時候,更是組織民衆的絕好機會。三、實施自我教育。』此外在『工作大綱』上,還詳細的指出調查綱領、宣傳綱領、和組織綱領。這樣看來,這次的災區服務運動,實在是一個即景應時的救亡宣傳。

十一月八日清晨,全市有三千個青年學生,荷着放賑的破衣,帶着施捨的糧米,並且還有大批爲宣傳救亡而用的傳單標語等。這三千個同學,包括着五十七個學校單位,他們被分作若干個細胞集團,散佈在北平的四郊。除了幾個學校本來就在城外的以外,在城內的學生,爲了避免出城時的阻撓,都零星散亂的走到郊外,而在某一指定地點集合。行動方式,是以每大隊爲一個單位,而在一個處所集合,人數約二百左右,這樣二百人一隊的團體,分佈在四郊各處一共有十一隊,此外還有三個自行車隊,是爲着要到較遠地方去工作的。

各大隊準時集合之後,先由隊長報告工作程序,然後再分爲若干小隊,每小隊爲五、六人不等,於是乃各別去按照指定地點開闢自己的工作。所以當公安局方面知道這裏有大批的學生集合時,則大家早已散到每個村莊裏去實地工作了。

記者參加在東郊區一個小隊裏,農村裏充滿了荒涼破落的景象,企圖要招集十個人以上的羣衆會議是不可能的,我們只有在田裏向着一定的方向走着,我們決不放鬆每個宣傳的機會,只要一遇到人,我們一定要設法和他們接談,並給與宣傳的印刷品,如果對方是不識字的,就囑付他再傳達給識字去看。

農民們非常痛切的講述日軍演習時候的情形,他們都明白走私,經濟提攜等侵略方式,也能很清楚的分析目前的政治形勢,農民們的見解,一點也不落後,他們對於組織起來的問題感到非常興奮,我們本來是向他們宣傳去的,而結果幾乎他們反倒向我們宣傳起來了!

有個服務員同一位農人說:『××要把我們都殺死了!』但是那個農人以反問的態度答說:『××來了,假若把我們都殺死,也就沒有人給他們種地了,他是不叫我們好好的死掉呀,他要制得我們不死不活的,好爲他們使用,作他們的牛馬!』又有一位農夫說:『××也糊塗,要是把我們都殺了,他的走私貨物可都賣給誰去呢?』農民的話是很正確的,他暗示出××帝國主義只要中國的勞苦大衆作他的奴隸,而並非是要把中國人都殺死,這位服務員應該從農人口裏得到寶貴的教訓。

又一次我們向幾位農人說:『××來了,他要你們去當兵,逼着你們去打自己同胞。』忽然有個農婦接着發了一個問題:『那麼××要叫我們女人去幹什麼呢?』這再再都表示着農人們對救亡問題的熱烈興趣與迫切的組織起來的需要。當服務員們講到一旦和敵人打起仗來,男人們都上前線去,女人們可以在後防作飯等,他們聽了都非常的高興。

他們接過了傳單,都答應把這東西廣播到自己的鄰舍親友們。服務團的各小隊也時常在鄰近的村莊前相遇,都彼此互道成績與愉快的工作上的安慰。我們把民族解放鬥爭的種籽散佈在平市四郊,這還是第一次。

這次災區服務在學生自身是一次很好的自我教育,因爲農民們的意識與學生份子間有很多不同之點,在某種問題的了解方面,他們會比學生更進步更清楚。

服務團的人們都各自帶着午餐乾糧,因爲路程不同,所以比較離城近一點的,在下午三時左右即已返校,而離城遠一點的,當工作完畢時,已是萬家燈火時候了。

『생활주간(生活星期刊)』 특별기고 샤오팡 작품 「베이핑 학생의 재해지역 봉사(北平學生的災區服務)」

청년 재해구조 봉사 휴식시간

57개 학교 단위를 비롯한 3천 명의 학생들이 몇 개의 그룹으로 나뉘어 베이핑의 도시 주변으로 흩어졌다.

원래부터 교외에 있는 몇몇 학교를 제외한 도시 내의 학생들은 성밖으로 나갈 때 저지당할까 봐 우려되어 흩어져서 교외로 갔다가 지정된 곳에 모이기로 했다. 대대를 한 개 단위로, 한 곳에서 집합하기로 했으며, 인원은 약 2백 명 안팎이었다. 한 개 대대에 2백 명씩 총 11개 대대가 도시 주변의 여러 곳에 배치되었다. 이 밖에도 3개 자체 차량 행렬을 구성했는데 이는 더 먼 곳으로 가기 위해서였다. (샤오팡 「베이핑 학생의 지해지역 봉사」)

위 특별기고는 샤오팡이 청년회에서 조직한 활동을 주제로 하여 쓴 글로, 『생활주간』에 발표되었다. 이로부터 학생들이 재해구조 봉사를 진행함과 동시에 대중들이 애국 구국운동에 적극적으로 참여하도록 이끄는 중요한 임무를 맡고 있다는 점을 알 수 있다. 한편 그의 기록에서 첫째, 일본군의 군사행동이 갈수록 심해져 국가와 민족이 가장 위험한 시기에 이르렀으며 둘째, 샤오팡의 열정적인 참여와 적극적인 보도로부터 위험 천만한 상황에서도 그는 결코 방관자로 있지 않았다는 점을 알 수 있다.

기독교청년회에서 촬영할 때 보니 낡은 계단과 천장은 예전의 모습 그대로였다. 그 해의 샤오팡과 현재의 우리가 똑같은 환경에 처해 있다는 얘기다. 우리가 걷고 있는 이 계단은 그가 걸었던 것이고, 우리가 고개를 들어 우러러보고 있는 이 천장은 그가 그때 주시했을 가능성도 있다.

우리가 여는 어느 한 방문이 그가 업무를 보았던 방이었을 수도 있다. 보이지 않는 기운이 우리를 이어놓는 것 같았다. 느낄 수는 있지만 보이지도, 만질 수도 없는 그 무언가가 있는 듯했다. 시간이 마술을 부린 것일까? 마음으로 느끼고 깨달을 수 있을지언정 서로를 만질 수 없고, 같은 물건을 만질 수 있을지언정 서로 손을 잡을 수 없으며, 같은 거울이라도 어제는 그가 오늘은 내가 비춰볼지언정 서로 만날 수 없다. 뛰어넘을 수 없는 장애물 앞에서 우리는 어찌할 방법이 없는 것이다.

팡따쩡이 남긴 가죽 상자와 원판을 촬영할 때도 똑같이 이런 느낌을 받았다. 팡청민이 갈색의 가죽상자를 열자 은은한 나프탈렌 냄새가 풍겨 나왔다. 얼룩덜룩해진 흔적은 여행에서 받은 하사품처럼 느껴졌다. 그러나 어떤 흔적이 쑤이위안, 싱허, 따퉁에서 오고 어떤 흔적이 톈진, 빠오딩, 타이위안, 스자좡에서 온 것인지는 알 수 없었다.

상자는 그의 소지품이다. 옷가지나 촬영기기를 넣는 이 상자에는 잉크 자국도 묻어 있었다. 그가 종이와 펜·잉크도 함께 넣고 다녔다는 점을 말해준다. 샤오팡의 흔적을 엿보고 향수를 느낄 수 있는 이 여행 상자와 만

샤오팡이 여행할 때 사용한 가죽 상자(현재 빠오띵 팡따쩡기념실에 보관되어 있다)

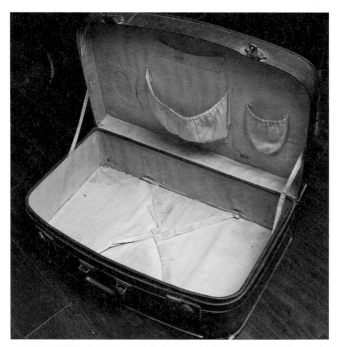

샤오팡이 여행할 때 사용한 가죽 상자(현재 빠오띵 팡따쩡기념실에 보관되어 있다)

나는 순간, 우리는 그에게로 한 발 더 가까이 다가갈 수 있었다.

　2013년 11월 내가 다시금 세허골목 10호로 갔을 때, 집에는 한 그루의 오래된 회화나무의 가지가 무성하게 자라고 있었다. 샤오팡 가족이 이곳에서 거주했다는 것을 입증해줄 수 있는 유일한 증인이었다. 2007년 이미 베이징시 원림녹화국에 의해 2급 고목으로 지정되었으며, 번호는 11010100905이다. 등급에 따라 추정해 볼 때, 이 회화나무의 수령이 3백 년 이상일 것으로 보인다. 우리가 촬영하고 난 후 여러 해가 지나 생긴 일이다. 예상치 못한 보호로 샤오팡과 오늘의 세계가 격리되지 않고 어우러져 있는 것만 같았다.

　그해 이 집에서 촬영기사 마동거(馬東戈)가 한 장면의 앵글을 계획했다. 당시 팡청민 일가가 이미 세허골목을 떠난 지 오래되었다. 가옥도 새 주인이 들어오면서 일부를 보수했고 주인은 나뭇가지 위로 철 사슬을 늘여 옷가지를 말리는 데 사용했다. 마동거는 우리가 미리 액자에 넣어둔 샤오팡의 사진을 그곳에 걸어놓았다. 사진을 나이순에 따라 배열한 후 차례로 앵글에 담았다. 이 정원에서 살던 샤오팡의 어릴 적부터 성인이 되기까지의 성장과정을 쭉 보여주려는 것만 같았다. 그 덕분에 다큐멘터리의 질이 한층 높아졌다. 이로부터 우리는 얼마나 많은 팡 씨 집안의 이야기가 이 회화나무의 연륜에 녹아들어 갔을지 가끔 생각해보곤 했다.

　우리는 샤오팡이 집 문을 나설 때 꼭 지나던 골목의 낡은 벽에 그의 사진을 걸어놓았다. 흑백사진이 회색 벽과 서로 어우러져 특별한 분위기가 연출됐다. 샤오팡이 다니던 학교의 교정, 자기 집 정원이나 여행 중에 남긴

팡따쩡 옛집 정원의 회화나무가 여전히 무성하게 자라고 있다.(펑쒜쏭 촬영)

기념사진 등이 나란히 전시되어 있다. 맨 끝에는 나무 무늬 본색으로 된 빈 액자 3개가 걸려있었는데, 이는 팡따쩡이 실종된 후 남겨진 미지의 세계나 아직은 마무리 짓지 못한 상태에 대한 그의 이런저런 유감을 표현하기 위해서였다. 예를 들면 그 당시 샤오팡이 「냥즈관에서 옌먼관에 이르기까지」에서 옌먼관에 오르지 못한 아쉬움을 표현하려 했다.

통푸(同蒲)로 북쪽구간의 버스는 여전히 위안핑(原平)진까지밖에 통하지 않는다. 그래서 옌먼관을 벗어나려면 자동차를 타는 것이 유일한 방법이다. 타이위안에서 따통까지의 도로 중 70%가 철도와 서로 평행되어 있으므로 자동차를 타도 통푸로 북쪽 구간의 상황을 볼 수 있다.

2000년 다큐멘터리 「팡따청을 찾아서」 제작진이 세허 골목에서 촬영하고 있다.(펑쉐쏭 촬영)

옌먼관의 도로가 험준하고 다니기 어려워 퉁푸로가 이를 가로지르지 못하고 있다. 현재 퉁푸로의 노선을 보면 위안핑에서 자동찻길과 갈라져 있다. 서쪽 양팡커우(楊方口)를 돌아서 지나고 옌먼관 산맥을 넘어서 옌먼관 밖의 다이웨(岱嶽)진에 이른 후에야 다시 자동찻길과 합쳐졌다. 자동찻길의 전체 노정은 620화리(華裏: 310km)이다. 우리는 새벽 4시 타이위안에서 출발했다. 양밍바오(陽明堡)에 도착한 후 잠시 휴식을 취하면서 식사를 했다. 배불리 먹고 나서 차에 휘발유를 넉넉히 채우고는 또다시 옌먼관에 오르는 중요한 여정을 시작했다. 아쉽게도 자동찻길은 옌먼관 서쪽으로 돌아서 가야 했기 때문에 이곳과 8리(裏:3.2km)나 떨어져 있는 옌먼관의 아름다운 풍경을 직접 볼 수 없었다.

옌먼관 밖은 진뻬이(晉北)지역에 속한다. 자연지리 환경에 따라 산시를 구분할 때 북쪽은 옌먼관을 경계선으로 할 수 있다. 마치 동쪽이 냥즈관을 장벽으로 하는 것처럼 말이다. 쌍간허 유역에 속하는 진뻬이와 차난(察南)은 동일한 지대에 자리 잡고 있다. 군사지리는 늘 자연지리와 큰 연관이 있었다. 현재의 항일전쟁을 보면 제1선이 이미 장자커우·난커우에서 물러났다. 즉 전쟁터가 차난에서 진뻬이로 옮겨졌다는 얘기다.

차난과 진뻬이는 워낙 지리적으로 경계선이 없었다. 그러나 전쟁터가 옮겨지면서 만약 우리가 '선혈로 새로운 장성을 구축하지 못한다면' 결코 진뻬이를 지켜내는 것을 확실히 보장할 수 없다. 진뻬이에 문제가 생긴다면 쑤이위안 방어선도 고립될 것이다. 만약 적을 향해 반격할 결심을 내리지 못해 진뻬이가 두 번째 차뻬이(察北)로 전락한다면 옌먼관이 장자커우의 대역이 되고 말 것이다……비록 터무니없는 허튼 생각이지만 여러 가지 사실을 종합해보면 이렇게 생각하지 않을 수 없다.

참으로 어려운 시기이다. 서쪽 전선의 급변하는 정세는 정치조직에 존재하고 있는 다양한 문제점을 노출했다. 대변혁의 시대가 다가옴에 따라 누구나 할 것 없이 모두 자기의 임무를 정확히 알고 자신의 힘으로 스스로 자립해야 한다. 오랜 시간의 항일전쟁에서 마지막 승리를 거머쥘 방법은 국민자체의 힘에 의지하는 것뿐이다. (샤오팡「냥즈관에서 옌먼관에 이르기까지」)

옌먼관에 오름 (마둥거 촬영)

2000년 9월 28일, 다큐멘터리 「팡따쩡을 찾아서」 촬영제작팀이 100리 (40km)의 산길을 달려 가지고 온 샤오팡의 사진을 옌먼관 성벽 위에 걸어 놓았다. 그해 그가 오르지 못한 것에 대한 아쉬움을 조금이나마 풀기 위해서였다. 적막이 깃들자 산골짜기는 쥐죽은 듯 조용해졌다.

그 누구도 63년 만에 성사된 만남을 방해하려 하지 않는 것만 같았다. 「냥즈관에서 옌먼관에 이르기까지」는 샤오팡이 1937년 9월 4일, 판창장 등과 따퉁에서 만난 후 글로 써 상하이 『대공보』에 보낸 기사이다. 이는 그의 두 번째 산시 행이자 따퉁 행이기도 했다.

촬영가 우췬(吳群)은 이렇게 회고했다. 산시에서 샤오팡의 첫 취재촬영은 1936년 하반기에 성사됐다. 그때 그는 쑤이둥에서 항일전쟁을 보도하고 변경지역의 정세를 촬영했다. 그는 진삐이 지역을 오가면서 특히나 따통의 정치·경제·군사, 그리고 주민의 생활현황에 대해 자세하게 취재 보도했다.

그는 그 해 6, 7월 저우타오펀(鄒韜奮)이 주필로 있는 홍콩『생활일보(生活日報)』에서 우선 산시여행 연재기사를 게재했다. 그중 하나가 「장위안에서 따통에 이르기까지(從張垣至大同)」인데 '화로를 에워싸고 수박을 먹다.', '양저우(揚州)와 흡사한 따통', '산시는 과연 가난한가?' 등 15개 내용으로 나누었다. 또 다른 하나는 「진뻬이 석탄업 현황(晉北煤業現狀)」인데 '생산량'·'운송'·'노임'·'결론' 등으로 나뉘었다. 이런 글로 진뻬이의 다양한 견문을 국내외 독자들에게 선물했다.

이어 상해『생활주간』1권 19호에 동시에 두 개의 전문 촬영 보도를 발표했다. 그중 하나는 진(晉), 수이(綏) 황허변에서 찍은 「황허의 뱃사공 - 중국 노동자의 모델(中國最大的富源 — 煤)」이고 다른 하나는 따통 커우취안(口泉)광산구에서 찍은 「중국의 최대 재부 원천 - 석탄」이다. 사진의 이미지가 우아하고 표현력이 특히 뛰어났다. 그는 고된 생활을 하는 중국 일반 대중에 앵글을 맞춰 그들의 실제 생활에 큰 관심과 동정을 표했다.

1936년 샤오팡이 진쑤이 지역에서 촬영한 수백 장의 원판 자료 중 일부는 따통시 및 윈강(雲岡)·커우취안(口泉) 등에서 촬영한 것이다. 이밖에 아직 발표되지 않은 우수한 작품도 있었다. 「모녀 쇄탄공(碎煤工)」은 커우취안 탄광에서 찍은 인물 클로즈업이다. 이는 그 해 진뻬이의 가난한 지역에서 몸을 가릴 바지 하나 없이 여자 어린이들이 맨손에 망치를 쥐고 등에 주전자를 메고 어머니를 따라 저탄장(煤場)으로 가서 쇄탄공으로 일했다는 점을 말해준다.

꽌산(關山)에 흩어진 포화의 연기(펑쉐쏭 촬영)

오늘의 옌먼관(펑쉐쏭 촬영)

「황허의 뱃사공(黃河上的船夫)」, 『생활주간』에 실렸다.

「중국의 최대 재부 원천-석탄(中國最大的富源──煤)」, 『생활주간』에 실렸다.

이는 해방 전, 진삐이 석탄노동자의 고된 생활에 대한 진실한 상황을 보여주는 사진이다. 수십 년 전의 비참한 정경을 그대로 재현해 그 당시의 역사를 영원히 마음속에 간직하도록 시시각각 사람들을 일깨우고 있다.

윈강(雲岡), 우리가 촬영하는 또 다른 중요한 지점이다. 석굴은 따통시 서쪽에서 16km 떨어진 우저우산(武周山) 남쪽 기슭에 자리 잡고 있다. 팡따쩡이 따통에서 쑤이위안으로 가는 길에 이곳에서 잠깐 머문 적이 있다. 제20번째 동굴에는 13.7m의 석가 좌상이 모셔져 있다. 얼굴이 인자하고 양어깨가 넓은 좌상의 조형은 웅장하고 기백이 넘쳐 석굴 조각예술의 대표작이자 윈강의 징표로 꼽힌다. 휴식시간에 우리는 석가모니 상 앞에서 기념사진을 찍었다.

우연하게도 내가 이 책을 쓰고 있을 때 샤오팡의 조카 장자이쉬안 씨가 청두(成都)에서 보내온 우편물을 받았다. 내용은 샤오팡이 노구교사변 전에 찍은 작품이었다. 사진을 정리하면서 불현듯 윈강의 석가모니 반좌상이 있는 자리에서 익숙한 모습을 발견했다. 자세히 보니 샤오팡의 셀카 사진이었다. 사진 속 샤오팡은 오른손을 주머니에 넣고 가방을 어깨에 엇비슷하게 둘러메고 있었으며 그 옆에는 물병을 걸고 있었다. 여행에 안성맞춤인 차림새였다.

이 모습을 보는 순간 나는 너무 감격했다. 자세히 보니 그해 내가 서서 사진을 찍은 위치가 그와 몇 십 미터밖에 떨어져 있지 않았다는 것을 알 수 있었다. 거리가 이토록 가깝다니, 우연의 일치일까? 아니면 어딘가로 이끄는 것일까?

커우취안 광산의 쇄탄공

1936년 윈강 석굴 앞의 샤오팡

2000년 윈강 석굴 앞의 나

따통 융타이(永泰)거리

샤오팡과 시잉 등은 따통에 도착했다. 판창장은 「샤오팡을 그리워하며」에서 "우리와 추장 등 넷은 폭격당한 후의 따통에서 앞으로의 업무 계획을 논의했다. 정세가 긴박할 때 우리가 묵은 따통 숙소에서는 낮에 음식을 제공하지 않았다.

우리는 늘 성벽의 방공호 옆에서 글을 썼다"고 언급했다.

「중공 옌뻬이 지역역사대사기술(中共雁北地區歷史大事記述)」에는 9월 초, 희맹회(犧盟會) 따통 중심구가 샤오난터우촌에서 각 현급 특파원 회의를 소집했다. 충분한 논의를 거쳐 회의에서는 대중을 상대로 계속해서 홍보하고 동원해 항일전쟁을 굳게 지지하기로 했다. 『대공보』기자 판창장 일행이 요청을 받고 회의에 참석했다.

당시 희맹회 특파원으로 활약했던 취젠(屈健)은 따통 남교 수이퍼쓰(水泊寺) 향 샤오난터우(小南頭) 촌의 관음묘에서 판창장이 많은 사람과 좌담회를 가졌다고 회상했다. 그는 당시의 항일전쟁 상황을 설명하고 일본군에 대한 다음 단계의 움직임을 분석하는 외에 많은 사람이 무기를 들고 나라를 지킬 것을 호소했다고 돌이켰다. 취젠의 기억 속에 판창장 일행에 모두 3, 4명이 있었는데 그 중 어깨에 카메라를 멘 젊은이가 열정적이고 활발하며 예의가 아주 바르다는 느낌을 받았다고 했다. 그러나 시간이 너무 오래 흐른 탓에 그 사람의 이름이 잘 떠오르지 않는다고 했다.

2000년 여름, 우리가 그곳에 갔을 때 샤오난터우촌의 관음묘는 이미 훼손될 대로 훼손되어 그 모습이 아주 폐허 같았다. 그나마 그해 건물의 구조를 알아낼 수 있었지만 예전의 모습을 찾기는 어려웠다. 다만 몇 그루의 고목이 앙상하게 하늘을 향해 뻗어 있을 뿐이었다. 새로운 마을은 이곳에서 멀어졌으며 관음묘는 명실상부한 역사로 되어 버렸다. 취젠 기억의 속에서 '어깨에 카메라를 멘 젊은이'가 샤오팡이라고 확신할 수 없지만 일말의 희망이라도 있으면 최선을 다해 찾아야 한다고 나는 믿었다. 촬영이 시작되고서부터 지금까지 낡아빠진 폐허 외에 아무것도 찾아내지 못했다. 황토가 역사를 감춰버렸고 한 세대 사람을 숨겨버린 듯했다.

방문한 지 여러 해가 지난 뒤, 취젠 씨가 당시 향년 100세에 생을 마감했다. 이제는 오래된 추억마저 가져가 버렸다. 앞으로는 샤오난터우촌의 옛 이야기를 정확하게 얘기할 수 있는 사람은 더 이상 없을 것이다.

팡따쩡은 따통에 두 번 간 적이 있다. 처음에는 이곳을 거쳐 쑤이위안으로 갔을 때이고, 두 번째는 이곳에서 잠깐 휴식을 취했다가 전선으로 갔을 때였다. 전후 두 차례의 취재에서 정세와 외부환경은 물론 심경에도 변화가 생긴 만큼 샤오팡의 글에서도 뚜렷한 차이가 보였다. 전쟁이란 무거운 분위기 속에서 25살 나이의 청년은 더욱 이성적이고 더욱 성숙해 졌던 것이다.

전쟁 탓에 사람도 빨리 늙는 듯했다. 전쟁만 아니었더라면 우리는 샤오 팡의 겸손과 정겨운 숨결을 더 많이 느꼈을 것이다.

이번 여행길에서 줘쯔산(卓資山) 가계에 있을 때가 가장 재미있었 다. 여기서 그 과정을 상세하게 설명해 독자들에게 쑤이위안에 사는 일반 대중들의 생활모습을 보여주는 것도 좋을 듯싶다. 이곳에는 독 방이 없고 구들이 깔린 큰 한 칸뿐이다. 방에 들어서면 구들 위에 가 마솥이 2개나 걸려 있어 발 디딜 틈이 없으며 옆에는 연료로 쓰일 말 똥이 쌓여있었다.

그 비좁은 구들 방으로 18명이 올라갔다. 다행히도 연등은 4개가 있었다. 담배를 피우지 않는 몇몇 외에 모두 삼삼오오 연등에 모여 앉 았다. 기자가 그들에게 "뭘 하러 왔느냐?"고 묻자 그들은 "아이고! 고 생하러 왔다"고 말했다. 알고 보니 이곳에서는 힘쓰는 일을 해 먹고사 는 것을 '고생'한다고 했다. 그렇다. 세계에는 두 가지 부류의 사람이 있다. 한 부류는 복을 누리고, 다른 한 부류는 고생하는 사람들이다.

"얼마나 고생을 했느냐?"라고 기자가 물었다.

"저는 담배 밭에 물을 길어 나르는 일을 했습니다." 올해 철도 앞에 는 담배 재배를 허락하지 않기 때문에 거의 수확이 없었다. 따라서 거 금을 들여 노동자를 고용해 줘쯔산(卓資山)에 있는 밭으로 물을 길어 다 재배했다.

따퉁 남교 수이퍼쓰(水泊寺)향 (펑쉐쏭 촬영)

샤오난터우촌에서 '팡(方)'의 자취를 찾아서 (펑쉐쏭 촬영)

‘고생하는 사람들’ 가운데서 몇몇은 다른 곳에서 도보로 쑤이위안으로 가는 행인이고, 몇몇은 미장하는 사람들이었다. 한 마디로 이들은 고향을 떠난 유랑 농민들이다.

"하루에 얼마나 벌 수 있습니까?"

"0.1위안 조금 넘습니다." 0.1위안은 그들의 노임이고, 식사는 고용주가 책임진다고 했다.

"하루에 담배를 얼마나 피웁니까?"

"0.1위안어치요." 그들의 모든 수입에서 얼마 정도의 숙박비를 제외한 나머지는 전부 아편 구입에 써버렸다. 아편의 공개는 사실 그 위해성을 알고 백성들이 멀리했으면 하는 생각이었지만, 다른 소모품과는 달리 아편의 특수한 중독성으로 말미암아 기존의 방법이 효과를 보기는커녕 백성들이 더 아편에 빠져 타락하는 문제점을 초래했다. 그러나 아쉽게도 통치자들이 이로써 얻은 수입으로 군정의 지출을 유지하고 있다.

가령 어느 날 전국의 아편 중독자들이 모두 피우지 않는다면 이도 한 가지 저항이나 시위와 같은 효력을 발휘하게 될 것이다. 기자는 대중의 금연운동을 좌시하지 말 것을 희망했다. 이는 민족해방운동에서 결코 가볍게 볼 수 없는 부분이다. 광범한 서북의 어려운 대중들이 마약의 피해를 너무나 크게 받고 있기 때문이었다.

한 숙소에 같이 묵은 손님은 향에서 쥐쯔산으로 딸을 팔러 왔다고 한다. 약 70위안에 팔기로 거의 약속이 되었다고 들었다. 여자애는 이제 고작 14살이다. 진쑤이 일대는 여자가 남자보다 값이 더 나갔는데 이도 특별한 풍속이 아닐 수 없다.

그들은 기자가 뭐 하는 사람이냐고 물었고, 기자는 사진 찍는 일을 한다고 답했다. 한 장에 얼마나 받느냐고 물었고, 기자는 돈을 받지 않는다고 했다. 그들은 아주 기뻐했다. 그래서 어두운 호롱불로 그들의 흡연 사진을 2장 찍을 수 있었다. 그 후로 우리는 더 친해져서 마음을 터놓고 얘기를 할 수 있게 되었다. (샤오팡 「따통에서 쑤이위안에 이르기까지 · 구들방 위의 4개의 연등」)

촬영에서의 어려움은 가히 상상할 수가 없다. 샤오팡을 찾는 과정에 자료가 너무나 적었기 때문이다. 약간의 단서가 생겼을 때마다 무언가를 찾겠다 싶다가도 또 다가가면 아무것도 찾지 못했다. 이런 일들이 가장 어려웠다. 그래서 나와 촬영제작팀은 세밀한 작업을 많이 하고 사전준비도 철저히 했다. 그 후 이런 자료와 단서들에 대해 재 '창작'을 진행했다. 창작이란 단어에 인용표를 붙인 것은 백묘수법(白描手法, 등장인물의 말과 행동거지로써 그의 내적 정서를 표현하는 방법 – 역자 주)으로 다큐멘터리 촬영과정을 마무리할 수 있기를 바라기 때문이었다. 또 인물의 운명과 사건에 인위적인 방법을 사용하거나 연출하는 것을 원하지 않기 때문이기도 했다.

한동안 나는 베이투(北圖) 옛 간행물 창고에서 『세계지식(世界知識)』, 『여성생활잡지(婦女生活雜志)』, 『양우잡지』, 『미술생활(美術生活)』 등의 잡지를 열람했다. 이런 잡지는 당시 샤오팡이 늘 원고를 제공했던 일부 간행물들이기 때문이었다. 우리는 여기서부터 착수해 조금씩 샤오팡에 다가가기 시작했다. 곰팡내가 풍기는 도서실에서 샤오팡이 찍은 일부 전선의 사진을 비롯해 항일전쟁 전에 찍은 일부 민속사진을 발견했다. 우리는 이런 사진들에서 그의 존재를 조금씩 느끼기 시작했다.

샤오팡과 '접촉'하는 과정에 그는 지조가 고상한 청년이라는 느낌을 받았다. 고상하다고 얘기하는 것은 그의 신념에 당파의식이 없고, 인민이 근본이고, 사람이 근본이라는 사상이 뇌리에 박혀 있다는 점을 느꼈기 때문이다. 예를 든다면, 그가 찍은 가난한 백성의 자연스러운 표정에서 샤오팡과 그들은 평등한 관계였다는 점을 느낄 수 있었다.

브레송은 사진을 찍을 때 반드시 마음과 눈을 함께 움직여야 한다고 했다. 다시 말해 온갖 방법을 동원해 촬영 대상을 이해해야 한다는 뜻이다. 이래야만 사물의 본질에 접근할 수 있을 뿐만 아니라 주제를 보다 정확하고도 진실하게 표현할 수가 있다.

만약 팡따쩡이 교만한 생각으로 촬영대상을 대했다면 결코 조화롭고 자연스러운 화면을 찍을 수 없었을 것이다. 우리는 촬영대상의 표정에서 그의 마음을 읽을 수 있었다.

그를 돌이켜보는 것이 사회학 차원에서 말하면 전수조사 방식이기도 하다. 흡사 우리가 헌 서적 더미에서 고고학을 연구하는 것과 같은 것이다. TV는 형상화된 매체로 평면 언론과는 확연히 다르다. 평면 언론은 상상과 문자만으로도 완성할 수 있다. 그러나 실제로 사건의 기록 영상은 반드시 합리화된 현실이 뒷받침되어야 한다. 그 과정에서 촬영한 인터뷰 대상만 수십 명에 달한다. 촬영한 자료가 사용한 재료보다 훨씬 많을 것이다. 영상의 전체 촬영과정에는 샤오팡의 살아 움직이는 '이미지'가 있어야 한다. 더구나 나는 시청자들에게 샤오팡에 영향을 준 환경이 무엇이고, 그가 왜 이런 작품을 찍었는지를 알리고 싶은 마음이 더 컸다.

재현에 심혈을 기울인 다큐멘터리는 국제배경이나 그 당시의 국내환경이 있어야 한다.

자료수집에 나선 샤오팡

펑타이 기차역

이런 상황이 샤오팡의 심리에 어떤 영향을 미쳤기에 그의 여정이 바뀌고 행위에 변화가 생긴 것일까? 그래서 우리가 샤오팡을 찾는 과정에서 어려운 부분이 있었다고 얘기하는 것은, 또한 당시 그의 주변 분위기를 파악하기 어려운 데 있었음을 말하는 것이다.

베이징에서 펑타이(豊台)에 이르기까지 만약 베이닝(北寧)으로 기차를 탄다면 총 여정이 30여 화리(華裏 15km)에 달해 주행시간이 약 20분 정도 걸린다. 그러나 걸으면 용띵(永定)문에서 출발해 20화리(10km)를 걸어야 도착할 수 있다. 기자는 가는 길의 상황을 관찰하기 위해 걸어서 가기로 했다.

용띵문 밖 기차역의 남도 옆에 제29군의 병영이 있다. 이곳에서 철도를 따라 서남쪽으로 가는 길 양옆에는 갈대밭이 우거져 있다. 수확의 계절인 가을이 이미 지나간 터라 농촌은 유달리 한적해 보였다. 그러나 남쪽으로 내려갈수록 채소밭이 점차 많아졌다. 펑타이(豊台) 인근에 이르기까지 이 일대의 촌에서는 거의 채소재배를 중요한 농업으로 경작하고 있었다. 이밖에 화초도 펑타이의 특산물 중 하나로 꼽힌다.

류촌(柳村)을 지나면 핑쑤이로와 베이닝(北寧)로 가는 길이 갈라지는 교차로가 생긴다. 기존에 평수이로는 펑타이를 시작으로 베이닝로와 나란히 류촌까지 이어지다가 베이완(北灣) 쪽으로 기울어져 나 있다. 반면에 베이닝은 동쪽으로 돌아가야 있었으며 류촌과 펑타이의 거리는 6화리(3km)에 달했다.

철도가 펑타이역에 들어서면 바로 동서위선(東西緯線)이다. 시가지는 역 북쪽에 있고, 기차역과 마주하고 있는 가게나 상점은 모두 거리 북쪽을 따라 오픈되어 있다. 만약 기차를 타고 이곳으로 온다면 방향을 잘못 알기 일쑤라는데 일부 신문기자도 이런 착오를 범한 적이 있다고 했다. 일본군 부대는 역 동쪽에 있다. 그러니 베이핑에서 오면 첫눈에 붉은색의 새 부대 막사가 들어왔을 것이다. 부대의 정문은 서쪽을 향해 열려 있으며 기차역과는 마주하고 있다. 높이 올라간 흰색 난간 위에서 일장기가 나부끼고 있다.

....

몇 갈래의 작은 골목에서는 방랑자들이 머무는 여관이나 식당 그리고 자그마한 병원도 찾을 수 있다. 그런데 하필이면 기생이 모여 있는 곳의 바로 옆에 있었다. 이 상업 거리를 따라 서쪽 끝까지 걸어가면 징과 북소리가 들린다. 도로 북쪽의 작은 골목길을 따라 계속 쭉 들어가야만 눈앞이 확 트인다. 여기는 길거리 상인들이 여러 가지 물건을 꺼내놓고 파는 난전 같은 곳으로, 먹을거리나 도구를 파는 것 외에 오락을 하기도 한다. 조금 전 들었던 징과 북소리도 바로 이곳에서 흘러나온 것이다.

....

한 골목까지 가니 완핑(宛平)현 정부에서 붙인 게시문이 눈에 들어왔다. 일본군의 추조(秋操, 가을철 군사 훈련을 말함 - 역자 주) 기간 중 백성들이 두려워하지 말 것과 유언비어를 퍼뜨리는 것을 금지한다는 등의 여러 내용이 적혀 있었다. 그래서 우리는 그곳에서 사진을 찍어 기념으로 남겼다. 베이닝로 역의 표지판은 관외(關外)를 따라 배워서인지 모두 일본 글로 해석을 달았다.

골목의 기생집

일본 기녀

이는 그해 8월에 이미 완성된 것이라 펑타이역의 표지판에도 일본 글이 적혀 있었다.

기자가 펑타이에서 약 2시간 동언 걸으면서 기본적인 것만 살펴본 후, 오후 2시 30분쯤 펑한로의 펑창(펑타이-창신뎬)교차로를 따라 서쪽으로 갔다. 이 일대는 산에서 일어난 홍수로 인해 침식된 곳으로 흙과 돌이 아주 많았고 논밭이 극히 부족했다.

8화리(4km)의 길을 지나 노구교에 도착했다. 창신뎬까지 통하는 길을 지나려면 일반 마차나 행인 할 것 없이 완핑 현성을 지나 노구교를 가로질러야 한다. 기차는 성벽의 북쪽을 돌아서 가야하고 또 다른 철교를 통과해야 한다. 용띵허가 창신뎬의 전위대 역할을 하고 있다.

다리 양쪽의 수비가 삼엄했다. 일본군이 몇 번 노구교에서 훈련을 진행했다. 그들은 펑한철도 북쪽 일대를 경계선으로 했으며 노구교를 넘어가지 않았다. 기자가 다리 위에서 촬영하려면 반드시 방위군의 동의를 거쳐야 한다. 그는 기자의 인적사항을 자세하게 물어보고 나서 사진을 찍어도 괜찮지만 찍고 나서는 지체하지 말고 바로 떠나야 한다고 당부했다. 기자는 이 기회에 그들과 간단한 교류를 할 수 있었다.

"노구교가 명승지여서 사진 찍으러 오는 사람들이 꽤 있었습니다. 그러나 지금은 정세가 예전과는 많이 달라져서 이곳으로 오는 사람들에게 우리는 특히 주의하도록 하고 있습니다." 수비하고 있던 소대장이 나에게 말했다.

"네, 맞습니다. 현재 우리의 적은 날마다 기회를 찾아 시비를 걸려고 하고 있습니다. 25일에 또 훈련을 하려고 하고 있지 않습니까?"

철도 옆의 일본 군영

"그래요? 최근에 어떤 소식이라도 들으셨습니까?" 나의 말을 들은 그는 갑자기 고무되어 오히려 나한테 반문했다.

"특별한 건 없습니다. 현재 전국 인민이 일본에 대한 정부의 외교에 주목하고 있지 않습니까? 그러니 그들에게 너무 많이 양보하지는 않을 것입니다. 그러나 이번의 '추조(秋操)'에 창신뎬도 훈련장 범위에 포함되었다고 들었습니다."

"그렇군요. 오라고 하세요. 어차피 그들이 (노구교를) 지나지 못하게 할 겁니다." 그의 단호한 이 한마디 말에서 일본군의 이번 '추조'가 용띵허를 넘어 창신뎬까지 범위를 확장하려면 두 번째 '9.18' 펑타이 사건이 발생할지도 모르겠다는 생각이 문득 들었다. 아마도 앞으로 진척 상황을 보아야 할 것 같다.

기자가 그들에게 사진을 찍어 주겠다고 했지만, 위에서 사진촬영은 불허한다는 명령을 내렸다면서 완곡하게 거절했다.

....

사실 기자는 이곳에서 기차를 기다렸다가 돌아갈 예정이었지만 자
동차를 타고 돌아가는 것이 낫겠다 싶었다. 혹여 더 많은 보도자료를
얻을 수도 있겠다는 생각에서였다. ……

....

어둠이 점차 깃들자 북방은 찬 기운이 물씬 느껴졌다. 길 옆의 채
소밭에서는 여성들이 한 포기씩 배추를 끈으로 묶어 큰 배춧잎들이
고갱이를 꼭 싸게 했다. 이러면 저장에 편리해 겨울에 팔거나 자기들
의 식량으로 사용하기 좋게 하기 위한 작업이다. (샤오팡 「완핑여행(宛
平之行)」)

위 기사는 「완핑여행」에서 발췌한 것으로, 1936년 10월 22일 베이핑에
서 썼다. 글은 노구교사변 전, 펑타이, 완핑, 창신뎬 일대의 자연지리, 인문
풍경, 사회현상을 상세하게 묘사했다. 글이 자연스럽고 조사가 꼼꼼했다
는 점에서 우수한 보도기사일 뿐만 아니라, 귀한 사회조사 자료이기도 했
다. 따라서 항일전쟁이 발발하기 전에 중국의 일부 모습을 이해하는 데
현실적인 참고 역할을 했다고 할 수 있는 것이다.

샤오팡이 글에서 묘사한 이 일대가 1년도 채 되지 않아 전 세계에 이름
을 널리 알려 민족 항일의 시작점과 최전방이 되었다. 예측성을 띤 「완핑
여행」은 샤오팡이 전쟁 전야와 비상시국에 대한 뛰어난 통찰력을 보여주
었다. 갓 20살을 넘긴 젊은이가 늘 제1인칭의 방식으로 보고 들은 것들을
흥미진진하게 얘기하고 적기에 논평을 발표했다.

팡청민이 『세계지식』에서 샤오팡 작품의 청수영수증을 복사했다.

또 논점이 정확했을 뿐만 아니라 감각도 뛰어났다. 그의 글을 읽노라면 우리는 자기도 모르는 사이에 그의 행적을 따라 기뻐하거나 깊은 사색에 빠졌다가도 어느 순간 또 걱정되기도 했다.

샤오팡의 조카 장자이쉬안을 인터뷰를 할 때, 외삼촌은 가장 훌륭한 뉴스를 쓸 수 있고, 최고의 사진을 찍을 수 있는 곳이 어디인지, 그리고 언론 기자가 마땅히 가야 할 곳이 어디인지를 잘 알고 있었다고 말했다.

퇴직 후의 많은 시간을 팡청민은 늘 오빠가 남긴 필름과 벗하며 지냈다. 그리고 샤오팡이 집을 떠난 후 신문·잡지에 실린 글과 사진을 찾기 시작했다. 한동안 베이징도서관은 그녀가 매일 반드시 가는 곳으로 되었다. 비록 일부 사진은 서명이 없거나 중외 신문학사라고만 밝혔지만 팡청민은 샤오팡의 작품임을 한눈에 알았다. 샤오팡의 글이나 사진은 '그만의 풍격'이 있었기 때문이었다. 그녀는 자료 수집으로 오빠가 어디로 갔고 어떤 곳들을 갔었는지를 알게 되었다. 그녀는 그 과정을 샤오팡과의 '마음 나누기'로 생각했던 것이다.

1980년대 중반 팡청민은 샤오팡이 늘 원고를 제공하는 『세계지식』잡지사를 방문해 「노구교항전기(蘆溝橋抗戰記)」를 찾아냈다. 얇은 16쪽의 종이에 4.2위안의 복사비용을 사용했다. 당시 4.2위안이면 상당히 큰돈이었다. 팡청민은 샤오팡을 다시 '찾은 것만' 같아 가치가 충분하다고 여겼다.

촬영할 때 우리는 팡청민이 오빠의 사진을 정리하는 앵글을 맨 뒤에 놓았다. 휠체어에 앉은 그녀는 햇빛이 들어오는 창문을 향해 앉아 원판을 머리 위에까지 높이 들었다. 흑백 원판의 윤곽이 삽시간에 환히 비쳤다. 그녀의 입가가 바르르 떨렸다. 무언가를 말하려는 듯했지만 결국 한마디도 하지 않았다. 그저 눈물이 두 볼을 따라 주르르 흘러내릴 뿐이었다. 그녀의 마음속에는 오빠에 대한 사무치는 그리움으로 가득했다.

쥐죽은 듯 고요한 방에서 오로지 카메라만이 묵묵히 돌아가고 있었다. 그리고 촬영 중이라는 빨간 지시등이 줄곧 켜져 있을 뿐이었다. 우리는 촬영기의 희미한 불빛이 시공을 꿰뚫고 시간의 그쪽까지 비춰 샤오팡이 집으로 돌아오게 이끌 수 있기를 간절히 바랐다.

12. 필름의 운명과 귀속

    암실의 안정등 아래서 샤오팡의 작품이 한 장씩 전시되었다. 나는 마치 샤오팡과 정신적인 차원에서 일부 교류가 이뤄지는 것만 같았다. 사진이 한 장씩 전시될 때마다 샤오팡의 재능에 진심으로 탄복했다. 사진 구도가 그야말로 완벽했고, 순간 포착도 전혀 흠잡을 데가 없었다. 그는 사물의 핵심에 직접 다가갔으며, 그 밖의 영향을 전혀 받지 않았다. 더욱 의아한 부분은 그의 표현기법이 반세기가 지난 오늘에 와서도 전혀 시대에 뒤떨어진 느낌이 없다는 것이었다. 팡따쩡은 그 시대의 그 어느 세계 촬영가와 비교해도 전혀 뒤지지 않았다.

    - 롼이충(阮義忠) 「보고 싶었고, 보았고, 들었다(想見 看見 聽見)」

12. 필름의 운명과 귀속

  연락이 끊긴 후의 한 시기 동안, 샤오팡의 가족은 그다지 큰 걱정을 하지 않았다. 가족은 일찍부터 언젠가 불현듯 돌아오고 또 불현듯 떠나는 그의 생활방식에 습관화되었기 때문이다. 게다가 시국이 혼란스럽고 민심이 흉흉한 탓에 그 누구도 별다른 생각 없이 하루하루를 살아갔다.

  사실 샤오팡이 늘 원고를 제공하는 상하이 『대공보』, 『미술생활(美術生活)』 등에서 그의 거취를 알아보고 글이나 사진으로 그의 상황을 이해할 수 있어 가족들이 크게 걱정하지 않았다. 1937년 9월 30일 『대공보』에 「핑한선 북쪽구간의 변화」가 발표되고 나서 그 후의 1년간 그가 쓴 보도를 한 편도 볼 수 없었다. 그때야 가족들은 불길한 예감이 들어 여러 곳을 전전하며 이미 우한으로 이사 간 '전민통신사'에까지 문의했다고 한다. 듣기로는 통신사가 샤오팡과 연락이 끊긴 지 오래되었고, 그와 자주 연락이 되었던 판창장, 루이(陸詒), 멍치우장(孟秋江) 등 그 누구도 그의 행방을 알지 못했다고 한다.

  집에 있는 한 칸의 암실, 샤오팡이 쓰던 배낭 한 개와 여행 가방 한 개, 그리고 40개의 필름 스풀과 원판을 넣은 작은 나무 상자 2개, 깨끗이 씻은 옷 몇 벌 외에 그가 쓴 원고는 발견하지 못했다고 가족들은 회고했다.

  팡청민은 "그에게 별다른 물건이 없었습니다. 단지 가난한 학생일 뿐이었습니다.

쓰레기를 줍는 모습

관개하는 장면

가마에서 꺼내는 모습

점심 휴식시간

이허위안(頤和園)의 겨울

롱옌차오(龍煙橋)의 소풍

부두

길거리의 음식점

방적 공장

톈진 백화점

그는 담배를 피우지 않고 술도 마시지 않았습니다. 받은 원고료로는 사진기와 필름을 샀습니다."

　촬영 과정에 우리가 유일하게 본 것은 그의 여행용 가죽가방이었다. 가족은 그 외의 물품은 시간이 오래 지난 데다 여러 번 이사한 탓에 이미 찾을 수 없게 되었다고 말했다.

　팡따쩡이 남긴 1천여 장의 원판 가운데서 거의 다수는 노구교 항일전쟁 전에 찍은 것이었다. 집을 떠난 후에 찍은 수많은 전쟁사진은 그가 실종되면서 더는 볼 수 없게 되었다. 그나마 일부는 당시의 신문이나 잡지에서 드문드문 볼 수 있었지만, 일부는 전쟁의 화염에서 영영 사라졌다.

　아쉽게도 샤오팡이 당시 찍은 중요한 사진 중 일부는 제판(製版, 조판, 인쇄 판을 만드는 것 - 역자 주) 인쇄에 들어가기도 전에 전쟁의 화염에서 재로 되고 말았다. 상하이 『양우』 화보는 독자들에게 "130기를 출판하고부터 현재까지 3개월도 넘었습니다. 제131기를 제판 인쇄할 때가 마침 '8.13사변'(1937년 8월 13일 오야마 이사오[大山勇夫] 등이 사살된 사건을 구실로 일본군이 상하이를 공격[제2차 상하이사변]한 전쟁)이 발발했을 때라 번쯔(本志)인쇄공장이 적군의 작전지인 양쑤푸(楊樹浦)에 있어서 이미 인쇄한 지면과 다수의 원고를 제때에 꺼내지 못하는 바람에 모두 작전구역에서 그대로 사라지고 말았습니다."라고 말했다.

　"이 가운데는 진귀한 자료가 꽤 있습니다.", "팡따쩡 씨가 찍은 화북 항일전쟁과 중국 북방의 중공업 등은 다른 곳에서 발표되지 않았기 때문에 자연히 독자들과 만나지도 못했습니다. 너무나 아쉽습니다."

　1947년 팡청민이 총칭에서 베이징 세허골목의 옛 주택으로 돌아왔을 때는 이미 샤오팡이 실종된 지 10년이 지난 뒤였다. 집에 가옥 몇 칸이 더

지어져 전보다 훨씬 비좁아 보였다. 샤오팡의 암실은 그대로였지만, 회색은 더 낡아 얼룩덜룩해졌다. 암실에는 일부 잡다한 물건을 두고 있었다. 원판을 둔 상자 2개 중 하나밖에 남지 않았으며, 그 속의 물건도 전보다 훨씬 줄어든 것 같았다.

베이핑이 함락된 후 일제와 위만주국(일본이 1932년 중국 동북지방에 세운 괴뢰정부) 특무가 무서운 시기였다. 그때 곳곳에서 체포가 일상화되어 있었다. 나의 외할머니와 외할아버지는 담이 작았다. "이런 사진들로 화를 불러오고 가족들에게 폐가 될까 염려되어 가만히 태워버리려고 한다. 그러나 낮에는 연기가 있고 밤에는 불빛이 있을까 무서워했다." 이모가 나에게 보내온 편지내용이다. 이모는 나에게 어떻게 하면 좋겠는지 물었다. 그래서 나는 사진에 불을 붙이고 난 후 밥을 지을 때 태워버리면 된다고 얘기했다.

나머지 상자 한 개는 외할머니가 책 담는 상자에 숨겨놓아서야 겨우 보존할 수 있었다. 지금 남아 있는 이런 것들이 바로 외할머니가 숨긴 것이라고 한다. 아들의 물건이니 특히나 귀하게 여겼다.

이 상자는 줄곧 해방 이후까지 안전했다. 나뿐만 아니라 아마 모두 겪어보았을 것이다. 1966년 '문화대혁명'이 발발했을 때를 생각해보자. 참으로 영혼까지 흔드는 대혁명이 아니었던가! 처음에는 '4가지 낡은 파괴(破四舊)'로 시작됐다. 그리고 보통 사람들의 물건도 모두 망가뜨렸다. 왕푸징(王府井) 거리의 팻말을 비롯해 뜯을 것은 뜯고 봉인할 것은 봉인했다. 일부 골목이나 낡은 민가도 비껴가지 못했다.

재해의 '생존자'인 샤오팡의 작품

　언제 홍위병들이 들이닥쳐 그 가정의 '4가지 낡은 것을 파괴할지' 몰랐다. 당시 이모는 그 사진들을 어떻게 하면 좋을지 걱정했다. 만약 집에 두었다가 발각이라도 된다면 그땐 입이 열 개라도 할 말이 없게 된다. 찍은 사진을 보면 국민당 군의 항일전쟁, 푸줘이(傅作義)군, 국민당 모자표, 외삼촌이 항일전쟁 때 썼던 철모 모두 국민당의 것이었기 때문이다. 이밖에 지둥(冀東) 사진에는 위만국(僞滿國, 1931년에 일본이 세운 만주국 – 역자 주)의 국기가 꽂혀 있으므로 찾아낸다면 큰일 나는 일이기에 사진을 어떻게 하면 좋을지 마음을 졸였다.

　훗날 외할머니 모르게 이 사진들을 어떻게 처리할지에 대해 어머니와 이야기를 나눈 적이 있다. 그 후에 이모는 아예 홍위병에게 그 사진을 주었다. 그들에게 맡기면 오히려 일말의 희망이라도 있지 않을까 하는 생각에서였다. 그들이 불태우거나 파괴할 것은 아니지 않은가? 어머니도 별다른 의견이 없었다.

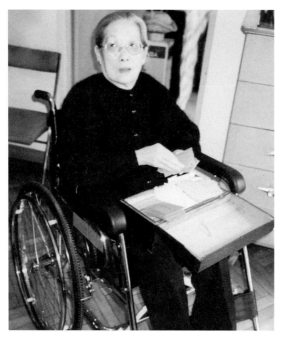

팡청민과 구사일생한 오빠의 원판 상자(펑쉐쏭 촬영)

　나에게 알아서 처리하라고 했다. 그러나 꼭 조심하라고 당부했다.
이모는 외삼촌이 남긴 상자를 홍위병에게 가져갔다. (장자이쉬안 방문,
2012년 7월 12일)

　가족들은 이런 원판을 팡따쩡 생명의 연속으로 간주했다. 수십 년간 사
회환경이 얼마나 불안하고 운명이 얼마나 불안정했던 지를 막론하고 그
원판을 은폐된 곳과 가족들의 마음속에 간직했다. 그들은 원판만 있으면
샤오팡이 살아있을 것이라고 집요하게 믿었다.

'문화대혁명' 때 이것도 '4가지 낡은 것'에 포함되었다. 나는 너무나 소중한 원판을 버리면 안 되기 때문에 어찌하면 좋을지 생각했다. 그 래서 한 가지 방법을 생각해냈다. 바로 이런 원판들을 은행 '홍위병 사무실'로 가져가 아예 그들에게 바친 것이다. 나는 홍위병에게 어떤 물건이고, 이미 바쳤으며, 지금은 '홍위병 사무실'에 두었다고 얘기했 다. 그래서 잃어버리지 않았다. (천썬이 팡청민을 인터뷰함. 「반세기 동안 을 찾아서」)

이모는 인간관계가 좋아 은행에서도 잘 나가고 있었다. 이모가 (원 판을) 홍위병에게 바치면서 오빠의 물건인데 기념으로 남기려고 했지 만 '4가지 낡은 것'에 속하는지 알 수가 없어서 가져왔다고 말했다. 그 러면서 만약 '4가지 낡은 것'으로 간주한다면 처분에 따르겠다고 했다. 또 워낙 기념으로 남기려고 했던 것인데 지금은 바치러 가지고 왔다고 했다. 그 기관의 홍위병은 한 직장인 데다 관계도 괜찮으니 그곳에 두 라고 했다. 그래서 보존할 수 있었다. 이모가 돌아왔다. 마음속에는 늘 그 사진들을 걱정했지만 물어볼 엄두도 내지 못했다. 몇 년이 지나 '문 화대혁명' 후기에 이르렀을 때는 이미 10년도 훨씬 지났을 때다. 그때 는 이모가 이미 퇴직한 후였다. 어느 한번은 은행사무실에 놀러 갔다 가 사무실의 한구석에서 수북이 쌓여 있는 낡은 신문을 발견했는데, 그 낡은 신문에 사진 원판이 들어있었다. 외삼촌의 원판이 잘 포장되 어 있었다. 내부 포장을 한 원판을 분홍색 종이가방에 넣어두었으며, 위에는 더지(德記)상점의 상호, 왕푸징데가(王府井大街) 뻬이커우로(北 口路)라고 적혀 있었다. 이제는 역사문물이 되었다. 한눈에 오빠의 물건 임을 알아보았다. (장자이쉬안을 인터뷰함. 2012년 7월 12일)

훗날, 언젠가 은행사무실로 놀러 갔다가 수북이 쌓인 낡은 신문을 보게 되었다. 낡은 신문에 포장된 원판이 땅에 되는대로 흐트러져 있는 것을 보고는 원판을 고이 싸서 집으로 가져왔다.

한동안이 지나 또 사무실로 갔다. 그때 원판을 담았던 상자에 식권을 넣어 팔고 있는 동료를 보게 되었다. 그래서 그들에게 부탁하여 그 상자를 도로 되찾았다. 오빠를 기념하려고 퇴직 후에는 원판들을 정리하기 시작했다. (천썬이 팡청민을 인터뷰함.「반세기 동안 찾아서」)

이 사진을 은행으로 가져간 것이 얼마나 다행인지 모른다. 가져간 지 한 달도 되지 않아 이모부가 근무하는 기관의 홍위병이 집으로 들이닥쳐 수색했다. 당시 나는 뒷마당에 있었는데 얼마나 샅샅이 수색하는지 집안의 마루까지 비틀어 열었다고 한다. 그때 낡은 사회에서는 무엇인지도 모르고 무턱대고 찾았다. 반나절을 찾다가 아무것도 찾지 못하고는 돌아갔다. 외삼촌의 원판이 집에 없는 것이 천만다행이었다. 만약 그들에게 발각되었더라면 엄청난 일이 벌어졌을 것이다. 사진을 보존한 데는 이모의 공이 컸다. 만약 그녀가 바치지 않았더라면 우리는 아마 끝장났을 것이다. (장자이쉬안 인터뷰, 2012년 7월 12일)

우리가 팡청민을 인터뷰하러 갔을 때 노인은 중풍으로 더는 오빠의 이야기를 할 수 없었다. 그녀 기억 속의 오빠는 키가 크고 걸음걸이가 빠르고 여행을 즐겼으며, 여전히 잘생기고 젊은 모습 그대로였다. 사진을 펼쳐보면서 팡청민은 마음속 오빠의 이미지가 세월의 흐름으로 어렴풋해지지 않았다는 점을 느꼈다. 그녀가 은행에서 퇴직한 후의 20여 년 동안 주로 팡따쩡의 사진과 글을 정리하는 일을 해왔다. "인생의 다양한 시련을 거쳐 생명의 끝자락까지 온 팡청민의 가장 큰 행복은 오빠의 작품을 출판하는 기회를 얻게 되는 것을 보는 것이다. 이래야만 팡청민은 50년 넘게 사라진 팡따쩡이 다시 돌아온 것만 같은 느낌을 받을 수 있을 것이다." 팡청민은 오빠의 작품이 다시 세상에 알려지기를 간절히 바랐다. 많은 사람에게 그때의 모습을 보여주고 팡따쩡을 알리고 이해하도록 하는 것이 그녀의 소망이라 하겠다.

나는 퇴직 후 베이징도서관에서 샤오팡의 자료를 찾은 적이 있다. 찾아낸 일부 자료는 『대공보』에 발표했으며 일부는 출처를 '중외사(中外社)'라고 밝혔다. 1937년 9월 30일에 발표된 그 글(샤오팡이 쓴 기사 「핑한선 북쪽 구간의 변화」) 외에 10월부터는 기사가 발표되지 않았다는 점을 발견했다.

찾아낸 물건이 오빠가 집을 떠난 후 찍은 것이라 나한테는 사진원판이 없었다. 그러나 한눈에 오빠의 작품이란 것을 알아봤다. 오빠의 풍격이 느껴졌기 때문이다. 특히 '중외사'라고 밝힌 출처를 보고 샤오팡이 찍은 것임을 더욱 확신할 수 있었다.

나는 사진원판을 당시 샤오팡이 지은 번호와 순서에 따라 정리했다. 그러다가 훗날에는 아예 내용에 따라 분류했다. 그래서 어느 사진하면 인상이 남게 되었다. 나는 뭔가를 출판해 오빠를 기념하고 싶었지만, 글과 사진을 도대체 어떻게 편집해야 할지조차 몰랐다. (천썬이 팡청민을 인터뷰함. 「반세기 동안 찾아서」)

"이모는 이 사진들을 지키기 위해 많은 심혈을 기울였다." 장자이쉬안은 회상했다. "외삼촌이 남긴 사진들이 주로는 쑤이위안 항일전쟁, 그리고 지둥 취재에서 찍은 것이었다. 탕꾸(塘沽)에서 찍은 사공들 사진도 있었는데, 다수가 대중들이었고, 일부는 탄광사진이었다. 9.18사변(만주사변 1931년) 이후 구국운동을 펼쳤다. 특히 12.9운동(1935년 12월 9일 중국 베이징에서 일어난 항일학생구국운동) 때 베이징 학생운동의 활동을 거의 모두 찍었다."

우췬(吳群)은 샤오팡이 톈진 중외신문학사에 보내온 사진과 원판을 저우몐즈(周勉之)가 톈진을 떠나면서 "여행용 가방에 넣어 모두 함께 가져갔다. 잘 숨겨놓았기 때문에 침략군이나 한간(첩자)들에 발각되지 않고 무사하게 우한까지 도착할 수 있었다. 훗날 우치한(吳寄寒)이 건국 후 이 사진과 원판을 전민통신사가 우한·충칭(重慶)시기 찍은 시사 사진 원판과 함께 중앙기록문서관에 보냈다."고 회상했다.

오빠의 사진첩 출판이 팡청민 만년의 유일한 염원이다. 그는 출판계에 안면이 있는 분이 없을 뿐만 아니라 글로 사진을 연결할 줄도 몰랐다. 일찍 그녀는 샤오팡의 베이징 1중 동창이었던 리쉬강(李續剛) 현 베이징시 인민정부 부비서장을 찾은 적이 있지만, 이런저런 이유로 출판은 물거품으로 끝났다. 훗날 오빠의 시인 친구인 팡인(方殷)을 찾으려고 생각했었다고도 한다. 팡인의 회상 글에서 그가 '전민통신사'에 가입하게 된 것도 팡청민의 공로였다는 것을 알게 되었다.

중국촬영출판사 부사장 천썬(펑쉐쏭 촬영)

내가 샤오팡과 『소년선봉(少年先鋒)』을 작업할 때부터 팡청민은 늘 옆에서 도와주었다. 그러니 자연히 나와도 잘 아는 사이이다. 1938년 8월 한커우에서 또 그녀와 만났다. 그때 그녀는 전민통신사의 몇몇 동지들과 함께 있었다.

보자마자 그녀는 나를 전민통신사 동지들에게 소개해주면서 통신사의 업무에 참여하라며 등을 떠밀었다. 전민통신사가 한창 준비 중이었을 때였다. 정세가 긴박한 터라 충칭으로 이전한 뒤 공식적으로 통신사를 세울 계획이었다. 결국 설득당해 통신사 업무에 참여하기로 했다. (팡인 「울음을 멈추고 웃음을 짓다」, 1979년 3월 18일)

옛 친구를 위한 일이라면 자연히 두 발 벗고 나서야 한다. 해방 후 인민문학출판사에서 일한 적 있는 팡인이 팡청민과 함께 샤오팡이 남긴 원판을 훑어보고는 80장을 골라갔다. 그리고는 편집 후 기회를 봐서 출판하기로 했다. 그러나 얼마 지나지 않아 팡인이 질병으로 세상을 떠나면서 팡청민은 원판을 그의 애인한테서 가져오는 수밖에 없었다.

1989년 11월 샤오팡이 남긴 원판의 운명에 새로운 변화가 생겼다. 상하이 리훼이위안(李惠元) 씨의 추천으로 중국촬영출판사의 젊은 편집인 천썬과 유명 촬영가이자 평론가인 천창챈(陳昌謙)이 함께 팡청민 여사를 인터뷰한 것이다. 처음 샤오팡의 집으로 간 천썬은 이렇게 기억했다. "샤오팡의 집이 저의 직장과 이토록 가까운 거리에 있을 것"이라고는 전혀 생각지 못했다. 거리를 잰다면 아마 직선거리가 5백 미터도 안 될 것이다."

집은 세허골목의 모퉁이에 있었다. 가옥의 건축구조가 규범화되지 않아 엄격함을 추구하는 베이징 사합원(북경의 전통 주택양식 - 역자 주)과는 비교할 수 없었다. 그러나 소박하고 조용한 이 주택에서 주인처럼 전통을 고수하고 욕심 없는 일반인의 특색이 느껴졌다. 아주 풍족한 생활을 한 가정이었음을 알려주는 대목이다.

팡청민은 오빠를 많이 그리워했다. 샤오팡과 관련된 자료를 줄곧 수집하는 일 외에도 샤오팡의 옛 친구들과 가능한한 연락을 취하면서 연락이 끊겼어도 내막을 알고 있는 사람을 찾기 위해 노력했다. 샤오팡의 생사에 그녀는 줄곧 일말의 희망을 품고 있었다. 어떻게든 샤오팡의 소식을 알아내기를 바랐으며, 어느 날 갑자기 샤오팡이 다시 집으로 돌아오기를 희망했다. 그러나 나를 향해 그녀는 "세상을 떠났을 것이다"라고 말했다. 마치 이미 결말이 있는 완전한 이야기를 말하는 듯했다.

천썬과 롼이충(오른쪽) 팡청민 부부를 인터뷰하였다.

이 때문에 그녀는 오빠를 위해 그럴듯한 촬영 작품집을 낼 결심을 했다. 혹여 모든 희망을 우리 출판사에 걸었을지도 모른다. 그래서 모든 사진 원판을 나에게 주지 않았을까 하는 생각도 든다.

첫 만남 이후 며칠 뒤 팡청민 여사가 보내온 작은 나무상자와 편지를 받았다. "오늘 샤오팡이 촬영한 사진 원판 한 상자 총 837장을 보냅니다."

그 나무상자를 내가 오래 두고 있었기 때문에 한가할 때 자세히 하나씩 맞춰볼 수 있었다. 훗날 그 사진들을 대륙·타이완과 미국의 일부 잡지·간행물에 소개해 주었다. 이번 기회에 더 많은 사람이 열혈

청년과 그의 작품을 이해하기를 바라서였다. (천썬을 인터뷰함, 2012년
7월 12일)

1993년 천썬이 팡따쩡을 타이완 촬영가 롼이충에게 소개해 주었다. 당
시 롼 선생은 잡지 『촬영가(攝影家)』의 주필이었다. 그는 새로 출판한 『보
고 싶고, 보았고, 들었다(想見 看見 聽見)』란 책에서 샤오팡을 만난 과정을
설명했다.

4년 전 북경 친구이자 『중국촬영사(中國攝影史)』의 작가 중 한 명인
천썬이 "중일전쟁 시기 실종됐고, 이미 목숨을 잃었을 것이며, 잘 알
려지지 않은 종군기자 '샤오팡'을 발견했습니다. 한창 그의 작품을 정
리하고 있기 때문에 결과가 있으면 꼭 알리겠습니다."라고 얘기한 적
이 있다.

1년 전 대륙으로 가서 『촬영가』잡지 제10기 대륙 특집인터뷰를 할
당시 천썬과 만났다. 그날 밤 천썬과 그의 아내가 우리를 집으로 식사
초대를 했다.

식탁에서 나는 천썬에게 대륙의 노 촬영가에 주목할 것을 부탁했
다. 그때 또 샤오팡이 떠올랐다. 사실 천썬도 이 일을 거의 잊고 있었
다. 그는 "샤오팡이라, 그의 작품을 여기에 둔 지도 2년이 되었습니다.
출판하려는 출판사가 없습니다. 최근 개인적인 일이 많아 손을 대지
못했습니다. 관심이 있으면 식사를 하고 나서 가져오겠습니다."라고
말했다.

『촬영가』잡지 제17기 「팡따쩡 특집」

샤오팡이 찍은 8백여 장의 사진 원판에 한 장씩 빨간색 종이 커버가 씌워져 있었으며, 4열로 나뉘어 길이 30센티. 너비 20센티, 높이 10센티로 보이는 나무상자에 놓여 있었다. 그리고 그는 사진 원판을 빠르게 스캔하더니 촬영 시 질이 나쁜 필름(樣片)은 큰 종이가방에 되는대로 마구 집어넣었다. 물건이 너무 많은 탓에 필름을 여관으로 가져가서 시간 될 때 천천히 볼 수 있게 해달라고 그에게 부탁했다.

그날 밤, 여관방의 침대에 앉을 자리조차 없이 필름을 펴놓고는 무명 촬영가의 유물을 하나씩 살펴보았다.

비록 필름의 농도나 콘트라스트(명암 대비) 처리가 엉망이었지만 천재 촬영가라는 점은 여전히 느낄 수 있었다.

이튿날 나는 잠시도 지체하지 않고 천썬 선생에게 필름을 빌려 달라고 부탁했다. 여관으로 가지고 가 영상의 잠재력이 어느 정도인지를 판단하기 위해서였다. 사흘 째 되는 날 필름을 타이완으로 가져갈 수 있게 해달라며 입에 침이 마를 정도로 천썬 선생을 설득했다. 뛰어난 촬영가를 위해 사진을 직접 확대할 생각이었다. 천썬 씨는 자신에게 그럴 권리가 없다면서 "사진 원판의 주인인 샤오팡의 여동생 팡청민을 방문하러 갈 생각을 못 했을까요? 그녀가 베이징에 머물고 있지 않습니까!"하고 제안했다.

나흘 째가 되는 날 천썬 씨는 우리와 국제호텔에서 만나기로 약속했다. 팡청민의 집이 호텔 뒤의 세허골목에 있기 때문이다.

팡청민과 그녀의 남편 차쓰밍(査士銘) 씨는 세허골목 10번지에서 란이충 씨를 열정적으로 맞이했다. "80세의 팡청민은 건강해 보이고 정신도 좋아 보였다. 우리의 방문에 팡청민은 아주 기뻐했다. 샤오팡의 작품이 새롭게 알려질 가능성이 있다는 점을 뜻하기 때문이었다. 팡청민은 『촬영가』 잡지에 샤오팡의 작품을 발표하는 걸 진심으로 반겼지만 사진 원판이 바다를 건너 타이완으로 넘어가는 데 대해서는 걱정했다. 그러나 나는 사진 원판을 타이완으로 가져가 직접 확대해야만 그의 작품을 최고로 보여줄 수 있다는 점을 깊이 알고 있었다. 내가 간곡히 부탁하고 거듭 약속해서야 팡청민은 마지못해 대답했다. 그마저도 일부 사진 원판만 선택해 가져가라고 했다. 그리고는 최대한 이른 시일 안에 인편으로 사진 원판을 다시 베이징에 보내올 것을 요구했다."

팡청민은 란이충이 사진 원판 50장만 타이완으로 가져가는 걸 허락했다. 그래서 수많은 원판 가운데서 몇 장만 선택하는 데 시간이 걸렸다. 반복적으로 대조하고 자세히 살펴보고 나서 3일 후 란 선생은 약정된 수의 원판을 선택해냈다. 그리고 천썬이 이미 확대한 5cm×7cm의 사진들 가운데서 선택해낸 8장까지 합치면 총 58장이었다.

사진 원판을 갖고 비행기에 탄 란이충 부부가 홍콩에 거의 도착할 즈음 갑자기 태풍이 휘몰아쳐 삽시간에 그들을 포함한 모든 승객은 죽음의 문턱까지 가게 되었다.

한참 지나서야 안정을 되찾은 나와 아내는 "죽었다 싶을 때 어떤 생각을 했지?"하면서 서로에게 물었다. 아내는 그 순간 이제 12살밖에 안 된 아들만 걱정했다고 말했다. 나는 가슴주머니에 넣은 50장의 사진 원판만 생각했다고 솔직하게 얘기했다. 원판의 작가인 샤오팡에 너무 미안한 마음이 들었기 때문이었다. 샤오팡은 그 당시 중국에서 가장 우수한 촬영가였다. 만약 내가 죽는다면 샤오팡의 작품이 영원히 빛을 보지 못할 것이라 생각했다. 그는 이미 실종되었고 60여 년간 사람들의 뇌리에서 잊혀졌다. 만약 이번에 사고라도 발생해 원판이 사라진다면 이건 그를 두 번 죽이는 일이지 않겠는가? (란이충 『보고 싶고 보았고 들었다』)

타이완으로 돌아온 란이충은 집의 암실에서 일주일간을 작업했다. 그

는 사진 한 장을 놓을 때마다 샤오팡의 재주에 연신 탄복했다. "사진 구도
가 그야말로 완벽했고, 순간 포착도 흠잡을 데가 전혀 없었다. 그는 사물
의 핵심에 직접 다가가고 그 밖의 영향을 전혀 받지 않았다. 더욱 의아한
부분은 그의 표현수법이 반세기가 지난 오늘에 와서도 전혀 시대에 뒤떨
어진 느낌이 없다는 것이었다. 팡따쩡은 그 시대의 그 어느 세계 촬영가
와 비교해도 전혀 뒤지지 않았다."

암실의 안전등 아래에서 팡따쩡의 작품이 한 장씩 전시되었다. 란이충
은 마치 샤오팡과 정신적 차원에서 모종의 교류가 이뤄지는 듯한 느낌이
들었다. 잡지 『촬영가』 제17기는 58장의 작품을 전적으로 다루었다.

『촬영가』 잡지의 뛰어난 전문적인 수준은 문화업계에서도 이미 널리
알려진 사실이다. 탕쓰쩡, 위화 등은 위의 잡지를 통해 팡따쩡을 알게 된
것이다. 위화는 "타이뻬이에서 출판한 잡지 『촬영가』 제17기는 알찬 편집
으로 팡따쩡이란 낯선 이름을 소개했습니다. 58장의 작품과 전혀 길지 않
은 문구가 나의 눈길을 끌었고, 그래서 팡따쩡이란 이름을 빠르게 기억할
수 있었습니다. 한편으로는 그의 이름에 한 촬영가의 놀라운 재능이 숨겨
져 있었고, 다른 한편으로는 그 이름 뒷면에 멋지고 건장한 젊은이의 짧
고도 신비로운 인생이 숨겨져 있다고 봅니다."라고 말했다.

『초점(焦點)』 격주간지, 『인민촬영보(人民攝影報)』는 「50년 전 실종된 천
재 촬영가(一個失蹤50年的天才攝影家)」와 「60년 잊혔던 촬영가(一個沉寂了
60年的攝影家)」라는 제목으로 팡따쩡 특집보도를 전했다. 아울러 "팡따
쩡의 촬영에 놀라움을 금치 못했다. 중국 촬영역사상 짧은 2, 3년 동안에
우리에게 기법이 이토록 현대적이고, 고르며, 수량이 많고도 높은 수준의
사진을 남긴 촬영가는 없다."라고 평가했다.

전쟁 후의 비참한 모습

팡따쩡은 천재 촬영가이다. 만약 그가 이토록 일찍 항일전쟁의 전쟁터에서 실종되지 않았더라면 중국 촬영역사에 큼직한 한 페이지를 남겼을 것이다. 그가 남긴 작품의 전체 수준과 작품이 실현한 발전추세로 볼 때 팡따쩡은 그 당시 세계적으로 유명한 촬영대가인 앙리 카르티에 브레송(1908년 프랑스 출신 사진가), 르네 브리(1933년 스위스 출신 보도사진 작가), 유진 스미스(1918년 미국 출신 다큐멘터리 촬영가)와 어깨를 나란히 할 수 있을 것이다. 그러나 우리는 오늘날 50여 년 전의 동양인이 어찌 이토록 예리하게 촬영의 특성을 파악하고, 사진기로 그가 직면한 생활을 충분히 기록했던 것처럼 분명히 할 수 없다.

중국 국가박물관에서 팡따쩡 촬영 유작 증정식을 진행하였다.

장자이쉬안 씨가 가족을 대표해 샤오팡의 유작을 증정하였다.

「탐구-팡따쩡 촬영작품 전시회(2002년 7월 청두)」

장자이쉬안(왼쪽 첫 번째)이 관객들에게 외삼촌의 작품을 소개하고 있다.

이런 의미에서 팡따쩡은 우리에게 문화의 미스터리를 남겨주었다.

"팡따쩡을 찾아낸 것은 근대 중국 문화의 미스터리를 발견한 것이나 다름없다. 그의 작품이 세상에 공개될 때 그동안의 어려움도 어느 정도 보상받았다."

팡따쩡이 사람들에게 점차 알려지면서 사진 원판을 두고 다른 생각을 하는 사람들도 있었다. 생활이 절대 부유하지 않은 팡청민은 이 기회에 생활수준을 개선할 수 있었지만 결국 그녀는 거절했다. 오빠의 작품과 자신의 영혼을 배신하기 싫다는 게 그녀의 이유였다. 그중 한 장은 샤오팡이 전쟁보도에서 언급했던 사진이다.

"현재 동산 비탈에서 죽은 도둑의 시체는 거의 들개의 먹이로 되었고, 무서운 머리와 그 아래로 연결된 살 없는 뼈만 몇 구 남았다. 가난한 백성들은 온전한 시체에서 그들의 군복을 벗기고 있다. 옷을 벗기자 새로운 먹을거리를 발견한 개 몇 마리가 바로 달려들었다. 전쟁은 이토록 참혹하다. 미친 듯한 침략자들은 죽기 살기로 전쟁을 도발하고 있다."

이는 온몸이 오싹할 정도로 소름 돋는 사진이다. 보고 나면 전쟁의 잔혹함과 우리 민족의 고난을 고스란히 느낄 수 있다. 이 사진을 보고 나서 누군가 쓴 독후감이 인상적이다. "이 사진을 보면 저도 모르게 눈물이 난다. 그때 우리나라는 너무 가난하고 낙후했으며 백성들의 생활이 극도로 어려웠다. 전쟁은 중국 인민에게 참혹하고도 비참한 결과를 가져다주었다." 고가로 이 사진을 사겠다는 미국 예일대학 교수가 있었다고 이모한테서 전해 들었다. 이모는 나한테 "외삼촌의 물건

이니 절대 팔지 않을 것"이라고 말한 적이 있다. 이밖에 그때는 개혁개
방 초기라 중미 양국 국민은 서로 잘 알지를 못했다.

오래 전에 그녀는 "미국인들이 왜 이런 사진을 골랐을까? 외삼촌이
찍은 사진이 그토록 많은데 왜 하필이면 대중들의 가장 힘든 모습을
담은 사진을 원했을까?"하며 의구심을 품었다.

민족의 고난을 겪은 세대들은 민족의 존엄을 그 무엇보다 중히 여기
는 것 같다. 그녀는 그 사람들이 사진을 가져가서 어떻게 할지 몰랐기
때문이다. (장자이쉬안 인터뷰, 2012년 7월 12일)

1995년 이미 82세 고령인 팡청민은 신중한 고민 끝에 팡따쩡이 남겨 놓
은 사진 원판 자료를 하나도 남김없이 조카이자 『쓰촨일보(四川日報)』 대
기자인 장자이쉬안에게 맡겼다. 그리고 팡따쩡 개인 촬영전시회를 개최
하고 팡따쩡 사진첩을 출판할 것을 희망했다. 훗날 여러 분야의 협조에
의해 촬영전시회가 2002년 7월 1일부터 9일까지, 노구교사변 65주년이 될
즈음 청두(成都)에서 개최되었다. 마침내 샤오팡의 106점의 작품이 대중
과 만나게 되었던 것이다. 그러나 팡따쩡의 촬영집을 출판하고 싶어 하는
팡청민의 염원은 오늘날까지도 실현되지 못했다.

2005년 천썬의 소개로 중국국가박물관 문물수집 작업 책임자인 장밍
(張明) 여사가 장자이쉬안에게 연락을 했다. 여러 번의 협의를 거쳐 그의
가족들이 결정한 후 장자이쉬안이 가족을 대표해 귀중한 영상자료를 국
가박물관에 기증하기로 했다. 국가박물관에서는 837점의 원판을 정리할
전문가를 파견했다. 사진 화면이 뚜렷하고 질이 아주 높았다. 가오쏭리(高
崇理) 국가박물관 부관장은 언론과의 인터뷰에서 "관련 소장품이 국가박

물관에 없던 공백을 메웠고, 아주 높은 사료적 가치와 예술적 가치를 지니고 있습니다."라고 말했다.

국가박물관에서 기증과 관련해 연락을 취한 지 얼마 지나지 않아 수십 년간 원판을 보관해왔던 팡청민 노인이 향년 91세로 갑작스레 세상을 떠났다.

2006년 3월 16일 가족들이 팡청민이 남겨 놓은 837장의 소중한 원판을 무상으로 중국 국가박물관에 기증했다. 다큐멘터리 「팡따쩡을 찾아서」의 기증식에서 팡 씨 집안이 3대에 거쳐 약 70년이나 고이 보관해온 진귀한 영상자료를 다시 방송했다. 마침내 늘 걱정해오던 사람들이 만족할 만한 사례를 제시해 전 사회 공동의 문화재로 되었던 것이다.

13. 끝나지 않은 마침표

다큐멘터리 촬영은 오로지 한 사람만을 찾기 위해서만이 아니다. 더 중요한 것은 진실하고 평화와 자유를 사랑하는 생명을 찾는 것이기도 하다. 그는 자신의 안목으로 수십 년 전 국난이 코앞에 닥친 중국 대지를 어루만져 주었다. 또 그가 앵글에 담은 모습은 우리가 그 당시 사회생활을 이해하는 생생한 그림책 역할을 하고 있다. 그의 고상한 품성은 문화적으로 우리에게 많은 걸 가르쳐 주었다.

- 펑쉐쏭 다큐멘터리 「팡따쩡을 찾아서」
감독 논술(紀錄片<尋找方大曾> 導演闡述)』)

13. 끝나지 않은 마침표

만약 촬영 분야에서만 팡따쩡을 평가한다면 절대 충분하지 않다고 본다. 10여 년간 수집한 자료로 볼 때 그는 줄곧 사진기와 펜을 친구로 여기면서 서로 의지했다. 그는 사진기로 우리가 현실을 직시하도록 이끌었으며 글로 우리에게 정보를 전달해 주었다. 사진은 글의 증명이고 글은 사진의 연장이다. 위의 두 가지는 샤오팡의 보도가 더욱 빛을 발하도록 서로 보완 역할을 했다. 그는 촬영기술과 글 솜씨가 뛰어난 인재이다. 그래서 인간적이고 충만한 인물형상이 우리 앞에 그려질 수 있었다. 팡따쩡을 소재로 한 촬영이 우연이긴 하지만 자세히 생각해보면 필연적인 결과이기도 하다. 마음으로 인정하지 않았다면 이런 인물을 만나도 그냥 스쳐 지나갔을 것이다. 브레송은 "사진 찍기를 위한 촬영은 생명력이 없어 쉽게 뇌리에서 잊힌다. 만약 우리가 촬영한 내용이 새로 다듬어진 것이라면 이는 절대로 진실하지 않다. 사실적이고 생생한 부분을 표현하는 것이 가장 중요하다고 본다. 우리가 사진을 찍는 것은 생활을 더욱 풍부히 하기 위해서이다. 따라서 공식과 틀에 맞춰 촬영해서는 안 된다. 우리는 현실을 존중해야 한다. 현실생활은 늘 우리의 상상보다 훨씬 더 풍부하다."고 말했다.

이런 이유에서였을까? 나는 샤오팡에게 "첫눈에 반했다." 그는 브레송처럼 자신의 촬영 이념을 체계화할 겨를이 없었지만, 현실주의 촬영가로서 그는 진실을 원칙으로 자기만의 이상을 펼쳤다.

힘을 합쳐

면화를 어깨에 메다.

난민들

광부들

그가 남긴 사진 한 장 한 장이 인위적이지 않고 순수함과 진실함이 묻어나 무척이나 마음에 와 닿았다. 샤오팡이 남긴 흑백세계는 마치 오래된 술처럼 시간이 갈수록 그 맛도 더 깊어지는 것 같다.

외삼촌이 남긴 약 천장에 달하는 원판은 세계인들에게 한 촬영가의 놀라운 재능을 보여주었다. 1930년대 중화민족이 내우외환을 겪으며 생사존망의 갈림길에 선 위급한 시기에도 많은 촬영가는 여전히 아름다운 자연경치나 미녀를 촬영하는 등 단순히 촬영기술을 연구하는 데만 집중했다.

그는 촬영기술을 독학해 습득한 사례다. 그는 느낌대로 촬영기술의 힘을 빌려 탁월한 실화 촬영가로, 중국의 걸출한 종군기자로 거듭났다. (장자이쉬안 「'노구교사변' 전쟁보도 첫 사람("盧溝橋事變"戰地報道第一人)」, 『천부조보(天府早報)』 2002년 6월 30일에 실림)

2000년 8월 10일 샤오팡을 위해 또다시 길을 떠났다. 다큐멘터리 「팡따쩡을 찾아서」의 취재를 진행하기 위해서이다. 7~10일 동안 널리 알려진 샤오팡의 마지막 여정을 다시 가보기로 계획했다. 그날 오후 빠오띵으로 향하는 장거리버스에 몸을 실었다.

그 시기 나의 아버지는 말기 식도암을 앓고 있었다. 수술하고 화학 약물 치료를 받은 지 1년도 채 되지 않았다. 지금까지 여러 번 병원 신세를 지었다. 그러다 보니 몸은 하루가 다르게 야위어갔다. 그런데도 길 떠나는 나에게 꼭 안전에 주의하고 몸을 잘 챙기라는 당부 전화를 했다. 하지만 나는 지금 아버지 곁을 지키지 못하고 있다.

얼음을 뚫고 있다.

「팡따쩡을 찾아서」 제2편을 오는 11월 8일 중국 첫 기자의 날에 방송할 생각이었기 때문이다. 방송 일정에 맞추려면 촬영계획과 제작 일정이 촉박해 개인적인 일은 뒤로 미뤄야 했다.

7월 9일 다큐멘터리 「팡따쩡을 찾아서」를 처음 방송하던 날 아버지는 병원에서 시청했다. 보고 나서 아버지는 아무 말씀도 하지 않고 그냥 나를 향해 미소만을 지었다. 다큐멘터리 한 편을 끝마쳤으니 이제는 가정의 일을 처리하면서 반년 넘게 아버지를 간호한 어머니를 도와줄 수 있겠다 싶었다. 그러나 누가 생각이나 했으랴. 방금 일을 마무리했는데 또다시 새로운 시작이 기다리고 있을 줄이야. 마침 얻기 어려운 소재와 너무나 소중한 기회가 생겼기 때문이다. 게다가 샤오팡에 대한 존경과 팡청민에 대한 연민으로 팡따쩡을 찾는 작업이 마치 부모가 나를 대신해 내린 선택인 것처럼 느껴졌다. 그래서 나는 그들의 염원을 안고 다시 길을 떠났다고 할 수 있다.

8월 10일부터 18일까지, 쉐쑹은 63년 전 팡따쩡의 마지막 자취를 따라갔다. 베이징에서 출발한 그는 징광(京廣)선을 따라 창신뎬을 거쳐 빠오띵, 리현, 스자좡에 도착했다. 그 후 냥즈관을 건너 타이위안으로 그리고 옌먼관을 지나 따퉁으로 갔는데 총 여정이 1,000여km에 달했다.

탐색 형식으로 이뤄진 이번의 간절한 탐방에서 팡따쩡과 직접적인 연관이 있는 내용을 찾지는 못했지만 가는 길에 팡따쩡을 찾는 씨앗을 뿌려 사회 각계에서 마음이 따뜻한 수많은 사람의 호응을 얻었다. 그들은 팡따쩡을 찾는 발걸음에 적극적으로 뛰어들었다.

이제는 단지 팡따쩡 한 사람을 찾기 위한 것만이 아니라 중화 민족 항일전쟁 초기의 역사에 관한 관심과 자료를 찾는 과정이 되었다. 사람들은 지나간 세월의 무게를 느끼며 역사의 한 페이지, 한 페이지를 펼쳐 나갔다. (쏜진주 「팡따쩡의 자취를 따라(踏著方大曾的足跡)」, 『보정만보(保定晚報)』 2000년 10월 9일에 실림)

빠오띵 지방지 사무실의 쏜진주 씨와는 첫 만남에서 부터 오래된 친구처럼 친해졌다. 그는 샤오팡 그리고 빠오띵 일대에서의 샤오팡 행보에 큰 관심을 가졌다. 그의 안내로 사지(史志) 전문가인 유원위안 씨와 일본군 빠오띵 점령 당시의 목격자인 왕이민(王逸民) 씨도 알게 되었다. 유원위안 씨는 샤오팡이 빠오띵 및 주변에서 쓴 보도와 관련 기사의 배경을 바탕으로 「쥐바오회전 설명도(涿保會戰示意圖)」와 「빠오띵 수비 전략도(保定防守戰略圖)」를 직접 그렸으며 1937년 9월 빠오띵이 함락되기 전후의 상황도 소개했다.

그 당시 13살이었던 왕이민 씨는 일본군의 폭격과 미친 듯한 살육이 이뤄진 비참한 상황을 얘기했다. 당시 팡따쩡은 따퉁에서 스자좡 지역을 거쳐 겨우 빠오띵에 도착했다. 융띵허 상류의 중일전쟁을 취재하기 위해 그는 반드시 갈수록 위험해지고 있는 곳을 지나 포화의 근원지를 찾아가야 했다. 그에게서는 두려움이라곤 전혀 찾아볼 수 없었고 오로지 진실을 이해하려는 용기와 진실에 다가갈수록 고무된 모습만 보였다.

1937년 9월 11일 일본 전투기의 군용차 폭격은 탄약폭발로 이어졌고, 일부 병사들이 사상했다. 왕이민 노인은 폭발로 인근 어린이의 신체가 산산조각이 났고, 배 속의 창자도 튕겨 나와 나무에 걸렸다고 회상했다.

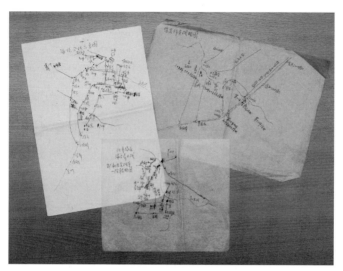

유원위안(尤文遠) 씨가 펑쉐쏭에게 그려준 자재화-빠오띵 전쟁 그림

9월 16일 일본군의 폭격이 더욱 거세졌다. 쿵쾅하는 거대한 폭발소리가 끊이지 않았고, 기차역의 철도 레일, 역, 충전소 건물 외에 기차역 방공호의 입구 2개가 모두 무너졌다. 폭발을 피해 방공호에 숨었던 4, 50명이 모두 질식으로 숨졌다. 밤이 되자 일본 군용기의 도시 폭격이 또다시 시작됐고 허뻬이성 정부 건물과 일부 가옥 모두 폭격을 당했다. 유원위안 씨는 현재까지 총독서 박물관(당시 허뻬이성 정부 소재지) 서쪽에 일본 군용기 폭격 때 폭발하지 않은 폭탄이 그대로 매장되어 있는 것으로 안다고 말했다.

9월 18일 일본 군용기가 또다시 빠오띵을 미친 듯이 폭격했다. 다수의 개인 주택이 무너지고 주민들의 피해 상황도 아주 심각했다. 도시에서 살길이 없었던 사람들은 황급히 성 밖으로 피신했다. 이때 빠오띵성 주민뿐만 아니라 정부 공무원이나 군인·경찰 모두가 도망쳤다.

빠오띵 함락을 직접 겪은 왕이민 씨 (펑쉐쏭 촬영)

관린정(關麟征) 국민군 제52군 군장의 지휘본부가 빠오띵 서쪽 교외에 있었다.

9월 22일 지휘본부를 성내로 옮겼다. 성내의 주민들이 모두 성 밖으로 도망치고 성내 통신시설도 이미 파괴된 후라 지휘소본부를 빠오띵성 동남 5km 되는 롄쫭에 옮기기로 했다. 빠오띵 성벽은 주로 52군 제2사(사단장 정동궈[鄭洞國])가 지키고 있었다. 정동궈의 지휘본부는 자희(慈禧) 행궁(현재 빠오띵시 제2중학교)에 설치되어 있었다. 9월 22일 일본군이 빠오띵 북부에서 지키고 있는 우리 수비군의 차오허(漕河)방어선을 돌파했다.

23일 새벽 일본군은 3개 사단의 병력을 집중해 동, 북, 서 3면으로 지상공격을 펼치는 한편, 공중 폭격까지 가세해 빠오띵을 압박했다.

전시 우체국

　우리 군은 목숨 걸고 항전했다. 빠오띵 성벽 위의 포화 소리와 고함은 귀청이 터질 듯 요란했다.

　24일 새벽 일본군은 한 개의 야전 중포 여단을 빠오띵 공격에 증파했다. 중포로 성벽을 폭격해 서북 모퉁이가 무너지면서 커다란 구멍이 생겨났다. 전차의 보호 아래 무너진 곳을 통과해 성내로 진입한 일본군 보병이 우리 수비군과 치열한 시가전을 치렀다.

　적의 숫자가 많고 우리 군이 적은 데다 인근 중국군이 모두 남쪽으로 철수하는 바람에 정동궈 사단은 측면 지원을 잃었다. 하는 수 없이 점심이 거의 되었을 무렵 제47사단의 지원으로 성남을 거쳐 빠오띵성에서 철수했다.

스자좡의 탐방 지원자(펑쉐쏭 촬영)

따통의 탐방 지원자(펑쉐쏭 촬영)

왕이민 씨는 군이 철수한 후에도 전투에서 철수하지 않으려는 일부 수비군이 있었다고 회상했다.

열혈청년들은 정든 땅이 적들의 수중에 들어가는 것을 차마 눈 뜨고는 볼 수 없어 생명의 마지막 순간까지 치열하게 싸웠다. 오후에는 결국 빠오띵성 전체가 일본군 제6사단에 점령당했다.

9월 25일 카츠키 키요시 일본군 화북 방위군 제1군 사령관이 기차로 빠오띵에 도착했다. 그는 사령부를 허뻬이성 정부 건물 내에 설치했다.

전쟁의 포화가 가장 치열했던 시각, 팡따쩡이 리현에서 마지막 한 편의 기사인 「핑한선 북쪽의 변화」를 보냈다. 그 후로 더는 소식이 전해지지 않았다. 당시 그가 북상했던 취재노선과 계획을 바탕으로 그가 빠오띵 인근에서 조난했을 것이란 추측이 가장 많았다.

일본군이 빠오띵을 점령한 후 미친 듯한 보복성 살육이 이뤄졌다. 그날에만 5백여 명을 체포했는데, 그중에는 노약자와 여성·어린이들도 있었다. 그들을 북 대문 밖에 모아놓고는 기관총을 난사했다. 시체가 산더미처럼 쌓이고 피가 흘러 강을 이루었다.

일본군은 24일과 25일 이틀에 걸쳐 빠오띵성에서 약 2천여 명을 살육했다. 오래된 성인 빠오띵은 진동하는 피비린내와 참담한 분위기 속에 휩싸였다.

왕이민 노인은 실명한 큰외삼촌 댁이 성을 도망쳐 나오지 못한 탓에 결국 일본 병사의 칼에 찔려 집에서 죽고 말았다고 회상했다. 도성으로 돌아온 후 난민들은 성벽 옆에서 그리고 성문 인근에서 중국 군인의 시체를 보았다. 성벽에 기대여 서 있는 시체가 있는가 하면 앉아있는 시체도 있었다. 백성들은 길거리에서 죽임을 당하거나 집에서 살해당했다.

일본군은 난민들의 손을 차례차례 검사했다. 바이윈장(白運章) 만둣가게의 한 직원은 오랫동안 만두를 빚은 탓에 손에 굳은살이 생겼다. 그러나 일본군은 오랫동안 총을 쏘아 굳은 것으로 생각하고는 그 사람을 바로 찔러 죽였다. 일본군은 또 일부 백성을 강제로 징용해 전쟁터를 청소하고 시체를 매장하는 일을 시켰다.

베이관(北關) 밖에 싼이먀오(三義廟)가 있었으며 그 인근에는 'W' 형태의 넓고도 깊은 참호가 있었다. 시체를 모두 참호에 버렸는데 시체 한층 위에 흙 한층 순으로 결국 참호를 평평하게 메워버렸다.

나중에 붙잡아온 강제징용자들도 모두 일본군에 살육됐다. 아울러 빠오띵을 점령했다는 소식을 전해들은 일본 국내는 "전국이 승리를 만끽했다." 일본 침략자들은 도쿄에서 등불 시위행진을 진행하기도 했다.

1937년 10월 17일 『대공보』에 발표된 「빠오띵 항일전쟁 과정(保定抗戰經過)」은 빠오띵 방어전이 치열하고 사상자가 많아 핑한 선에서는 그 수준이 최고였다고 언급했다. 리현에서 나는 현위 선전부의 류이펑(劉軼峰) 동지와 지방지 책임자 루춘팡(魯春芳)의 안내 하에 옛 우체국의 주소를 탐방했다. 즉 샤오팡이 당시 우편을 보내던 곳이다. 환경이 바뀌었고 주변에는 새로운 건축물이 지어져 더는 옛 모습을 찾을 수 없었다. 그래서 대략적인 위치만 확인했다. 스자좡에서 당사사무실 탕푸민(薰福民)과 『스자좡일보(石家莊日報)』사 쥐룽파의 도움으로 수많은 항일전쟁 사료를 찾아냈다. 탕 선생은 나를 기차역까지 바래다주었다.

나는 샤오팡의 보도 「냥즈관에서 옌먼관에 이르기까지」에서 언급된 노선을 따라 징싱(井陘), 냥즈관, 양취안(陽泉)을 거쳐 타이위안에 도착했다.

리현의 탐방 지원자(펑쉐쏭 촬영)

타이위안의 탐방 지원자(펑쉐쏭 촬영)

타이위안에서 지방지 사무실의 양화이이(楊淮一) 씨와 함께 산시(山西) 항적 결사대대원인 마밍(馬明)을 탐방하고 아직 개발되지 않은 타이위안 옛 거리, 차허우(察後)거리, 하이즈변(海子邊)을 돌아보았다. 따통지방지 사무실의 한바오농(韓保農)의 안내를 받아 나는 샤오난터우(小南頭)촌의 관음묘(觀音廟)로 갔다. 나는 허물어진 담장 사이에서 흔적을 찾기 위해 노력했다.

1946년, 총칭의 류스(柳湜)에게서 들은 얘기다. 1937년 그가 타이위안 '9.18' 기념회의에서 샤오팡을 만난 적이 있는데, 그때 샤오팡은 의기양양하고 자신감에 넘쳤다고 했다. 그리고 회의가 끝난 후 다시 전선으로 갈 예정이라는 뜻을 전했다고 한다. 50년의 세월이 흘렀다. 그러나 그 누구도 그를 보았다는 사람은 없다. (팡청민 회상 글,『촬영문사(攝影文史)』1987년 11월에 게재함)

팡청민 노인의 회상을 바탕으로 우리는 전문가들과 분석을 진행했다. 1937년 9월 18일 타이위안 시민이 하이즈비안(海子邊)공원에서 항일 구국활동을 전개했다. 만약 샤오팡이 이곳에 나타났다면 마지막 글이 같은 날 리현에서 발송될 리 없었다. 양 지역이 수백 리나 떨어져 있기 때문이다. 그 당시 정세가 긴박하고 교통이 불편해 두 곳을 오간다는 건 거의 불가능한 일이었다. 따라서 우리는 회상한 시간이 정확하지 않다는 판단을 내렸다.

인터뷰 과정에 사오팡의 이야기에 그를 아는 사람들이 고무된 마음이나 아쉬운 마음을 표현하기도 했다.

무신 씨가 자료 열람에 도움을 주고 있다.(펑쉐쏭 촬영)

이는 마치 불씨처럼 재빨리 불타올랐으며 사람들은 그의 운명에 깊은 관심을 보이면서 실종된 여러 가지 가능성을 예측했다. 그러나 실망과 희망이 반복되었다. 만약 명확한 결론이 없다면 사람들은 여전히 샤오광이 살아 있다고 믿으려 했다. 탐방하는 동안 나는 감동으로 마음이 벅찼다. 비록 결과보다 고생을 더 많이 했지만 이런 다큐멘터리를 촬영한다는 것 자체가 행복이라고 느꼈다. 베이징으로 돌아온 후 타오루쟈(陶魯笳) 전 산시성위 서기를 찾아가 스자쫭의 항일 열풍을 위주로 얘기했다.

무신(穆欣) 전『광명일보(光明日報)』총편과도 만났다. 그는 '전민통신사'와 '청년기자회의'설립과정을 회상했다.

「팡따쩡을 찾아서」를 촬영할 때 적은 펑쉐쑹의 업무 필기(쏜난[孫楠] 촬영)

취젠(屈健) 전 수리부 고문과도 만나고, 희맹회가 샤오난터우촌에서 판 창장 일행을 접대하던 과정을 얘기했다.

언론계 선배 먀오페이(苗培)를 만났을 때, 그는 종군기자의 업무와 생활 을 회상했다.

2000년 9월 5일 「팡따쩡을 찾아서」가 재촬영에 들어간 지 이틀째 되는 날이다. 아버지의 병세가 더욱 악화하여 부득이 베이징을 잠깐 떠나야 했 다. 그래서 펑타이(豐台)를 거쳐 고향인 후뤈뻬이얼(呼倫貝爾)로 돌아갔다. 떠나기 전 아버지는 나에게 5천 위안을 억지로 주머니에 넣어주면서 너 무 힘들게 일하지 말라고 당부했다. 아버지는 지금 내가 맡은 업무의 난이 도가 사상 최고라는 점을 잘 알고 계셨다. 아버지가 탄 열차가 멀리 떠나 는 모습을 지켜보노라니 마음이 아팠다. 열차가 떠나고 난 후의 넓디넓은 역에서 나는 의지할 곳이 전혀 없다는 점을 느꼈다.

샤오팡이 다니면서 사진을 찍었던 곳을 배회하노라니 울고 싶은 마음
마저 생겼다. 6일 후 촬영제작팀과 중파(中法)대학의 옛 주소를 찾아 촬영
하고 있을 때 아버지가 위독하다는 전화를 받았다. 그래서 업무를 조정하
고 난 후 이튿날 이른 아침 바로 비행기에 몸을 실었다. 아버지 생전에 한
번이라도 더 만나보고 싶어서였다.

　　아버지는 병실 침대에 기대어 잠들어 있었다. 아버지가 볼 수 있는
벽에는 테이프로 붙인 손목시계가 걸려 있었다. 어머니는 아버지가 방
금 잠들었고, 오기 전까지 계속 시계만 보면서 도착시각을 확인했다
고 말했다. 아버지가 며칠 동안이나 침대에 눕지 않았다고 한다. 의사
는 암세포가 이미 온몸으로 확산되어 장기가 거의 기능을 못 하고 많
이 아플 것이라고 했다. 그러나 아버지는 단 한 번도 앓는 소리를 내지
않았고, 아프다는 얘기는 더더욱 하지 않았다.
　　한 15분쯤 지나자 아버지가 깨어났다. 나를 보더니 힘겹게 몸을 지
탱하면서 하는 첫 마디가 "모두 기다릴 것인데, 업무를 방해했구나."
였다. 그리고는 미안하다는 표정으로 웃음을 지었다. (펑쉐쏭, 「아버지
의 여름(父親的夏天)」)

이튿날 오후 5시 아버지는 향년 57세로 병을 앓다 세상을 떠났다. 이날
은 2000년 9월 13일이었다. 베이징으로 돌아간 후 아버지가 베이징을 떠
날 때 줬던 5천 위안으로 35mm의 라이카 사진기를 샀다. 아버지가 남겨
준 기념으로 간직하고 싶어서였다. 나는 사진기를 갖고 길을 떠날 것이다.
이를 아버지의 눈이라 생각하고 사회의 변화와 생활을 많이 찍을 것이다.

아버지에게 수시로 우리와 이 세계를 '보여주고' 샤오팡의 마지막 귀착점을 '보여주고' 싶다. 나의 여행 짐에는 아버지의 사진 한 장이 더 늘어났다.

9월 23일 밤, 가을비가 하염없이 내렸다. 이튿날 아침에도 비는 여전히 부슬부슬 내렸다. 어제까지만 해도 건조하고 덥던 날씨가 삽시간에 시원해졌고 가을 분위기가 무르익었다.

펑쉐쏭 중앙TV 다큐멘터리 감독은 비바람을 무릅쓰고 또다시 팡따쩡을 찾는 길에 올랐다. 이번에는 혼자가 아니라 능력이 뛰어난 세 사람으로 구성된 촬영제작팀이 함께 했다. 쉐쏭 외에 촬영가 마동거, 엔지니어 양찡찡(楊京晶)도 있었다. 이들은 모두 2, 30살 되는 젊은이들이다. 바로 이런 '청춘' 조합이 다큐멘터리 「팡따쩡을 찾아서」의 촬영과 제작을 맡았다.

이튿날 우리는 자동차를 타고 리현으로 출발했다. 칭위안성(淸苑城)을 지나자 푸른 들판이 보이기 시작했다. 63년 전 바로 이 계절에 팡따쩡은 빠오띵과 리현 사이를 오갔다. 그가 덜컹거리는 자동차에서 난민이나 병사와 한데 모여 먼지투성이인 채로 사람들의 안색을 수시로 살피고 전쟁의 변화를 주시하면서 이 모든 것을 120장의 원판이나 취재노트에 기록했을 것이라는 점을 미루어 짐작할 수 있었다.

마동거는 가끔 자동차 유리를 아래로 내리고는 앵글을 창밖의 푸른 들판에 맞춰 가을 논밭의 아름다운 풍경을 촬영했다. 탕허(唐河)대교 다리 어귀에 다다르자 차가 멈췄다. 이곳에서 일부 장면을 촬영하기 위해서이다. 항상 강물이 도도히 흐르는 역사상의 탕허는 화북(華北)평원에서 비교적 큰 하류에 꼽힌다.

유위안원이 빠오띵전역의 상황을 소개하고 있다.(쏜진주 촬영)

　현재도 탕허는 여전히 넓다. 그러나 이제는 거의 물이 없고 모래톱에는 곡식이 빼곡히 심겨 있었다. 청색과 노란색이 뒤섞여 있는 논밭은 이제 곧 수확의 시기를 맞이한다. 상류에서 멀지 않은 곳에 탕허의 옛 도로교가 있다. 그 해 팡따쩡이 바로 이 길을 걸었을 것이다. 그러나 그때에는 다리가 없었으니 나룻배로 강을 건넜을 것이다.

　마동거는 주변의 모든 것을 열심히 앵글에 담았다. 양찡징도 어깨에 카메라를 메고 다리 어귀로 걸어갔다. 쉐쏭은 이번에 촬영기 2대를 동원했다면서 마동거는 앵글에 팡따쩡이 전에 걸었던 길과 취재 대상을 담았고, 양찡징은 앵글로 탐방 자의 발걸음을 기록했다고 말했다. 팡따쩡의 발걸음과 탐방 자의 발걸음이 한데 교차하여 역사와 현실이 한데 어우러졌다. 현대화한 수단과 형상화된 언어로 사람들의 생존 수단을 분석하고 사람들의 삶의 의의를 설명하기 위해 노력했다.

마지막 앵글 완성, 펑쉐쑹과 촬영가 마동거(왼쪽), 양찡징(가운데)이 세허 골목에서 기념사진을 남겼다.[류쥔(劉俊) 촬영]

길게 느껴지지만, 역사의 긴 흐름에서는 극히 짧은 한순간이었던 63년간 카메라 앵글을 통해 젊은 샤오팡이 급히 항일전쟁 전선으로 뛰어가던 모습을 볼 수 있을 듯하다. 오늘 그 해 샤오팡의 나이와 비슷한 젊은이 3명이 그 당시의 역사를 재현했으며 그들의 심혈과 땀방울로 고상한 영혼을 찾아 나섰다.

차량이 거의 리현 현성에 도착할 무렵, 도로 톨게이트에 들어서기 전 차량을 세우고 들판과 일하는 농민들을 촬영했다. 길옆에는 땅콩밭이 한군데 있었다. 땅콩은 이미 수확을 끝내고 몇몇 여성들이 작은 곡괭이로 이삭줍기를 하고 있었다. 그해 팡따쩡이 이 길을 지나갔을 때는 이토록 마음 편히 수확하는 장면을 보지 못했을 것이다.

촬영제작팀의 행동은 톨게이트 직원의 관심을 끌었다. 몇몇 직원이 우리를 향해 걸어오더니 그중 한 사람이 자동차 위에 쓰인 "다큐멘터리 「팡따쩡을 찾아서」, 중앙TV 사회교육센터, 중국 촬영출판사"라는 글을 봤다. 팡따쩡이 누구인지를 물었다. 우리의 대답을 듣고는 자리를 떠났다. 아마도 이런 탐방이 너무 어려워 거의 불가능한 일이라고 생각했을지도 모른다. (쏜진쭈 「팡따쩡의 자취를 따라」, 『빠오띵만보(保定晚報)』 2000년 10월 9일에 실림)

2000년 11월 8일 신 중국 첫 기자의 날을 맞이해 다큐멘터리 「팡따쩡을 찾아서」 제2편이 중앙TV에서 예정대로 방송됐다. 63년 전의 오늘 중국 청년 신문기자협회가 상하이 산시로(山西路) 난징(南京)호텔에서 설립되었다. 선푸(沈譜) 여사는 이 자리에 샤오팡이 참석했더라면 자신도 꼭 왔을 것이라며 감개무량해 했다는 판창장의 모습을 회상했다.

2년 뒤 유명한 기자인 탕쓰쩡(唐師曾)이 직접 쉐보레 패스파인더를 운전해 팡따쩡을 찾는 길에 올랐다. 그는 『베이징만보(北京晚報)』에 발표한 글에 이렇게 적었다. "자동차를 몰고 팡따쩡이 그 당시 걸었던 노선을 따라갔다. 완핑, 노구교, 창신뎬, 빠오띵, 칭위안, 리현, 다오마관(倒馬關), 옌먼관, 핑싱관, 따통, 타이위안…… 그러나 팡따쩡의 행방은 전혀 찾을 수 없었다. 나보다 앞서 중앙TV 감독 펑쉐쏭도 비슷한 노선을 따라 다큐멘터리 「팡따쩡을 찾아서」를 촬영했었다. 그러나 우리는 현재까지 줄곧 아무런 성과도 없이 헛수고만 했다."

펑쉐쏭과 천썬(왼쪽 첫 번째), 탕쓰정(왼쪽 두 번째), 『독서시간(讀書時間)』에서 만남. 오른쪽 첫 번째가 사회자 리판(李潘). (왕춘화[王淳華] 촬영)

같은 해, 다큐멘터리 「팡따쩡을 찾아서」가 제55회 전국 TV 문예 성광상(星光獎)을 수상했다. 같은 제목의 책은 중국촬영출판사에서 출판되었다. 그 후 나와 천썬, 탕쓰쩡은 리판(李潘)이 사회자로 나오는 중앙TV 『독서시간』 프로에 출연해 팡따쩡 탐방과정을 얘기했다.

2002년 6월부터 2007년 3월까지 중앙TV는 나를 마카오 언론사의 기자, 수석기자로 파견했다. 마카오에 있는 5년간, 여행용 가방이나 외국 거주지의 책자에는 늘 팡따쩡 관련 서적과 자료가 진열되어 있었다. 마카오와 홍콩의 도서관에서도 나는 여전히 찾기 위해 노력했다. 만약 행방을 찾지 못한다면 샤오팡은 나의 영원한 과제가 될 것이다.

몇 년 후 판창장의 아들인 판쑤쑤(範蘇蘇)와 루이(陸詒)의 아들 루량녠(陸良年)은 아버지 세대가 목숨 걸고 취재했던 노구교변에서 기념사진을 남겼다. 판쑤쑤는 "그날은 아버지 기일이었습니다. 그는 '문화대혁명'의 박해로 향년 61세로 목숨을 잃었습니다."고 말했다. 하늘에서는 가랑비가 보슬보슬 내리고 있었다.

"70여 년 전의 중국, 민족의 위망(危亡, 위험하고 망함)이 갈수록 심각해졌을 때 나의 아버지와 류이, 샤오팡 등 젊은 언론종사자들이 정의를 위해 조금도 주저하지 않고 항일전쟁 최전선으로 뛰어갔다. 그래서 가장 위험한 곳에서 늘 그들의 모습을 찾아볼 수 있었다. 그들은 오로지 손에 쥔 펜과 카메라로 국민에게 진실을 알리려는 신념을 갖고 있었다."

제1편 다큐멘터리 「팡따쩡을 찾아서」의 재촬영에 이어 서적 출판, 전시회 개최, 작품 기증에 이르기까지 마침표를 찍으려고 할 때마다 마침표가 또다시 쉼표로 되곤 했다. 아마도 샤오팡 실종의 풀리지 않는 미스터리의 매력이고 그의 고상한 행위의 감화가 아닐까 싶다.

2012년 7월 10일 오후 팡따쩡 100년 탄신기념일 전야에 마침표가 다시 쉼표로 되었다.

중앙 CCTV에서 공모, 탐방, 다큐멘터리 온디맨드를 비롯한 여러 가지 행사를 펼쳤다. 네트워크를 매개체로 실종된 종군기자의 이야기와 잘 알려지지 않은 그의 경력을 대중들에게 소개했으며 그가 생명의 대가로 바꿔온 흑백사진을 집중적으로 전시했다.

천썬, 장자이쉬안과 나는 귀빈으로 「한 시대의 도영(一個時代的倒影)」 탐방 프로에 출연했다. 우리는 팡따쩡을 주제로 해 다양한 시각으로 자신의 취재 뒷이야기와 그동안의 이해를 얘기했다. 이날 장자이쉬안의 출연으로 팡따쩡 친척의 첫 탐방 프로 출연이 성사됐다.

현대화한 통신기술이 생활을 바꾸고 사람들이 정보를 얻는 루트도 더 다양해졌다. 전쟁의 포화가 사라지고 전쟁도 먼 옛날의 이야기로 되었으며 샤오팡도 100세 노인의 행렬에 들어서게 되었다. 그러나 그의 무궁무진한 청춘의 열정은 시대와 시공을 뛰어넘었다. 네티즌들의 마음속에 그는 진실하고 흐름을 따르며 용감하고 헌신적인 모습으로 남았다. 그의 가치관은 당시에도 어울릴 뿐만 아니라 영원히 함양해 나아가야 할 부분이다.

샤오팡이 촬영한 작품을 보노라면 마치 그를 따라 위험한 전선에서 뛰어다니고 또 그와 함께 사회현장 속으로 오가는 듯한 느낌을 받게 된다. 그 사진을 보면 오로지 사진으로만 그 모습을 표현할 수 있다는 점을 느끼게 된다.

전쟁의 참혹함과 인민의 고달픔을 여실하게 보여주는 사진들에는 말로 표현할 수 없는 복잡한 정서가 묻어난다. 현장감 있는 사진들은 전쟁이 대체 사람들에게 무엇을 가져다줬는지를 똑똑히 보여주고 있다.

그는 헌신하는 정신으로 우리에게 귀한 뉴스를 제공했다. 혹은 시대적 책임감으로 인해 그가 집으로 돌아갔다가도 얼마 지나지 않아 또 카메라를 메고 가장 위험한 곳으로 뛰어가게 했는지도 모르겠다.(네티즌 안시[安熙])

팡따쩡이 이 시대에 남긴 것은 아마도 선택의 정신인 것 같다. 그의 선택은 우리에게 보답을 바라지 않는 헌신이 있고, 생사를 묻지 않는 직업이 있다는 점을 알려주었다. 그의 땀방울과 열정에 젖은 작품들은 우리가 그 시대를 알아보는 거울이 되었으며, 거울 속에는 우리가 의아하고도 고무된 표정이 그대로 비치고 있다.

중앙TV에서 개최한 「팡따쩡을 찾아서」 백 년 탄신 기념 특집.

어쩌면 그 시대가 팡따쩡을 만들었는지도 모른다. 그는 혼신의 열정
으로 피투성이가 되어 싸우고 결코 생사를 알 수 없는 전선에 아낌없
이 쏟았다. 그리고 손에 쥔 펜과 카메라로 생명의 가치를 표현했다. 오
늘날 시대는 우리 세대에게 사명감을 안겨주었다.

전쟁이 먼 옛날의 이야기가 되었지만, 이라크, 중동, 세계의 어느 한
곳에서는 여전히 발생하고 있다. 그래서 나는 전쟁의 고통을 받지 않
고 목숨 잃을 공포를 느끼지 않아도 되는데 감사하고 있다.

천썬(왼쪽 두 번째), 장자이쉬안(왼쪽 세 번째), 펑쉐쏭(오른쪽 첫 번째) 「한 시대의 도영」 탐방 프로에 출연하였다.

가족들과 함께 생활하고 훌륭한 교육을 받으며 자신의 이상을 펼치는 한편, 위인을 우러러 사모함과 아울러 국가와 사회, 그리고 국민에 대한 자신의 임무를 고민할 수 있는데 고마움을 느끼고 있다.

팡따쩡이 실종되어 이제 우리는 그의 실체를 다시 찾을 수 없게 되었다. 더욱이 그의 영혼이 어느 곳에 머무르고 있는지 알 수 없다. 그가 남긴 사진 원판과 글은 그의 영혼에 대한 최고의 추모가 아닐까 생각한다. 우리는 이를 통해 전쟁의 참혹함이나 목숨 걸고 항일전쟁에 뛰어들려는 결심, 평화를 바라는 마음을 알게 되었다. (네티즌 우쥔난 [吳俊楠])

팡따쩡은 누구인가? 절대 평범하지 않은 기자이다. 그의 취재대상이 전쟁이기 때문이다. 그는 행자이다. 그렇다고 평범한 행자는 아니다. 포화가 자옥한 곳이 그가 나아가는 방향이기 때문이다. 그러나 그는 돌아오지 않는 사람이기도 하다. 남들이 돌아와도 그는 돌아오지 않고 여동생에게 무한한 그리움을, 그리고 우리에게는 무한한 아쉬움을 남겨주었다.

종군 기자나 행자가 그토록 많은 데 왜 오로지 그만을 기념하는 것일까? 올해가 그의 100주년 탄신이어서 일까? 아니다. 이건 단지 계기에 불과하다. 그가 가장 먼저 노구교 사변의 진실을 보도한 기자이어서 일까? 아니다. 그 공적은 그의 다양한 업적 중 하나에 불과하다. 촬영 애호가로서 국민을 사랑하고 강산을 사랑했기 때문에 결국 종군기자의 일에 종사한 것이 가장 큰 이유라고 생각된다.

일찍부터 곧 저세상의 사람이 될 것이라는 예감이 들었을지도 모른다. 예감이라 하기보다는 수시로 목숨을 내놓을 준비를 했다고 말할 수 있겠다. 쭤종탕(左宗棠)이 신장(新疆)을 수복하고 나서 진짜 관을 준비했다고 들었다. 아마 샤오팡도 마음속으로는 자신을 위해 관을 미리 준비해 두었던 것 같다. 로버트 카파는 "종군기자가 내걸 수 있는 건 목숨뿐이다"고 말했다. 그래서 그가 적극적이고도 열정적으로 뛰어다녔던 것 같다. 그의 생명은 '연(年)'이나 '월'이 아니라 '분'이나 '초'로 계산했다. 조국 전쟁의 승리는 그가 기뻐하는 원천이고, 사람들을 격려하는 보도는 전쟁에 대한 그의 기여이다. (네티즌 이시안[毅賢])

샤오팡의 글과 앵글은 생활과 진실한 '사람'에 대한 열애로 충만 되어 있다. 그는 평범한 병사·농민·여성과 어린이를 앵글에 담기를 즐겼다. 그의 모델은 당시 여러 사진에서처럼 당황한 표정을 지으면서 사진사가 시키는 대로 한 것이 아니라 촬영가에 대한 믿음으로 자연스러운 교류가 이어졌다.

샤오팡은 드높은 열정으로 생활이나 세계를 보고 가장 아름답고도 진실한 화면을 꾸준히 찾기 위해 최선을 다했다. 이 때문에 전쟁 탓에 사람이 어떻게 동물보다 못한 생활을 했는지를 촬영할 수 있었다. 인간 세상에 진실하고 아름답고 선량한 마음이 있고 이상주의 열정이 그대로 있는 한 샤오팡은 계속 우리 곁에 있을 것이다! (네티즌 쑤샹이[蘇相宜])

비록 역사가 샤오팡의 청춘을 영원히 25살로 고정시켰지만, 다큐멘터리는 역사를 무제한으로 연장시켰다. 다큐멘터리 「팡따쩡을 찾아서」가 사람들의 마음속에서, 생명의 자취를 찾는 것에서, 신성하고도 위대한 정신세계 - 정의, 용감, 자아 희생, 투철한 직업의식으로 승화되었다. (네티즌 먀오더얼[貓得兒])

샤오팡은 25세의 젊은 나이에 우리에게 진실을 추구하고 위험을 두려워하지 않으며 묵묵히 일하는 진정한 언론인의 정신을 보여주었다. 동종업자로서 현재의 우리는 너무 행복하지 않은가? 전쟁이 없어 피를 흘리지 않아도 되기 때문에 우리는 훌륭한 언론 기풍을 유지하고, 언론 정신을 고양해 인민의 곁으로 더 다가가 착실하게 업무를 해나가야 한다고 생각한다.

우리는 명예와 이익을 추구하지 않고 오로지 언론 사업에 대한 열정과 사랑만으로 언론 선배들이 우리를 위해 깔아놓은 언론의 길로 나아가야 한다. 절대 평범하지 않은 종군기자인 샤오팡은 사람들의 공경을 자아내는 사상을 보여주었다. 우리에게 사진이 있고 글도 있어 이런 사상을 계속해서 고양해나갈 수 있다는 것이 얼마나 다행인가!(네티즌 먀오더얼[貓得兒])

팡따쩡은 영원한 화제로 될 모든 요소를 갖추었다. 그의 사상은 시대를 뛰어넘어 시간이 오래 흐를수록 더 새로워지고 있다. 그의 신비로운 실종과 전기적 색채를 띤 경력은 후배들이 꾸준히 탐색하고 발견하도록 이끌고 있다. 사회가 꾸준히 진보하고 생활이 점차 풍족해지면서 샤오팡은 숭고한 신념과 청춘의 의미를 추구하는 귀한 본보기가 될 것이다.

시간이 흐를수록 시대에 어울리지 않는 물질생활은 결국 버림받는다. 인류의 이상에 어울리는 정신적 재산은 한 세대 한 세대를 거쳐 꾸준히 고양될 것이라 우리는 믿는다. 시간이 흐르면서 전쟁의 포화가 사라지고 세계가 또다시 짧은 평화를 되찾았을 때, 개인의 이익을 추구하는 사람의 사상은 멀리 가지 못하고, 대중의 이익을 추구하는 사람의 사상은 영원히 잊히지 않을 것이라는 점을 역사는 거듭 입증해주고 있다.

오늘날 우리가 다시 팡따쩡을 찾아 나선 것은 단지 찬양하기 위해서가 아니라, 그를 사례로 들어 우리의 행동을 반성하고 영혼을 되돌아보기 위해서이다. 더욱이 그를 거울로 삼아 우리의 존재가치와 도덕 품성을 다시금 돌아보는 것이야말로 우리가 먼 길도 마다치 않은 채 역사를 추구하고 추호의 원망이나 후회도 없이 팡따쩡을 찾는 진정한 의미가 아닐까 생각해본다.

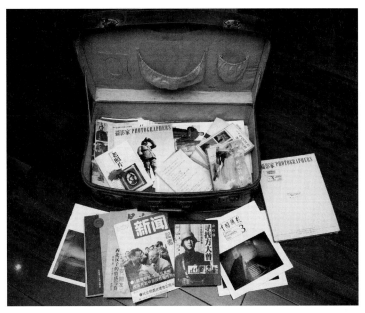

팡청민 여사가 평생을 거쳐 모은 자료, 혹은 다음번 탐방의 시작이 될 수도 있다.(쑨 난 촬영)

시간이 흐를수록 팡따쩡을 찾기는 어렵다. 어쩌면 결코 마무리 지을 수 없는 마침표가 될지 모른다. 새로운 발견, 새로운 원동력만 있다면 시작으로 될 가능성은 충분하다. 따라서 더 많은 젊은이가 샤오팡의 자취를 따라 새로운 시작을 위해 꾸준히 노력하기를 진심으로 바란다.

수십 년간 샤오팡이 희생되었다고 말하는 사람들이 가장 많았다. 그러나 그가 남긴 흔적을 보지 못한 이상 탐방자들은 그가 살아있다는 일말의 희망을 품기도 했다. 다큐멘터리 촬영 과정에 사람들은 팡따쩡의 실종에 대해 이런저런 추측만 했을 뿐 여전히 그가 세상을 떠났다는 점을 믿고 싶어 하지 않았다.

"샤오팡이 포화 중에서 기억을 잃어 과거의 모든 것을 잊었을 뿐, 현재에도 세계의 어느 한 곳에서 행복하게 살고 있다"는 시적인 생각을 하는 사람들도 있다. 이런 결과는 팡따쩡을 찾는 모든 사람의 아름다운 염원에 가장 잘 어울리는 듯하다.

2014년 5월 18일 초고 베이징
2014년 6월 상순 재고(二稿) 체코, 폴란드, 이탈리아 여행 중의 숙박지
2017년 3월 1일 수정 베이징

후 기

찾기에서부터 추적에 이르기까지

『팡따쩡: 소실과 재현(方大曾 : 消失與現)』(한국판 서명『종군기자 팡따쩡의 인생과 역정』)은 신세계출판사에서 수정 출판되었다. 참으로 기쁜 일이다. 2년간 본 서적이 거둔 성적은 애초 예상하지 못한 일이다. 국가급 최고 문학상과 '신문전파학 국가학회상'을 수상했을 뿐만 아니라 중국 다큐멘터리 학회상 시상식에서도 방송계의 높은 평가를 받았다.

중국 신문학계의 태두로 불리는 팡한치(方漢奇) 씨는 이 책에 대해 최고의 평가를 했고, 여러 번 나에게 진심 어린 조언을 해주었다. 그리고 팡따쩡 기념실에 직접 쓴 현판을 보내는 등 여러모로 응원해 주기도 했다. 박식하고 품성이 고상한 팡한치 씨는 우리의 본보기이다. 이 자리를 빌려 그에게 경의를 표한다!

이 책을 쓰기 위해 펜을 들었을 때가 말레이시아항공회사의 MH370 항공편이 실종된 지 18일 째 되는 날이었다. 초고를 완성했을 때는 이미 거의 100일이 되어갈 때였다. 초조함과 불안한 마음이 고조되고 있는 가운데 우리가 직면한 현실은 아무런 낌새도 느낄 수 없는 소실이었다. 보르헤스의 말을 인용한다면 "물이 물속으로 용해되었다"는 것처럼 말이다.

가족에게는 결코 참을 수 없는 그리움이자 슬픔과 기쁨이 교차하는 기다림이기도 하다. 팡따쩡이 실종된 후로 여러 세대의 사람들이 80년을 애

타게 기다려왔는데 간절한 바람이 결국은 지나친 바람으로 심지어는 끝이 보이지 않는 상상으로 되어 버렸다.

18년 동안 팡따쩡은 늘 나의 마음에서 결코 놓을 수 없는 걱정거리였다. 낯선 데서부터 익숙해지기까지 그리고 찾기부터 추종에 이르기까지, 의식적으로나 무의식적으로나 사람들과의 대화에서 그를 언급했으며, 심지어 언제부터인가 습관처럼 되어 버렸다. 사실 위화, 탕쓰쩡, 우마, 롼이충 등 선배들도 그를 무척이나 추앙하고 있지 않은가?

만약 이 책에서 일부 배움을 얻게 된다면 이는 분명 그들의 글이나 방문에서 보인 정확한 인식과 투철한 견해 그리고 독특한 시각 덕분이라고 생각한다. 천썬 씨에게 꼭 고마움을 전하고 싶다. 다큐멘터리 「팡따쩡을 찾아서」의 제목 선정 초기의 기획 단계부터 탐방 과정에 여러모로 격려해주고 도와주었다. 오늘날 많은 사람이 샤오팡을 알게 된 데는 그의 중요한 역할이 있어 가능했다.

처음 목표는 단지 팡따쩡이란 인물에 대한 호기심과 미지를 탐구하려는 욕망에서 시작되었다. 그러나 이해가 깊어질수록 나도 모르는 사이에 고상한 정신에 대한 인정과 추종으로 되어 버렸다. 나뿐만 아니라 탐방 과정을 함께 했던 많은 사람을 포함해서 말이다. 팡따쩡의 인생에서 가장 빛난 순간이 고작 2년밖에 안 되지만 유성을 방불케 하는 반짝임과 빠른 소실에 사람들은 그의 재능에 놀라움을 금치 못하면서도 많이 아쉬워하고 있다.

만약 팡청민의 의지나 리훼이위안(李惠元), 천창젠(陳昌謙)의 인도가 없고 우췬의 고증이나 판창장, 루이 등의 회고가 없었더라면 다큐멘터리는 물론 서적도 출판하지 못했을 것이다. 필자는 샤오팡이 은연중에 암시해

주고 안내해 준 것 같은 느낌이 들기도 한다.

2년 동안, 이 서적은『해방서단(解放書單)』등 여러 분야의 추천으로 칭화대학, 베이징대학, 푸단대학에 소개되었으며,『인민일보』,『광명일보』등 신문에 의해 널리 알려지면서 학술계와 언론계의 논의와 인식을 불러왔다.

『중국신문출판라디오TV(中國新聞出版廣電報)』는 다큐멘터리에서 책에 이르기까지, 기념실에서 공익계획 단계에 이르기까지 영화계, 출판계, 문학계, 학술계를 뛰어넘는 '팡따쩡 열풍'은 전파력과 영향력을 갖춘 화제가 되었다.

장하이어우(張海鷗) 총편집의 예리한 안목과 과감한 결단력은 본 서적의 수정 출판에서 핵심적인 역할을 했다. 이 기회에 내가 다시 마음을 가라앉히고 새로운 지식을 보충하고 그릇된 부분을 수정하는 한편, 사진마다 설명을 다시 쓰게 되었다. 본문의 천여 곳을 수정해 더 진실한 모습으로 독자들과 만날 수 있기를 진심으로 기대한다.

이 책은 띄엄띄엄 3개월 넘게 썼다. 복잡하고 번거로운 행정사무 탓에 여러 번 펜을 놓으면서 사고 맥락이 끊기기도 했다. 그러니 다시 쓸려고 할 때는 부득이 처음부터 읽으면서 될수록 연속성을 유지하려고 노력해야 했다. 연대가 오래되고 자료가 부족한 탓에 습작과정에서 예전에 수집한 자료를 바탕으로 새로운 단서를 찾고 새 자료를 보충하며 고증과 삭제도 처음부터 마지막까지 이어가야 했다.

그러나 이런 부담과 어려움이 오히려 고맙기도 하다. 그 덕분에 현재까지 유일한 팡따쩡 소개 서적이 출판하게 된 것이 아닌가 한다. 오늘 수정 출판하면서 그동안 걸어온 발걸음을 돌아보는 계기가 되었다. 비록 샤오팡의 모습이 우리에게서 멀어져 갔지만, 그의 정신만은 여전히 우리 곁에 남아있다. 이 얼마나 위안이 되는 일인가!

팡따쩡의 친척인 장자이쉬안 씨, 장자이어(張在娥) 여사와 가족은 이 책을 적극적으로 지지해 주었다. 그들은 아무런 보답도 요구하지 않고 작품뿐만 아니라 샤오팡과 팡청민 여사의 유물도 습작 참고에 사용할 수 있도록 제공해 주었다. 샤오팡으로 인하여 우리도 서로 좋은 친구가 될 수 있었던 것이 아닌가 싶었다.

인루쥔(殷陸君), 스춴(石村), 루버(陸波), 자오쥔궤이(趙俊貴), 장용강(薑永剛), 위타오(於濤) 등 형님들이 격려를 많이 해주었을 뿐만 아니라, 팡따쩡을 찾는 대오에 적극적으로 뛰어들어 있는 힘껏 도와주는 등 샤오팡의 신념과 인품을 널리 알리는 데 크게 이바지했다.

수정판의 책임 편집인 차오톈비(喬天碧), 젊은 동료 왕예(王燁), 쑨난(孫楠) 등이 편집·자료 조사·사진 정리 등의 과정에 점차 샤오팡을 찾고 존경하기에 이르렀다는 점이 너무 기쁘다.

팡따쩡에 대해 아직도 알아내지 못한 부분이 많다는 점을 잘 알고 있다. 따라서 이 책의 자료 사용도 제한된 부분이 없지 않아 있다고 생각한다. 이러한 이유로 습작 과정에 최대한 냉정하고도 객관적인 원칙에 따라 사료를 존중하고 함부로 억측하려 하지 않았다. 샤오팡의 작품과 일부 당사자의 인터뷰, 글은 결코 쉽게 얻은 것이 아니므로 단순한 형식의 전달과 수정이 아니라 최대한 본 모습 그대로를 보여주기 위해 노력했다. 이러면 독자들이 팡따쩡의 뉴스 현장에 접근할 때 그의 상황과 주장을 비춰보는 데 도움이 될 것이라고 생각되었다. 시간이 촉박한 탓에 아직도 더 다듬고 음미해 보아야 할 곳들이 적지 않고, 팡따쩡에 대해서도 다만 기본적인 윤곽만 제공했을 뿐이다. 그러나 시대가 발전하고 연구가 깊어짐에 따라 샤오팡과 관련된 더 많은 미스터리가 풀리면서 본 서적의 내용도 꾸준히 풍부해지고 새로워질 것이라 믿는다. 그리고 이 책을 통해 더 많은 독자가 팡따쩡을 알 수 있기를 진심으로 희망한다.

2017년 3월 5일 베이징

팡따쩡 일생 및 연구 연대표

1912년   7월 13일, 베이징에서 출생.

1929년   8월, 청소년 촬영기구 발기 및 조직,

'소년촬영사(少年影社)' 설립,

공개 전시에 참가한 경력 있음.

1930년   중파대학 경제학과에 진학.

1935년   대학 졸업.

텐진 기독교 청년회 직원으로 활약.

우지한(吳寄寒), 저우맨즈(周勉之) 등과 중외신문학사 설립.

12.9운동 후 중화민족해방선봉대에 참가.

1936년   베이징 기독교 청년회에서 업무를 전개, 소년부 간사로 활약,

까오상런(高尚仁 - 베이징 기독교 청년회 소년부 책임자)에게 부탁해

에드가 스노우의 산뻬이(陝北) 옌안 혁명근거지 방문 때 찍은

사진을 살펴봄.

여름에는 텐진에 도착해『대공보』와 원고 발표 사항에 대해 연

계함.

6, 7월 사이, 팡따쩡은 산시를 거쳐 쑤이위안으로 가서 여행 인

터뷰를 진행함, 그 후 「쑤이동전선시찰기(綏東前線視察記)」 등을

완성함.

11월 8일, 베이핑에서 「완핑여행(宛平之行)」 취재기록 완성함.

11월 23일부터 28일까지, 허뻬이 탕산, 창리(昌黎) 등 지역에서 지똥(冀東) 괴뢰정부 관찰지역에 도착해 「지똥일별(冀東一瞥)」을 완성함.

12월 초, 베이핑을 떠나 쑤이위안 전선에서 장장 43일에 달하는 항일전쟁 초기의 유명한 '쑤이위안 항일전쟁' 취재를 진행하고 수백 장에 달하는 사진을 찍음.

「쑤이똥전선시찰기」 등 전쟁기사를 완성함.

그 기간 유명한 기자 판창장과도 만남.

1937년   7월 10일, 집을 떠나 노구교에서 7.7사변을 취재함.

7월 23일, 베이핑에서 「노구교항일전쟁기(蘆溝橋抗戰記)」를 보냄.

7월 28일, 판창장과 다시 만남, 루이(陸詒)·쏭쯔취안(宋致泉)과 친분을 맺게 됨.

8월, 판창장의 소개로 상하이 『대공보』에 전재 특파원으로 활약함.

8월 중순, 핑한선이 산시로 옮겨지면서 퉁푸철도 노선 지역을 취재함.

9월 18일, 허뻬이 리현에서 글 「핑한선 북쪽구간의 변화」를 보냄, 팡따쩡의 마지막 소식임.

9월 30일, 「핑한선 북쪽구간의 변화」가 『대공보』에서 발표됨.

1994년   12월, 타이완 『촬영가』 잡지는 제17기에서 팡따쩡 특집을 펴냄.

2000년   11월 8일, 중앙TV에서 다큐멘터리 「팡따쩡을 찾아서」(감독, 집필 펑쉐쏭)를 방송함, 동명의 서적을 중국촬영출판사에서 출판함.

2002년　7월 1일부터 9일까지, '거슬러 올라가다-팡따쩡 촬영 작품 전시회'가 청두에서 열림, 106점의 사진이 대외에 공개됨.

2006년　3월 16일, 팡따쩡의 가족이 837장의 사진 원판을 중국 국가박물관에 기증함.

2012년　7월 13일, 중앙 CCTV에서 팡따쩡 탄신 100주년 기념활동을 개최함.

2014년　10월, 『팡따쩡: 소실과 재현』이 상하이진시우문장(錦繡文章)출판사에 의해 출판됨.

2015년　5월 25일, 중국언론종사자협회의 주재로 펑쉐쏭의 팡따쩡 사적 취재 좌담회를 조직 및 개최함.

6월 29일, 홍콩대공보의 '신문 한 장의 항일정쟁' 포럼에서 펑쉐쏭이 요청을 받고 '위대하구나! 대공보, 장엄하구나! 팡따쩡'을 주제로 한 기조연설을 발표함. 팡따쩡의 생질 장자이쉬안 씨도 함께 참석함.

7월 7일, 팡따쩡기념실이 빠오띵광원(保定光園)에 완공됨, 팡한치 씨가 편액에 글을 씀.

8월 28일, '정의와 양지를 위하여-7.7 노구교사변 종군기자 팡따쩡 유작 전시회'가 마카오예술관에서 열림, 『팡따쩡: 소실과 재현』 번체자 버전도 동시에 처음 발행됨.

췌이스안(崔世安) 행정장관, 리강(李剛) 중앙인민정부 주홍콩특별행정구 연락사무실 주임 등 주요 관리와 팡따쩡 친척들이 테이프 커팅식에 참가함.

9월 23일, '팡따쩡 교원행(郊園行)' 공익(公益)계획이 칭화대학에서 가동됨.

12월 5일, 베이징대학에서 '팡따쩡 및 항일전쟁 저널리스트 학술 심포지엄'이 개최됨.

2017년 5월, 초청을 받아 미국 뉴욕주립대학교에서 '팡따쩡을 찾아서' 특별강좌를 진행함.

7월, 『팡따쩡: 소실과 재현』이 신세계출판사에 의해 수정 출판됨.